KB042701

탐라의 여명 3

탐라의 여명
3

이성준 지음

學古房

작가의 말

3권을 끝으로 고량부 삼성三姓의 개별 이야기는 정리된다.

4권부터는 고량부 삼성이 태자도에서 만나 형제의 의를 맺고, 삼형제가 함께 온갖 격랑을 이겨나가는 이야기가 전개된다. 그러나 이야기의 초점이 삼형제에게만 맞춰지지는 않는다. 삼형제를 비롯하여 삼형제 주변 인물들의 활동이 본격적으로 그려지기 때문이다.

1, 2권을 읽은 한 친구가 충고 겸 걱정 겸 내게 말했다.

"국가니 민족이니 하는 것이 무의미해지는 글로벌 시대에, 국가니 민족이란 것이 의미가 없어지게 되면 이 글도 무의미해지지 않을까?"

친구의 말에 얼마간 동의하면서도 전적으로 동의할 수는 없었기에 나는 말을 아꼈다. 나도 민족주의를 앞세워 배달민족이라거나 우리나라를 단일민족국가라 하는 것에 거부감을 가지고 있는 사람이고, 국가나 민족이란 것도 결국은 역사적 상황에 맞게 성립되고 변화하는 유기체란 생각을 하기 때문이다.

그러나 국가니 민족이니 하는 것들이 무너지는 세계화시대에 더욱 필요한 것이 바로 세방화世方化가 아닐까 하는 생각도 해왔다. 하여 국가니 민족이니 하는 개념들이 무너지고 의미를 상실해가는 시대이기에 이런 글은 더욱 필요하지 않을까 한다. 또한 나는 이 글을 통해 동북공정에 혈안이 되어 있는, 중국이 아닌, 차이나의 야욕과 음모에 대항하고 싶었다. 역사를 왜곡하고 조작하는 집단이나 권력에 저항하고 거부하고 싶었다. 그건 편협하고 옹졸한 국수주의나 민족주의와는 다른 것이라 생각한다.

나는 이 책을 통해 '버려진, 버림받고 내몰린 사람들의 역사와 그들에 의해 새롭게 쓰이는 역사'를 그려내고 싶었다. 승자의 기록만을 좇을 게 아니라 버려진, 버림받고 내몰린 사람들의 역사도 살펴봐야 한다는 생각이 이 글을 쓰게 했는지도 모른다. 중앙이나 중심이 아닌 변방이나 주변부에도 역사는 존재하고, 그 역사를 정당하게 평가하는 작업이 바로 세계화시대에 꼭 필요한 작업이 아닐까 하는 생각에서.

2권이 출간되자 1권 때나 마찬가지로, 많은 분들이 관심을 보여주셨다. 그 분들께 감사의 말씀을 전한다. 특히 제주에서 출판기념회 겸 사인회를 열었을 때 고씨와 양씨 종친회 임원들이 참석하여 주신데 대해 고마움을 표한다.

2권을 읽은 분들의 질문도 답지했다. 질문의 요지는 대충 두 가지였다.

하나는, 2권에서 그려지는 낙랑국과 고조선, 그리고 북방열국에 대한 기술이나 산동반도의 상황이 역사적 사실에 얼마나 부합되느냐는 질문이었다. 자신이 알고 있는, 학생 때 배운 내용과는 판이하게 다르다는 것.

그럴 것이다. 우리 역사는 반도 중심적으로 기술되어 왔고, 기술되고 있기 때문에 고조선이나 북방열국에 대해 잘 모를 것이다. 나도 얼마 전까지만 해도 그랬으니까. 하여 소설 속에 그려지는 고조선, 고구려, 낙랑국, 북방열국이나 산동반도의 상황은 역사적 사실을 바탕으로 그려냈다는 점을 밝히고 싶다. 물론 양을나로 알려져 있는 양무범이나 기병택, 기타 등장인물들은 가공의 인물들이지만 등장인물들이 살아가고 활약하는 시공간은 역사적 사실을 바탕으로 그려냈다. 만약 독자가 알고 있는 내용과 다르다면 새롭게 알아야 할 것이다. 고조선 말기와 북방열국시대, 삼국초기에 대한 사료나 고고학적 유물들이 부족하고, 역사학자들이나 고고학자들도 상반된 의견을 내놓고 있어 아직도 정립되지 않은 상태다. 하지만 이제 얼마간 정리되어야 한다는 생각에 신채호, 정인보, 리지린, 윤내현의 연구서 들을 참고하여 그려냈다.

두 번째 질문은 나를 아는 친구들이나 선후배들이 주로 물어온 것인데, 등장인물과 그 이름에 대한 것이었다. 등장인물인 무범, 병택, 보철, 종환, 경준, 익성, 양수 등이 자신들이 알고 있는 사람들 이름이 맞느냐는 것이었다.

맞다. 나에게 은혜를 베풀어주신 분들에 대해 '경의' 내지는 '고마움'을 표하기 위해 그분들의 함자와 친한 친구들의 이름을 빌어다 썼다.

2권에 등장하는 '무범'은 중학교 3학년 때 담임선생님으로 나에게 문학적 자질이 있음을 처음 알려 주신 백무범 선생님의 함자다. '병택'은 어려웠던 대학 시절에 많은 도움을 주시고 아직까지도 한결같은 마음으로 나를 지지해주시는 김병택 교수님의 함자이고. 또한 3권에 등장하는 '인섭'은 초등학교 6학년 때 담임선생님으로서 나의 국어 감각을 일깨워주셨고, 남다른 능력이 있음을 최초로 알려주신 한인섭 선생님의 함자다. 3권의 '철근' 역시 힘들었던 해병대 생활을 무사히 마칠 수 있도록 돌봐주시고, 늘 애정 어린 눈길로 지켜봐주신 오철근 중대장님의 이름이다. 그 외에 보철, 종환, 경준, 양수, 익성, 춘형, 남곤 등은 친구들의 이름이다. 또한 5권에도 새로운 인물이 등장하는데 '상도'다. '상도'란 이름은 내가 고등학교를 그만두고 부산 사상공단에서 공돌이 생활을 하던 1978년에 만났던 '서상도' 형의 이름이다. 1년이란 짧은 기간 동안 상도 형을 만났지만, 상도 형을 통해 삶의 의미를 발견했고, 안병욱 교수님을 알게 됐고, 안병욱 교수님을 통해 삶의 이정표를 세웠다. 상도 형은 오늘의 나를 키워준 사람이라 그 이름을 기억하기 위해 썼다. 이렇듯 내 가슴 속에 남아있는 이름들은 이 소설이 끝날 때까지 계속 등장한다. 그분들의 이름을 통해서나마 그분들께 받은 도움과 은혜를 기억하고 싶었고 감사의 마음을 전하고 싶었다. 그러나 나를 잘 알지 못하는 독자들은 그걸 잘 모를 것이기에 이 자리를 빌어 밝히는 것이다.

위드코로나로 잠시 수위가 낮춰지는가 싶더니 다시 경계수위가 격상됐다. 이제 코로나는 토착화되는 것 같다. 그만큼 우리는 고통과 아픔을 겪어야 할 것이고. 코로나 정국에서 무사하고 건강하기를 빌어본다.

3권과 4권을 동시에 출판하는 이유는 2권까지 읽은 독자들이 뒷내용을 궁금해 하기 때문이다. 또한 세 인물의 윤곽을 얼마간 펼쳐놓아야 그 뒷얘기를 찬찬히 그려낼 수 있을 것 같았기에 예정보다 조금 일찍 펴낸다.

코로나로 어려워진 출판 상황 속에서도 3권과 4권을 동시에 책을 내주신 학고방 하운근 대표님께 고마움을 표한다. 한 신문사와의 인터뷰에서 밝혔지만, 문학이 죽은 시대에 자비출판이 아닌 기획출판을 해준다는 사실만으로도 작가로서는 고맙기 그지없는 일인데, 대하소설을 기획출판하겠다고 했을 때 믿기지 않을 정도였다. 문학이 죽은 시대에 문학의 불씨를 살려놓으려는 의지가 없다면 도저히 불가능한 결정이라 생각한다. 바람이 있다면 책이 좀 팔려서 출판사에 도움이 됐으면 좋겠다.

2022년 여름,

횡성호수 근처 만취재晩翠齋에서

李成俊

차례

먹구름 속에서

1

“이데 도성을 떠날 때가 된 것 같습네다.”

철근哲根 사부가 낮은 목소리로, 그러나 단호하게 말했다.

인섭仁燮은 그게 무슨 뜻인지 너무나 잘 알고 있었다. 부왕이 붕어하신 후 형제들 간의 전쟁이 일어날지도 모른다는 소리가 심심치 않게 일고 있었다. 그렇지만 그건 나이 든 형들의 일이지 어린 인섭의 일은 아니라고 생각하고 있었다. 그런데 철근 사부의 눈에는 달리 보이는 모양이었다. 강론을 평소보다 일찍 끝내더니 오늘은 작정을 한 듯 말을 꺼냈다.

“형제처럼 멀면서도 가까운 사이가 또 있갔습네까? 세상에서 가장 가까우면서도 가장 먼 사이가 형제일지도 모릅네다. 형제란 어려서부터 아주 사소한 것 때문에 다투면서 자라디요. 특히, 부모의 사랑을 차디하기 위한 싸움이나 부모로부터 물려받은 걸 나눠가딜 때는 기 정도가 심해디디요. 어려서부터의 안 좋은 감정이 개입된다믄 그 갈등과 다툼은 상상을 초월해 버리고 말입네다. 서로 양보하지 않고 끝을 보려하기 때문이디요. 기러니 이데……."

철근 사부는 거기서 말을 멈췄다. 더 이상의 얘기는 자제하는 게 좋겠다고 생각하는 모양이었다.

인섭은 말을 멈춘 채 숨을 고르는 철근 사부를 바라보았다. 말을 멈추려니 입이 잘 제어되지 않는지 입 주변이 파르르 떨리고 있었다. 철근 사부는 인섭보다 한참 많은 걸 알고 있을 테니 인섭이 보지 못하는 것까지 보고 있을 것이고, 인섭이 미처 느끼지 못하는 것까지 느낄 것이었다. 그런 그가 떤다는 것은 이제 더 이상 미룰 수 없다는 뜻이었다.

"기러디 말고…… 사부께서 내래 할 일을 알려듀시구래. 기러믄 내래 기거에 맞튜어 움딕이믄 되디 않갔습네까?"

그 말에 철근 사부가 인섭을 빤히 쳐다보았다. 진심인지를 확인하고 있는 듯했다. 아니, 정말 그래도 되겠냐고 묻고 있는 것 같았다.

"사부께 일임할 테니 계획은 사부께서 세우시라요. 난 기거에 따라 바디런히 움딕일 테니낀. 기러믄 되디 않갔습네까?"

그 말에 철근 사부는 한동안 가만히 앉아 있었다. 뭔가를 골똘히 생각하는지, 평상시 버릇대로 한 동안 엄지손톱과 검지손톱을 서로 갈아댔다. 그러더니 드디어 무겁게 입을 떼었다.

"알갔습네다. 기럼 소신이 딕금부터 드리는 말씀 댤 들었다가 차질 없이 수행하셔야 합네다."

몸을 바짝 당겨 목소리를 낮추면서 철근 사부는 조심스레 속마음을 풀어놓았다.

먼저, 최대한 빨리 도성을 빠져나가야 한다고 했다. 늦어질수록 도성에서 빠져나가기 힘들어질 테니 빨리 서둘러야 한다고. 도성에서 나가는 방법은 여러 가지 방법이 있겠지만, 큰형인 대왕에게 허락을 받고 공식적으로 움직이는 게 가장 좋을 것 같다고. 인창仁暢 형님이 모를 리 없겠지만, 아직까지는 인섭을 크게 경계하고 있지 않은 만큼 묵인해 줄 것이라고.

둘째는 동행하고픈 사람들을 자신에게 알려달라고 했다. 자신도 동행할 사람을 얼마간 선정해두긴 했고, 계속 살피고 있긴 하지만 인섭이 꼭 데려가고픈 사람이 있으면 알려달라고. 그러면 그 사람들을 자신이 만나보겠다고. 시간이 촉박하고 그들도 준비를 해야 하니 하루라도 빨리 알려달라고.

셋째는 생모이신 태후께 알려 동행을 권해 보라고 했다. 물론 알린다 해도 태후께서 따라나설 확률은 희박하지만 그래도 반드시 알려야 한다고. 그래야 태후도 마음의 준비를 할 것이고, 태후도 방안을 찾을 것이라고. 또한 인섭 입장에서도 미련을 남기지 말아야 하므로 하루라도 빨리 태후께 알리는 게 좋겠다고.

"기러고 이 말은 기 누구도 알아서는 안 됍네다. 오로디 전하와 소신만 알고 있어야 합네다. 기만큼 세어나가서는 안 될 극비의 사실입네다."

긴 주문을 마친 철근 사부가 목소리를 더욱 낮추며 당부했다.

철근 사부의 얘기를 듣는 인섭은 답답했다. 철근 사부의 주문은 하나같이 당장 실행하기 어려운 일인데도 당장 실행하라고 재촉하고 있었고, 인섭이 보기에는 아직 서두를 일이 아닌 것 같은데도 서두르라고, 서두르지 않으면 위험하다고 하고 있었기 때문이었다. 그렇지만 인섭을 더욱 답답하게 하는 것은, 철근 사부는 나름대로 판단기준을 가지고 얘기하고 있을 텐데도 인섭은 그런 조짐을 느끼지 못한다는 사실이었다. 아직 어리기 때문인지, 형들을 믿기 때문인지 인섭은 그런 위기의식이 없었다. 그 간극이 인섭을 답답하게 만들고 있었다.

"기렇디만 오마니께는 이러뎌런 사정을 알려야 하디 않갔습네까? 안 기러믄 오마니래 걱뎡해서리……."

"아닙네다. ……두고 보시라요. 태후 마마께서도 전하의 안위를 걱정하실지언정 자세한 사항은 아시려 하디 않으실 겁네다. 기래야 전하께서 안전하실 것이라 믿으실 테니낀요."

"알갔시오. 기럼 며칠 내로 궁에 들어갔다 오갔시요. 한동안 대왕 전하를 뵙디 못했는데 핑계에 용안도 뵙고……."

"예, 기렇게 하시디요. 소신은 이만 물러났다 다음 시강侍講 때 뵙갔습네다. 부디 서두르셔서 때를 놓티디 마시기 바랍네다."

철근 사부가 예를 마치고 물러났다.

철근 사부가 물러나는 몸짓이나 태도는 평상시와 다름없었지만 웬일인지 살얼음판을 걷는 것처럼 위태로워 보였다. 그와 함께 여태껏 한 번도 느껴보지 못했던 불안감이 엄습하기 시작했다. 아무도 없는 곳에 혼자 버려진 것 같았고, 그 누구의 손길도 닿지 못할 곳에 갇혀 있는 느낌이었다. 물러나는 철근 사부를 다시 불러 곁에 두고 싶을 정도였다. 그러나 인섭은 그럴 수가 없었다. 위태로운 걸음으로 걸어가는 철근 사부에게 짐이 되고 싶지 않았다. 아니, 이제 혼자 버텨야 할 것 같았다. 대문을 넘으려다 말고 잠시 머뭇거리는 철근 사부의 걸음이 그런 인섭의 마음을 더욱 굳게 했다.

2

인섭 왕자와 헤어져 나오는 철근의 발걸음은 무겁기만 했다.

인섭 왕자에게 발설한 이상, 이제 화살은 시위를 떠난 셈이었다. 좋든 싫든, 성공하든 실패하든 돌이킬 수 없는 만큼 이제 곧장 과녁을 향해 날아가는 수밖에 없었다. 어쩌면 목숨을 잃을지도 모른다. 그러나 이제 피할 방법은 없었다. 결단을 내리지 않고서는 안 될 상황으로 치닫고 있었다. 하여 마침내 결단을 내렸고 오늘 그걸 인섭 왕자께 알린 것이었다.

유비무환有備無患이고, 선즉제인先卽制人이라 하지 않았던가. 더 이상 머뭇거리다간 목숨을 부지하기 힘들 것이었다.

작년[을묘년(乙卯年). 서기 55년] 8월, 전왕께서 붕어하시자 맏이이자 태자였던 인주仁株 왕자가 왕위에 올랐다. 태자 인주의 왕위 계승은 이미 정해져 있었던 수순이었고 너무나 정당한 절차였다. 그런데 일이 꼬이기 시작했다. 계비 소생의 셋째 왕자 인창이 딴마음을 먹기 시작한 것이었다.

인창 왕자는 흑수(현재 흑룡강) 서방에 있는 원정元政 지역을 봉토로 받아 다스리고 있었다. 비록 옛 가섭원부여가 있던 곳이라 국경지역이긴 했지만, 흑수를 끼고 있어 땅도 비옥하고 넓었을 뿐 아니라 인구도 많았다. 계비의 맏이라 다른 왕자들에 비해 특혜를 입은 셈이었다. 그런데도 인창 왕자는 변방인 흑수 지역을 탐탁하게 생각하지 않았다. 어떻게든 도성 가까이에 있고 싶어 했다. 선왕 재위 시에도 그걸 요구하다 전왕과 충돌할 정도였다.

그럴수록 전왕은 인창 왕자를 멀리 하려 했다. 인창 왕자가 도성 가까이에 오면 형제들 간에 충돌할 것을 염려하기라도 한 듯, 인창 왕자를 멀리 두려했다. 그러다 탄벌 태수 암살 사건이 터지자 인창 왕자에게 봉지封地에서 벗어나지 말라는 엄명까지 내렸다. 봉지에서 벗어나지 말라는 것은 유배를 명한 것이나 다름없었다. 전왕은 탄벌태수 암살이 인창 왕자의 짓임을 알고 있었던 것이었다.

그러나 전왕이 붕어로 인창 왕자는 도성으로 들어올 수 있었다. 부왕의 상을 치르겠다는 자식된 도리를 막을 수 없었기에 현왕이 허락한 것이었다. 그러나 그게 악수 중의 악수였다. 왕명이 떨어지기가 무섭게 인창 왕자는 자신을 호위하기 위해서라는 명분을 들어 만 명이 넘는 군사를 이끌고 도성으로 달려왔다.

인창 왕자의 상황을 보고받은 현왕은 군사들을 돌려보내라는 엄명을 내렸다. 당장 군사들을 돌려보내지 않으면 도성에 발을 들이지 못할 뿐 아니라, 도성을 침범한 것으로 간주하여 도성과 도성 주변에 있는 거수국 군사들을 동원하여 진압하겠다고 했다. 그러자 인창 왕자도 어쩔 수 없었다. 군사들을 돌려보내는 수밖에. 그러나 부왕과도 힘겨루기를 했던 인창 왕자가 형의 명에 고분고분 군사들을 돌려보낼 리 없었다. 왕명을 대놓고 거역할 수는 없어 군사들을 봉지로 돌려보내는 척했지만, 사실은 반 이상을 도성에서 멀지 않은 고루성高樓城에 주둔시켰다. 고루성은 인창 왕자가 진즉부터 탐냈던 성으로, 부왕께 자신의 봉지로 달라고 요청했던 탄벌에 있는 성이었다.

그리되자 백성들도 인창 왕자에 대해 반감을 드러냈다. 애초 백성들은 전왕과 인창 왕자와의 갈등 내막을 자세히 알지 못했기에 인창 왕자에 대한 동정론이 우세했었다. 전왕이 승하하자 군사들을 이끌고 와도 백성들은 원래의 이름대로 현무군[玄武軍. 도성 북쪽인 압록강(현재의 아무르강) 주변을 경계하는 군대]이라 불렀다. 부왕을 조문하기 위해 온 조문군弔問軍이라도 불렀다.

그런데 도성 가까이 군사들을 이끌고 와 도성과 대왕을 위협하기 시작하자 달리 부르기 시작했다. 변방인 원정元政에서 온 군대란 뜻으로 원정군元政軍이라 부르기도 했고, 도성을 침략하기 위해 원정 온 군대란 뜻으로 원정군遠征軍이라고도 불렀다. 노골적으로 반란군叛亂軍이라고 부르기도 했다.

고루성이 있는 탄벌은 북부여에서 독립하여 동부여를 건국한 해부루 단군께서 개국공신인 주탄周坦에게 내린 봉지로, 주탄의 후예들이 다스리고 있었다. 탄벌은, 도성이 가섭원[迦葉原. 현재의 흑룡강성 통하현(?) 부근]에 있을 때는 동쪽 한 귀퉁이에 있는 봉지였다. 그렇지만 갈사수(曷思水. 현재의 우수리강)를 끼고 있는 평야지대로 땅이 비옥했고 강을 활용한 상행위도 왕성한 곳이었다. 뿐만 아니라 산과 평지가 알맞게 조화를 이루고 있어서 방어에도 최적지였다. 특히 도성을 가섭원에서 갈사수 근방으로 천도한 이후엔 도성과 인접해있어 최고의 요지가 되었다. 어쩌면 탄벌이 있었기에 가섭원에서 갈사수 옆으로 천도했는지도 모를 정도로 탄벌은 동부여의 중심이라 할 수 있었다. 그런 탄벌을 인창 왕자가 넘보자 그 속셈을 모를 리 없는 선왕이 인창 왕자에게 그 땅을 줄 리 없었다. 오히려 자숙하라고 엄명을 내렸다.

전왕의 엄명에 인창 왕자가 자숙했으면 상황은 어떻게 바뀔지 알 수 없었다. 전왕은 인창 왕자의 권력욕을 경계하기는 했지만 대부여와 대조선의 옛 강토를 회복할 만한 인물임을 잘 알고 있었다.

태자 인주가 안정기에 알맞은 왕이라면 지금과 같은 전환기에는 인창 왕자 같은 인물이 필요하다는 생각을 가지고 있었다. 고구려와 동맹을 맺는 한편 말갈과 원만한 관계만 유지할 수 있다면, 한나라에게 빼앗긴 고토 회복의 꿈을 꿀 수 있었다. 그 적임자가 인창 왕자라는 사실은 누구나 다 인정하고 있었다. 고토 회복의 꿈은 야망과 근성 없이는 꿀 수 없는 것이기에.

그러나 악인은 쉬이 그 습성을 버리지 않고, 악습을 바꾸기 위해 노력한다면 악인으로 남지도 않을 것이었다. 악인이 악인으로 남는 것은 그 마음을 바꾸지 못하고 악행을 계속하기 때문이 아닌가. 인창 왕자도 마찬가지였다.

전왕이 자숙할 기회를 줬을 때 스스로 경계하고 노력을 경주했다면 전왕은 인창 왕자를 용서했을지도 몰랐다. 그 정도가 아니라, 그가 염원하던 탄벌을 그의 봉토로 줬을지도 모를 일이었다. 그러나 인창 왕자는 선왕의 기대와는 달리 자숙하기는커녕 탄벌을 손에 놓기 위해 갖은 방법을 다 썼다. 심지어는 전왕에 대해 도전장이라도 내듯, 자신에 대해 우호적이지 않은 탄벌 태수를 암살해 버렸다. 격노한 전왕은 인창 왕자를 죽이려 했다. 그러나 태자인 인주의 목숨을 건 간청 덕에 봉지에서 벗어나지 못하게 묶어두는 한편, 도독을 파견하여 감시하는 선에서 일단락됐다. 그러나 인창 왕자는 그 모든 것이 인주 태자가 꾸민 계략이라고 단정 짓고 인주 태자에게 반감을 노골적으로 드러내기 시작했다.

그러다 전왕이 붕어했다는 소식을 듣자마자 제일 먼저 비밀결사대를 보내 탄벌을 제 수중에 넣어버렸다. 그리고 마침내 탄벌의 중심이라 할 수 있는 고루성에 군사들을 주둔시켜 호시탐탐 도성을 노리고 있었다. 다섯 달 넘게 선왕의 장례를 치르느라 봉지를 비워 뒀으니, 외적의 침입에 대비하기 위해 하루라도 빨리 봉지로 돌아가야 할 텐데도 봉지로 돌아갈 생각을 않고 있었다. 다른 왕자들은 이미 봉지나 사저로 돌아갔는데 인창 왕자 혼자 궁에 머물고 있었다. 궁과는 아무런 상관도 없는 사람이라 궁에서 할 일이 없을 텐데도 궁에서 시간을 보내고 있었다.

그런데 이해할 수 없는 일은 현왕인 인주의 태도였다. 아무리 상중이라 정신이 없다 해도 인창 왕자의 행동을 모를 리 없었다. 선왕과 가장 가까이 있으면서 많은 정보들을 공유했을 테니 인창 왕자에 대해서도 잘 알 것이고, 그에 대한 방비도 얼마간 해 두었을 것이었다. 그런데도 인창 왕자에 대해 그 어떤 조치도 취하지 않고 있었다. 이해할 수 없는 일이었다.

그런 상황이고 보니 속이 타는 것은 인섭 왕자 쪽이었다. 밀려오는 폭풍을 눈으로 보면서도 어떤 조치를 취할 수도 없었다. 다섯 형제 중 위로 둘, 그 아래로 둘은 각각 순명왕후와 명신왕후 소생이었다. 그러니 동복형제들끼리는 정보를 공유하고 있을지는 몰라도, 현 태후 소생인 인섭 왕자는 그 어디와도 단절되어 있었다. 태후가 그걸 막은 것이었다.

태후는 선왕이 붕어하기 이전부터 중립적인 태도를 견지하고 있었다. 그리고 선왕이 붕어하자마자 인섭 왕자가 어느 쪽과도 연락하지 못하게 단단히 주의를 줬다. 어린 인섭 왕자와 태후 자신이 살 길은 그뿐이란 사실을 잘 알고 있었던 것이었다.

그렇다고 태후가 아무런 조치를 취하지 않은 건 아니었다. 사가私家로 육촌오라비인 철근에게 인섭 왕자를 맡긴 것이었다. 인섭 왕자가 어렸을 때부터 인섭 왕자의 스승으로 삼아 인섭 왕자의 안위와 장래를 부탁한 것이었다. 그렇게 내부 단속을 해놓고 자신은 중립적인 입장을 고수하고 있었나. 장싱한, 자기 언배인 왕자들 사이에서 두 모자가 살아남기 위해서는 다른 방법이 없음을 미리 깨달은 것이었다.

그에 따라 철근이 인섭 왕자를 위해 모든 대책을 강구해야 했다. 겉으로는 인섭 왕자의 사부였지만 인섭 왕자의 생사는 철근의 손에 달려있다고 해도 과언이 아닐 정도로 밀착되어 있었다. 하여 철근은 선왕이 붕어하시자마자 발 빠르게 움직였다. 그간 구축해놓은 인맥들을 활용하여 정보들을 모으는 한편, 대책을 강구했다. 국상 중에 더욱 바쁘게 움직일 수밖에 없었다. 그리고 이제 더 이상 미루었다간 위험에 빠질 수 있다고 판단하여 오늘 인섭 왕자에게 알린 것이고.

3

인섭 왕자의 사저를 나선 철근은 잠시 망설였다.

집으로 가서는 안 될 것 같았다. 인섭 왕자에게는 서두르라 해놓고 정작 자신은 느긋하게 집으로 돌아갈 수는 없었다. 마음속의 말들을 인섭 왕자에게 발설했으니 발설한 말은 주워 담을 수 없고, 되돌릴 수 없기에 자신도 이제 서두르는 수밖에 없었다.

잠시 걸음을 늦췄던 철근은 발걸음을 빨리 했다. 우선 한 사람을 만나봐야 했다. 이번 일의 성패는 그가 쥐고 있다고 해도 과언이 아니었다.

철근은 곧장 마방으로 갔다. 그리고 마방주인을 찾았다.

"어서 오시라요. 방을 드릴깝쇼?"

"기래. 혼차 됴용히 잘 방 하나만 듀게."

"예. 마팀 기런 방이 하나 있습네다. 안으로 드시디요."

철근은 마방주인이 안내하는 방으로 들어갔다. 그리고 따라 들어온 마방주인에게 나직하게 말했다.

"이뎨 사람들을 모아듀고, 말들도 둄 마련해두게. 기러고…… 내 말을 둄 내오고."

"기럼?"

"기래. 이뎨 때가 된 거 같네."

"알갔습네다. 긴데 딕금 가시려는 데는?"

"말이 있으믄 병장기도 있어야 하디 않갔나?"

"기럼 소인도 같이 가갔습네다."

"아니네. 혼차 다녀오갔네."

"기래도?"

"아니네. 자넨 내가 떠난 후 꼬리가 붙었는지 확인하고 꼬리만 떼어주게. 기게 자네가 해줘야 할 일일세."

"예, 알갔습네다. 기럼 됴심히 다녀오십시오."

철근은 마방주인인 덕돌이 내준 옷으로 갈아입고 방을 나섰다.

먼저 나간 덕돌이 마구간에서 끌어내놓은 일곱 살 난 구렁말 늦봄이 철근이 방에서 나가자 주인을 알아보고 아는 체했다. 머리를 오르내리며 푸르릉 푸르릉 콧소리를 내는 것도 모자라 윗입술을 말아 올려 윗니를 드러내 보이기까지 했다. 반갑다는 뜻이었다. 철근은 그런 늦봄에게 다가가 잘 지냈냐고 말을 걸며 목을 토닥여주었다. 늦봄은 침까지 흘리며 고개를 들었다 내려놓더니 머리와 목을 슬며시 철근의 몸 쪽으로 돌렸다.

늦봄과 인사를 마친 철근이 늦봄 등에 오르자 덕돌이 고개를 숙여 인사를 했다. 철근은 그런 덕돌에게 고개를 끄덕여 주었다.

마방 주인인 덕돌은 철근의 휘하에 있는 낭도였다. 신분을 감춘 채 시정의 소식을 수집하는 한편 마방을 접선처로 삼아 첩자들이 물어온 정보를 수합하기 위해 마방을 운영하고 있을 뿐 그는 어엿한 낭도였고 철근이 가장 신임하는 다섯 명 중의 한 사람이었다. 비록 천하게 살고 있지만 품은 뜻만은 그 누구보다 높고 아름다운 사람이었다. 그로 인해 철근은 사람에 대한 인식을 바꿨고, 보잘 것 없고 천한 사람들을 사귀게 되었고, 이제 그들과 함께 일을 도모하게 되었다.

도성을 빠져나간 철근은 고삐를 느슨하게 풀어주며 허이야! 소리로 늦봄을 재촉했다. 뒤를 밟는 자가 있다면 따라오지 못하게 해야 했다. 덕돌이 고르고 골라 길들인 말이라 좀한 말로는 늦봄을 쫓아오지 못할 것이었다.

박차를 가하지 않아도 주인의 뜻을 알아먹은 늦봄이 달리기 시작했다. 철근은 등자를 꽉 밟아 안장에서 엉덩이를 조금 들어 올림과 동시에 몸을 최대한 낮췄다. 그리고 늦봄의 움직임에 맞춰 자신의 몸을 가볍게 흔들었다. 소리를 지르지 않아도 주인의 뜻을 알아먹은 늦봄이 있는 힘을 다해 달려주었다.

푸우푸우 숨소리가 가빠지기 시작하더니 목에서 땀이 흐르기 시작했다. 배에서도 땀이 흐르기 시작했는지 철근의 장딴지와 허벅지가 축축해지고 있었다. 그러나 철근이 고삐를 잡아당기며 워워! 소리를 내기 전까지는 속도를 늦추거나 멈추지 않을 것이었다. 이미 길을 들여놨으니 한꺼번에 삼십 리쯤은 너끈히 달릴 터였다.

말을 달리며 중간 중간 뒤를 돌아보니 쫓아오는 사람은 없어 보였다. 그러나 철근은 속도를 낮추지 않고 내쳐 달렸다. 오랜만에 늦봄과 함께 달려보고 싶었다. 늦봄도 오랜만에 주인을 태운 게 기쁜지 조금도 속도를 늦추지 않고 달렸다.

평지를 지나 산길로 접어들었으니 지칠 만도 한데 늦봄은 속도를 늦추지 않고 온힘을 다해 달렸다. 마치 자신의 힘을 주인한테 보여주려는 듯했다. 푸우푸우 거친 숨을 몰아쉬면서도 속도를 늦추지 않았다.

그러더니 대장간이 가까워지자 철근이 고삐를 잡아당기기도 전에 속도를 늦췄다. 서너 번 다녔던 길이라 눈에 익은 모양이었다. 어쩌면 도성을 빠져나와 길을 잡자 벌써 눈치 챘는지도 모를 일이었다. 그래서 한 달음에 달릴 수 있을 것이라 판단하고 최고 속도로 달렸던 것이고. 영리하기가 사람 뺨칠 정도였다. 하기야 말에 대해서 잘 알지 못하는 화하족(華夏族. 현재 한족漢族)들에게마저 노마지지老馬之智란 성어가 있을 정도지 않은가.

대장간이 보이자 늦봄이 뚜벅뚜벅 걷기 시작하더니, 잠시 후 대장간 앞에 멈춰 섰다. 평상시 철근이 대장간을 찾을 때 했던 행동들을 기억했다가 주인이 시키지도 않았는데 그대로 하고 있었다.

철근은 시키지 않았는데도 모든 걸 알아 하는 늦봄이 너무나 기

특해서 녀석의 목덜미를 토닥거린 후 늦봄의 등에서 내렸다. 그리고 고삐 양끝을 졸라매어 녀석의 목에 걸어줬다. 고삐를 말뚝에 묶지 않아도 녀석은 멀리 가지 않을 것이었다. 혼자 알아서 대장간 옆에 있는 물통에 가서 물을 마신 후 주변에서 여물을 먹거나 풀을 뜯을 것이었다. 그러다 철근이 부르면 언제든 달려올 것이고.

"고생했다. 댕겨올 테니낀 물마시고 돔 쉬라."

철근은 사람에게라도 하듯 늦봄에게 말을 한 후 다시 한 번 목을 토닥거린 후 볼을 쓰다듬어 주었다. 투루루. 철근의 말을 알아듣기나 한 듯 늦봄이 투레질을 하더니 대장간 옆으로 걸어가기 시작했다.

늦봄이 물통으로 가는 것을 보고 난 후, 철근은 몸을 돌려 대장간을 휘둘러보았다. 그 사이 대장간은 더 낡아 있었다.

금방이라도 쓰러질 듯 위태로운 구부러진 나무 기둥. 손대면 폭삭 바스러져 내릴 것 같은 낡은 너와지붕. 그 지붕을 터전 삼아 솟아오른 잡초들. 도깨비 집이나 귀신 소굴 같았다. 산골 마을에서도 한참이나 떨어진 곳에 자리 잡고 있어서 그런 느낌이 더욱 짙었다.

"사람하곤……. 아무리 곧 떠날 집이디만 손이라도 돔 보고 살디……."

철근은 자신도 모르는 새에 혀를 끌고 차며 대장간 안으로 들어섰다.

"망치, 이 사람 안에 있네? 돔 나와 보라. 오랜만에 고약한 얼굴 돔 보자."

철근은 집만큼이나 도깨비 모양을 하고 나타날 집주인 망치를 생각하며 거적을 들치며 안으로 들어섰다. 그런데 아무런 기척이 없었다. 하기야 쇠 두드리는 소리가 나지 않은 게 좀 이상하긴 했다.

안에서 다른 급한 일을 하고 있겠거니 생각하고 들어섰는데 집주인 망치의 모습이 보이지 않았다.

순간, 철근은 왼손에 들린 칼을 꽉 움켜쥐었다. 아무래도 무슨 일이 있는 듯싶었다.

철근은 까치발로, 발소리를 죽이며 살금살금 대장간을 가로질러 오른쪽 구석을 향해 갔다. 거기 망치의 방이 있었다. 방이라 해봐야 나무기둥을 세워 거적을 두르고 흙바닥에 짚을 깐 게 전부였지만 망치가 피곤한 몸을 쉬는 공간이었다.

망치의 방에 접근한 철근은 숨을 죽인 채 귀를 기울였다. 그러나 방에서는 그 어떤 소리도 들리지 않았다. 망치가 방에 없는 모양이었다. 철근은 조심스레 거적을 들어올렸다. 역시 망치는 방에 없었다.

'어딜 갔디? 게으름 피울 사람도 아니고, 도성의 상황을 짐작하고 있으니낀 여율 부리딘 않을 낀데?'

철근은 망치의 행방이 궁금했지만 기다리는 수밖에 없다고 생각하고 몸을 돌리려 했다. 그런데 바로 그 순간이었다. 무슨 소리가 들리는 듯했다. 너무 작아서 분명치는 않았지만 쇠 부딪치는 소리인 것 같았다.

'이 사람이 벌써?'

철근은 소리가 나는 쪽으로 귀를 세웠다. 달그락 거리는 소리와 함께 가끔씩 쇠 부딪치는 소리가 나는 게 병장기들을 정리하는 듯싶었다. 그런데 그 소리가 나는 곳이 묘했다. 땅속에서 나는 소리인 것 같았다.

철근은 짚이 깔린 방바닥을 유심히 살폈다. 어떤 흔적이나 단서도 발견할 수 없었다. 껍질도 벗기지 않은 나무로 얽어놓은 벽을 살펴보았다. 마찬가지로 어떤 단서도 발견되지 않았다. 그렇게 방에서 대장간, 뒷마당까지 돌아보며 땅속으로 난 길을 찾았으나 찾을 수가 없었다. 철근도 찾을 수 없는 길을 마련해놓고 지금껏 만들어놓은 병장기를 숨겨놓은 게 분명했다. 그리고 목표량을 다 채우자 그간 만들어놓은 병장기들을 정리하느라 쇠 부딪치는 소리가 나는 것이고.

뒷마당을 돌다보니 측간이 보였다. 마침 소피가 마려웠던 차라 우선 소피를 볼 생각으로 측간으로 다가서려는데 불쑥 망치가 나왔다.

"어?!"

두 사람이 동시에 놀라며 한 사람은 칼을 뽑으려 했고, 다른 한 사람은 손에 잡고 있던 장작을 쳐들다가 상대를 확인하고는 멈췄다.

"딕금 어디서 나오는 거가?"

"언뎨 오셨습네까?"

손놀림도 거의 동시더니 말도 거의 동시에 터졌다. 그리고 두 사람은 거의 동시에 껄껄껄 웃었다.

"소피 먼뎌 보고 얘기합세."

웃음을 멈춘 철근이 허리춤을 끌어올리며 말했다.

"기러시디요. 기럼 쉰네는 밥을 준비하갔습네다."

"아닐세. 밥 먹을 시간이 없네. 밥은 다음에 먹기로 하고…… 같이 가볼 데가 있네."

"예. 기럼 준비하갔습네다."

그래놓고 성큼성큼 걸어갔다.

소피를 본 철근은 망치가 나온 곳을 찾기 위해 둘러봤으나 지하로 내려갈 만한 통로는 보이지 않았다. 병장기들을 숨기기 위해 지하에 비밀장소를 마련해둔 건 분명해 보였지만 찾을 수가 없었다. 망치의 은밀하면서도 치밀·섬세함에 새삼 마음이 놓였다.

"기래 준비를 마틴 모양이디?"

떠날 채비를 하겠다더니 옷도 갈아입지 않은 채 기다리고 있는 망치를 향해 걸어가며 철근이 물었다. 그러자 망치가 빙긋 웃으며 대답했다.

"그럭저럭요."

"얼마나 준비했나?"

"비밀입네다."

망치가 다시 빙긋거리며 대답하자,

"기것도 비밀이라믄 지하통로랜 완전 비밀이갔디?"

철근이 다시 묻자,

"물론입네다."

다시 빙긋거리며 대답했다.

"기래. 기건 묻디 않갔네. 기 대신 덕금부터 만나는 사람들도 비밀일세."

"기것 또한 물론입네다. 제 이름도 제대로 모르는 빙충이가 아는 게 뭐 있갔습네까? 고뎌 쇠 뚜들겨 농구나 만들 뿐입네다."

"기래, 기럴 테디. 아니, 기래야디."

철근은 흐뭇한 웃음으로 망치의 어깨를 두드려 주었다. 그건 좀 전에 철근과 늦봄이 나누었던 인사와 크게 다를 바가 없었다. 말이 필요 없는, 표정과 행동으로 대화를 나누는 건 사람과 동물 사이에서뿐만 아니라 사람과 사람 사이에서도 통하는 언어인가 보았다.

4

망치를 갈마산으로 데리고 간 철근은 벌꺽보를 불렀다.

벌꺽보는 돌팔매 명수인 벌테, 명궁인 꺽지, 괴력장사 들보를 줄여 부르는 말로 이 셋은 이른바 산림에 묻혀 사는 산림처사들이었다. 망치가 사는 곳에서 50리쯤 떨어진 갈마산葛麻山에 살고 있었다. 4년 전에 인연을 맺었는데, 대조선의 일파로, 대조선이 망하자 세상을 등지고 산악지대에 묻혀 사는 맥족(貊族. 고대 만주지역에 거주했던 조선족 일파)의 후손들이었다. 하여 세상과는 일정한 거리를 둔 채 사냥이나 화전, 약초를 캐며 연명하는 이들이었다. 그런 그들이 철근의 휘하에 들어온 것은 돌팔매의 명수 벌테 때문이었다.

4년 전 그날도 철근은 태후(당시는 왕후)의 명에 따라 도성 근방에서 제일 큰 목개나루 근방을 돌고 있었다. 전왕과 인창 왕자의 대립으로 궁 안이 뒤숭숭해지자 왕후가 자기 소생의 인섭 왕자를 보호할 방안을 찾아보라고 했다. 왕후의 명을 받은 철근은 세상에 알려지지 않은, 숨어있는 인재를 찾고 있었다.

세상에 알려져 있는 인재들은 거의 대부분 궁에 모여 있었지만, 인창을 비롯하여 다른 왕자들도 자신의 깜냥에 맞게 식객들을 두고 있었다. 춘추전국시대 하화족만큼은 아니었지만 이 식객 제도는 선도仙徒와 함께 자연스레 하나의 제도로 발전해 있었다. 애초 군사조직을 갖춰 사병화 되는 것은 국가가 인정하지 않았지만, 군사 조직을 제외한 다양한 부류의 식객을 두는 것은 국가에서도 눈감아 주고 있었다. 그건 대조선 이후 선도가 하나의 제도로 발전되었던 것과 밀접한 관계가 있었다. 평화 시에 유사시를 준비할 수 있고, 유사시에는 중심선도들 휘하에 있는 선인仙人들을 대거 동원하여 국가 안위의 중심축으로 활용하고 있었다. 그런데 이 제도가 언제부턴가 변질되고 있었다.

전왕과 인창 왕자의 대립이 극한으로 치닫게 되자 왕자들은 자신의 안위를 위해, 또는 자기 형제들을 지원하기 위해 사병들을 모으기 시작했다. 그러나 아홉 살 난 인섭 왕자는 그럴 수가 없었다. 아직 나이가 어려 궁에 살며 전왕의 보호를 받고 있었기에 자기 휘하에 사람을 모을 수가 없었다. 국왕의 명에 의해 정해진 인원만 인섭 왕자를 보필하고 있을 뿐이었다.

그렇지만 인섭 왕자의 생모인 왕후는 국왕의 붕어시를 대비하지 않을 수 없었다. 특히 인섭 왕자는 위로 네 형들과는 다른 배에서 태어났으니 그 누구도 보호해 줄 사람이 없다고 해도 과언이 아니었다. 태자인 인주가 왕위에 올라 인창 왕자를 비롯한 동생들을 제어할 수 있다면 큰 문제가 없었다. 태자는 왕후의 도움으로 태자 자리를 유지하고 있었고, 왕후를 존경하고 있어 인섭 왕자에게 우호적이었다. 그렇지만 인섭 왕자를 위해서는 따로 준비 하지 않을 수 없었다. 만약 형제간의 갈등이 격화되어 형제의 난이라도 일어나게 된다면 인섭 왕자는 살아남을 수 없을 것이었다. 힘도 없고 동복도 아닌, 장차 자신의 왕위를 위태롭게 할 뿐인 인섭을 그냥 둘 리 없었다. 제일 먼저 없애려 할 것이었다. 그런 불상사를 막기 위해 왕후가 숨은 인재들을 찾아보라는 명을 철근에게 은밀히 내렸던 것이었다.

그러나 세상에 드러나지 않은 숨은 인재를 찾는다는 것은 쉬운 일이 아니었다. 100권이 넘는 「유기留記」에서 오탈자를 찾는 일만큼이나 어려운 일이었다. 그렇지만 멈출 수는 없었기에 그날도 허탕 칠 줄 알면서도 나루터 주변을 돌고 있었다.

원래 왁자함과 소란이 끊이지 않는 곳이 나루터와 장이긴 하지만 그날따라 유난히 왁자하고 소란스러워 철근은 소리 나는 쪽으로 달려갔다. 일반적인 소란과는 달리 비명과 탄성이 동시에 울리고 있어서 호기심이 동했기 때문이었다.

소리의 근원지를 찾아, 사람들이 몰려 있는 곳으로 달려가니 싸움이 한창이었다. 떡대 큰 장정 예닐곱과 비쩍 마른, 한눈에도 산골뜨기가 분명해 보이는 청년 하나가 싸움을 하고 있었다. 떡대들은 장바닥을 돌며 자릿세나 뜯어내는 건달들 같았다.

그런데 떡대 예닐곱이 산골뜨기 하나를 당하지 못해 쩔쩔매고 있었다. 떡대 셋은 벌써 머리를 감싸 쥐고 땅바닥에 주저앉아 있었다. 어떻게 된 일인지 떡대 넷이 산골뜨기를 향해 덤벼들지 못하고 공격자세만 취하고 있었다. 함부로 덤벼들지 못하는 게 이미 산골뜨기에게 당한 모양이었다.

팽팽한 긴장감 속에서 떡대 하나가 덤벼들자 산골뜨기가 재빨리 몸을 피하는가 싶더니 오른손으로 뭔가를 던지는 것 같았다. 순간, 딱! 소리와 함께 덤벼들던 떡대가 비명을 지르며 머리를 움켜쥔 채 주저앉았다. 그 모습을 본 다른 떡대들이 두려워하면서도 다시 덤벼들려 하자 산골뜨기가 다시 오른손을 움직였다. 그러자 떡대들이 공격도 제대로 못한 채 차례로 주저앉았다. 모두 셋이었다. 셋 다 이마에서 피가 흐르기 시작한 것은 잠시 후였다.

산골뜨기의 행동을 지켜보는 철근은 놀라지 않을 수 없었다.

산골뜨기의 손에서 날아간 것은 작은 돌멩이 같았는데 백발백중

상대의 이마빡에 꽂히는 것이었다. 돌을 던지는 동작이 얼마나 빠르지 자세히 보지 않으면 보이지 않을 정도였다. 돌멩이의 속도도 엄청 빨라 좀한 물건은 다 뚫을 것 같았다. 그것도 바로 몇 보 앞에서 던지는 것이라 촉을 단 화살보다도 위력이 있어 보였다. 그 모습은 보는 사람들이 탄성을 지르기에 충분했다. 그래서 비명과 탄성이 동시에 울렸던 것이었다.

"오늘 제대로운 인재 하날 건디갔구만."

부지불식간에 철근의 입에서 소리가 새어나왔다.

그러면서도 철근은 산골뜨기가 나머지 한 명까지 해치울 때까지 기다렸다.

일곱 모두 이마빡에 바람구멍이 난 후에야 떡대들이 슬금슬금 물러섰다. 산골뜨기에게 대항할 수 없다고 포기하면서도 두고 보자며 이를 간 후, 모여 있는 사람들에게 꺼지라며 화풀이를 한 후 물러났다. 떡대들이 물러나자 산골뜨기는 죄송하다며 사람들에게 인사를 했다. 그러자 사람들이 박수를 치며 환호했다.

그 모습을 다 지켜본 철근이 사람들이 흩어지기를 기다렸다가 산골뜨기에게 다가가며 말을 걸었다.

"좋은 재줄 가졌기만요."

철근이 다가가자 산골뜨기가 경계의 눈빛을 보냈다. 그건 더 가까이 접근하며 물어뜯겠다고 경계하는 개의 모습과도 닮아 있었다. 그걸 눈치 챈 철근이 상대의 경계를 무너트리기 위해 자신을 소개했다.

"안심하시라요. 내래 궁중에서 일하는 박삽네다."

철근이 자기소개를 해도 상대는 경계를 풀지 않은 채 서 있었다. 여차하면 손에 쥐고 있는 공깃돌을 날릴 태세였다.

"댱시 애길 나눌 수 있을까 해서 기러니 땀 둄 내시구래."

"……?"

"다른 뜻이 있어 기러는 게 아니리 나도 돌팔매딜을 둄 배와보고 싶어서 기러오. 댱시믄 되니낀 기래 듀시오."

그렇게 시작한 설득이 겨우 먹혀, 등에 지고 있는 물건들을 다 사주는 조건으로 잠시 시간을 얻었다. 그가 바로 돌팔매질의 명수 벌테였다.

철근은 그를 통해 그가 살고 있는 갈마산 산채를 알게 되었고, 그의 친구인 꺽지와 들보도 알게 되었다. 우연찮은 기회에 삼총사를 얻은 것이었다.

5

첫 상면이어서 그런지 망치와 벌꺽보는 한동안 말이 없었다. 하기야 사람들과 어울려 살며 교류했던 경험이 없고, 회합 자리에서 사람들을 만나 인사를 나눴던 적도 없었기에 그런 자리가 어색한 것은 당연한 일인지도 몰랐다. 하여 어쩔 수 없이 철근이 나서는 수밖에 없었다.

"이뚝은 망치라고 대장장이디. 여기서 쓰는 호미에서 칼까디 이 사람이 다 만들었다고 볼 수 있디. 기러고 우리가 쓸 병장기를 만들고 있고……."

철근이 벌꺽보에게 망치를 소개했다. 그러자 망치가 벌꺽보를 향해 고개를 숙였고, 벌꺽보도 망치를 향해 고개를 숙였다.

“기러고 이 세 사람은 벌꺽보라고, 벌테·꺽지·들보일세.”
이번에는 망치에게 벌꺽보를 소개했다.
“가운데, 우리가 처음 만난 이가 벌테라고, 돌팔매의 명수다. 가까운 덴 손으로, 먼 덴 줄을 돌려 맞튜는데…… 백발백중 명수다. 기러고 오른쪽에 있는 이가 들보라고 뭐든 다 들어 올린다고 붙여딘 이름인데, 보는 대로 칠 척 장신이다. 키만 크고 힘만 센 게 아니라 걸음도 빨라서리 남들보다 두 배는 빨리 가다. 기러고 왼쪽이 꺽진데 명궁이라네. 눈에 보이는 건 뭐든 맞추니 가히 신궁이라 할 만하다.”
철근이 소개하자 벌테는 역시 벌테답게 만세를 부르듯 두 팔을 들어 올렸다 내리며 인사를 했고, 들보와 꺽지는 계면쩍은지 고개만 숙여 인사를 했다.
“오늘 이룧게 모인 건…….”
철근은 거기서 잠시 말을 끊었다. 얼마간 짐작하고 있겠지만 인사를 마치자마자 곧장 본론으로 들어가기가 망설여졌다. 굳이 말하지 않아도 될 것 같기도 했다. 그건 철근이 벌테를 찾아왔을 때나, 철근이 왔다는 벌테의 전갈에 득달같이 달려와 ‘때가 됐습네까?’라고 묻는 꺽보의 행동만 보아도 알 수 있었다. 비록 산골에 묻혀 살고 있긴 했지만 철근을 만난 후부터는 도성 상황에 관심을 가짐은 물론, 도성 상황도 얼마간 파악하고 있는 듯했다. 철근을 만난 이후 철근의 명이 떨어지기만을 기다리고 있었던 모양이었다.
“탐! 기 전에…… 오늘 첫 대면이니 나이부터 알아야갔구만. 기래야 위아랠 정하다.”
겉모습만 봐도 망치가 제일 위라는 건 알 수 있었지만 정확한 나이를 알아야 서로 상대하기가 편할 것 같아 철근이 운을 떼었다.

"기거야 말하나마나 망치 형님이 윈데요, 뭘. 우리래 셋은 쥐띠로 스물둘 동갑입네다."

벌테가 먼저 나서서 말꼬를 텄다. 그러면서 스스럼없이 망치를 형님이라 불렀다. 그 말에 망치가 쑥스러운지 머리를 긁적이며 벌테의 말을 받았다.

"뭐 큰 차이 없구만 기래요. 내래 닭띱네다."

"닭띠믄 우리보다 세 살 위니깐 스물다섯, 형님이 맞기만요"

벌테가 말을 마치고는 넙죽 절을 했다. 그러자 꺽지와 들보도 벌테를 따라 절을 했다. 이에 당황한 망치도 맞절을 한 건 너무나 당연했고.

"우리가 비록 서로 부모도 다르고 나이도 다르디만 뜻을 함께 하기로 한 이상 형제나 다름없디요. 기러니 이 자리에서 순서를 정해 형제를 맺도록 하는 게 어떻갔습네까? 우리 셋은 벌꺽보 순입네다. 기러니 인텐 망벌꺽보나 치벌꺽보가 되갔네요. 어떻습네까? 어떻네?"

누가 시킨 것도 아닌데 벌테가 나서서 중재를 했다.

"기거야 말해 뭐하갔네. 우리 중에선 벌테 너가 제일 맏이니 기 뜻에 따라야디."

꺽지의 대답에,

"형젠 나이순이디 다른 순이 아니댷네."

들보가 화답했다. 그러자 망치가 쐐기를 박았다.

"기러디 뭐. 내래 세 아우를 먹여살릴래믄 힘이야 들갔디만 나이가 많은 걸 어뜩하갔네."

그러더니 넷이 손을 맞잡았다.

"기래. 이릏게 해서 오늘부로 사형제가 된 거네? 나한테도 아우 넷이 생긴 거고?"

그렇게 해서 간단하게 서열이 정해져 버렸다. 붙임성 좋고 활달한 벌테 덕에 일은 예상 외로 쉽게 정리되어 버린 것.

애초 철근은 넷을 어떻게 결합시킬까 걱정했었다. 벌꺽보야 흉허물 없이 야자 하는 사이였지만, 망치와의 화합은 쉽지 않을 것 같았다.

각기 다른 장기를 가지고 있고 자라온 환경들이 다른 넷을 결합시킨다는 건 구리와 아연을 합치는 것만큼이나 열을 가하고 두들겨야 될 것이라 생각했었다. 하여 넷을 자기 집에 불러 숙식을 함께 시키면서 서로 익숙해질 때까지 기다릴 생각이었다. 그래서 오늘 자기 집으로 데려가 서로 가까이 지낼 시간을 주려했는데, 넷이 인사를 나누는 품이 스스럼없어 보였다. 철근이 가운데 끼어 있어서 그랬는지 모르지만 격식 없이 자연스레 어울릴 수 있을 것 같았다. 하여 철근이 마음을 바꿔 나이 먼저 물었던 것인데, 벌테의 도움으로 넷이 위아래를 정하는 정도가 아니라 형제의 의를 맺는 것이었다. 귀족이나 사족士族들, 관리들은 상상도 못할 민초들의 순수성과 건강성을 다시 한 번 확인한 셈이었다.

하여 철근은 애초의 계획을 변경하였다. 오래지 않아 부를 테니 그때까지는 각자 위치에서 대기하라고. 그리고 이제 서로 알았으니 연락을 주고받으라고. 모든 기별은 벌테에게 할 테니 벌테가 세 사람에게 연락을 하기로 했고, 철근네 집을 알려주어 급한 일이 있으면 철근을 직접 찾아오라고 했다. 이로써 철근이 끼워야 할 첫 단추가 원만하게 끼워진 셈이었다.

이별의 자리에서

6

입궁을 했으나 잠시 망설여졌다. 대전과 태후전 중 어디 먼저 갈 것인가가 고민되었다.

입궁할 때까지만 해도 대전에 먼저 들를 생각이었다. 대왕을 먼저 알현한 후 태후를 찾아가는 게 순서일 것 같았다. 대왕이 자기보다 태후를 먼저 뵌 걸 알기라도 한다면 서운해 하실 수 있고, 그리 되면 일이 꼬일 수 있었다. 위기 상황에서 수순을 잘못 밟는다는 건 위험을 자초하는 일이었기에 신중해야 했다.

그런데 막상 대왕을 뵙고자 대전으로 들어서며 다시 생각해보니 아무래도 태후를 먼저 만나 상의한 후 대왕을 뵙는 게 나을 것 같았다. 철저한 준비 없이 대왕을 만났다간 일이 어그러질 수 있었다. 말 한 번 잘못 했다간 태후마저 위태로울 수 있었다. 그러니 태후를 먼저 만나 상의하는 게 순서일 것 같았다.

갈피를 잡지 못한 채 대전 앞에서 서성이고 있자니 내관 하나가

다가와 말을 걸었다.

"왕자 전하, 어찌 여기 계시옵네까?"

"으응. 대왕 전하를 뵈올까 해서 입궁했는데……."

그러다 인섭은 내관을 쳐다보았다. 불쑥 이 내관이 누군지 궁금했다. 자신이 누구인지 알고 접근한 게 분명해 보이는데 인섭은 한 번도 본 적이 없는 내관이었기 때문이었다. 인섭이 출합出閤한 지 얼마 되지 않았기에 선왕이나 대왕을 모시거나 호위하는 내관들은 거의 알고 있었다. 그렇다면 이 내관은 선왕이나 대왕과 직접적인 관계가 없는 내관이라는 뜻인데, 한 번도 본 적이 없는 자가 인섭을 찾아와 말을 거는 게 미심쩍었다. 안 그래도 궁 안이 어지러운 때가 아닌가. 이런 시국에 알지도 못하는 내관에게 자신의 행처行處를 알려서는 안 될 것 같았다. 하여 슬쩍 비틀어 말했다.

"아무래도 다음에 알현해야 할 것 같아 돌아가려던 탐이네."

그러자 내관이 마침 잘 되었다는 듯한 표정을 지은 후, 좌우를 살피더니, 인섭에게 다가서며, 속삭이듯, 낮게, 말했다.

"기러시믄 소신을 따라가시디요. 셋째 왕자께서 턎아 계시옵네다."

"인창 형님이?"

인섭은 깜짝 놀라 목소리를 높였다. 인창이 자신의 입궁 사실을 알고 있다는 사실도 놀라웠지만, 자신을 부른다는데 놀라지 않을 수 없었다. 그것도 대전 앞까지 사람을 보내 자신을 부른다는 건 이젠 왕도 두렵지 않다는 뜻이었고, 궁이 이미 인창 손에 들어갔다는 뜻이기도 했다.

그러자 내관이 재빠르게 인섭의 입을 막는 시늉을 하며 낮게 주워섬겼다.

“목소리 낮튜시라요. 문과 벽에도 귀가 있다는 궁이 아니옵네까? 기러니 목소리를 낮튜시고 소식을 따라오시니요. 셋째 왕자가 기다리고 계십네다.”

그래놓고 내관은 발을 돌려 앞서 걷기 시작했다. 따라올 테면 따라오고, 말라면 말라는 태도였다. 인창의 명을 받고 인섭을 데리러 왔다기보다 인창에게 잘못 보였다간 국물도 없을 줄 알라고 경고하는 듯 보였다.

인섭은 난감했다. 행보를 잘 해야 했다. 이제 어떻게 행동하고 대응하느냐에 따라 자신의 운명뿐만 아니라 태후의 운명마저 결정될 수 있었다. 한 번 발을 잘못 내딛는 순간, 거기가 낭떠러지일 수도 있었다. 그러기에 정신 똑바로 차리고 제대로 대응해야 했다.

무엇보다 먼저 내관을 따라갈 것인지 말 것인지 결정해야 했다.

내관의 말마따나 궁엔 문이나 벽에도 귀가 있어 인섭이 인창을 만난 걸 대왕이 모를 리 없었다. 그러니 인창을 만나지 않는 게 맞을 것이었다. 그러나 반대로, 인창이 부르는데 안 간다는 건 인창과 척을 지겠다는 뜻이었다. 그리 되면 인창이 가만히 있을 리 없었다. 제일 먼저, 수단과 방법을 가리지 않고, 인섭부터 해치워 버릴지도 모를 일이었다. 그러니 내관을 따라가는 수밖에 없었다. 차후에 일이 어떻게 전개되고 진행될지 모르지만 일단 인창이 부른다니 만나보는 게 순서일 것 같았다.

인섭은 내관을 따라가면서 분주히 머리를 굴렸다. 어떻게 처신하고 대응하는 게 살아남을 수 있을 지를 생각했다. 철근 사부가 일러준 말들을 되새기며 인창을 만났을 때 해야 할 말들과 해서는 안 될 말들을 고르고 또 골랐다.

내관은 뭐가 그리 급한지 총총걸음으로 앞서갔으나 인섭은 느릿느릿 따라갔다. 마음이 다 정리되지 않은 상태에서 인창을 만난다는 건 무기도, 도와줄 사람도 하나 없이 도적과 마주치는 일이나 다름없기에 느릿느릿 걸으며 생각을 정리했다. 그에 따라 앞서가던 내관이 여러 번 뒤를 돌아보며 인섭이 따라오는지 확인을 했고, 인섭을 기다리다 거의 따라갔을 때쯤 다시 출발하곤 했다. 왕자 신분이 아니었다면 서두르라고 소리라도 지를 품새였다.

내관이 앞서가는 곳은 미로처럼 복잡하게 길이 얽혀있는 낯선 곳이었다. 나중에야 안 사실이지만, 그곳은 왕을 가까이에서 보좌하는 근위 관청과 부서가 밀집되어 있는 궐내각사로, 왕이나 왕자들은 출입하지 않는 곳이었다. 그러니 인섭이 가 본 적이 없는 곳일 수밖에.

꼬불꼬불 얽혀있는 길을 가며 인섭은 생각에 생각을 거듭했다. 가끔은 길을 알아두기 위한 것처럼 멈춰 서서 두리번거리며 시간을 벌기도 했다. 그렇게 시간을 끌며 생각을 정리했고, 생각이 얼마간 정리되자 내관을 따라 건물 안으로 들어섰다.

내관이 열어주는 방은 작은 미닫이가 달려있는 방이었다. 그러나 안으로 들어서자 내부는 여러 개의 방을 터놓은 것처럼 넓었다.

인섭이 들어서자 인창이 앉아 있다 일어서며 반기는 목소리로 말했다.

"어서 오라, 아우."

"형님, 탖아 계시옵네까?"

인섭은 정중히, 형을 만나는 게 아니라 군왕을 만나는 신하처럼 깊숙이 고개를 숙여 인사를 했다. 어리석은 어린애처럼, 인창이 두려워 감히 얼굴도 마주하지 못하는 사람처럼 굴었다.

"기래, 궁엔 왜 발걸음했네?"

다른 생각할 틈을 주지 않겠다는 듯 인창이 불쑥 물었다. 그래야 거짓말을 하지 않을 것이라 생각하는 모양이었다. 어쩌면 내관한테도 딴 생각 못하게 빨리 데려오라고 했을지도 몰랐다. 하여 내관이 그렇게 급하게 앞서 걸었을 것이고. 인섭이 왕자가 아니었다면 재촉하는 정도가 아니라 손을 잡고 끌었을지도 모를 정도로.

"어마마마와 대왕 전하를 뵙고 싶어서요?"

"왜?"

"……?"

"아니, 출합한 지 얼마나 됐다고? 얼마 전까지만 해도 궁에서 실컷 봤댢네."

"기러니 더 뵙고 싶디요. 출합하니 어마마마가 더 보고 싶어서……. 기런데 어마마마만 뵐 수가 없디 않습네까?"

인섭은 철근 박사가 일러준 대로 최대한 어리숙하게, 최대한 가엽게, 최대한 나약하게 보이기 위해 애를 쓰며 말했다.

"오마닐 뵙고 싶은데 오마니만 뵐 수 없어서 임금이신 형님도 뵐려고 왔다 이거디?"

"예—. 긴데 기 때문만은 아닙네다."

"기럼 딴 일도 있네?"

"예—."

"기게 뭔데?"

"유람을 똠 다녀올까 해서요."

"유람? 왜 갑댜기?"

"형님도 알다시피 어마마마를 뵙고 싶긴 한데 아무리 왕제라 해도 궁을 함부로 드나들 순 없디 않습네까? 기럴수록 어머마마가 더 보고 싶고……. 기래서 유람이라도 하믄 좀 잊어딜까 싶어서……."

"기건 대왕과 의논할 일이 아니디. 출합한 몸이니 하고픈 대로 하믄 되디 기딴 걸 왜 의논해?"

그 말에 인섭은 인창을 빤히 쳐다봤다. 그래놓고 기쁜 듯이 물었다.

"기게 뎡말입네까? 기걸 내 마음대로 할 수 있단 말입네까?"

인섭의 물음에 오히려 인창이 당황하는 것 같았다. 하여 인섭은 재우쳐 물었다.

"기럼 어머마나나 형님을 만날 필요 없이 돌아가야갔네요. 내래 기것도 모르고……. 모든 걸 허락받아야 하는 듈 알고……."

"기런 건 내관들이나 아랫사람들에게 물어보믄 되디. 뭘 이릏게 번거롭게……?"

답답해서 못 견디겠다는 듯 인창이 눈살을 찌푸렸다. 거기에 힘을 얻은 인섭이 대답했다.

"기래도 기런 걸 어뜷게 아랫사람에게 물어봅네까? 명색이 왕젠데 기런 걸 물어보믄 내래 깔볼 거 아닙네까? 아바마마께서도 아랫사람에게 기대디만 말고 스스로 알아서 생각하고, 판단하고, 명을 내리시라 했었시요. 긴데 기런 걸 물어보믄 아랫것들이 날 깔보디 않갔습네까? 안 기래도 아바마마가 안 계시다고 날 깔보는데."

"누가 널 깔봐?"

인창이 정말 화가 난 듯 소리를 질렀다. 아무래도 철부지 동생을 깔본다는 말에 불뚝성질이 이는 것 같았다.

"누구랄 것도 없이……. 출합 후엔 더 기렇고……. 내 사저에 사람 씨가 말랐습네다. 아랫것들도 예전같이 고분고분하디 않고요."

"내 이놈들을? ……기게 다 왕이 물러터뎌서 기러는 거디. 왕이 제대로 해봐. 어뚷게 기깟 것들이 왕젤 함부로 하갔네?"

그러다 너무 흥분했다고 생각했는지 인섭을 바라보며 씽긋 웃더니 화를 가라앉혔다. 그러더니 측은하게 인섭을 바라보며 뜬금없이 물었다.

"너 올해 멫 살이네?"

"형님도 탐……. 열세 살이디 멫 살입네까?"

"열세 살? 그 나이엔 난 벌써……."

그러다 말을 끊고 한참 동안 입을 다물고 있더니 혼잣소리처럼 말을 이었다.

"하기야 태후 치마폭에 싸여 있었으니 세상을 알 턱이 없디."

그래놓고 입을 다시며 인섭의 얼굴을 뚫어지게 쳐다보았다. 그러고 나서도 한참 입을 다물고 있더니 마음의 결정을 내린 듯 말을 했다.

"기래 기왕 입궁했으니 형님과 태후마마를 뵙고 가라. 입궁했다가 기냥 간 걸 알게 되믄 섭섭해 할디도 모르디 않네. ……기러고…… 날 만난 건 비밀로 하고……."

"예—."

인섭은 대답을 하며 눈물을 흘렸다. 피는 물보다 진하다는 걸 다시 한 번 깨달았기 때문이었다.기보다 이제 인창에게서 벗어나는구나 싶었기 때문이었다. 철근 사부가 알려준 대로, 조금 전 내관을 따라오며 머릿속에서 그려낸 대로, 인창에게 최대한 어리게, 최대한 측은하게, 최대한 가엽게 보인 것이 효과를 낸 셈이었다.

"사내자식이 울긴? 기것도 왕자란 놈이……."

인창은 인섭의 눈물을 나무랐지만, 마음은 놓이는 모양이었다. 그래서였을까? 인창이 다시 물었다.

"기래 유람가면 얼마나 떠나 있을라고?"

"길쎄요. 기것도 전하를 만나 뵙고 결정하려고요."

인섭은 콧물을 들이마시며 대답했다.

"아무튼 어딜 가든 몸 됴심하고……. 돌아오면 내가 여기 없을디도 모르니깐 그 후에도 댤 디내고……."

"예—. 형님도 강건하게 댤 디내십시오."

"기래. 이데 가보라. 난 또 할 일이 있어서 나가봐야 하니낀."

"예—. 알갔습네다."

인창이 먼저 일어서서 나갔지만 인섭은 탁자에 엎드렸다. 마음을 진정시켜야 했고, 인섭을 지켜보고 있을 인창의 수하들에게 보여줄게 남아 있었다. 그건 다름 아닌 인섭의 눈물이었다. 그걸 인창의 수하들에게 충분히 보여주고 떠날 참이었다. 그래야 인창의 감시망에서 벗어날 수 있을 것 같았다.

7

대전 내관에게 알리자 얼마 없어 들라는 영이 떨어졌다.

내관의 안내로 대전에 든 인섭은 신하의 예를 올리려 했다. 그러자 대왕이 말렸다.

“관두라. 형제간에 예는 무슨 예네.”

대왕이 말렸으나 인섭은 깍듯하게 예를 올렸다. 부왕에게 올리던 예보다 한참 경건하고 엄숙하게.

“대왕마마! 신, 인섭, 대왕전하를 뵙습네다.”

그리고 바닥에 엎드렸다.

“거기 엎드리디 말고 가까이 오라. 일로 오라.”

“여기가 신의 자리옵네다. 올라오라니요? 당치 않습네다.”

인섭은 꼼짝도 않고 엎드려 있었다. 이제 태자가 아니라 대왕인 큰형에게 그럴 수는 없었다.

“어, 기거 탐……. 내가 거기로 가야갔네? 꼭 나이든 형을 수고스럽게 할 생각이네?”

그러더니 자리에서 일어서서 인섭이 엎드려 있는 데로 걸어와 팔을 잡아끌었다.

“신 여기가…….”

“그만 됐다니낀 기러네. 여 누가 있다 기러네? 날래 일나라.”

그러나 인섭은 고개를 들거나 일어서지 않았다. 아무리 형제간이라도 지킬 것은 지켜야 할 것 같았다.

“꼭 이래야갔네? 너도 날 밀어낼 생각이네?”

“예? 기 무슨 말씀을…….”

인섭은 깜짝 놀라며 고개를 들어 대왕을 쳐다보았다. 그러자 대왕이 고개를 끄덕이며 말했다.

“기러니 일나라. 너가 이러는 건 나를 밀어내겠다는 뜻이나 다름없으니 기러디 말라.”

그 말과 함께 대왕이 끌어 일으키자 인섭은 일어서지 않을 수 없었다. 더 이상 예를 고집하다간 형제의 의를 잃어버릴 수도 있었다.

인섭은 대왕의 뒤를 밟아 용상 가까이에 가서 끓었다.

"편히 앉으라. 안 기러믄 내래 너와 얘기하디 않갔다."

대왕이 다시 편히 앉기를 권하더니 좌우를 물렸다.

"댜, 이뎨 우리 둘뿐이니 편히 앉으라. 아바마마께 했던 대로 편히 하라. 기게 이 형이 해듈 수 있는 일이고, 아바마마께서 이 형한테 당부한 거이니……."

"……?"

무슨 말인지 몰라 인섭이 대왕을 쳐다보자 대왕이 말했다.

"붕어하시기 며틸 전, 아바마마께서 날 부르더니 널 부탁하셨다. 당신이 하던 대로, 당신을 대신해 널 돌봐듀라고. 기게 나에게 하신 마디막 당부였다. 기러니 내 말 들으라."

"예—. 알갔습네다."

왕명에 평좌로 앉으면서도 인섭은 고개를 들 순 없었다. 대왕의 얘기를 듣고 있자니 눈물이 흐르고 목이 메여왔기 때문이었다. 선왕께서 왕위를 이을 맏이에게 마지막 당부로 자신을 부탁했다는 게 가슴을 울렸고, 그런 사실을 자신에게 알려주는 대왕이 눈물 나게 고마웠다.

선왕께서 그런 당부를 했다 하더라도 인섭에게 안 알리면 그만인 말을 굳이 전하며 아버지를 대신하려는 대왕의 얼굴을 감히 쳐다볼 수가 없었다. 그러나 인섭이 눈물을 흘린 진짜 이유는 다른 데 있었다. 선왕께서 정말로 그런 당부를 했는지, 인섭에게 마음 편히 가지라고 그런 말을 지어냈는지 알 수 없었다. 그리고 또……. 이렇게 인자한 대왕이 동생에게 왕위와 목숨을 위협받고 있다는 사실이 슬펐다. 그리고 그런 대왕에게 어떤 힘도 되어주지 못하는 자신의 무능이 슬펐고, 오히려 짐이 되고 있음이 서러웠다.

그러나 값싼 눈물을 보일 순 없었기에, 대왕에게 짐이 되고 싶진 않았기에 인섭은 이를 악물며 눈물을 참았다. 그런 인섭의 마음을 읽기라도 한 듯 대왕이 조용히 물었다.

"기래. 오늘은 어떤 일이네? 태후마마 뵈러 왔네?"

대왕이 나직하게, 애정 어린 목소리로 물었다. 그러더니,

"얼마 전까디만 해도 곁에 있다 사저로 나갔으니 보고 싶갔디."

란 말을 덧붙였다.

그러자 인섭은 솔직하게 대답하는 수밖에 없었다. 대왕이기 앞서 막내동생을 돌보려는 큰형에게 말을 돌리거나 숨긴다는 건 예의가 아닐 뿐 아니라 도리가 아닐 것 같았다. 하여 인섭은 솔직하게 대답했다.

"예—. 기것도 맞디만 대왕 전하를 뵙기 위해섭네다."

그러자 기쁜 듯이 대왕이 말을 바로 받았다.

"기래, 날 만나고댜 하는 이유가 뭐네? 기탄없이 말해보라."

그건 단순한 호기심에서 묻는 게 아니라 말하면 다 들어주겠다는, 아버지가 어린 아들의 소원을 들어줄 테니 어서 말해보라는 재촉과도 같은 것이었다.

"예—. 기게……, 내래 유람이나 하믄서 바람 돔 쐴까 해서 기걸 의논드리러 왔습네다."

"뭐라? 유람?"

생각지 못했던 말인지 대왕이 깜짝 놀라며 되물었다.

"예. 아바마마 장례도 끝났고 사저로 짐도 옮겼으니 이탐에 밖으로 나가 바람이나 돔 쐴까 합네다."

대왕이 놀라는 품에 인섭은 기어드는 소리로 대답했다. 그러자 대왕이 인섭을 쳐다보는지 한동안 말이 없었다.

인섭의 속이 바작거리기 시작했다. 상황을 정확하게 파악하지 않고 섣부르게 발설해 버린 게 아닐까 싶었다. 아무리 대왕이 자신을 아낀다 해도 공사를 분명히 가리는 대왕의 성정을 너무 간과한 것 같았다. 섣부른 발설이 이제 자신의 발목을 잡는 정도가 아니라 목숨마저 위태롭게 만들 수도 있다는 생각에 속이 탔다.

"기래, 유람하려는 이유가 뭐네? 날 못 믿갔네?"

"예에?"

인섭은 소리를 지르며 고개를 들었다. 생각지도 못한 대왕의 말에 가슴이 쿵 내려앉는 정도가 아니라 온몸에서 힘이 빠져나가는 듯했고 정신마저 횡했다. 아니라고, 그게 아니라고 대답하고 싶었으나 그런 말마저도 막혀버렸는지 할 수가 없었다.

"기, 기, 기게 아니라……."

"기게 아니믄 셋째가 겁이라도 주데? 기것도 아니믄 지레 겁먹고 도망이라도 틸 생각이네?"

조금 전과는 달리 대왕은 엄한 목소리와 얼굴로 인섭을 옥죄었다. 지금껏 한 번도 본 적 없는 대왕의 얼굴이었다. 모든 것을 알고 있으면서 거짓말을 하는지 안 하는지를 확인하기 위해 다그치는 한편, 거짓말을 하는 순간 혀를 잡아 뽑아 버리겠다는 뜻을 담고 있는 듯했다. 하여 인섭은 솔직하게 말하지 않을 수 없었다.

"형님께 짐이 되고 싶디 않습네다. 어떤 경우든 내래 형님한테 짐이나 되디 힘이 될 리 없디 않습네까? 기래서 멀리 떠나려고 합네다. 비겁하고 부끄러운 일이디만 내래 할 수 있는 게 없는 것 같아서리……. 죄송합네다."

인섭은 진심을 담아, 자신의 마음이 제대로 전해지기를 바라며 천천히 말했다. 지금으로선 그게 최선일 것 같았다. 어쭙잖게 머리를 돌리거나 거짓말을 하고 싶지 않았다.

"똑금 전에 인창이한테도 이런 말을 했네?"

"아, 아닙네다. 태후마마가 댜꾸 보고 싶고, 나가댜 외롭기도 해서 유람이나 둄 다녀오갔다고 했습네다."

"기랬더니?"

"기랬더니……, 얼마나 나가 있을 거냐고 묻길래 대왕 전하와 상의한 후에 결정하갔다고 했습네다. 기랬더니, 기런 건 혼차 결정하는 거디 대왕 전하와 상의해서 결정하는 게 아니라고 했습네다. 해서 기런 거냐고, 기래도 되는 거냐고 물었더니 기래도 된다고 했습네다."

"기래서?"

"기럼 기냥 사저로 돌아가서 유람 다녀오갔다고 했더니, 기왕 왔으니낀 대왕 전하와 태후마마를 뵙고 가되 자신과 만난 일은 비밀로 하라고 했습네다. 또한 유람 갔다 오믄 자기가 없을디도 모르니 댤 다녀오라고 했습네다."

"기것뿐이네?"

"예."

인섭은 인창을 속이기 위해 했던 연극에 대해서는 말하고 싶지 않았다. 인창이 두렵다는 말도 하지 않았다. 그리되면 대왕을 자극하면 했지 도움이 되지 않을 것 같았기 때문이었다. 지금과 같은 일촉즉발의 상황에선 그 누구도 자극해선 안 될 것 같았다. 어떻게든 두 사람의 충돌을 막고 싶었다.

“기런데 왜 울었네?”

“예?”

“인창이 나가 후에 왜 엎드려 울었느냔 말이다.”

“어, 어뚷게 기걸?”

“인창이 궁에서 활보하고 있는데…… 나를 정탐하는 정도가 아니라 궁에서 세력들을 규합하려고 안달하고 있는데…… 난 바보 같이 보고만 있으면서 당할 듈 알았네? 내 주변에 인창의 첩자들이 있듯 인창 주변에도 내 첩자들이 있다.”

“기, 기럼…… 인창 형님이 자기 군사들을 돌려보내디 않고 고루성에 주둔시켜 둔 것도 알고 있습네까?”

“기래. 너도 기걸 알고 있었기만.”

“예. 기렇디만 형님을 자극할 거 같아서, 아니 전쟁이라도 날 거 같아서 입을 다물고 있었습네다. 기렇디만 더 이상 미뤄둘 수 없기에 유람 떠나기 전에 알래드릴래고 오늘 입궁한 겁네다.”

“기래 고맙다. 또한 기런 것까디 알고 있다믄 널 더 이상 도성에 머물게 할 순 없디. 나도 기 일 때문에 얼마 전에 어마마마를 뵈었다. 기러고 메틸 내로 널 부르려 했었고. 인창이 널 일부러 불렀다면 너도 그의 사정권에 들어있다는 말이니 각별히 됴심하라. 오늘부터 사저 경계도 강화하고. 내가 기런 일들을 해줘야 하는데 인창을 자극할 것 같아서, 오히려 너를 위험에 빠트릴 거 같아서, 미뤄두고 있었으니 주의하고 또 주의하라. 기러고 준비를 철저히 해서, 최대한 빨리 도성에서 빠뎌나가라."

그러더니 유람 떠나기 전에 준비해야 할 것들, 유람을 떠날 때와 유람 중에 주의해야 할 것들을 알려주었다.

이제 형제간의 전쟁은 피할 수 없게 되었으니 피해 있다가 돌아오라 했다. 그러나 자신이 왕위에서 물러나게 되거나 안 좋은 일이 생기면 돌아오지 말라고 했다. 외롭고 괴롭고 힘들겠지만 잘 버티고 이겨내라고 했다. 그러더니 미리 준비해뒀는지 보자기 하나를 가져오라고 했다.

"투구다. 꼭 필요할 것 같아서 준비했으니 가뎌가라. 전투 땐 널 보호해듈 거이고, 돈이 필요할 땐 돈이 돼듈 거이다. 왕이 돼서, 아바디를 대신해서 널 보호해듈 큰형이 돼서 이릏게밖에 할 수 없는 날 용서하라."

"형님! 이 투구는 형님께 필요하디 저한텐 필요 없는 물건입네다. 기러니 형님이 가디고 계십시오. 전 형님한테 짐이 되는 게 싫어서 떠나려는 거인데 이릏게 되믄……. 기러니 이 투구만이라도……."

그러나 인섭은 말을 다할 수가 없었다. 대왕이 인섭의 말을 잘라버렸기 때문이었다.

"아니다. 난 벌써 이런 일을 예상하고 있었다. 아바마마도 기건 마탄가디고. 기래서 오래 전부터 준비해듄 거이니 사양치 말고 가뎌가라. 아바딜 대신한 이 형이 해듈 수 있는 마지막 선물이다."

그러더니 인섭의 두 손을 찾아 꼭 쥐며 말했다.

"부디 목숨을 보존하라. 기러고 이뎨부턴 모든 걸 너 혼차 결정하고 처리해야 하니낀 힘들갔디만 댤 이겨내라. 넌 그럴 능력과 재주가 있다. 기러니 널 믿고, 사부인 철근 박사와 댤 의논하믄서 버티

라. 이게 내가 너한테 내리는 텨음이댜 마디막 명령이야."

"형님! 형님도 부디……."

인섭은 목이 메여 더 이상 말을 할 수 없었다. 아니 더 이상 얘기하면 안 좋은 일이 생길 것 같아 말을 아꼈다. 걱정과 우려는 입 밖으로 내는 순간 그대로 돼버린다고 하지 않았던가. 그러니 어떤 경우에도 말로 표현하지 말라고.

"기래. 나도 널 여기서 다시 만날 수 있게 최선을 다할 테니낀 너도 날 여기서 만나기 위해 최선을 다해 달라."

그 말에 인섭은 결국 대왕과 마주잡은 손 위에 눈물을 떨어트리고 말았다. 그 눈물은 그 어떤 물체보다 뜨겁고 무겁게 느껴졌다.

8

태후는 인섭의 얘기를 담담히 들었다.

놀랄 줄 알았는데 놀라지도 않았고, 말리기라도 할 줄 알았는데 말리지도 않았다. 걱정이라도 하며 무슨 말이라도 할 줄 알았는데 그러지도 않았다. 마치 모든 걸 예상하고 있었던 듯, 아니 기다리고 있었던 듯했다. 그러더니 상궁을 불러 상자 하나를 가져오게 했다.

"열어보라."

태후의 말에 인섭이 태후를 쳐다봤으나 태후는 말이 없었다. 눈빛으로만 어서 열어보라고 할 뿐이었다.

인섭이 포자기를 풀어 상자를 열어보니 갑옷이었다. 그냥 갑옷이 아니라 정교하게 세공된 금과 옥으로 장식된 갑옷이었다.

"이건 갑옷이 아닙네까?"

인섭이 놀라며 물었으나 태후는 고개만 끄덕였다.

패물이나 귀금속에 대해선 잘 모르는 인섭이었지만, 상자에서 갑옷을 꺼내 보니 그건 갑옷이라기보다 패물 뭉치라 할 수 있을 만큼 값비싼 귀금속으로 장식되어 있었다.

"이, 이게 뭡네까?"

인섭이 물으며 태후를 빤히 쳐다보았다. 그러자 태후께서 갑옷의 내력을 꺼내놓았다.

"기건 동부여를 건국하신 해부루 단군께서 만드신 갑옷이디. 기걸 대를 물려 대소대왕帶素大王이 디니고 계셨고. 기런데 임오년(壬午年. 서기 22년) 2월 고구려와의 전쟁에 참전하실 때, 대소대왕께서는 당신의 운명을 알고 계셨던디 참전에 앞서 아우이신 선왕께 이 보물을 넘가듀셨디."

그렇게 시작된 이야기가 갈사부여曷思夫餘의 역사로 넘어갔다. 인섭이 떠나기 전에 뿌리에 대한 이야기를 들려주고 싶은 모양이었다. 인섭도 이미 다 알고 있는 부여의 역사를. 인섭은 진즉에 알고 있었지만 태후의 마지막 말일지도 모른다는 생각에 끝까지 들었다.

임오년 고구려 무휼(대무신왕)이 국력을 다해 부여에 쳐들어왔다. 그러나 고구려나 무휼은 부여의 적수가 되지 못했다. 더군다나 대소대왕이 몸소 군사들을 이끌고 가자 고구려군은 부여군의 기에 눌려버렸다. 대왕이 이끄는 군사는 가는 곳마다 고구려군을 격파하여 연전연승이었다. 그런데 하늘은 고구려 무휼 편이었던 모양이었다.

고구려 상장군 괴유怪由와 교전 중, 대소대왕이 탄 말이 진구렁에 빠져 나올 수가 없게 되었다. 부여군들이 나서서 어떻게든 구해 보려고 했지만 진구렁에 빠진 대소대왕은 빠져나올 수가 없었다. 결국, 말을 버리고 혼자 힘으로 진구렁에서 빠져나온 대왕은 미리 대기하고 있던 적장 괴유에게 목숨을 잃고 말았고.

대소대왕의 전사 소식에 부여군은 전의를 잃고 말았다. 펄썩 주저앉았고, 몇몇은 낙담하여 자결하기까지 했다. 바로 그때, 대소대왕의 아우이신 선왕께서 나섰다.

"대왕께서는 비록 전사하셨디만 부여를 무휼에게 내듈 순 없다. 굴복하거나 항복할 수는 더더욱 없다. 기래서 딕금부턴 내가 대왕을 대신하갔다. 기러니 날 따를 사람은 남고, 따르디 않을 사람은 떠나라."

전장에서 떠날 사람은 떠나란 말은, 남은 사람만을 결사대를 조직하겠다는 말이었다. 죽음을 각오하고 싸울 사람은 남되 살고 싶은 사람은 떠나라 한 것.

선왕의 말에 부여군은 눈물을 씻으며 일어섰다. 단 한 명도 떠나는 사람이 없었다. 심지어는 후방에 물러나 있던 군사들이며 일반 백성들마저 선왕과 함께 하겠다고 전방으로 달려왔다. 자기네 나라에 쳐들어와 대왕을 시해한 무휼과 고구려군을 용서할 수 없었다. 이제 고구려는 한 뿌리에서 나온 가지이자 형제의 나라가 아니었다. 부여의 대왕을 시해한 불구대천원수에 지나지 않았다.

부여군은 선왕의 지휘 아래 고구려군을 여러 겹으로 포위했다. 무휼을 비롯하여 고구려군을 압박하여 몰살시키려 했던 것이었다. 그러나 이번에도 하늘은 고구려 편이었던지 7일 동안 안개가 계속됐고, 그 틈을 타서 무휼과 고구려군은 부여군의 포위망을 빠져나가 버렸다.

고구려군을 놓친 부여군은 결국 군사를 물릴 수밖에 없었다. 생각 같아선 바로 고구려군을 뒤쫓고 싶었으나 그럴 수는 없었다. 무휼이 후퇴하며 방비하지 않았을 리 없었다. 별동대 내지는 복병을 숨겨놨을 것이 분명했다. 더군다나 대왕이 없는 상황에서 무리하게 고구려군을 뒤쫓다간 적의 함정에 빠질 확률이 높았다.

결국 군사를 물린 선왕은 조카인 태자를 왕위에 올리고 같은 해 4월 추종자 수백 명을 데리고 가섭원에서 나왔다. 선왕에게 왕좌에 오르라는 민심을 모르는 바 아니었으나, 선왕이 왕좌에 오른다는 건 찬탈이나 마찬가지였다. 비록 대소대왕이 전사하여 비상상황이기는 했지만 엄연히 태자가 있고, 태자 또한 한 나라를 다스리기에 충분한 나이였다. 그러나 선왕의 뜻과는 상관없이, 선왕이 왕위에 올라야 한다는 요구가 계속되자 나라가 양분되기에 이르렀다. 이에 자신이 떠나지 않는 한 국론이 분열될 수밖에 없다고 생각한 선왕은 결국 가섭원을 떠나기로 결단을 내렸다. 분열된 국론을 하나로 만들고 부여를 반석 위에 올려놓으려면 자신이 떠나는 수밖에 없다고 생각한 것.

가섭원을 떠나기에 앞서 선왕은 갑옷을 들고 궁에 들어갔다. 그리고 갑옷을 조카인 대왕에게 돌려주려 했다.

“이 갑옷은 선왕께서 아우인 소신이 전장에 나가기 직전에 듀신 겁네다. 이뎨 떠나게 됐으니 이걸 돌려드려야 할 것 같아 가디고 왔습네다.”

선왕이 내민 갑옷을 보더니 조카인 대왕이 대답했다.

“기건 부왕께서 삼촌께 선물하신 게 아닙네까? 기걸 왜 짐한테? ……주인이 엄연히 따로 있는데 어찌 기걸 받을 수 있갔습네까?”

대왕은 갑옷 상자를 선왕에게 밀며 덧붙였다.

"짐 때문에 도성을 떠나는 마당에, 아무 것도 없이 맨몸으로 떠나시면서, 기것마뎌 듀고 가시믄 어띠 살려고 기러십네까? 기거라도 가디고 가야 목숨을 부지하고, 연명이라도 할 게 아닙네까? 오히려 짐이 무언가를 드리고 싶어 이것저것 살피는 마당이었는데……. 기러니 기걸 가디고 가십시오. 숙부께서 더 이상 고집을 부리신다믄 짐에 대한 거부라 생각할 수밖에 없습네다."

그렇게 해서 선왕은 그 갑옷을 가지고 가섭원에서 나왔고, 따르는 무리들을 거느리고 압록곡鴨綠谷에 이르렀다.

그때 마침 해두국왕海頭國王이 군사들을 거느리고 사냥 나와 있었다. 부여의 국론분열을 눈치 챈 해두국왕이 부여를 노려 사냥을 핑계로 군사를 이끌고 나섰던 것이었다. 해두국왕은 선왕의 무리가 많지 않은 것을 보고 만만히 여겼던지 일방적인 공격 명령을 내렸고, 결국 전투가 벌어졌다.

그 전투에서 죽음을 각오한 선왕과 부여군은 해두국왕을 죽였다. 그리고 그 길로 해두국으로 쳐들어갔다. 국왕을 잃은 해두국은 싸움다운 싸움도 해보지 못한 채 항복했다.

해두국을 평정했으나 선왕은 해두국에 머물 수는 없었다. 부여와 너무 가까이 있어서 조카인 대왕의 오해를 살 수 있었기 때문이었다. 결국 선왕은 자신을 따르려는 무리들을 이끌고 부여로부터 멀리 떨어진 갈사수로 와 나라를 세우니 바로 갈사부여(또는 갈사국)였다.

갑옷의 내력담에 덧붙여 갈사부여의 역사를 들려준 태후가 입을 다물자 인섭이 물었다.

"기럼 이건 대왕이신 큰형님께 드려야 하는 귀물이 아닙네까?"
그러자 태후가 조용히 고개를 끄덕이며 살포시 웃더니 말했다.
"안 기래도 기릏게 했었디……"
"……?"
인섭은 궁금한 눈길로 태후의 얼굴을 빤히 쳐다보았다. 그러자 태후가 다시 말을 이었다.
"기랬는데 대왕이 받아야 말이디. 이건 당신 게 아니라 바로 너 거라고. ……당신은 살아도 궁에서 살고, 듁어도 궁에서 듁을 사람이디만 넌 다르디 않느냐고. 기러니 너한테 듀라고."
"기래도 선왕께서 남기신 유품을 어띠 소자가……?"
"나도 너와 똑같은 말을 하며 사양했다. 기랬더니 이런 날이 있을 듈 미리 알고 있었는디, 먼 길 떠나는 사람에게 필요한 물건인데, 어띠 당신이 갖느냐고 한사코 사양해서 어뗠 수 없이 받아뒀디. 기러고 이톄 너가 길을 나서갔다니 너에게 듀는 거이고."
인섭은 갑옷을 다시 들여다보았다. 그건 그냥 갑옷이 아니라 선대로부터 내려온 자식 사랑, 형제 사랑의 징표이자 국혼을 이어가라는 선조들의 염원이 담긴 보물이기도 했다. 그런 걸 자신이 받을 자격이 있을까 싶었다. 그러나 또 한편으로 생각하니 자신이 받아야 할 것 같기도 했다. 대소대왕이 그랬듯이, 이제 기존의 징표와 염원에다 아우 사랑의 징표란 의미를 더할 필요가 있을 것 같았다. 또한 지금 떠나면 이국을 떠돌지도 모르는 상황이고, 위급한 상황에 처할 수도 있었다. 그땐 이 갑옷이 꼭 필요할 것 같았다.
"기럼 오마니도 이 갑옷을 소자가 입고 가야 한다고 생각하시는 겁네까?"

이미 태후의 마음을 알고도 남았지만 인섭은 다시 한 번 확인하고 싶어 물었다. 그 물음에 태후는 대답 대신 무겁게 고개를 끄덕였다.

"알갔습네다. 기러믄 이번 유람 떠날 때 옷 속에 입고 가갔습네다. 기러믄 되갔습네까?"

태후는 다시 고개를 끄덕였다. 인섭이 끝까지 고집을 세울까봐 걱정했었는데 한 가지는 해결했다는 홀가분함이 묻어 있는 끄덕임이었다.

"알갔습네다. 기러믄 소자가 가디고 갈 테니낀 형님 전하께 고맙다고, 듁어서도 이 은혤 잊디 않갔다고 전해듀십시오."

"기래, 알았다. 꼭 그대로 전하마."

그렇게 갑옷 문제가 일단락되었다.

갑옷 문제가 일단락되자 인섭은 태후의 동행을 권했다. 태후는 일언지하 거절했다. 그러자 인섭이 속마음을 털어놓았다.

"오마니를 혼란 속에 두고 소자 혼차 어뜷게 편히 숨쉴 수 있갔습네까? 기럴 바엔 탸라리 소자도 여기 남갔습네다."

"기 무슨 당치 않은 소리. 만 리를 가려는 사람이 어띠 십 리 앞밖에 못 본단 말이네. 부모 자식 간의 정에 얽매여서야 어띠 큰일을 도모하갔느냐. 큰 뜻을 세운 사람은 사사로운 정에 얽매여서는 안 된다고 했다. 부여를 세운 해모수 단군이나 고구려를 세운 추모왕을 보라. 그 분들이 고국에서 떠날 때 어띠 했는디. 고구려 추모왕은 오마니인 유하부인과 아내인 예씨, 기러고 아들인 유류까디 다 적지에 남겨두고 떠나디 않았네. 기러고 마팀내 고구려를 세웠고, 이톄 뎌텨럼 강대한 나라를 만들디 않았네. 기러니 다 끊고, 놔두고, 잊고 떠나라. 기것만이 살 길이고 훗날을 기약할 수 있는 길이다.

더 이상 사사로운 정에 얽매여서 만 리 앞을 내다보디 않갔다면 나 스스로 결단을 내릴 수밖에 없다."

태후의 태도는 너무나 강경했다. 얼마간 예상은 하고 있었지만 그렇게까지 강경하게 나올 줄 몰랐던 인섭은 당황하지 않을 수 없었다. 특히 당신 스스로 결단을 내려버리겠다는 말엔 소름이 돋다 못해 온몸이 바들바들 떨렸다. 태후의 성정상 허언을 할 리 없었고, 한 번 뱉은 말에 대해서는 어떻게든 지키는 사람이고 보니 더 이상 말을 할 수 없었다. 말 한 번 잘못 했다간 눈앞에서 태후를 잃을 수도 있었다.

할 말을 잃은 인섭은 한참 동안 가만히 앉아 있었다.

출합한지 얼마 되지 않았는데 그새 태후는 완전 딴사람이 되어 있었고, 인섭과의 정을 끊어내기 위해 갖은 애를 다 쓰고 있는 것 같았다. 그런 표변이 두려워서 인섭은 태후를 뵈면 하고 싶었던 말들을 꺼낼 용기가 나지 않았다. 그렇다고 일어설 수도 없었다. 태후와의 마지막 자리일지도 모르지 않는가. 그런 자리를 이렇게 맥없이 마무리할 수는 없었다. 태후의 체취며 숨소리, 얼굴을 가슴에 새겨두고 싶었다. 그래야 발길이 떨어질 것 같았다. 그러나 태후는 달랐다. 인섭이 빨리 나가기를 바라는 눈치였다.

"이뎨 나가보라. 내래 볼 일이 있어서리 일어서봐야갔다."

인섭의 마음을 읽기라도 한 듯, 마음에 남아있는 미련을 끊어내기라도 하듯, 태후가 일어서겠다고 했다. 그러자 인섭이 급히 태후를 불렀다.

"오마니!"

그러자 태후가 인섭을 바라보며 나직히 말했다.

"어딜 가든 몸조심하고 건강하라. 이 어미 걱뎡은 말고 마음 편히 살라. 기게 이 어밀 위하는 길이고, 이 어밀 살리는 길이고, 이 어밀 다시 만날 수 있는 길이니낀 잊디 말라."

그러더니 미련을 끊어내듯 밖으로 나가 버렸다.

태후가 나간 후에도 인섭은 그대로 앉아 있었다. 그러고 있자니 태후의 마음이 얼마간 집혀 왔다. 그 마음이 잡혀오자 태후의 체취가 남아 있는 방에서 자신의 계획을 마무리 짓고 싶었다. 이제 태후의 방에서 나서면 더 이상 머뭇거릴 수 없었고, 다시는 이렇게 아늑하고 평안한 시간이 없을 것 같았기에 최대한 가라앉은 상태에서 마음을 정리하고 싶었다.

태후가 나간 후, 반 시진쯤 자리에 앉은 채 생각을 정리한 인섭은 드디어 자리에서 일어섰다. 방에서 나서기 싫었고, 방을 나서는 순간 힘겹고 고달프겠지만, 마냥 태후의 방에 머물 수는 없었기에 두 다리에 힘을 모아 불끈 일어섰다.

9

철근의 명에 따라 모인 첩자는 스물이 넘었다.

철근은 덕돌의 안내를 받으며 밀실로 들어선 첩자들을 만났다. 나이는 20대에서 50대까지 다양했고, 신분도 최하층에서 최고위층까지 각양각색이었다. 그러나 철근과 덕돌 외에는 그 누구도 그들이 첩자임을 알지 못했다. 오늘에야 그들을 만난 철근도 깜짝 놀랄 만한, 전혀 예상치 못한 인물들도 있었다.

철근은 필요한 첩보들을 수합한 후, 변경된 접선 장소와 한 동안 접선할 수 없을 거라는 사실을 알려주었다. 그리고 미리 준비해둔 자금이며 수고비를 나누어 주었다.

철근은 특히 인창 왕자 진영에 파견한 첩자 여섯에게 관심을 가지고 물었다.

먼저 인창왕자의 봉지인 흑수에 파견한 첩자로부터 흑수 쪽 동향을 파악했다. 다음으로 현재 고루성에 합류해 있는 군사 셋을 만나봤다. 마지막으로 궁에 파견한 내관 둘도 차례로 만났다.

첩자들의 보고에 따르면, 인창 진영에선 아직 별다른 움직임이 없었다. 하지만 궁에서는 인창이 생각 외로 많은 사람들을 만나며 자기 휘하로 끌어들이기 위해 공을 들이고 있음이 드러났다.

그런데 특이한 점은 인창 측이 아니라 대왕 측의 동향이었다. 인창의 움직임에 일정한 대응을 할 만한데 그 어떤 움직임도 없다는 게 이해되지 않았다. 대왕이 아무리 인창을 도외시한다 해도 있을 수 없는 일이었다. 더군다나 백여 리 밖인 고루성에 군사 5천까지 주둔시켜 놓은 상황이 아닌가. 대왕도 그걸 뻔히 알고 있을 텐데 어떤 조치도 취하지 않는다는 사실이 마음에 걸렸다. 그러나 그 일은 철근이 간여할 일도 아니었고, 간여할 수도 없는 일이었기에 좀 더 면밀히 파악해 보라고 해서 돌려보냈다.

그리고 유람가기로 한 지역에 파견한 첩자들을 만나 봤으나 거기에도 특이한 동향은 없다고 했다. 얼마간 마음이 놓이긴 했으나 끝까지 긴장의 끈을 놓지 말라고 당부하고 돌려보냈다.

첩자들과 회동을 마친 철근은 덕돌과 단 둘이서 첩보들을 분석했다.

인창이 인섭 왕자를 주시하거나 경계하지 않고 있음이 다행이었고, 얼마간 마음이 놓였다. 그러나 인창의 궁 안에서의 행보로 보아 조만간 어떤 행동을 취할 것이란 사실 또한 분명해 보였기에 이쪽에서 먼저 행동을 취해야 할 것 같았다. 인창이 언제 행동을 개시할지 모르는 상황이라 유람 떠날 일자를 되도록 일찍 잡기로 했다. 얼마간 준비해두긴 했지만, 유람 출발이 아닌 도성 탈출이었기에 철저한 사전 준비가 필요했다. 그러려면 시간이 더 필요했다. 그렇지만 인창이 행동을 취하기 전에 도성을 빠져나가야 했기에 출발 날짜를 앞당기는 수밖에 없었다.

"궁에 가셨다가 인창 왕자를 만나셨고, 유람 떠날 걸 알리셨다고 했으니낀 하루라도 빨리 도성을 빠뎌나가야 하디 않갔습네까?"

"기룾긴 하디만…… 아딕 미흡한 게 됴 있어서……."

철근은 답답했다. 떠날 준비는 다 되어 있고 남쪽으로 내려간다는 건 이미 결정되어 있었지만 남쪽으로 내려간다면 어디로 가야 할지 결정을 내릴 수가 없었다.

남쪽엔 열국들이 버티고 있었고, 더군다나 고구려를 거치지 않고 남쪽으로 내려갈 수는 없는 상황이었다. 고구려 땅에 들어섰을 때 고구려군과 충돌이라도 한다면 끝장이었다. 무휼에서부터 열국 재패를 꿈꿔온 고구려는 막강한 군사력으로 북방의 맹주가 되어 있었다. 요동(요하遼河 동쪽이 아닌 현재 난하灤河 동쪽)에 포진해 있는 열국들 중 고구려를 당할 나라는 이제 없었다. 조선 영토에 한사군을 설치했던 한나라를 내쫓는 정도가 아니라 한나라마저 위협하고 있는 상황이 아닌가.

그렇지만 고구려에는 손이 닿아 있지 않았다. 그러니 고구려를 움직여 길을 내어달랄 수가 없었다. 고구려에도 첩자가 파견되어 있긴 했지만 대왕이나 고관들과는 연결되어 있지 않았다. 그러니 고구려의 도움을 기대할 수는 없는 상황이었다.

생각다 못해 남쪽 상황을 파악하기 위해 척후를 파견하기는 했으나 아직 그들로부터 어떤 연락도 없었다. 한 달이 다 되도록 연락이 없다는 것은 상황이 여의치 않다는 것이었다. 길이 막혔거나 변을 당했다는 뜻이었기에 도성을 떠나는 일은 더욱 신중을 기해야 했다. 그래서 출발 일자를 늦추고 있었는데 이제 더 이상 도성에 머물 수 없는 상황이고 보니 그야말로 진퇴양난이었다. 덕돌도 그러저런 사정을 잘 알고 있었기에 굳게 입을 다문 채 앉아 있었다.

"기래도 떠나는 편이……."

철근이 입을 떼려는데 덕돌이 먼저 조심히 운을 떼었다.

"기래, 기 방법밖엔 없갔디? 대왕께서 허락하셨을 때 떠나디 않으믄 또 다시 허락을 받아야 하고, 그 새에 무슨 일이라도 일어날디도 모르니낀 그래야갔디?"

"예. 소인도 기래서 떠나는 편이 나을 것 같습네다."

"기래 준비합세. 궁 안의 상황이 더 이상 머뭇거리믄 안 될 것 같네."

"예. 알갔습네다. 긴데 날짜를 언데로 잡는 게 돟갔습네까?"

"첩자들에게도 다 알렸으니낀 모레 당장 떠납세. 내일 하루 동안 미비점을 보완하고서리."

"예. 기롷게 준비하갔습네다."

덕돌이 인사를 마치고 밀실을 나서자 철근도 자리에서 일어섰다. 인섭 왕자에게 상신하여 최종 결정을 받아야 했다. 인섭 왕자가 따지거나 거부하지는 않겠지만 최종결정은 직접 하게 해야 할 것 같았다. 그래야 인섭 왕자가 마음의 준비를 할 것이고, 무리들을 이끄는 주군으로서의 책임감을 가질 것이고, 모든 일을 스스로 결정할 것이었다.

철근이 인섭 왕자를 찾아가 상황을 알리자 인섭 왕자는 두 말없이 그러라고 대답했다. 말은 않고 있었지만 자신도 떠날 날을 기다리고 있었던 듯했다. 그런데도 철근을 믿고 기다리고 있었던 모양이었다. 자신이 거론하면 철근이 서두를지도 모른다는 생각에 조용히 기다리고 있었던 게 분명해 보였다.

길 위의 나날들

10

유람에 오른 인원은 모두 열둘이었다. 유람을 나선다면서 많은 인원을 대동할 수 없었기에 최소한의 인원으로 꾸렸다.

철근 박사가 나란히 말을 몰았고, 말을 탄 군사 넷이 전후좌우에서 둘을 호위했다.

마차는 쌍두마차 두 대였는데 짐꾼과 마부 셋씩 모두 여섯이 타고 있었다. 모든 말 뒤에는 여마餘馬 한 필씩을 묶었고, 마차 뒤에도 두 필씩 여마를 준비해 두었다.

복장도 무복武服이 아닌 평복이었다.

마차에도 많은 짐을 싣지 않았다. 양식이며 취사도구, 옷가지가 대부분이었다. 만약을 대비하여 간단한 사냥이라도 할 수 있게 활과 화살을 실었을 뿐이었다.

한 마디로 유람을 떠나는 것으로 완전히 위장을 했다. 나머지는 도성을 벗어난 뒤 보완하기로 돼 있었다.

왕명이 있어선지 도성 문을 나서는 일도 어렵지 않았다. 앞에서 인섭과 나란히 말을 몰던 철근이 인섭 왕자 일행임을 알리자 수문장까지 뛰어나와 인사까지 했을 정도였다. 어디로 가는지 묻거나 마차를 수색하는 일도 없었다. 잘 다녀오라는 인사까지 하며 순순히 도성문을 나설 수 있게 배려해 주었다. 그런데 인섭은 그런 모든 과정이 꺼림칙했다. 하여 수문장에게 물었다.

"궁에서 무슨 명이 있었네?"

"예. 어디 명뿐입네까? 메틸 전에 인창 왕자께서 직접 오셨다 가셨디요."

"뭐? 인창 형님이?"

인섭은 놀라지 않을 수 없었다. 그러나 수문장에게 마음을 들켜서는 안 될 것 같았다. 인창이 왔다갔을 정도라면 이미 수문장도 그의 편이거나 동조자일 수 있었다. 어쩌면 인창이 이미 도성 문을 장악하고 있을지도 모르고. 하여 목소리를 낮추며 말했다.

"인창 형님이 날 기룹게까디 염려했다니 그디없구만 기래. 고맙다는 내 말을 꼭 전해달라."

"예, 달 알갔습네다."

인창과 수문장이 연결되어 있는지를 떠볼 생각으로, 인섭이 감사의 말을 전해달라는 부탁에 수문장은 두 말 없이 잘 알겠노라고 대답했다.

그 말을 듣는 순간, 인섭의 몸에 소름이 확 돋았다. 그 대답은 이제 인창이 마음만 먹으면 언제든 군사들을 도성에 진입시킬 수 있게 만반의 준비를 다해 놓은 정도가 아니라 도성이 이미 그의 손아귀에 들어갔다는 말이나 다름없었기 때문이었다. 그 말은 큰형

인주뿐만 아니라 태후까지 위험하다는 뜻이기도 했다. 하여 더 이상 지체할 시간이 없었다. 일각이라도 빨리 도성을 벗어나 최대한 빨리 위급 상황임을 대왕께 알려야 할 것 같았다.

"기래, 수고하게. 가시디요, 사부님."

인섭은 수문장과 인사를 서둘러 마치고 철근을 재촉했다. 철근도 같은 생각을 하고 있는지 인섭의 말이 다 끝나기도 전에, 인섭의 말에 대답도 하지 않은 채, 호위병들을 재촉했다.

"가댜! 먼 길을 갈라믄 서둘러야디."

철근 박사의 일행은 서둘러 도성 문을 빠져나왔다.

도성을 빠져나오자마자 인섭이 철근 박사에게 물었다.

"사부님, 계획을 변경해야 하디 않갔습네까?"

"예. 무슨 말인디 댤 알갔습네다. 됵금만 벗어나 보시디요. 아무래도 꼬리가 붙을 것 같습네다. 기러니 기것 먼뎌 땰라 놓고 뒷일을 생각해 보시디요."

"둏습네다. 딕금부턴 사부님께서 모든 걸 알아서 처리해 듀십시오."

"알갔습네다. 기렇디만 너무 두려워하딘 마십시오. 얼마간 예상은 했었으니낀 말입네다."

함께 철근 박사가 고개를 끄덕였다. 이미 예상하고 있었고, 그에 대한 대비도 해뒀으니 안심하라는 뜻인 것 같았다.

그 모습을 보자 마음이 얼마간 놓이긴 했으나 발딱 거리는 심장을 진정시킬 수는 없었다. 함부로 나대는 심장박동 소리가 귀 뒤쪽 혈관까지 두드리는지 심장박동 소리가 귀에 가득 울려 퍼지고 있었다.

11

수문장의 말에 깜짝 놀란 건 왕자만이 아니었다. 인창이 다녀갔다는 말에 철근도 놀라지 않을 수 없었다.

그러나 감정을 숨긴 채, 침착하게, 마음을 가라앉히며, 수문장에게 다른 정보를 캐내기 위해 질문하는 왕자를 보면서 철근은 안도의 한숨을 내쉴 수 있었다. 그뿐만이 아니었다. 수문장에게 자신의 안부를 전해달라는 말까지 하며 여유롭게 대처하는 모습까지 보여주었다.

그 모습을 보는 철근은 뿌듯했다. 왕자는 철근에게서 배운 것들을 잊어버리지 않고 상황에 맞게 적용하고 있었기 때문이었다. 쉽게 자신의 감정을 드러내지 말아야 하며 우회적으로 상대의 속마음을 떠보라 했던 말을 기억했다가 활용하고 있으니 더 말할 필요가 없었다.

왕자의 기지로 몇 가지 정보를 파악한 후 도성을 벗어나긴 했지만 막막했다. 궁으로 연락할 방법도 없었고, 인창의 군사들이 쫓아온다면 그들과 대적하거나 따돌릴 방도도 없었다. 호위무사 넷에 철근까지 해봐야 무예를 아는 사람은 겨우 다섯뿐이었다. 그렇다고 상황을 정확히 모르는 상태에서 벌테네를 찾아갈 수도 없었다. 그건 다 같이 죽자는 말이나 다름없었다. 어떻게든 인창의 마수에서 벗어난 후 벌테한테 알리는 한편, 궁에 알릴 방도를 강구하는 수밖에 없었다.

"이데 어뜩하믄 돟갔습네까? 아무래도 허허실실이 최고갔디요?"

"기러하옵네다. 딕금으로선 뎌뚝에서 어뚷게 나올 딜 모르니 뎌

똑 상황 먼뎌 파악한 후 움딕일 수밖에 없습네다. 기러니 왕자 말씀대로 허허실실이 최고라 할 수 있갔디요."

"기럼 딕금 어디로 가야 합네까?"

"기냥 남뚝으로 내려가야디요. 기러다 틈이 보이믄 기때를 이용해야갔디요."

"알갔습네다. 내려가시디요."

그렇게 남쪽으로 방향을 잡아 내려가고 있으려니 과연 뒤를 쫓아오는 무리가 있었다. 인원은 많지 않아서 공격하러 온 건 아닌 것 같았고 이쪽 상황을 살피러 온 것 같았다. 그렇다고 마음을 놓을 수는 없었다. 그 뒤에 군사들이 더 있을 수 있었다. 하여 긴장을 유지하며 곧장 아래로 길을 잡아 나갔다.

서두르지 않고, 뒤를 살피며 10리쯤 남하했으나 군사들이 여전히 따라오고 있었다. 긴장 속에서 철근은 계속 앞으로 나갔다. 그러면서 주기적으로 뒤를 살폈다.

그렇게 도성을 벗어난 지 30리쯤 남하한 후 자작나무 그늘에서 잠시 쉬었다. 평야지대라 나무들이 많지 않았고 어쩌다 길가에 나무들이 있긴 했지만 마차를 댈 수 없어서 쉬지 않고 내려왔는데, 마침 물가에 자작나무와 소나무 몇 그루가 있어 잠시 쉬기로 했다. 군사들이 쫓아오고 있어 벌테네한테로 갈 수도 없었고, 그렇다고 도성에서 너무 멀어지면 벌테네와도 멀어질 것이기에 적당한 시간 조절이 필요했다.

뒤따르던 군사들이 보이지 않자 척후를 보내 사방을 살피게 했다. 현 위치가 어디쯤인지 가늠하는 한편 뒤따르던 군사들의 상황을 파악해야 했기에 지리에 밝은 짐꾼—사실은 짐꾼을 가장한 첩자

겸 길잡이—을 보내 살피게 했다.

말을 물가에 풀어주고 나무그늘에 앉아 잠시 쉬고 있으려니 짐꾼이 돌아와 알렸다.

"아딕도 평양(수도를 말함. 평양은 원래 고유명사가 아니라 한 나라의 수도를 지칭하는 보통명사였음)을 벗어나디는 못했디만 도성으로부터 50리 넘게 내려왔습네다. ……뒤따르던 군사들은 돌아갔는디 보이디 않구요. 기러고…… 한 십리쯤 더 가믄 마을이 하나 있는데 거기 가믄 쉴 곳이 있을 겁네다. 긴데……."

길잡이가 말을 멈추고 철근을 쳐다봤다.

"긴데 뭐네? 무슨 문제라도 있네?"

"기게 아니라…… 거긴 나루 근방이라 사람들이 많아서 눈에 띌 수 있습네다. 기래서 피하는 게 돟을 듯합네다."

"기럼 거기 말고 쉴 곳은 없고?"

"예. 거기가 아니믄 노숙을 해야 할 겁네다. 마을이 없는 건 아니디만 우리 일행이 쉴 만큼 큰 집은 없을 겁네다."

"기럼 갈마산葛麻山으로 갈라믄 어디로 얼만큼 가야 하네?"

철근은 벌테네를 염두에 두고 물었다. 그러나 길잡이는 철근의 말에 고개를 갸우뚱하며 되물었다.

"갈마산이라 하심은……? 쉰네가 알기로는, 평양 근방에 갈마산이란 산은 없습네다. 어디를 말씀하시는디 쉰넨 모르갔습네다."

길잡이가 철근에게 산 이름을 잘못 알고 있는 거 아니냐는 표정을 지었다.

순간, 철근은 아차 싶었다. 갈마산이란 이름은 공식적인 이름이 아니라 그 산에 숨어 지내는 사람들에게만 통용되는 이름일지도 모른다는 생각이 들었기 때문이었다.

강과 평야가 맞닿아 있는 곳이면서 한 나라의 도성이 자리 잡고 있는 곳이면 그곳이 어디가 됐든 평양平壤이라 부르고, 자기네가 원래 살던 지형과 유사하면 원래 살던 곳의 이름을 쓰는 게 일반적이지 않은가. 그래서 위치는 서로 다른데 같은 지명을 쓰는 곳이 한둘이 아니었다. 평양과 요하遼河는 그 중에서 대표적이라 할 수 있었다. 따라서 갈마산도 그 산에 사는 사람들이 칡과 마가 많다고 붙인 명칭일 수 있었다. 아니면 그곳에 사는 사람들이 예전에 자신들이 살았던 산과 비슷하다고 하여 붙였을 수도 있었고. 그래서 갈마산은 가섭원에도, 장경당에도 있지 않은가. 그걸 간과했던 것이었다.

그렇다면 이제 다시 도성으로 돌아가 방향을 잡고 갈마산을 찾아가는 수밖에 없었다. 오늘이나 내일쯤 가겠다고 연통해 두었으니 떠날 준비를 모두 마치고 기다리고 있을 터였다. 그렇지만 당장은 도성 쪽으로 갈 수가 없는 상황이었다. 인창의 군사들이 보이지는 않지만 어디 숨어있는지 알 수 없었다. 그러니 조심해야 했다. 그렇다고 갈마산에서 기다리고 있을 사람들에게 연락을 취하지 않을 수도 없었다. 준비를 마치고 대기하고 있는 그들에게 어떻게든 소식을 전해야 했다.

그런데도 방도가 없으니 철근은 짜증이 났다. 아주 사소한 문제이긴 했지만, 사소한 걸 간과했다가 낭패를 맛보게 되자 그걸 예상하지 못했던 자신에게 짜증이 나지 않을 수 없었다. 더군다나 그걸 내색하거나 의논할 상대조차 없으니 짜증이 커질 수밖에. 그러던 중에 한 가지 생각이 떠올랐다.

철근은 갈마산 위치를 모르지만, 도성을 중심으로 위치를 자세히 설명하면 길잡이들은 그 산이 어느 산인지 알 수도 있을 거란 생각이 들었다. 길잡이들은 도성 근방에 살고 있어서 이곳 지리는 그 누구보다 밝을 것이었다. 거기에 생각이 미친 철근은 자신이 아는 바를 길잡이들에게 알려주었다. 그러자 길잡이 중 잰걸음이 알겠다는 듯 소리를 질렀다.

"아아, 도성 서남쪽에 있는 뎌기, 불함산 말씀이시군요. 거기래 도성에서는 불함산이라 합네다. 긴데 기 산은 왜 묻습네까?"

"거기 왕자 전할 호위할, 우리와 함께 갈 사람들이 기다리고 있어. 기러니 기뚝으로 가던디, 우리가 여기 있는 걸 알려야 하디 않간?"

철근이 속엣말을 꺼내자 잰걸음이 선뜻 나서며 말했다.

"기런 거라믄 염려 놓으시라요. 쉰네가 휘딱 다녀오갔습네다. 말을 타믄 반 시진도 안 돼 도착할 수 있을 겁네다."

"여서 기렇게 가깝네?"

"기러믄입쇼. 여서 뎌뚝으로 딜러가믄 금방이디요."

"기래? 기럼 오히려 달 됐구만 기래. 담시 기다리라."

갈마산이 됐든 불함산이 됐든 여기서 멀지 않다는 말에 마음이 놓였다. 거리로 보아 멀리 떨어지진 않았을 거라 생각하곤 있었지만 질러가면 도성보다도 더 가깝다니 다행이라 할 수 있었다.

그러나 철근은 선뜻 잰걸음에게 다녀오라고 할 수가 없었다. 잰걸음을 완전히 믿을 수가 없었다. 그의 거처는 도성 밖 널드르(넓은 들판이란 뜻)였고, 그를 담보할 만한 게 하나도 없었다. 만약 그가 인섭 왕자와의 동행을 꺼려한다면 돌아오지 않을 수 있었다. 또한 인창에게 포섭 당했다면 지금이 도망칠 수 있는 절호의 기회였고,

최종목적지나 세부사항까지는 모르고 있지만 여기 상황을 제법 파악하고 있을 뿐 아니라 갈마산에 동행할 군사들을 숨겨놨다는 사실까지 알고 있으니 그가 배신하는 순간 이쪽은 끝장이었다. 그가 앞잡이가 되어 군사들을 끌고 올 수 있었다. 그래서 그를 보낼지 말지를 먼저 결정했다.

철근은 일행과 조금 떨어진 곳에서 쉬고 있는 왕자에게로 갔다. 그리고 선 채로 물었다.

"전하, 상의 드릴 게 있습네다."

"예, 사부, 말씀하시디요."

"실은 딕금 여긴 애초 계획했던 곳이 아닙네다. 전하께서도 짐작은 하고 계셨갔디만 뒤따라오는 군사들이 있어 따돌리느라 애초 계획했던 곳과는 다른 곳에 와 있습네다."

철근의 말에 왕자가 다소 긴장하는 빛을 띠었다. 그러자 철근은 왕자의 긴장을 완화시키기 위해 빠르게 말을 이었다.

"기렇디만 애초 계획했던 곳에서 멀리 떨어딘 곳은 아닙네다. 기런데 상황상 우리가 직접 그곳으로 가기보다는 예서 그들을 기다리는 게 나을 거 같습네다."

철근의 말에 왕자가 다소 긴장을 늦추는 듯했다. 하여 철근은 왕자에게 차근차근 상황을 설명한 후 잰걸음을 보낼 지 말 지를 물었다.

"기건 사부께서 판단하셔서 결정하시디요. 제 마음이 곧 사부의 마음이고, 사부의 뜻이 제 뜻 아니갔습네까?"

"기렇긴 합네다만…… 소신도 선뜻 결정이 서딜 않아 의논 드리는 겁네다."

"믿디 못하믄 쓰디 말고, 썼으면 믿으라 하디 않았습네까? 그러니…… 믿디 못 하갔으면 쓰디 않는 게 돟디 않갔습네까? 딕금 상황에서 그 길잡이래 딴 생각이라도 한다믄 돌이킬 수 없디 않갔습네까?"

"예. 잘 알갔습네다. 존명尊命 받들어 기대로 시행하갔습네다."

철근은 흡족한 얼굴로 왕자에게 인사를 했다. 자신과 생각이 다르지 않은 걸 확인하자 흡족하지 않을 수 없었다.

애초 철근은 왕자에게 품의하지 않고 혼자 처리할 생각이었다. 그 정도의 일은 자신이 판단하여 시행해도 큰 문제가 없을 듯했다. 그러나 생각을 바꿨다. 왕자의 판단 능력을 지켜보고 싶었고, 이런 작은 일로부터 판단 능력을 키워주고 싶었다. 그래야 좀 더 어렵고 힘들고 중대한 사안을 판단하고 결정할 수 있을 것이기 때문이었다. 그런데 첫 사안에부터 자신의 생각과 한 치도 다름없음을 확인했으니 기쁘지 않을 수 없었다. 비록 나이는 어리지만 판단 능력만은 무리를 이끌기에 충분하다는 생각이 들었다. 스승이 되어 그보다 더 기쁜 일이 어디 있겠는가. 그건 도성을 나서며 허허실실로 상대의 속마음을 떠보는 재치와는 또 다른 것이기에 기쁘지 않을 수 없었다.

왕자에게서 물러나온 철근은 잰걸음이 아닌, 다른 길잡이인 짝귀를 불함산으로 보냈다. 잰걸음을 믿을 수 없다면 그를 보내지 않는 게 상책이었다. 그렇지만 짝귀는 부모 형제가 없는, 돌아갈 곳이 없는 사람이라 배신 확률이 적었다. 또한 그는 철근이 지금까지 지켜봐 온 사람 중에 가장 믿을 만한 사람이기도 했다. 잰걸음에게는 여기 지리를 누구보다 잘 알고 있으니 왕자 곁에 남아 왕자를 보필하는 게 좋을 것 같다는 말로 치켜 주자, 잰걸음도 자신을 귀히 여기는 철근이 고마웠던지 깊이 고개를 숙이며 기뻐했다.

갈마산으로 떠났던 짝귀가 한 식경도 되기 전에 돌아왔다. 그리고 말에서 뛰어내리며 황급히 상황을 보고했다.

“불함산으로 가는 길목뿐만 아니라 모든 길목마다 군사들이 배치되어 있습네다.”

짝귀의 보고에 왕자가 철근을 쳐다보았다. 이제 어떡했으면 좋겠냐는 표정이었다. 그러나 철근으로서도 뾰족한 방도가 없었다. 상대의 의중을 정확히 파악할 수가 없으니 대응방안도 세울 수가 없었다. 그렇다고 손 포개고 있을 수만은 없어 짝귀에게 물었다.

“기래…… 길목마다 멧 멩이나 있고, 무기는 어떻대?”

“군사들이 많지는 않은 것 같았시요. 길목마다 대여섯이 대기 중이었고, 칼과 창이 전부라 할 수 있었시요.”

“기래, 달 알았으니낀 물러가 있으라.”

짝귀를 물린 후 철근은 잠시 생각을 정리했다. 그건 왕자도 마찬가지인지, 선 채로 뭔가를 골똘히 생각하는 것 같았다.

공격은 하지 않은 채 뒤따라오고 있고, 모든 길목을 봉쇄하여 아래쪽으로 밀어내고 있다면 의도를 얼마간 알만했다.

밀어내기.

국경 밖으로, 최대한 멀리 자신들을 밀어내고 있음이 분명해 보였다. 유람을 핑계로 도성 밖으로 나가 엉뚱한 짓을 하지 않는지 감시하는 한편, 최대한 도성에서부터 멀리 밀어내려 하고 있었다. 살려는 주겠지만 믿지는 못하겠다는 뜻이었다. 그러니 이제 한 시라도 빨리 도성에서 멀어지는 수밖에 없어 보였다. 그러나 대왕이 위험하다는 사실을 알려야 했고, 국경을 넘어 가려면 더 많은 군사와 준비가 필요했다. 그러지 않고서 길을 나설 수는 없었다.

"아무래도 우릴 멀리 떨어내려는 거 같습네다. 믿딜 못하갔다는 말이디요. 기러니 우리로선 조금이라도 빨리 도성에서 멀어져야 할 것 같습네다."

생각을 얼마간 정리한 철근이 왕자에게 말했다.

"기건 나도 알갔디만…… 대왕께 위험을 알려야 하디 않갔습네까?"

왕자도 역시 대왕의 안위를 걱정하고 있었다.

"기렇긴 합네다만, 딕금으로선 우선 피하는 게 상책인 거 같습네다. 기런 후에, 군사들이 돌아간 후에, 기회를 잡아 알려야 할 것 같습네다. 갈마산에 사람을 보내는 것도 딕금으로선 어려울 것 같고 말입네다."

철근의 이야기를 듣더니 왕자가 고개를 끄덕였다. 그러더니 무겁게 입을 열었다.

"기건 댤 알갔디만…… 갈마산엔 어떻게든 오늘 내에 알려야 하디 않습네까?"

"기건 소신이 때를 보아 가며 처리하갔습네다. 기러니 우선 내려 가시디요. 기게 상책인 거 같습네다."

"알갔습네다. 사부께서 어련하시갔습네까?"

위기 중인데도, 위기 중이라서 그랬는지 모르지만, 왕자가 철근을 바라보며 씽긋 웃었다. 여유를 보임으로써 상대를 안정시키겠다는 의미였다. 그러자 철근도 씽긋 웃어주었다. 상황이 어려울수록 여유를 가져야 일을 해결할 수 있음을 배워가는 왕자가 대견했기 때문이었다.

12

상황을 파악한 일행은 빠른 속도로 남하했다.

도성에서 멀어질수록 길은 험해져 갔지만 멈추거나 쉬지 않고 길을 재촉했다. 그렇게 저물 때까지 200리 가까이 남하하였다.

원정군들은 여전히 일정한 거리를 유지하며 뒤따르고 있었다. 어디까지 따라올지, 어떤 명령을 받았는지 모르지만 일정한 거리를 두고 뒤를 밟고 있었다. 공격할 의지는 없어 보였지만 혹시 모르는 일이라 긴장의 끈을 놓을 수는 없었다. 하여 정해진 곳으로 이동하지 못하고 길을 따라 남쪽으로 움직이는 수밖에 없었다.

해가 지기 시작하자 잘 곳을 찾아야 했다. 그러나 마땅한 곳이 없었다. 숲길을 따라 이어진 길이라 사람의 흔적이 없었고, 민가도 보이지 않았다. 노숙하는 수밖에 없었다.

말을 멈추고 노숙을 위해 자작나무 숲속을 뒤져 일행이 쉴만한 공간을 찾아냈다. 그리곤 바로 노숙 준비를 했다. 준비라 해봐야 불을 피우고, 밥을 짓고, 일행이 노숙할 자리를 마련하는 것이 전부였지만 빽빽한 숲속이라 그런 공간을 마련하는 일도 쉽지 않았다.

길잡이들을 투입하여 다 저물어서야 둥치 큰 나무들 사이에 있는 편편하고 빈 공간에 노숙할 곳을 마련했다.

길잡이들이 저녁을 준비하는 사이에도 경계를 늦출 수 없었기에 호위무사들을 시켜 사방을 경계했다. 또한 잰걸음을 보내 원정군들의 동태를 파악하게 했다.

"우리터럼 노숙을 하려는디 한 5리 밖에 자리를 잡고 있습네다. 군사들은 서른 명 안팎인데 안 보이던 마차 두 대까지 보입네다.

군량을 실어온 마차 같습네다."

"달 알갔네. 이뎨 그만 쉬라."

잰걸음의 보고를 받은 철근은 잰걸음을 돌려보내고 왕자에게 말을 붙였다.

"언뎨까디 따라올디 모르디만, 내일도 따라올 모양인 것 같습네다."

"기러게 말입네다. 기렇다믄 밤에 사람을 보내야 하디 않갔습네까? 늦어디면 기똑에서 기다릴 테니 말입네다."

"예. 알갔습네다. 밤을 틈타 불함산으로 길잡이를 보내 새로운 집결지를 알리고, 거기서 도성으로 사람을 보내도록 조처하갔습네다."

"예. 기렇게 하믄 될 거 같긴 합네다만……, 여기서 갈마산이 얼마뜸인디 알 수가 없고, 말을 타고 갈 수도 없어서리……."

"기건 걱정 안 하셔도 될 겁네다. 기런 건 길잡이가 더 댤 알 테니낀 맡기면 오늘 내로 조처할 겁네다."

"기렇다믄 다행이구요."

왕자는 걱정되는 모양이었다. 하기야 궁 밖으로 나온 지 얼마 안 됐고, 도성 밖에 나와 본 적이 없는 왕자에겐 모든 게 낯설 뿐 아니라 걱정될 것이었다. 그런 점은 철근도 크게 다르지 않았다. 철근도 갈마산에 갈 때 말고는 도성 밖으로 나와 본 적이 거의 없었기 때문이었다. 그러나 철근은 믿는 구석이 있었다. 바로 길잡이들의 지혜였다.

낮에 길잡이들에게 이미 갈마산으로 갈 것이라 알렸으니 갈마산과는 크게 멀어지지는 않았을 것이었다. 비록 원정군들이 뒤를 쫓고 있어 갈마산으로 갈 수는 없었지만 남하하는 길을 잡을 때 갈마산을 염두에 두고 길을 잡았을 것이었다. 더군다나 한 명이 길을 잡은 게 아니라 여섯 명이 의견을 나누며 길을 잡지 않았던가. 철근이 확인해 보지 않았지만 길잡이들을 믿고 싶었다.

"여가 갈마산과 얼마나 떨어뎌 있네?"

저녁을 먹은 철근은 짝귀를 갈마산으로 보내기에 앞서 불러 물었다.

"한 50리 길뜸 될 겁네다."

"음, 기렇구만. 갈마산으로 갈래믄 밤길이라 세 시진은 족히 걸리갔구만 기래."

"기렇딘 않습네다. 길로 가믄 기렇게 걸리갔디만 산을 타고 가믄 두 시진이믄 충분할 겁네다. 마팀 달도 있어서 큰 걱뎡 없습네다. 기러고 갈마산까디 갔다 올 걸 계산해서 노숙지로 여길 댭은 거이니 걱정하디 마십시오."

"기런가? 기렇다믄 다행이고."

철근은 적이 안심이 됐다. 갈마산을 염두에 두고 길을 잡은 것도 그렇지만 갈마산까지 갔다올 것을 계산하여 노숙지를 잡았다는 말에 더 이상 말이 필요 없었다.

철근은 여기 상황을 소상히 설명한 후, 여기 상황을 덕돌과 망치에게 자세히 알릴 것을 주문했다. 그리고 궁에 사람을 파견할 때는 지금 자기가 보내는 신표를 쓰면 될 것이라고 알렸다. 그러면서 대왕이 왕자에게 유람을 허락하면서 미리 주었던 신표를 짝귀에게 주었다. 또한 1차 집결지의 위치를 알림과 동시에 열흘 내에 도착하지 못하면 스물 날 후 2차 집결지로 올 것을 당부했다. 만약 그것도 여의치 않으면 연락병만이라도 집결지로 보내라 했다.

"달 알갔습네다. 기러믄 쇤네는 물러가 눈을 됴 붙이갔습네다. 기러고 떠날 땐 따로 뵙디 않고 떠나갔습네다. 이런 일은 다른 이들 눈에 띄디 않는 게 둏디 않갔습네까?"

다른 사람들 몰래, 은밀히 하는 게 좋지 않겠냐는 짝귀의 말에 철근은 더욱 안심이 되었다. 이런 일은 은밀할수록 좋음을 알고 있으니 다른 사람에게 결코 발설하지 않을 것이었기 때문이었다.

"기래, 기롷게 하게. 달 다녀오고……, 내일 아침 보세."

"알갔습네다. 기럼……."

짝귀가 인사를 마치더니 물러갔다. 철근은 물러가는 짝귀의 뒷모습을 바라보았다.

좌우 귀가 짝짝이라서 짝귀라 부른다고 했는데, 철근이 볼 때 그는 결코 짝귀가 아니었다. 오히려 다른 사람들보다 귀가 큰 게 남의 말을 잘 들을 것 같아 보였다. 눈이 큰 사람은 겁이 많고, 입이 큰 사람은 목소리가 크고 남의 말을 많이 하지만, 귀가 큰 사람은 남의 말을 귀담아 들으니 지혜로우면서 인자한 사람이라 하지 않았던가. 하여 짝귀를 철근에게 추천한 덕돌은 사람 볼 줄 아는 사람이라는 생각이 들었다.

13

짝귀는 조용히 눈을 떴다. 그리고 시간을 확인하기 위해 하늘을 살폈다. 열이틀달이 동산에서 벗어나 나무들 사이에 걸려있는 게 초경을 지나는 모양이었다.

다른 사람들이 깰까 싶어 짝귀는 쇠털덮개에서 살그머니 몸을 빼냈다.

잠자리에서 벗어나자 부르르 몸이 떨렸다. 사월인데도 산속의 밤은 겨울 냉기로 가득해 군데군데 허옇게 서리가 내려앉아 있었다. 장작불이 있어 잠을 잘 수 있었지 그렇지 않았다면 잠도 못 잤을 것 같았다. 사람들은 불 주위에 삥 잠들어 있었고, 불가에는 잰걸음이 선 채 망을 보고 있었다.

"벌써 일어났네? 내가 깨워둘랬는데……."

짝귀가 깬 것을 보고 잰걸음이 목소리를 낮추며 말했다.

"일 없습네다. 기까딧 거 나 혼차 해야디요."

"하긴……. 짝귀가 어떤 사람인데 기런 일을 남한테 맡기간?"

잰걸음이 손으로 불을 가리키며 불 좀 쬐란다. 짝귀는 잰걸음이 시키는 대로 불가로 다가가 손을 내밀며 불을 쬐었다. 이제 곧 몸을 움직이게 되면 몸에서 열이 나겠지만 지금은 불의 힘을 빌려 몸을 좀 덥혀야 할 것 같았다.

열기를 온몸으로 받으며 잠시 서있으려니 잰걸음이 말을 붙였다.

"동뚝으로 가디 말고 서뚝으로 가라. 이 말 전해듀려고 일어나길 기다리고 있어서. 동뚝은 간나들이 많아서 가기 힘들기야. 아니믄 남뚝으로 내려갔다가 동으로 빠디던디……."

"예, 달 알갔습네다. 이뎨 눈 둄 붙이시라요."

"아니야. 삼경까디는 내가 디켜야디. 하루에 세 명씩 교대해야 하는데 자다가 깨는 사람이 더 곤하디 않간?"

"허기사……. 어이, 이뎨 몸도 둄 녹았으니 가봐야갔네요."

짝귀가 불 쪽으로 뻗었던 손을 거둬들여 비비며 말했다.

“기래, 됴심히 다녀오라. 남들 다 자는 밤에 혼차 움딕인다고 고생하갔다야.”

“고생은요? 이런 일을 할 수 있다는 거이 고맙디요.”

“허기사……. 우리 같은 놈들을 사람대접해듀고, 이런 중요한 일을 맡겨듀는 게 고마운 일이디.”

“기러믄요. 기걸 모르믄 사람이 아니디요.”

“기럼, 기럼. 기러니 나는 듯이 갔다 오라.”

“예. 한잠 자고 일나면 돌아와 있을 테니 한잠 푹 주무시라요.”

짝귀는 잰걸음에게 꾸벅 인사를 하고 길을 나섰다. 가다가 돌아보니 잰걸음이 고개를 세워 짝귀가 가는 모습을 쳐다보고 있었다.

짝귀는 몸을 낮춰 숲으로 들어섰다. 적들이 눈치라도 채면 낭패였기에 발도 마음대로 내딛지 못하고 까치발로 조심조심 걸었다. 혹시나 미끄러지며 소리라도 낼까 조금만 비탈이 져도 나뭇가지나 둥치를 잡으며 걸었다.

잰걸음의 권고에 따라 서쪽으로 빠져 나가기를 한 식경. 이제 적들의 경계망에서 벗어났다 싶었지만 짝귀는 조심 또 조심하며 걸었다. 그리고 드디어 적군이 피워놓은 화톳불 불빛이 보이지 않을 때쯤 몸을 바로 세워 걷기 시작했다.

걷는다고 했지만 사실은 뛰 반, 걸음 반인 걸음으로 내달아야 밤사이에 갈마산에 다녀올 수 있었기에 뛰는 듯 걸었다. 그러나 낯선 길이라 걸음에 속도가 붙지 않았다. 아직 신록이 무성할 때는 아니지만 사람들의 왕래가 없는 산길이라 길이 없는 것이나 마찬가지였다. 낙엽들이 쌓여있어 발길이 미끄러웠고, 군데군데 언 곳도 있어서 걷기가 쉽지 않았다.

그렇지만 짝귀는 걸음을 조금도 늦출 수가 없었다. 단순한 심부름이 아니라 왕자의 명을 받드는 중이 아닌가. 더군다나 대왕의 신표까지 몸에 지니고 있지 않은가. 어떻게든 오늘 밤 안에 그걸 갈마산 산채에 전달하고, 집결지도 알려주어야 했다.

더운 김이 올라오는가 싶더니 등에서 땀이 나기 시작했다. 짝귀는 앞섶을 조금 헤쳐 바람구멍을 만들며 걸음을 재촉했다. 미천한 몸이 이런 일을 할 줄은 꿈에도 몰랐기에 땀이 솟을수록 힘도 함께 솟아올랐다.

한 달여 전, 손님이 없어 마방에 따분히 앉아 있자니 덕돌이 지나가는 말처럼 물었다.

"길 안내 똠 해듀갔네?"

덕돌의 물음에 짝귀는 덕돌의 얼굴을 쳐다봤다. 마방에서 심부름이나 해주며 숙식을 해결하고 있었기에 덕돌의 말은 부탁이 아니라 명령처럼 들렸기 때문이었다.

"길 안내라니 어떤 길 안내 말입네까?"

"뭐, 평소나 다름없는 심부름이디. 긴데 이번은 똠 멀리 다녀와야 해서리……. 싫으믄 다른 사람 시키고."

짝귀가 선뜻 대답하지 않고 무슨 길 안내냐고 묻자 덕돌은 짝귀가 가기 싫은 모양이라고 판단했는지, 다른 사람을 시키겠다고 했다. 그러자 짝귀가 덤볐다. 부모형제도, 뚜렷한 생업도 없이 마방에 얹혀살고 있는 짝귀에게 어딜 다녀올 수 있다는 건 좀처럼 잡기 힘든 기회였기에 짝귀는 덕돌의 마음이 변할까 걱정됐다.

"가기 싫다니요. 기런 건 내가 다녀와야디요. 딕금 가야 합네까?

기럼 바로 탱기고 나오갔시요."

짝귀가 바로 방으로 들어가려 하자 덕돌이 짝귀의 손목을 잡으며 나지막이 말했다.

"딕금이 아니라…… 메틸 있으믄 철근 박사가 올 긴데, 기때 박살 따라가믄 될 기야."

"철근 박사와 동행한단 말입네까?"

"기래. 철근 박사만이 아니라……. 아무튼 기렇게 알고 행장을 미리 꾸려두라."

덕돌은 무슨 말인가를 하려다 삼켜버렸다. 짝귀는 그게 궁금했으나 기다리기로 했다. 며칠 후면 알게 될 걸 성급하게 물을 필요는 없을 것 같았다.

"알갔시요. 기런 걱뎡 붙들어 매시라요."

짝귀는 기쁘게 대답했다.

그즈음 짝귀는 안 그래도 답답해하던 참이었다. 역마살이 있는 건 아니었지만, 마방에서 일을 도우며 하루하루를 보내자니 몸이 근질거렸다. 어디론가 멀리 떠나고 싶었다. 기다리는 혈육이 있는 것도 아니고, 처자식이 있는 것도 아니라 한 곳에 붙어있기가 갑갑했다. 그건 어쩌면 마방에 들어오기 전까지 여기저기 떠돌았던 습성이 남아있기 때문인지도 몰랐다. 그러나 정처 없이 혼자 떠돌아다니다 정처定處의 소중함을 누구보다 뼈저리게 깨달았기에 목적 없는 방랑은 자제하고 있었다. 그렇지만 돌아올 곳만 분명하다면, 다시 마방으로 돌아올 수만 있다면, 멀리 다녀오고 싶었다. 그러던 참인데 먼 길을 다녀올 기회가 생겼으니 마다할 이유가 없었다. 덕돌은 어쩌면 짝귀의 그런 마음을 미리 읽고서 그런 제안을 했는지도 몰랐다.

그렇게 해서 행장을 꾸려 두었고, 며칠 후 철근 박사가 찾아왔고, 왕자의 사저로 들어갔고, 왕자를 알현했고, 함께 떠날 사람들을 만났고, 극진한 대접을 받으며 며칠을 왕자의 사저에서 머물렀다. 그리고 오늘 아침 드디어 왕자를 모시고 길을 나섰고, 이제 길잡이들을 대표해서, 왕자의 명을 받들어 전령으로 나선 것이었다. 짝귀의 일생에서 가장 보람되고, 의미 있는 일을 수행하고 있는 중이었다.

산에서 산으로 이어진 길을, 달빛에 희미하게 드러나는 나뭇가지의 모양을 보며 북쪽으로 방향을 잡고 걷고 또 걸었다. 잠시 쉬어가고 싶었으나 그럴 수가 없었다. 달이 있긴 했지만 밤에 혼자 앉아 쉬는 것도 멋쩍을 것 같았고, 땀이 식으면 몸을 덥히기 쉽지 않을 터였고, 단 일각이라도 빨리 왕자의 명을 전하기 위해 불함산으로 가야 했다.

간간이 달을 향해 우는지 늑대의 울음소리가 들리고, 부엉이와 소쩍새 울음소리도 들렸지만, 호랑이 울음소리는 들리지 않았다. 배 주린 놈이 없는 모양이었다. 어쩌면 계절이 계절인 만큼 호랑이란 놈은 먹이를 찾아 남쪽으로 내려갔을지도 모를 일이었다. 그러나 호랑이란 놈이 길을 막아선다 해도 뚫고 가야 할 것이기에 칼을 들고 있는 왼손에 힘을 주며 걸었다. 그만큼 왕자는 짝귀에게 힘을 솟게 하는 존재였다. 짝귀는 왕자와 처음 만났던 날을 다시 떠올려 보았다.

철근 박사를 따라 왕자의 사저에 들어가니 왕자가 기다리고 있었다. 방에 앉아 기다리는 게 아니라 마당에서 서성거리면서 짝귀가 오기를 기다리고 있었다.

"아니, 전하께서 어띠 나와 계십네까?"

대문턱을 넘다 말고 마당에서 서성거리는 왕자를 발견한 철근 박사가 놀라며 묻자 왕자가 바로 대답했다.

"귀한 사람이 온다는데 갑갑하고 지루해서 방에 앉아 있을 수가 있어야디요. 기래서……."

그 말이 다 끝나기도 전에, 상대가 왕자임을 확인한 짝귀는 마당에 넙죽 엎드려 절을 했다.

"왕자 전하!"

무슨 말을 하고 싶었는데 아무 말도 할 수 없었다. 왕자의 사저로 간다는 말은 들었지만 왕자를 직접 눈으로 볼 줄은 꿈에도 몰랐기에, 이렇게 만날 줄은 더더욱 몰랐기에 무슨 말을 해야 할지 생각이 나지 않았다. 아니, '귀한 사람'이란 말을 듣는 순간 울컥! 목이 잠겨 버렸다.

"귀한 사람이 어띠 이럽네까? 날래 일나라요."

"아닙네다. 기 어띠 기런 망극한 말씀을?"

"아이 턈, 어여 일나래도요."

그러더니 엎드려있는 짝귀에게 다가오더니 팔을 잡아끌었다. 슬쩍 철근 박사를 쳐다보니 고개를 끄덕이는 게 왕자가 하자는 대로 하라는 뜻인 듯했다.

짝귀는 땅바닥을 집고 있던 손을 무겁게 들어올렸다. 그러자 왕자가 짝귀의 흙 묻은 손을 잡았다.

아, 그때의 전율.

머리털이 삐죽 서는 정도가 아니라 심장이 다 멎는 것 같았다.

태어나서 처음 느끼는 감동과 흥분이었다.

"댜, 어여 들어갑세다. 내래 귀한 사람 기다리느라 목 빠딘 거 안 보입네까?"

얼굴에 가득 담은 미소로 말을 하며 짝귀의 손을 잡아끌었다.

전혀 예상하지 못했던 짝귀는 다시 철근 박사를 바라보지 않을 수 없었다. 그러자 이번에도 고개를 끄덕이고 있는 게 아닌가. 마치 그러는 게 정상적인 예법이기라도 한 듯 왕자의 스스럼없는, 파격적인 행동에 따르라고 권하고 있었다.

왕자가 잡아끄는 대로 사랑에 따라 들어가니 이번에는 의자에 앉으라고 권했다. 몇 번을 사양했지만 끝끝내 앉으라고 했다. 그렇지만 짝귀는 감히 왕자와 마주앉을 수 없어 그냥 서 있었다. 그쯤 하면 물러설 줄 알았다. 그런데 왕자는 달랐다. 자기 힘으로 짝귀의 고집을 꺾을 수 없다고 생각했는지 마지막엔 철근 박사를 쳐다보며 앉게 하라고 눈짓을 했다. 그러자 철근 박사도 왕자와 마주앉으라고 권했다.

"어찌 쇤네가 왕자 전하와 한 자리에……. 쇤넨 여기 들어온 것만도 꿈만 같습네다."

"기렇게 앉는 자리 때문에 고집을 피우믄 일을 못 맡기디 않습네까? 그러니 마음 편히 앉으라요. 기래야 부탁을 하디요."

왕자는 반말이 아닌, 공손하기 이를 데 없는 목소리로 말했다. 그 목소리를 듣는 순간 왕자의 인품이 보이는 듯했다. 입에서 나오는 소리가 아닌 가슴에서 나오는 소리였고, 진심을 가득 담은 말임을 알 수 있었기 때문이었다.

결국 왕자의 요청에 의해 왕자와 마주앉아 왕자의 부탁을 들었다. 부탁이란 건 별 것도 아니었다. 도성 밖에 자주 드나들었고, 마방에 정착하기 전에 여기저기 떠돌아봤으니 유람 길을 좀 안내해 달라는 것이었다. 그래놓고 결정을 내리기 전에 참고하란 듯 진중하게 말했다.

"이데 가면 여로 다시 못 돌아올디도 모릅네다."

그 말에 짝귀는 고개를 들어 왕자를 쳐다보았다. 얼굴에 그래도 괜찮겠느냐는 근심을 담고 있었다. 그 표정을 보는 순간 짝귀는 왕자의 배려심을 봤고, 왕자를 더 이상 고민하게 하고 싶지 않았다.

"전하를 위해서라면 목숨이라도 내놓갔습네다. 기러니 기런 걱뎡은 안 하셔도 됩네다."

"내래 허울만 왕자디 아무런 힘도 돈도 없는 사람이우다."

짝귀가 잘못된 판단을 내리지나 않을까 저어하는지 왕자는 자신의 현재 상황을 말했다.

"기래서 쇤네 같은 놈이 더욱 필요하디 않갔습네까? 전하께서 기런 걸 가디고 계시다믄 쇤네 같이 천한 놈이 어띠 전하를 모실 생각이나 할 수 있갔습네까? 기런 건 걱뎡 마시고 곁에서 모실 수 있게만 해듀십시오."

그 말에 왕자는 말없이 고개를 끄덕였다. 선한 눈빛을 빛내며.

그런 왕자의 행동은 짝귀에게만 한정된 게 아니었다. 바깥채에 머물면서 만난 사람들은 하나같이 짝귀와 마찬가지로, 언감생심 꿈도 꾸어보지 못한 대접을 받았다고 했다. 왕자는 철근 박사가 불러들인 모든 이들에게 극진한 대접을 했던 것이었다. 그런 대접이 상대를 움직였고, 목숨을 걸고 왕자를 모실 마음을 품게 했던 것이었다.

크고 작은 봉우리 열 개 이상을 넘어야 했으나 지친 줄도, 힘든 줄도 몰랐다. 왕자를 위해 일을 할 수 있다는 것만으로도 뿌듯했다.

자기뿐 아니라 일행의 목숨이 걸린 중대한 일이니 꼭 부탁한다는 왕자의 말이 몸을 가볍게 했고 발을 재게 움직이게 했다. 평상시 같으면 가쁜 숨을 헐떡일 만도 한데 그런 것도 없었다.

달이 중천에서 설핏 서쪽으로 기울기 시작할 때쯤 불함산 초입에 도착했다. 그리고 철근 박사가 알려준 벌테네 집을 찾아 살피기 시작했다.

그러고 있자니 미세한 소리가 났다. 낙엽을 밟는 소리인 듯했다. 신경을 세우고 듣지 않으면 들리지 않을 소리가 짝귀의 움직임에 따라 움직이고 있었다. 경계 내지는 매복을 하고 있었던 듯한데 한두 명이 아니라 여러 명이 짝귀의 움직임에 맞춰 움직이고 있었다.

짝귀는 혼자 웃으며 계속 걸어갔다. 그들이 어떻게 나오는지 보고 싶었다. 달빛이 있어, 짝귀 혼자임을 알 것이고 무장도 하지 않고 있음을 알 터이니 무작정 공격하지는 않을 것이었다.

길을 따라 벌테네 집이 확실해 보이는 집 앞에 닿자 나직하게 사람을 찾았다.

"계슈? 돔 나와 보슈."

그러자 불도 켜지 않고 사람이 달려 나왔다.

"누구네? 이 밤중에?"

방문을 열며 뛰어나온 사람은 벌테가 확실해 보였다. 비록 갑옷으로 무장을 하고 있었지만 철근 박사가 말한 신체구조와 자신이 머릿속으로 그렸던 바로 그 사람이었기 때문이었다.

그러나 방에서 뛰어나온 사람은 벌테 혼자가 아니었다. 대여섯이 동시에 쏟아져 나왔다. 그와 동시에 아까부터 몸을 숨긴 채 짝귀 뒤를 밟았던 사람들이 짝귀의 포위했다. 보기에는 허술하기 짝이 없어 보였지만 일사불란하게 움직이는 게 훈련을 단단히 받은 모양이었다.

"내래 인섭 왕자래 보내서 와수다."

짝귀는 빙긋 웃으며 말했다. 그러자 역시 군복 차림의 사내가 앞으로 나서며 물었다.

"짝귀 아니네? 이 밤중에, 뭔 급한 일이라도 생겼네?"

다름 아닌 덕돌이었다. 왕자 사저로 들어간 후 한 번도 보이지 않더니 여기에 와 있었던 모양이었다.

"날래 들어가다. 자, 다들 들어갑세."

상황이 심상치 않음을 눈치 챈 덕돌이 재촉했다.

짝귀는 방으로 들어가기에 앞서 슬쩍 뒤에 있는 군사들을 돌아보며 다시 웃었다. 이 정도라면 왕자를 호위하는데 큰 문제가 없을 듯하였기 때문이었다.

산채를 떠나

14

짝귀의 전언을 들은 덕돌은 고민스러웠다. 얼마간 예상은 하고 있었지만 상황이 예상했던 것보다 훨씬 심각해 보였다.

왕자 일행의 뒤를 밟는 군사들은 큰 문제가 없을 듯했다. 군사의 수가 많은 것도 아니고, 뒤만 밟고 있다면 상황이 급변하지 않은 한 쉽게 공격하지는 않을 것이었다. 그렇긴 해도 상황이 어떻게 변할지 알 수 없으니 한 시라도 빨리 국경을 넘는 게 상책일 것 같았다.

그런데 국경을 넘는 일이 문제였다. 고구려와의 관계로 볼 때, 인섭 왕자가 고구려 국경 안으로 들어서는 것을 용납할 리 없었다. 따라서 고구려 국경을 우회하는 길밖에 없었다. 그리 되면 서진하여 요동 쪽으로 갔다가 내려가야 했다. 그런데 그 거리가 엄청 멀었다. 설혹 요동 쪽으로 간다고 해도 한나라의 국경을 통과하지 않고서는 남하할 수 없으니 그 또한 문제였다. 그야말로 진퇴양난이었다. 아무리 그렇더라도 당장 원정군의 눈길에서 벗어나야 하니 도성으로부터 최대한 멀리 떨어지는 게 우선일 것 같았다.

그러저런 상황을 판단한 철근 박사가 그에 대한 대책을 마련해 놓은 듯했다. 집결지를 갈마산에서 고구려와 숙신肅愼, 그리고 부여의 접경지대인 만수산(萬壽山. 헤이룽장성에 있는 치타이허시[七台河市]에 있음)으로 옮긴 것이 그걸 말해주고 있었다. 일단 서진한 후에 상황을 보아가며 국경을 넘을 계획인 것 같았다. 뒤쪽에서 밀려오는 먼저 피한 후, 앞쪽에 불을 놓아 도주로를 확보하겠다는 전략인 것 같았다.

철근 박사의 의중을 파악한 덕돌은 산채군 이동계획을 세웠다. 원정군을 앞질러 가 왕자 일행과 합류하기보다 원정군의 뒤를 밟기로 한 것. 원정군 뒤에서 왕자 일행을 호위하다 상황이 여의치 않을 때는 원정군을 처치해버리기로 결정을 내렸다. 그렇게 하여 문제 하나는 해결됐다.

그런데 궁으로 사람을 보내는 일은 막막했다. 도성에 첩자들이 없는 것은 아니지만 궁으로 연락할 방법이 없었다. 도성 안에 마방을 열고 있었다면 궁에 연락하는 일이 어렵지는 않았을 것이었다. 그러나 지금은 마방을 팔아버렸고 접선장소를 다른 곳으로 옮기는 한편, 당분간은 서로 연락하지 말자고 한 상황이라 마방을 활용할 수도 없었다. 도성에 있는 첩자들은 궁과 연결되어 있지 않았다. 또한 서로가 서로를 알지 못하고, 자기 영역 외에는 아는 것이 전혀 없었다. 그러니 아무리 대왕의 신표를 지니고 있다 해도 궁으로 접근하는 일은 쉽지 않을 것이었다.

생각다 못해 덕돌은 자신이 사간(死間. 죽음을 각오하고 적진으로 뛰어드는 간첩)이 되기로 결정했다. 살아 돌아오지 못할지라도 우선 위급한 상황을 대왕께 알리기 위해서는 자신이 직접 나서는 수밖에 없을 것 같았다.

"아무래도 내가 직접 궁에 댕겨오는 수밖에 없갔어."

한참을 생각한 끝에, 자신이 직접 다녀오겠다고 말하자 좌중은 모두 놀라는 눈치였다.

"기건 안 될 말입메다. 둑음의 댜리에 어뜷게?"

제일 먼저 말리고 나선 사람은 역시 벌테였다. 판단도 행동만큼이나 빠른 그는 벌써 덕돌의 계획을 간파한 모양이었다.

"기러니 내가 댕겨오갔다는 기야. 둑음을 각오하고 반드시 전해야 할 상황이라 내가 직접 다녀와야디. 이런 중차대한 일을 뉘한테 맡기갔네. 궁에 듈이 닿아 있는 사람도 나뿐이고."

덕돌의 말에 모두들 아무 말도 없었다. 덕돌의 말이 옳았기 때문이라기보다 다른 대안이 없어 답답한 얼굴들이었다. 그런 망치와 벌꺽보의 얼굴을 확인한 덕돌은 자리에서 일어서기 전에 매듭을 지었다. 도성 문이 열리기를 기다렸다가 도성으로 들어가기 위해서는 지금쯤 길을 나서야 했고, 원정군에게 발각되지 않고 돌아가려면 산채군도 지금 길을 나서야 했기 때문이었다.

"내가 길을 떠나믄 모든 지휘는 망치가 맡으라. 기러고 벌꺽보는 망치의 지휘에 따라 휘하의 군사들을 거느리고. 거기 도착해서도 왕자와 합류하거나 원정군보다 앞에 나서디 말고 한 십리쯤 뒤에서 원정군의 뒤를 밟으라. 인섭 왕잘 보호하는 한편, 여의티 않으믄 공격해서 원정군을 없애 버리고. 기렇디만 공격은 최대한 늦튜라. 도성 가까이에서 원정군을 공격했다가 원정군 뚁에 알려디기라도 한다믄 모두가 위험할 테니 이 점을 닞디 말라."

덕돌은 마지막 말을 남기고 자리에서 일어섰다. 출발 준비야 진즉에 해놓았지만 한밤중에 군사들을 점검하고 떠나야 했기에 서둘러야 했다. 또한 자신도 길을 나서야 했다.

"나라도 따라가야 하디 않갔시요?"

마악 방을 나서려는데 벌테가 덕돌의 뒷덜미에 대고 걱정을 쏘았다.

그 말에 방을 나서려다 말고 덕돌은 뒤를 돌아보았다. 벌테가 걱정스러운 얼굴로 덕돌을 쳐다보고 있었다.

"뭘 둘씩이나? ……너 말대로 눅으로 가는 길이댢네. 기런 길은 혼차 가야디. 기러고…… 걱뎡 말라. 내래 이런 일로 잔뼈가 굵은 사람이야."

"아무리 기렇디만 혼차 보내는 게 영……. 만약을 대비해 한 사람 같이 가는 게 낫디 않갔시요?"

"아니야. 이런 일은 혼차 하는 거이야. 기게 철칙이거든. 안 기랬으믄 너의 돌팔매와 구변口辯 도움 받을래고 딘닥 같이 가댜고 했을 기야."

덕돌이 말리자 벌테가 퉁을 놓듯 쏘아댔다.

"제시간에 안 돌아왔단 봐라. 내가 가만 안 둘 테니낀."

그러더니 문 앞에 서 있는 덕돌을 밀치며 먼저 방을 나가버렸다.

벌테가 덕돌의 배를 밀치는 순간, 벌테의 기운이 훅! 덕돌에게 옮겨오는 것 같았다. 그 손길은 뜨거웠고, 기가 담겨 있었다.

망치가 군사들을 불러 모으는 걸 보고 덕돌은 말 위에 올랐다. 생각 같아선 군사들이 집결하는 걸 지켜보고, 군사들과 인사라도 나누고 싶었으나 그만두었다. 자신이 도성으로 들어가는 사실을 알게 되면 군사들이 걱정할 것도 마음에 걸렸지만, 지휘권을 망치에게 넘겼으니 군사들을 소집하고 이동시키는 일에 관여하고 싶지 않았기 때문이었다. 이제부터 모든 일을 망치에게 넘겨줘야 뒷일 걱정 없이 자신의 일에 매진할 수 있을 것 같았다.

군사들이 불을 밝힌다, 짐을 챙긴다, 분주한 틈을 타서 덕돌은 아무도 몰래 조용히 산채를 벗어났다. 그리고 달빛이 열어놓은 길을 따라 말을 몰았다.

봄이긴 했지만 산속 공기는 싸늘했고, 밤길을 걷는 말의 걸음도 차갑게 느껴졌다. 마치 고향집을 떠나 먼 길을 나서는 느낌이었다.

그러나 산채가 고향일 수는 없었다. 인섭 왕자를 호종하기 위해 잠시 잠깐 체류했던 곳에 불과했다. 그런데도 고향의 느낌을 받는 건 산채란 아늑한 공간적 특성 때문이 아니라 그곳에서 만났던 사람들 때문인 것 같았다.

조금 전, 벌테가 자신의 배를 툭 쳤을 때 느꼈던 기운과 온기 같은 것이 이곳을 고향으로 느끼게 하는지도 몰랐다. 겨우내 얼었다 녹은 흙이나 꽁꽁 얼었던 땅을 뚫고 돋아나는 새싹들, 여린 눈을 열고 피어나는 봄꽃들도 고향의 정을 살리기는 했다. 하지만 사람들에게서 풍겨 나오고 사람과 사람이 뒤섞이는 온기와 체취야말로 고향의 정을 느끼게 하는 그 무엇이었다.

처음 덕돌이 산채로 들어왔을 때부터 벌꺽보는 유난스러운 존재들이었다. 사람들이 많지 않은 산채에 외롭게 살아서 그런지, 만난 지 하루 만에 형님이라 불렀고, 마치 객지에서 돌아온 친형을 대하듯 했다. 망치도 마찬가지였다. 무뚝뚝하고 말수가 적었지만 인간적인 따뜻함을 간직하고 있을 뿐 아니라 마음을 나눌 줄도 아는 사람이었다. 그 중에서도 벌테는 유난스러웠다. 벌테란 별명에 걸맞게 다소 차분하지 못하고 좌충우돌하는 경향은 있지만 정만큼은 누구보다 많았고, 그걸 표현할 줄도 알았다. 하여 한 달여밖에 안 됐는데도 10년 넘게 사귀어온 사람처럼 격이 없었다.

이런 것들이 갈마산 산채를 고향으로 느끼게 했던 것이었다. 고향은 자신이 태어나서 살았고 사는 곳이 아니라, 인간적인 따뜻한 정이 흐르고 쌓여 있는 곳임을 새삼 깨닫게 했다. 이제 덕돌이 돌아갈 곳, 머물 곳은 어떤 특정 지역이나 장소가 아니라 벌꺽보와 망치가 있는 곳이라 생각이 들었다. 그들이 있는 곳이 곧 고향이라는 생각. 그건 어떤 확신 같은 것이었다.

생각이 거기에 이르자 덕돌은 마음이 다급해졌다. 일각이라도 빨리 궁에 소식을 전한 뒤 그들에게 돌아가고 싶었다. 이제 그들이 있는 곳이 고향이었고, 그들은 이제 더도 덜도 아닌 자신의 동생들이었다.

성문 앞에서 성문이 열리기를 기다렸다가 도성 안으로 들어갔으나 궁으로의 접근이 쉽지 않았다. 한 달 사이에 궁의 경계가 강화되어 있어 궁으로의 접근이 더 어려워져 있었다.

궁궐 경비 상황을 확인한 덕돌은 얼마 전까지만 해도 자신이 운영했던 마방으로 갔다. 궁의 경계가 강화됐다면 그 이유가 있을 것이고, 그런 내용을 알아보기에는 마방보다 좋은 곳이 없기에 마방으로 가 아침을 시켰다.

아직은 날이 찼지만 마방 평상에 앉아 아침을 먹고 있자니 군졸 복장의 사내들이 마방으로 들어왔다. 밥을 먹던 덕돌은 밥을 먹다 말고 군졸들을 살폈다. 역시나 아는 사람들이었다.

덕돌은 얼른 자리에서 일어나 인사를 했다.

"안녕들하십네까?"

덕돌이 인사를 하자 앞서 들어오던 군졸이 대번에 덕돌을 알아보고 물었다.

"자넨 이 마방 옛주인 덕돌이가 아니네? 긴데 고향엘 갔다더니 어찌 된 일이네?"

"담깐 도성에 볼 일이 있어 왔습네다."

"일이라니?"

뒤에 따라오던 군졸이 나서며 물었고, 덕돌이 대답하려는데 다른 군졸이 막아서며 나무랐다.

"기건 알아서 뭐할 낀데? 기런 얘긴 밥 먹고 나서 해도 늦디 않으니낀, 날래 밥 먼뎌 먹으라. 우리도 시장해서리 배 먼뎌 태와야갔어. 날밤 깠더니 배고프고 돌려서 못 살갔다. 날래 먹으라."

"예. 기럼 밥 먹고 뵙갔습네다."

"기래. 기러댜고."

덕돌은 마침 잘 됐다 싶어 꾸벅 인사를 하고 자리에 앉아 다시 밥을 먹기 시작했으나 밥이 입으로 들어가는지 코로 들어가는지 모를 지경이었다. 그 군졸들은 다름 아닌 궁지기들이었기에 그들의 입을 통해 모종의 정보를 얻을 수 있을 것이란 기대감 때문이었다. 밤을 샜다면 곧 돌아가 버릴 수도 있으니 서두르지 않을 수 없었다.

밥을 먹는 둥 마는 둥하고 덕돌은 토장국을 시켜놓고 기다리는 궁지기들의 평상으로 건너갔다.

"역시 여길 오니 대번에 아는 분들을 만나는기만요."

덕돌은 너스레를 떨며 궁지기들 평상에 걸터앉았다.

"와 안 기렇갔네? 임자 여서 장사한 게 얼마고…… 사람들은 또 얼마나 탱겼네?"

궁지기 중에서 제일 연장자인, 만졸—만년 군졸의 줄임말로, 그를 얕잡아 부르는 별명—이 대꾸했다. 서른을 훌쩍 넘긴 나인데도 아직까지 군졸을 벗어나지 못하고 군졸 노릇을 하는 걸 보면, 그의 말마따나 관직과는 어울리지 않는, 고향에 돌아가 농투성이로 살아야 할 위인이었다. 능력이 없으면 뒷배라도 있던지, 그마저도 없으면 사람 구워삶는 재주라도 있어야 군졸을 면할 텐데 덕돌이 보기에 그는 그런 능력도 없어 보였다. 어쩌면 그런 걸 체질적으로 싫어하는 것 같았다. 그런 그를 눈여겨 봐 줄 사람이 있을 리 없었고, 주어진 일에나 최선을 다할 뿐 눈에 띄는 일도 하지 않으니 진급의 기회도 멀 수밖에 없었을 것이었다. 그런 그가 안쓰러워 덕돌이 마방을 할 때 다른 사람보다 그를 더 챙겼었다. 챙겼다 해야 밥 한 덩이 더 떠주는 정도고 어쩌다 공짜 술이나 대접하는 게 전부였지만 그걸 눈치 챈 그도 덕돌을 살갑게 대했었다. 그런데 이럴 때 그를 만난 건 행운이라 할 수 있었다.

"다 장삿속이디 탱기기는 뭘 탱길 게 있어야 탱겨드리디요."

"기런 소리 말라. 임자 없으니낀 벌써 밥 양이 줄었어야."

만졸이, 주인이 오는지를 살피며 목소리를 낮춰 볼멘소리를 했다.

"기럴 리가요?"

"아니야, 농이 아니라니깐. 똠 있다 보라, 내 말이 딘딴 거딋인디."

"기럼 소인이 한 그릇씩 더 시켜드리갔습네다."

"아니야. 기뎌 기렇다는 말이디…… 더 먹고 싶어 더 달라믄 안 듀갔어? 단골인데."

"허기사. 기럼…… 소인이 탁주라도 한 사발씩 대텹하갔시요. 이데 번도 끝났으니 돌아가 듀무실 거 아닙네까?"

덕돌은 술의 힘을 빌어 그들의 입을 열고 싶은 마음에 술을 권했다. 그들을 자리에 붙잡기 위해선 술보다 좋은 미끼가 없음을 덕돌은 누구보다 잘 알고 있었다.

"됐어야. 오랜만에 도성에 들어 왔는데 산다믄 우리가 사야디. 기러고…… 탁배기야 벌써 한 사발씩 시켰디. 기거 먹을라고 여기 왔디 우리래 밥 먹으러 왔간? 기렇디만 여서 길게 술튜렴하다간 경을 쳐. 군관들이 눈 시뻘겋게 뜨고 음주 단속을 하거든. 무슨 일이 있는디 술을 금하고 있어."

"술을 금해요? 뭔 일이 있나요?"

덕돌은 시치미를 떼고 물었다.

"기거까디야 우리 같은 졸개들이 알 수 있나? 기렇디만 들리는 말엔 형제의 난이 곧 일어난다데……."

옆에 앉았던 이가 불쑥 내뱉자 만졸이 눈총을 주며 막았다.

"기딴 소리 함부로 하디 말라. 안 기래도 입단속 심한 이때 말 한 마디 달못했다간 골로 가는 수 있어야. 우리 같은 쫄짜 벼룩이 물어도 입 다물고 있는 게 최고야."

그렇게 입단속을 하자 덕돌이 황급히 나서며 물었다.

"기럼 궁을 나드는 일도 쉽디 않갔구만요?"

"기야 말해 뭐해. 우리도 궁 드나드는 일이 여간 힘들디 않는데."

그러고 있자니 주인사내가 반주를 곁들인 밥상을 내왔고, 주인사내가 나타나자 모두들 아무 말도 하지 않았다는 듯 입을 다물어 버렸다.

궁지기들이 밥을 먹고 일어서자 덕돌도 자리에서 일어섰다. 생각 같아선 궁지기들을 잡아두고 정보를 더 캐고 싶었지만 밤새 궁궐 경비에 시달린 그들을 잡아둘 수가 없었다. 마방 주인이 나타나자 입을 다무는 게 더 이상 입을 열게 할 수도 없을 것 같았다. 그렇다면 다른 방법을 찾아야 했다. 속은 바작거렸지만 덕돌은 티를 낼 수 없었기에 궁지기들과 작별 인사를 하고 물러섰다.

마방을 나선 궁지기들이 흩어지기를 기다리던 덕돌은 조용히 만졸의 뒤를 밟기 시작했다. 궁으로 접근이 불가하다면 궁을 자유롭게 드나들 수 있는 사람을 찾아야 하는데, 지금 상황에서 기댈 만한 사람은 만졸뿐이라 그에게 부탁을 해볼 생각이었다. 오늘 아침에 번을 끝냈으니 저녁이면 다시 궁으로 들어갈 것이고, 그때 궁으로 서찰을 보낼 생각이었다.

일행과 헤어진 만졸은 아무런 경계도 하지 않고 길을 걸었다. 가끔씩 비틀대는 게 걸면서 졸고 있는 듯했다. 하기야 밤샘 경계 끝에 반주까지 곁들였으니 졸릴 것이었다. 또한 늘상 다니는 길이라 눈을 감아도 찾아갈 수 있다는 여유가 졸음을 몰고 오는지도 모를 일이었다.

큰길에선 일정한 거리를 두고 만졸의 뒤를 따랐다. 만졸의 뒤를 밟는 게 아니라 만졸과 같은 방향으로 가는 사람처럼 여유롭게. 만졸이 눈치 채지 못하게 해야 했고, 아는 사람들과 마주칠 수 있는 만큼 멀찍이서 뒤를 밟았다.

큰길에서 벗어나 샛길로 접어들자 덕돌은 걸음을 빨리 하여 만졸의 뒤를 바짝 따랐다. 이제 만졸에게 접근해야 할 시간이었다. 샛길이라 사람들이 많지 않은 것이고, 그의 집을 모르니 지금쯤 접근해야 할 것 같았기 때문이었다.

허음!

덕돌은 헛기침을 했다.

한적한 길에선 헛기침 소리에도 뒤를 돌아볼 터였다. 그러나 만졸은 뒤를 돌아보지 않았다. 걸으면서 졸고 있는 게 분명해 보였다. 그렇다면 이제 만졸을 부르는 수밖에 없었다.

"저, 나으리! 궁지기 나으리!"

덕돌이 발걸음을 빨리 하여 바짝 따라붙으며 만졸을 불렀다.

"뉘, 뉘기네?"

만졸이 드디어 졸린 눈으로 뒤를 돌아다보았다. 그러더니 깜짝 놀라는 표정을 지으며 물었다.

"어?! 마방 주인 덕돌이 아니네?"

"예, 나으리."

"긴데……, 날 따라온 거네?"

"예."

"기래, 무슨 일로? 나한테 볼 일이라도 있네?"

"예, 기게……. 부탁이 있어서 따라왔습네다."

"부탁이라니? 나 같은 놈한테 뭘?"

"길에서 할 얘기가 아니니 조용한 데로 가시디요."

"허 탐! 별일일세."

만졸이 긴장한 빛으로 좌우를 살폈다. 그러나 덕돌을 경계하는 것 같지는 않았다. 뭔가 피치 못할 사정이 있구나 싶은 모양이었다. 좀 전에 할 일이 있어서 도성에 들어왔다는 말을 들었으니 그 일과 무슨 관련이 있구나 짐작하는 것 같았다.

"무슨 일이네? 여서 못할 말이란 게?"

"기게……. 아무튼 사람들 없는, 사람들이 안 다니는 데로 둄 가시디요."

"거 턈! ……사람 안 다니는 데라믄……."

그렇게 말을 해놓고 잠시 생각하는 눈치더니 이내 마땅한 장소를 떠올렸는지 앞장서며 말했다.

"기래. 거기래 둏갔구만. 가댜!"

만졸이 앞장서자 덕돌은 그 뒤를 따랐다.

샛길을 따라 왼쪽으로 꺾어 한 마장쯤 걸어가자 들길로 이어져 있었고, 들길을 따라 조금 걸어가자니 이내 숲이 펼쳐졌다. 아무래도 그 숲 어디쯤에 조용한 공간이 있는 듯싶었다.

좁은 밭길을 따라 자작나무 숲으로 들어갔다. 아직 농사철이 아니라 농사꾼들은 보이지 않았고, 숲에선 멧새들의 지저귐만 요란했다. 눈에는 보이지 않지만 크고 작은 소리들이 어우러지는 게 숲을 터전으로 삼아 사는 새들인 모양이었다.

숲으로 들어서서 잠시 걸어가니 백 년은 족히 더 됐음직한, 쓰러진 아름드리 자작나무가 있었다. 만졸이 말했던 조용한 데가 거기인 것 같았다. 그 나무 주변에 낙엽들이며 넝쿨들이 정리되어 있고, 잔가지들이 꺾여 있는 게 만졸이 가끔 오는 곳인 모양이었다.

"마땅할 딘 모르디만…… 여밖에 생각나는 데가 없네."

만졸이 둥치에 걸터앉으며 말했지만, 덕돌은 앉지 않았다. 선 채 만졸을 마주 바라보며, 그의 표정 변화나 반응을 보며 이야기를 하고 싶었다.

"일 없습네다. 사람만 없으면 어디든……."

"기렇다믄 다행이고. ……기래 부탁이란 게 뭐네? 사람 없는 델 탖는 게 예삿일은 아닌 거 같고……."

만졸은 궁금함과 불안함이 뒤섞인 목소리로 물었다.

"기게……. 기 전에……."

덕돌은 망설여졌다. 함부로 발설할 수 없는, 죽음을 각오해야 하는 일이었기 때문이었다. 만약 만졸이 자신의 이야기를 듣고 부탁을 거절할 때는 이 자리에서 만졸을 죽여야 했다. 그 반대로 만졸이 자신의 부탁을 수락한다고 해도 목숨을 걸어야 했다. 그러니 결과적으로 덕돌은 지금 만졸에게 자신을 위해 죽어달라고 부탁하는 것이나 다름없는 셈이었다. 그러니 망설이지 않을 수 없었다.

"나으리께서 한 가디 약졸 해듀셔야갔습네다. 쇤네 애길 들으면 반드시 수락해듀셔야 한다는 것입네다. 기렇디 않으믄…… 애기하디 않고 기냥 돌아가갔습네다."

덕돌은 만졸을 바라보며 무겁게, 결심을 재촉하며 말했다.

"기 말은 애길 듣는 순간 듁을 각오를 해야 한다, 이 말이구만 기래. 내래 기렇게 만만해 보였나?"

"기게 아니라……, 나으릴 믿기에 기러는 겁네다. 쇤네 또한 듁을 각오를 해서 여까디 따라온 거이고요."

"기렇다믄…… 딴 방법이 없었다는 말이디?"

"예."

덕돌의 대답에 만졸은 자리에서 일어서더니 한 동안 말없이 주위를 맴돌았다. 결정 내리기가 힘든지 아랫입술을 자근자근 씹기도 했다. 그의 입장에선 아닌 밤중에 홍두깨일 테니 그럴 수밖에. 그걸 너무나 잘 알기에 덕돌은 가만히 기다렸다. 자의로 모든 결정을 내려야 일이 원만하게 진행되지 타의나 억지·강요에 의해 결정을 내린다면 일을 맡긴 후에도 뒷일을 걱정해야 하니, 차라리 맡기지 않는 게 나았다.

"기럼 하나도 감튜디도 빠띠리디 말고 다 말해보라. 기래야 듁이든 듁든 할 거 아니네?"

결심이 선 듯 만졸이 걸음을 멈추더니 덕돌을 바라보며 말했다. 낮게 가라앉은 목소리이긴 했지만 무겁게 느껴지지는 않았다. 어쩌면 홀가분한 느낌마저 들 정도였다.

덕돌은 현재 상황을 전했다. 만졸의 요구대로 하나도 감추지도 빠트리지도 않으려고 최대한 상세히 전달했다. 너무 무겁게 얘기하는 건 아닌지 만졸의 표정을 살피며, 차분하게.

"기럼 내관에게 전달하기만 하믄 되는 거네?"

덕돌의 이야기가 얼마간 끝나자 만졸이 물었다.

"기, 기렇습네다."

만졸의 대답이 의외라 덕돌은 자신도 모르게 말을 더듬었다. 덕돌은 만졸이 자신의 부탁을 거절할 것이라 생각했었다. 만약 들어준다 해도 쉽지 않을 것이라 생각했었다. 그런데 너무도 선선히 대답하자 오히려 덕돌이 당황스러웠다.

"이야기래 다 들어놓고 자네 부탁을 안 들어주믄 딕금 당장 듁을 거이고, 들어듄다믄 단 메틸이라도 더 살 거 아니네? 기러니 들어듀야디 벨 수 있네?"

만졸이 웃으며 덕돌을 쳐다봤다. 그러자 덕돌이 오히려 걱정스럽게 말했다.

"기렇디만 기게 쉽디 않을 거우다. 그 내관을 모르디 않습네까? 어디서 만나야 할 디도 모르고……."

"기렇긴 하디만…… 기건 걱정 말라. 궁디기로 10년 넘었는데 기 정도뜸이야 할 수 있갔디. 군관이나 내관들 중에 아는 사람이 돔 있으니 기 정도는 해결할 수 있을 기야. 내래 만년 쫄자디만 기 정도 끈은 있어야."

만졸은 '끈'이란 단어에 강세를 두며 말했다.

"기렇디만 이 일이래 극비리에 처리해야 할 일이라……."

"알고 있어야. 달못하믄 목숨을 부지하기 힘들 것도. 기렇디만…… 대왕과 나라 운명이 걸린 일인데 모른 톄할 수 없디 않간?"

"고맙습네다. 내래 이릏게 가까이 충신이 있는 것도 모르고……."

"거, 기딴 소리하디 말라. 기깟 일한다고 충신이믄 충신 아닌 사람 어딨갔네."

그렇게 하여 덕돌은 인섭 왕자의 서찰을 만졸에게 넘겨주었다.

그러나 서찰을 전하는 일이 쉽지 않은지 만졸은 서찰을 전하지 못한 채 돌아왔다.

"궁 경계가 강화되어서리 쉽디 않갔어. 기렇다고 아무한테나 맡길 수도 없고."

풀죽은 목소리로 삼엄한 궁의 경비를 말하는 만졸의 이야기를 듣고 있자니 덕돌의 마음에도 수십 개의 빗장이 채워지는 듯했다. 자신의 손으로 그 빗장을 열 수 없었기에 갑갑함과 초조감은 더했다.

다음 날도, 또 다음 날도 만졸은 서찰을 전하지 못한 채 돌아왔다.

초조감에 불안감이 더해졌다. 만졸이 딴생각을 하고 있지 않은지 불안했다. 그 초조감과 불안감은 시간이 갈수록 몸과 마음을 옭죄며 견디기 힘들게 했다.

덕돌은 결국 닷새 만에 만졸의 집에서 나왔다.

만졸이 배신한 것만 같아 더 이상 만졸의 집에 있다간 목숨이 위험하겠다는 생각 때문이었다. 그러나 진짜 이유는 만졸과 그 가족을 죽일 것만 같아 두려웠기 때문이었다. 배신한 만졸과 그 가족을 죽여야 한다는 망상이 불쑥불쑥 솟아 만졸의 집에 있을 수가 없었다. 비록 마방 주인으로 위장해 정보를 수집하는 한편, 첩자들을 양성하고 관리하고 있었지만 그는 어엿한 철근 박사의 낭도였다. 사람의 생명을 제일 먼저 생각하기로 맹세한 사람이었다. 그런 그가 죄 없는 사람의 목숨을 해친다는 건 있을 수 없는 일이었다. 그렇지만 만졸의 집에 숨은 채 만졸의 대답만을 기다리고 있자니 인내심이 바닥을 드러냈다. 더 이상 만졸네 집에 있다간 미쳐버리거나 사고를 칠 것만 같았다. 하여 그런 불상사를 막기 위해 만졸의 집에서 나왔던 것이었다.

"이룧게 늦어딜 듈 모르고 다른 약속이래 해둬서…… 아무래도 돔 다녀와야 할 거 같습네다."

만졸이 궁으로 들어가기 위해 집을 나서려 하자 덕돌이 만졸에게 말했다.

"기랬갔디. 내래 능력이 이거밖에 안 돼. 얼마나 능력이 없으믄 만년 졸병, 만졸이갔나? 자네가 사람을 달못 골라도 한탐 달못 골랐어야."

"별 말씀을요. 나리 같이 우직하고 곧은 분이 아니믄 쉰네가 언감생심 어뚷게 이런 서찰을 전할 마음을 품을 수 있었갔습네까? 바쁠수록 돌아가랬고, 바늘허리에 실을 졸라매고 바느질할 수는 없디 않습네까? 기러니 기런 걱뎡 마시고 안전하게, 최대한 안전하게 전할 방도를 턎아 꼭 전해듀십시오."

덕돌은 마음과는 정반대의 말로 만졸을 위무했다. 걱정 말라고. 괜찮다고. 당장이라도 내관에게 전할 것처럼 호언장담했던 자신의 무능을 확인하고 풀죽어 있는 만졸을 자극할 필요가 없었다. 더군다나 만졸도 모험을 하고 있는 중이 아닌가. 일이 잘못 됐을 시는 자신뿐만 아니라 가족의 목숨까지도 결코 부지하지 못할 것을 알고 있을 터였다. 그런데도 덕돌의 부탁을 받아들인 것은 출세욕이나 물욕 때문이 아니었을 것이었다. 옳은 일이라고 믿기에, 자신이 나서서 돕지 않으면 세상이 잘못 될 수 있다고 생각했기에, 부끄러운 연명보다는 떳떳한 죽음을 택하겠다는 결심을 했기에 수락했을 것이었다. 그런 그의 기를 살려주고 싶었고, 일이 잘못되더라도 그를 탓할 마음은 없었다. 다만, 비밀 보장을 위해 그와 그 가족의 목숨은 끊는 수밖에 없었다. 그게 첩자와 그 가족의 운명이었다. 그래서 첩자는 목숨을 내걸지 않고는 결코 할 수 없는 일이었다.

집을 나서는 만졸을 바라보니 만졸의 어깨가 축 처져 보였다. 만년 졸병으로 살지만 누구보다 당당했던 만졸을 그렇게 만든 게 자신이라는 생각이 들자 덕돌은 만졸에게 너무나 미안했다. 아무도 알아주지 않는, 세상 사는데 조금의 도움도 되지 않는 일 때문에 고초를 겪고 있는 만졸의 모습은 만졸만의 모습이 아니었기에 마음이 더욱 아렸다. 하여 만졸이 집을 나서자 덕돌도 조용히, 아무도 모르게, 마치 바람이라도 쐬러 나가는 것처럼 만졸네 집에서 나와 버렸다.

만졸네 집에서 나온 덕돌은 인섭 왕자 사저에 있는 비밀 방으로 숨어들었다. 그리고 하루에 한 번씩 만졸이 퇴청할 무렵이면 만졸네 집 앞에서 만졸을 만났다. 열흘이 지나도 만졸은 풀죽은 목소리로 같은 대답만 했다.

"아무래도 다른 사람을 탖아보는 게 돟갔어."

열하루가 되던 날 만졸이 어렵게 말했다.

"기 말은?"

"기래. 탸라리 날 듁이고 다른 사람을 탖아야 하디 않갔나? 이룧게 시간만 보내다간 대왕도 인섭 왕자도 다 위험해디디 않갔어?"

"기야……. 기렇디만…… 대왕께서도 얼마간 알고 계실 거이고 기에 대한 방비는 해놨을 겁네다. 다만, 인섭 왕자래 기러뎌런 사정을 알믄서도 대왕께 알리디 않았다는 오해는 받디 말아야 하디 않갔습네까? 인섭 왕자도 기런 마음으로 이 서찰을 보냈을 겁네다. 기러니 기런 생각까디는 않으셔도 됩네다.

"아니야. 더 시간을 끌어서는 안 될 것 같아 기러는 기야. 뎜뎜 궁 안이 심상티 않고…… 느낌이 안 돟아서 기래."

"기럴수록 나으리께서 이 일을 해듀셔야디요. 기러뎌런 사정을 알 수 있는 사람도 많디 않고, 이뎨 와서 새 사람을 탖는 것도 힘들갔디만, 새 사람을 탖는다한들 기 사람인들 쉽게 전할 수 있갔습네까? 기러니 나으리께서 마무리를 디어듀시라요. 이 일에 적임자는 나으리뿐입네다. 기렇디 않았다믄 노모에 처자식까디 있는 나으리께 부탁했갔습네까?"

노모에 처자식이란 말에 만졸이 움칠했다. 덕돌은 사정을 한다고 한 말인데, 만졸은 자신뿐만 아니라 노모와 처자식의 목숨까지 위협하는 걸로 받아들였는지 덕돌을 쏘아봤다.

"기 말은? ……하기사 기런 일을 맡기댜믄 뒷수까디 계산했갔디. 나도 기 정도는 이미 각올 했고. 기런데 말일세, 우리 식구들이 걱정스러운 게 아니라 대왕과 인섭 왕자가 나 때문에 댤못 될까봐 걱정돼서 못 살갔어. 기렇다고 내가 대왕께 접근할 수 있는 방도도 없고……."

"기 마음은 쉰네도 다르디 않습네다. 기렇디만 어떨 도리가 없으니 기다리는 수밖에요. 기러니 너무 부담 갖디 말고 댜분히 기다려보댜구요."

덕돌은 만졸을 달랬다. 그의 변심을 막아야 했고, 서두르다 일을 그르치는 것도 경계해야 했기에 속은 바짝바짝 타면서도 말은 촉촉하게 했다. 그래야 만졸이 안심하고 일을 수행할 것이었다.

그날 이후 덕돌은 만졸네 집에도 가지 않았다. 잠시 다녀올 곳이 있어 며칠 간 못 볼 것이라 해두고 비밀의 방에 박혀 있었다. 매일 만졸을 만나러 가는 일은 만졸의 불안감을 자극할 수 있기에 피하기로 한 것이었다.

그런데 만졸네 집에도 가지 않고 비밀의 방에 박혀 있자니 피가 다 마르는 듯했다. 밤낮없이 방에 불을 켜고 기다리자니 하루가 열흘보다 길기만 했다. 당장이라도 만졸네 집이나 궁으로 뛰어가고 싶었다. 뛰어가서 결단을 내고 싶었다. 그러나 마음뿐. 더욱 깊이 침잠했다.

'혹시 딴마음을 품고 있는 건 아니갔디?'

그런 생각이 들자 만졸의 행동 하나하나가 의심스러웠고, 딴짓을 하기 위해 시간을 끄는 것 같기도 했다.

'기렇다믄 내일은 만졸을 듁이는 수밖에……. 비밀을 디키기 위해서는 식구들까디도 남김없이 다 듁여야갔디?'

이런 생각까지 들었다. 하여 다음날은 몸을 숨긴 채 만졸이 퇴청하는 모습을 지켜보았다. 그런데 막상 풀죽은 모습으로 귀가하는 만졸을 보자 어제 먹었던 마음이 씻은 듯 사라지며 측은한 마음이 들었다. 등 뒤에 늘어진 그림자는 왜 그리 길고, 왜 그리 무거워 보이는지. 달려가서 그를 붙잡지 않으면 금방이라도 쓰러지거나 꼬꾸라져 버릴 것 같았다. 그만큼 만졸의 마음도 무겁고 허물어지고 있음이 분명했다. 괜히 자기 때문에 생고생을 하는 것 같아 미안했다.

'의심할 사람을 의심해야디 뎌런 사람을 의심하다니. 내가 미텼디. 미텨도 단단히 미텼어.'

덕돌은 만졸의 길고 무거운 그림자를 가슴에 새긴 채 조용히 돌아섰다. 이제 자신과 만졸은 불가분의 관계에 있음을 다시 확인했다.

그렇게 아침마다 숨어서 만졸을 지켜보기를 사흘째. 귀가하는 만졸의 모습이 예전과 달랐다. 풀죽은 모습이 아니라 자신감이 넘치는 모습이 분명했다. 그렇다면?

덕돌은 멀리갔다 이제야 돌아오는 사람처럼 등 뒤에서 만졸을 불렀다.

"나으리, 퇴청하십네까? 쇤네도 잘 다녀왔습네다."

그러자 만졸이 돌아보더니 다짜고짜 소리를 질렀다.

"됐어. 만났어. 넘가듀었어."

만졸은 길거리인 것도 잊은 듯 소리를 지르며 달려왔다.

"뎡말입네까? 고생했습네다. 고맙습네다."

덕돌도 만졸의 목소리에 질세라 소리를 지르며 만졸에게로 뛰어 갔다.

결국 만년 군졸인 만졸에게 접근한 건 탁월한 선택이라 할 수 있었다. 만년 군졸이라고 만졸을 깔보고 선택지에서 제거했더라면 덕돌은 지금도 적임자를 찾느라 헤매고 있을지도 몰랐다. 사회적 지위보다 그의 속성과 인품을 믿었던 게 주효했던 것이었다.

만졸이 궁궐 내 정보원인 내관에게 인섭 왕자의 서찰을 전한 과정과 전후 이야기를 들은 덕돌은 만졸을 치하하고 미리 준비해둔 금붙이를 만졸에게 주었다. 됐다고 그까짓 일이 무슨 대수냐고 한사코 사양했지만 덕돌은 반강제로 만졸의 손에 쥐어주고 만졸네 집을 나섰다.

"비답을 내릴디 모르니낀 기 내관을 댤 살피십시오. 기러고 비답을 받으믄 빨랫듈에 나으리 버선 한 뚝만 널어놓으시고. 기러믄 소인이 비답을 가디러 오갔습네다."

"알갔네, 기리 하갔네."

만졸이 기분 좋게 웃으며 대답했다. 그 웃음에는 금붙이를 얻었다는 기쁨보다 대왕과 나라를 위해 종요로운 일을 했다는 자부심이 짙게 배여 있었다.

첩자는 이利와 의義 중에서 이를 앞세워야 하지만 가끔은 의를 앞세워야 할 때도 있음을 깨닫는 순간이었다. 그 깨달음은 이마를 스치는 봄바람보다도 넉넉하게 느껴졌다.

덕돌이 남들은 감히 엄두도 내지 못하는 첩보들을 수집할 수 있었던 것은 자신의 능력 때문이 아니었다. 능력을 가진 첩자들을 잘 활용했기 때문이었다. 그런데 이번은 좀 색다른 경험이었다. 궁지에 몰린 상황에서 만졸을 선택해 신속하고도 정확하게 임무를 수행했으니 예지가 뛰어났다기보다 평상시 외로운 사람들을 소홀하지 않은 덕이었다. 그런 자세를 유지한 건, 모든 사람은 가치와 쓸모가 있다는 철근 박사의 가르침 때문이었다. 그 가르침을 가슴에 새겨 모든 사람들을 진심으로 대하고 정성을 베풀었던 게 이런 상황에서 그렇게 큰 힘을 발휘할 줄은 몰랐다. 하여 철근 박사의 가르침과 품성을 존경하지 않을 수 없었다.

날마다 만졸네 집을 살피며 빨랫줄에 외버선이 널리기를 기다렸지만 버선은 널리지 않았다. 분명 비답을 내릴 만한데 비답이 늦어지고 있었다. 뭔가 꼬이고 있는 듯싶었다.

그리고 만졸이 비밀서찰을 전했다는 그날 이후 도성의 분위기가 심상치 않았다. 꼭 집어 말할 순 없었지만, 뭔가 모를 긴장감이 감돌기 시작했다. 도성 군사들이 분주히 움직이는 듯했고 어디론가 이동하는 것 같기도 했다. 그날 이후 만졸의 모습도 보이지 않았다. 등청 때도, 퇴청 때도 보이지 않았고 낮에도 집에 없는 것 같았다.

그로부터 열흘 넘도록 덕돌은 인섭 왕자의 사저에 머물면서 만졸네 집에 외버선이 널리기를 기다렸다. 그렇다고 사저에만 머물러 있었던 건 아니었다. 객사나 주막, 마방뿐만 아니라 나루터와 시장 등을 돌며 도성에 무슨 일이 있는지, 무슨 일이 일어나고 있는지를 파악했다. 그리고 여기저기서 얻은 첩보들을 종합하여 도성방어대가 반란군을 진압하기 위해 고루성을 출정했다는 정보를 걸러냈다. 인섭 왕자의 비밀서찰에 무슨 내용이 들어있었는지는 모르지만 비밀서찰이 전해진 날을 기점으로 그런 일이 일어났다면 비밀서찰이 일정한 역할을 한 것만은 분명해 보였다. 그리고 그런 일이 있었다면 만졸의 행방도 걱정할 필요가 없을 것 같았다. 도성방어대가 고무성으로 출정을 했다면 궁이나 도성 방비를 위해 궁지기들이 동원됐을 가능성이 높기 때문이었다. 하여 대왕의 비답을 만졸이 받았다 해도 덕돌에게 전하지 못했을 것이라 짐작할 수 있었다.

그런 판단이 서자 덕돌은 도성을 떠날 준비를 했다. 이제 도성에 머물 이유가 없을 것 같았다. 이젠 도성이나 대왕의 안전보다 인섭 왕자의 안전을 걱정해야 할 때인 것 같았다. 모르긴 해도 인섭 왕자 일행은 지금쯤 1차 집결지인 만수산 가까이 갔거나 이미 도착했을 것이었다. 그러니 하루라도 빨리 만수산을 향해 떠나야 했다. 만수산은 고구려와 부여, 숙신과 접경지대라 잠시도 마음을 놓을 수 없는 곳이 아닌가.

15

망치의 지휘와 벌꺽보의 도움으로 군사들을 거느리고 산채를 나선 것은 달이 설핏 기울기 시작한 4경 무렵이었다. 만반의 준비를 미리 해둔 상태라 군사들을 집결시키고 무기와 군량을 점검하는 일은 신속히 이루어졌다. 그러나 산채를 떠나 길을 나서려니 문제가 한둘이 아니었다.

제일 문제가 된 것은 이동로 선택이었다. 원정군이 인섭 왕자의 뒤를 밟고 있다면, 만약을 대비하여 이동로를 점거하고 있거나 군데군데 매복해 있을 수 있었다. 따라서 마차가 다닐 수 있는 길은 피해야 했다. 그렇다고 산길로 마차를 끌고 갈 수도 없었다. 낮에도 다니기 쉽지 않은 산길을 횃불도 없이, 희미한 달빛에 의지한 채 간다는 것은 무모한 일이었다. 마차가 다닐 수 있을지도 걱정이었고, 마차가 다닐 수 있다 해도 구렁에 빠질 수도 있었고, 길을 잘못 들어 헤맬 수도 있었다. 그리 되면 제 시간에 도착하지 못하거나 오도 가도 못할 상황에 처할 수 있었다.

그 문제를 처음 제기한 사람은 짝귀였다. 자기가 온 길은 말도 다니기 힘든 길이라 마차를 끌고 갈 수는 없을 것이라 했다. 그 말에 출발준비를 모두 마치고 떠나려던 일행은 멈칫했다. 어느 길로 갈 것인가를 먼저 결정해야 했다. 그러지 않고서 산채를 나설 수는 없었다.

"아무래도 길을 나눠야갔어."

침묵의 시간을 제법 보낸 후, 망치가 걱정을 가득 실은 목소리로 뱉었다.

"아무리 생각해봐도 다른 방법이 없는 것 같긴 하디만…… 기건 너무 위험하디 않갔습네까? 안 기래도 군사가 부족한데……."

벌테가 걱정을 실어 말했다. 그도 군사를 나누는 외엔 다른 방법이 없음을 깨달은 듯했다. 그렇지만 섣부른 결정이 불러올 파장을 걱정하고 있는 것 같았다.

"기렇디만 딴 방도가 없딜 않네? 나도 기게 걱뎡스러워서 얼른 결정을 내리디 못했는데…… 아무리 생각해봐도 다른 방법이 없는 것 같아. 꺽지와 들보래 너들은 어뚷게 생각하네?"

벌테의 마음을 얼마간 확인한 망치가 꺽보의 마음이 궁금한지 꺽지를 쳐다보며 물었다.

"뭐 딕금으로선 다른 방법이 없디 않습네까?"

꺽지도 망치의 뜻을 따르겠다는 뜻이었다. 그건 들보도 마찬가지였다.

"나야……, 하댜고 하는 대로 하디 뭘……. 둏을 대로 하시라요."

들보도 뾰족한 수를 찾을 수 없었던지 세 사람의 결정을 따르겠다고 했다. 그에 힘을 얻은 듯 망치가 말했다.

"기럼 군사를 어뜷게 나눌디 말할 테니낀 댤 들으라."

망치가 침묵의 시간에 고민했던 건 군사를 나눌 것인가 말 것인가가 아닌, 군사를 나누는 일은 기정사실화하고 군사를 어떻게 나눌 것인가를 고민했었던 듯 막힘없이 명령을 하달했다.

사람이 자리를 만들기는 하지만 자리가 사람을 만들기도 한다는 말을 증명이라도 하듯, 망치는 그새에 군사들을 이끄는 장수가 되어 있었다. 덕돌이 있을 때는 전혀 보이지 않던 위엄이 서려 있었고, 평상시에는 보기 힘들었던 결단력도 생겨났는지 거침없이 말했다. 어쩌면 힘들게 모으고 1년 가까이 조련해온 군사들을 허망하게 잃지 않겠다는 결의가 그를 그렇게 만들었는지도 모를 일이었다.

"먼뎌 선발대 벌테가 맡으라. 군사 스물을 듈 테니낀 짝귀와 함께 먼뎌 가서 왕자 전하를 호위하라. 다행히 원정군이 많디도 않고 공격할 뜻도 없어 보인다니 전하 일행과 합류하디 말고 원정군 뒤에 몸을 숨긴 채 만약의 사태를 대비하라. 기래야 전하께서 안전하실 거이야. 기렇게 원정군 후방에 도착한 뒤엔 철근 박사와 연락해서리 철근 박사의 명을 따르고……."

그렇게 기본명령을 하달한 뒤 부차적인 명령을 하달했다.

첫째, 선발대로 가면서 이상 징후나 의심스러운 점이 있으면 전령을 통해 즉시 본대로 연락할 것.

둘째, 목적지에 도착한 후, 척후병을 파견해 본대가 이동하는 이동로의 상태를 파악하여 본대에 알릴 것. 이때 원정군에게 발각되지 않기 위해 최대한 은밀히 움직일 것.

셋째, 만약 선발대 이동 중 교전이 발생하면 불화살로 교전 발발을 알릴 것. 위험 정도에 따라 화살 수를 결정하되, 화살 수는 세 단계로 나누어 전할 것. 본대에 문제가 발생했을 때도 같은 방법으로 전하겠으니 후방을 주시하며 이동할 것.

짧은 시간에 이런 구체적인 방법들을 생각하고 명령하는 망치를 보며 벌테는 놀람을 넘어 두려움을 느끼는 듯했다. 그건 평상시와 다른 벌테의 태도를 통해서도 알 수 있었는데, 평상시 같으면 망치 말 중에 끼어들었을 것인데도 망치가 말하는 동안 단 한 번도 끼어들지 않고 조용히 명령이 끝나기를 기다렸다. 그건 꺽지도 다르지 않았다.

"이룧게 할라는데 할 말이 있으면 하라. 쇠눈보다 이눈[議論]이 낫다고 했으니 이런 때 이눈을 해야 하디 않간?"

그렇게 말을 마친 망치는 벌꺽보를 훑어보았다.

그러나 셋은 아무 말이 없었다. 망치가 새롭게 보이는 정도가 아니라 망치의 기에 눌려 입을 열 엄두가 나지 않는 것 같았다.

"할 말이 없네? 기럼 내가 말한 대로 하기로 하고 떠나자. 시간이 촉박하니 날래 떠나야디."

그러더니 자기 말이 있는 곳으로 걸어가기 시작했다. 벌꺽보도 말없이 그의 뒤를 따랐고.

그걸 느꼈는지 망치가 걸어가며 벌테에게 들으라는 듯 나지막이 말했다.

“모든 게 나보다 낫고 빠르디만, 선발대 임무가 기 어느 때보다 중하니 됴심 또 됴심하고…… 무사하라. 기게 최고의 임무야.”

“댤 알갔시요. 대장 명대로 따를 테니 걱뎡 마시라요. 대장네나 몸 됴심하시고…….”

벌테가 웬일인지 다소곳이 대답하곤 망치를 염려했다.

“기래. 내래 널 믿디 않으믄 어뜧게 선발대로 보내갔네. 나보다 널 더 믿으니낀 보내는 거 알디?”

그러면서 돌아서더니 벌테의 어깨를 토닥였다. 친근감을 넘어 절대적 신뢰의 표현임은 두 말할 필요가 없었다.

16

짝귀의 안내로, 짝귀가 왔던 산길을 되돌아가는 일도 쉽지만은 않았다.

가파른 곳은 가팔라서, 비탈길은 비탈져서, 나무가 빽빽한 곳은 빽빽해서, 가지가 많은 곳은 가지에 걸려 말을 타고 가기가 쉽지 않았다. 그때마다 말에서 내리고 타는 일을 반복해야 했고, 경우에 따라선 한 동안 말을 끌고 이동하기도 했다. 어떤 곳에선 사람이나 말 모두 미끄러지는 바람에 진땀을 빼기도 했다.

그러나 짝귀의 안내 덕에 원정군과 마주치지 않았고, 전령이나 연락병을 파견할 일도 없었다. 길을 가는데 고생은 했지만 원정군으로 인한 비상 상황은 발생하지 않았다.

원정군의 숙영지 근처에 다 왔다는 짝귀의 말에 척후병을 보내 확인해 보니 과연 산 하나 너머에 원정군이 아영하고 있다고 했다. 밤길이었고, 갈마산으로 가면서 단 한 번 지났을 뿐인데 그 지형과 지물을 정확히 파악하고 기억해내는 짝귀의 눈썰미와 기억력에 혀를 내두를 수밖에 없었다.

"어뜷게 단 한 번, 기것도 밤중에 담시 디나갔는데 기런 거까디 다 기억할 수 있습네까?"

총기와 기억력으로는 남에게 뒤지지 않는 벌테가 감탄하며 물었다.

"길쎄요. 누구나 기러는 거 아님메? 내래 기걸 당연히 생각하고 있는데……."

"당연하다니요. 나도 눈썰미 하난 남한테 뒤디디 않고 기억력도 빠디디 않는데 길을, 기것도 밤길을 이룷게 정확하게 파악하고 기억하는 사람은 텨음입네다. 더군다나 여러 번 다녀도 알까말까 한 것까디 다 기억하니 놀라울 뿐입네다."

벌테의 말은 거짓도, 과장도 아니었다. 갈마산에서 출발하여 여기까지 오면서 벌테는 짝귀의 눈썰미와 기억력에 놀란 게 한두 번이 아니었다. 길이나 방향을 정확히 기억하고 구분하는 건 그렇다 치더라도 한 번 봤던 건 모두 기억하는 것 같았다. 그것도 대충 기억하는 게 아니라 아주 정확히, 아주 세세한 부분까지 기억하고 있었다. 심지어는 나무 모양이나 바위 생김새까지 정확히 기억해냈다. 어떻게 그럴 수 있는지 도저히 이해할 수 없을 정도였다.

"원래 총기와 기억력이 돟은 겁네까? 아니믄 이런 일을 자꾸 하다 보니 기리 된 겁네까?"

그의 능력이 놀라워 벌테가 짝귀에게 물었었다. 짝귀의 진면목을 보고 난 직후였다.

몇 개의 산을 무사히 넘은 후, 또 하나의 산을 오르려는데 짝귀가 혼사 숭얼거리듯 말했다.

"뎌기서부턴 길바닥이 미끄러워서리 말을 탄 태 비탈을 오르디 못할 거인데……. 말에서 내려 끌고 가야 할 같은데……."

그 말이 끝나기 무섭게 말들이 미끄러지는 소리와 사람들이 놀라는 소리가 들리기 시작했고, 곧이어 앞서 가던 병사들이 뒤에 대고 외쳐댔다.

"길이 미끄럽고 비탈이 심해서리 말들이 오르디 못하니 모두들 말에서 내려 끌고 가댜!"

그 말을 듣는 순간, 벌테의 머리가 일제히 곤두서는 것 같았다. 희미한 달빛 아래 갈마산 산채를 찾아 서두르며 왔을 것이었다. 더군다나 적군이 뒤쫓는지도 모르는 상황이라 다른 데 신경쓸 겨를도 없었을 것이고. 그런 중에도 지형지물을 다 파악한 정도가 아니라 속성까지 다 파악했다는 게 놀라웠다. 그뿐 아니라 그런 걸 다 기억했다가 상황상황에 맞게 그 대처방법까지 제시하는 걸 보자 머리가 쭈뼛거릴 수밖에.

'인섭 왕자래 하늘이 내린 사람이 분명해. 기렇디 않다믄 어뜧게 인섭 왕자래 뎌런 사람을 곁에 둘 수 있갔어.'

벌테는 자신도 모르게 이런 생각을 하게 됐다. 그와 동시에 짝귀를 완전히 믿게 되었고, 짝귀를 믿고 따라 가기만 한다면 어떤 일도 발생하지 않을 것 같은 든든함이 밀려들었다. 하여 벌테는 그 후 짝귀를 전적으로 신뢰하여 그의 판단에 따라 선발대를 이끌었다. 그 덕에 목적지에 무사히 도착할 수 있었다. 물론 적군과 마주치지도 않았고 큰 어려움도 겪지 않았다.

"이뎨 목적지에 도착했으니 여서 댜깐만 기다리라요. 내래 왕자 전하께 보고하고 돌아올 테니낀. 곧 날이 밝을 테니 뎌기 앞에 보이는 산비탈에 몸을 숨기믄 적군들 눈에 띄디도 않을 거이고, 적군의 움딕임을 한눈에 파악할 수 있을 기야요. 기럼……."

떠나기에 앞서 은폐지까지 알려주고 짝귀는 어둠 속으로 잠겨들었다.

그런 그를 보고 있자니 그는 새벽의 속성을 가진 사람처럼 느껴졌다. 그와 함께 자신에게 가장 필요한 사람이 짝귀일지 모른다는 생각이 들었다. 왜 그런지, 그라면 자신의 약점을 보완해줄 것 같았다. 성급한 판단과 행동으로 시행착오를 많이 겪는 자신에게 신중하면서도 꼼꼼한 그는 꼭 필요한 사람처럼 느껴졌다. 사람이란 비슷한 속성을 가진 사람끼리 어울려야 하지만 지금처럼 고난의 길 위에 있고 위험에 노출되어 있을 때는 자신의 약점을 보완해줄 사람이 더 필요할 것이기 때문이었다.

17

선발대를 보낸 후 망치는 보급대를 다시 둘로 나눴다. 그 중 20명은 자신이 거느리고 나머지 60여 명은 군량과 무기를 실은 호송마차에 배치했다. 마차가 열 대가 넘었고 군량과 무기를 빼앗겨서는 안 될 것이기에 전력을 집중 배치하여 꺽보에게 맡겼다.

"우리가 정찰하며 길을 열 테니낀 날이 밝은 후에 텬텬히 출발하

라. 기러고 다시 한 번 말하디만, 전방보다 좌우와 후방에 주의를 기울이라. 문제가 생기믄 즉각 우리에게 알리고. 알갔디?"

"예. 시키는 대로 하갔으니 염려 마시라요. 기러고…… 형님이나 됴심하쇼."

들보의 대꾸를 망치는 잘못 들었나 싶었다. 어떤 말을 하든 예나 알갔쇼로 짧게 대답하는 들보였다. 그러다 마음에 안 들면 쳇! 하고 혀를 차거나. 그런 그가 길게 대답했을 뿐만 아니라 형님이라 부르며 몸조심하라는 살가운 말까지 던지자 놀랄 수밖에. 그것도 꺽지보다 먼저 대답하리라곤 상상도 못했다.

망치는 놀라움을 감추지 않은 채 들보를 빤히 쳐다봤다. 그러자 들보가 퉁명스럽게 물었다.

"왜 그러슈?"

"아, 아니야. 자네야말로 제일 중요한 일을 맡고 있으니낀 됴심, 또 됴심하라."

망치는 한입 가득 미소를 머금은 채 들보에게 당부했다.

"알갔쇼."

들보가 쑥스러운지 제 버릇대로 짧게 대답했다.

"기래. 꺽지도 꺽지디만 자네가 뒤에 있어 든든하고…… 내래 자넬 믿고 길을 열갔네."

말을 마친 망치는 말에 올랐다. 아닌 게 아니라 벌테와는 정반대의 속성을 가진, 모든 것에 신중한 들보가 뒤에 버티고 있다는 사실이 믿음직스러웠고 안심이 되었다. 만약 둘을 뒤바꿨다면? 그건 생각하기도 싫었다. 사람은 그 사람의 속성과 성격에 맞는 쓰임이 있지 않던가.

말에 오른 망치는 이열횡대로, 말과 말 간격을 최대한 좁혀 이동하게 했다. 밤이라 만약 적이 공격을 한다면 활 공격보다는 칼과 창을 쓸 것이므로 적과 마주쳤을 때 신속하게 돌파하기 위해서였다. 적의 수가 많지 않다고 했으니 적을 공격하기에도 밀집대형이 유리할 것이었다. 선발대인 자신들이 무사해야 뒤따르는 보급대가 안전할 것이었다.

선두에 선 망치는 모든 신경을 눈과 귀에 집중하고 말을 몰았다. 희미한 달빛이었지만 길의 윤곽을 분간할 수 있었기에 밤눈이 밝은 병사를 옆에 거느린 채 조심스레.

희미한 달빛에 젖어드는 봄밤.

은은한 흙내음과 풀내음.

꿈길인 듯 아련한 길을 가노라니 알 수 없는 감정이 스멀스멀 기어올랐다. 그와 함께 무언가를 잃어버린 듯한 서운함도 밀려들었다. 기억은 전혀 없는데, 오늘, 이 시각에, 이 길을 갔던 것 같은 착각이 일었다. 그러나 그런 일은 있을 수 없었다.

열일곱에 대장장이 일을 시작한 후 지금까지 대장간을 벗어난 적이 거의 없었다. 가끔 주문받은 농기구나 무기를 배달하기 위해 마을에 들어가는 일 말고는 거의 대장간에서 살다시피 했다. 그러니 이 길은 처음이고, 가봤을 리도 없었다. 그런데도 자꾸만 기시감이 드는 이유를 알 수 없었다.

그러다 망치는 조금 전 산채를 떠나기 직전에 봤던 살구나무 때문이 아닐까 하는 생각이 들었다. 대장간 뒷마당에 아름드리 살구나무가 있었는데 지금쯤이면 꽃잎들이 눈보다도 환상적으로 흩날리고 있을 터였다. 그 살구꽃잎이 달빛 아래서 흩날리는 모습을 보는 일은 망치가 누릴 수 있는 최대의 사치였다. 올해는 그런 아련하면서도 몽환적인 모습을 못 보고 지나가나 싶었는데 조금 전 산채 입구를 나서다 달빛 아래 흩날리는 살구꽃잎을 봤던 것이었다. 그 모습을 보는 순간부터 기시감과 착각에 시달리기 시작했다.

봄밤이면 찾아드는 환상. 그것은 안온한 설렘이자, 몽환적인 그리움 같은 것이었다. 어쩌면 봄밤을 하얗게 장식하며 투명하고 얇게 나부끼는 살구꽃잎에서 자신의 삶을 보기 때문인지도 몰랐다. 언젠가 이런 길을 가다 홀연히 사라져버릴 것 같은 느낌. 그렇게 사라지는 게 인생이 아닐까 하는 생각이 자꾸만 사람을 아득하게 했다.

그런 아득함이 자꾸만 길이 헷갈리게 했다. 몽롱하고도 어지러워 길이 흐려지기도 했다. 또 가끔은 꿈길을 가듯 현실 감각이 무뎌지기도 했고, 꿈인지 생신지 혼란스럽기도 했다. 그럴수록 망치는 눈을 깜박이며 초점을 맞췄고, 흐려지는 길을 눈에 그려놓기 위해 눈을 부릅떴다.

지금은 그런 생각에 젖을 때가 아니었다. 80여 명의 목숨을 걸머진 채 100여 명을 먹여 살릴 군량을 수송하기 위해 길을 열고 있지 않은가. 그런 그에게 감상이란 값싼 사치일 뿐 아니라 죄악일 수 있었다. 하여 망치는 졸음보다 깊고 진하게 밀려오는 상념들을 몰아내기 위해 머리를 상하좌우로 흔들었다. 그러자 익숙하지 않은 갑옷과 투구가 그의 목을 누르고 찌르며 괴롭혔다. 하루 빨리 갑옷과 투구를 벗어 버리고, 헐렁해서 입었는지 말았는지 모를 천 조각을 두른 채 쇠망치를 두드리고 싶었다. 그래야 살아 있음을 느낄 수 있을 것 같았고, 살 수 있을 것 같았다. 그는 더도 덜도 아닌 대장장이일 뿐이었다.

마음을 가다듬은 망치는 눈을 부릅뜨고, 잔뜩 긴장한 채 길을 열었다. 인섭 왕자에 대한 원정군의 경계심이 깊지 않았던지, 유람이나 하고 오겠다는 말을 곧이들었던지, 인섭 왕자에게 돌릴 군사들이 많지 않았던지, 도성 밖에 인섭 왕자를 호위할 군사가 있다는 걸 눈치 채지 못했는지, 별다른 방비를 해놓고 있지 않아 아무 일 없이 길을 갈 수 있었다. 그에 따라 작전을 펼치거나 군사들을 급히 움직일 일이 없었고 전령을 띄울 필요도 없었다. 최대한 소리를 낮추며 전진에 전진을 계속했다. 그리고 드디어 숙영하고 있는 원정군의 불빛이 보이자 말을 멈췄다.

"이뎨 돌아가댜. 원정군이래 뎌 정도라믄 벌테네로도 충분할 테니 우린 왔던 길을 되돌아가 군량이나 호송하댜."

망치는 원정군의 숙영지를 찬찬히 살펴본 후 말머리를 돌리며 명을 내렸다.

어느새 나무들 새로 새벽빛이 희뿌옇게 파고들고 있었다. 지금쯤 꺽보네가 출발하고 있을 테니 돌아가 그들을 안전하게 호위해야 했다.

18

두런거리는 사람 목소리에 철근은 눈을 떴다. 낮게 속삭이는 목소리였지만 긴장 속에서 든 선잠이라 잠결에 그 소리가 들렸고, 소리가 들리자 번쩍 눈이 뜨였다.

고개를 돌려 모닥불가를 쳐다보니 과연 짝귀가 돌아와 불가에 앉아 있었다. 숲 위로 뿌옇게 빛이 피어오르기 시작하는 게 날이 밝아오는 모양이었다.

철근은 조용히 몸을 일으켰다. 짝귀가 돌아와서도 철근의 잠을 방해하지 않기 위해 깨우지 않았듯, 철근도 자신의 인기척으로 왕자를 깨우고 싶지 않았기에 허물을 벗는 뱀처럼 소리 없이 잠자리에서 빠져나왔다. 긴장 속에 먼 길을 왔고, 한뎃잠을 자느라 이제야 깊은 잠에 빠졌을 왕자를 좀 더 재우고 싶었다.

살금살금 고양이 걸음으로 모닥불가로 가자 짝귀와 경계를 맡은 짐꾼이 일어서며 철근에게 인사를 하려 하자, 철근이 쉿! 검지로 입술을 막으며 저지했다. 그리고 손을 내저으며 짝귀를 불가에서 불러냈다.

"무사히 돌아왔구만 기래. 고생했어."

숙영지에서 좀 떨어진, 자는 사람들을 방해하지 않을 만큼 떨어진 곳에 도착했다 싶자 철근이 짝귀에게 치하했다.

"고생은요? 워낙 산길에 익숙한 군사들이라 생각보다 빨리 도착했시요."

"기랬다믄 다행이고. 기래, 군사들은 어디 있네?"

"원정군 숙영지에서 대여섯 마장 뒤 숲속에 몸을 숨기고 있습네다. 덕돌이 형님은 왕자의 서찰을 가디고 도성으로 갔고, 망치란 사람이 군사를 이끌었는데……."

짝귀는 산채군의 이동 상황을 간략히 알렸다. 철근이 지시하지 않았는데도 철근의 의도에서 한 치도 벗어남 없이 덕돌은 도성으로 떠났고, 군사들을 이끌고 온 망치의 군사 운용을 들은 철근은 적이 마음이 놓였다. 이심전심이요, 쿵하면 짝이란 이런 걸 두고 하는 말이 아닌가 싶었다.

"기래, 달 알갔네. 긴데…… 우릴 따라오는 원정군은 얼마나 되더네?"

"쉰네가 파악하기론 한 서른 명 정도 되는 것 같았습네다. 산채에 군사들이 있는 걸 몰랐는디 최소 인원만 따라온 것 같습네다. 우릴 공격하기 위해서라기보다 우릴 멀리 내몰고 감시하기 위해 따라온 것 같습네다."

"기렇다믄 우리가 인창 왕잘 제대로 쇡인 셈이구만."

철근은 원정군이 많지 않음에 마음이 놓였다. 원정군이 비록 정규군이긴 하지만 서른 명 정도라면 언제든 처치할 수 있을 것이었다. 산채군은 비록 정규군만 아니었지 망치의 손에 의해 1년 이상 다듬어지고 조련된 병사들이었다. 또한 산에 익은 산악대요 유격훈련으로 다져진 유격대라 원정군 서른 명 정도는 거뜬히 제압할 수 있을 것이었다. 그렇지만 싸우지 않고 이기는 게 진정한 승리이므로 충돌을 최대한 피하는 게 상책이었다.

"기래서 큰 문제는 없을 듯합네다."

"기래. 기렇게 알고 길을 가갔네. 기러고…… 자네도 눈 돔 붙이라. 이뎨 곧 밝갔디만 눈을 돔 붙여야 움딕이디."

"일 없습네다. 초저녁에 미리 돔 댜 두었고…… 하룻밤 안 댠다고 듁디 않습네다. 기러고, 말 우에서 댜도 되니낀 기건 걱뎡 마시라요."

"기래, 기런 건 나보다 더 윗길일 테니 알아서 하고."

"예, 알갔습네다."

철근은 짝귀의 어깨를 다독여주었다. 덕돌의 추천으로 동행하긴 했지만 그의 능력을 알지 못했었는데 이번 일을 통해 그의 능력을 본 듯하여 흡족했다. 하여 어깨를 다독여준 것인데 그런 철근의 손길을 예상하지 못했던지 짝귀는 황송하다는 듯 고개와 몸을 굽실거렸다.

"뭘 기러네? 수고했으니낀 그러는 건데……."

"기, 기렇디만……."

짝귀가 더듬거렸다.

"앞으로 익숙해딜 기야. 인섭 왕자도 기렇디만 나도 내 사람을 소중히 생각하니낀. 소중한 사람에게 이러는 건 당연한 거 아니네?"

그 말에 짝귀는 어깨를 들썩였다. 한 번도 받아보지 못한 사람대접에 감격스러운 모양이었다. 역시 쇠는 두들겨야 강해지고 사람은 다독여야 강해지는 모양이었다.

드디어 칼을 빼다

19

한뎃잠을 잤는데도 몸이 가뿐했다. 일어나자마자 산채군이 도착하여 원정군 뒤에 버티고 있다는 보고를 받았기 때문이었다.

원정군이 여전히 뒤를 쫓고 있긴 하지만 이제 그들은 위협이 되지 않을 것이라 했다. 벌테란 이가 이끄는 선발대가 원정군 바로 뒤에서 만약의 사태를 대비하고 있고, 그 뒤에는 산채군 본대가 받치고 있으며, 마음만 먹는다면 원정군 정도는 일격에 처치할 수 있을 것이라고도 했다.

철근 박사로부터 보고를 받은 인섭은 짝귀를 부르라 했다. 어떻게든 짝귀의 노고를 치하해야 할 것 같았다. 어떤 사연과 인연으로 자기 휘하에 들어왔는지는 잘 모르지만 그는 모든 것을 다 버리고 자신을 따라온 사람이었다. 또한 급박한 어젯밤에 철근 박사에게 선택받아 갈마산으로 파견될 정도라면 철근 박사가 전적으로 신뢰하는 사람이란 뜻이기도 했다. 그러니 그런 그를 치하해야 할 것 같았다. 그 모든 걸 떠나 가뿐한 몸으로 하루를 시작하게 해준 짝귀의 모른 체할 수는 없었다.

"선하, 낮아계시옵네까?"

잠시 후 인섭 앞에 나타난 짝귀는 쌩쌩했다. 밤잠을 못 잤고 밤새 먼 길을 다녀온 사람이 아니라 단잠을 푹 자고 갓 일어난 사람처럼 활기가 넘쳐 보였다. 하여 인섭은 농 먼저 던졌다.

"밤잠을 한 잠도 못 잤다더니 쌩쌩한 걸 보니 졸면서 다녀온 모양이구만 기래."

"예? 기 무슨?"

"안 기렇네? 밤잠 못 댜고 기 먼 길을 다녀왔으믄 딕금뜸 골아떨어디든디 시들어 빠뎠을 거 아니네. 기런데도 이룧게 쌩쌩하니 하는 말이디."

"아, 예……."

짝귀는 그제서야 인섭의 농을 알아들었는지 엷은 미소를 물며 고개를 숙였다.

"기래. 서리 맞은 풀이 되어 있는 듈 알았는데 이룧게 파릇파릇, 쌩쌩하니 자넨 아무래도 풀은 아니고 나무, 기 중에서도 상록순 모양이구만."

"망극하옵네다. 어찌 쇤네 같이 천한 놈을 그에 비하십네까?"

"아니야. 이건 농이 아니고 내 진심을 말하는 기야. 기래…… 딕금터럼 늘 이룧게 내 곁에서 날 도와달라. 내 그 은혠 닞디 않을 테니낀."

"전하! 어찌 기런 말씀을……. 쇤넨 몸 둘 바를 모르갔습네다. 쇤넨 전하 곁에서 전할 모실 수 있는 것만으로도 여한이 없는 몸입네다. 기런데 어찌 기런 망극한 말씀을……."

"아니야. 난 이미 왕자이길 포기한 사람이야. 기렇디 않다믄 이릏게 도망티디도 않았갔디. 기런 날 믿고 따라온 자네야말로 내 사람이 아닌가. 앞으로 어뜷게 될디도 모르고, 보나마나 딕금보다도 더 많은 어려움이 닥틸 기야. 기러니…… 기렇디만…… 기 마음 변티 말고 내 곁에서 날 도와달라."

"전하!"

짝귀가 더 깊이 몸을 숙였다. 인섭은 그러는 짝귀에게 다가가 손을 찾아 쥐며 말했다.

"날 떠나디 않는 한 나도 자넬 안 내틸 거야. 어젯밤 고생에 대한 보답으로 이 말밖에 할 수 없는 걸 이해하라. 내 맘 알갔디?"

순간, 인섭의 손등에 물방울 하나가 툭 떨어졌다. 사람의 눈에서 흘러나온 눈물이 아니라 하늘에서 떨어진 물방울처럼 뜨겁고도 무겁게 느껴졌다. 하여 인섭은 그 눈물의 온도와 무게를 마음속 깊이 새기기 위해 한동안 말없이 서 있었다.

20

짝귀로부터 본대와 연락이 닿았다는 기별을 받은 철근은 왕자와 함께 길을 나섰다.

"짝귀래 숙영지에서 옴짝달싹 않고 있던데 어뜷게 연락을 받았을까요?"

길을 나서며 왕자가 철근에게 물었다.

"길쎄요. 소신도 기건 정확히 모르갔디만 새소리로 연락을 듀고받는 답네다."

"새소리라니요?"

"낮엔 주로 뻐꾸기 소리로 밤엔 부엉이 소리로 신호를 듀고받는데…… 우는 횟수와 울음의 장단에 따라 구분한다고 했습네다. 기러니 모르는 사람이 들으면 기냥 새소리로 들리고, 기 암호 내용을 모르는 사람은 들어도 무슨 뜻인디 모를 수밖에 없갔디요."

"산속이라 기런 방법을 쓰는 구만요. 기발한 생각입네다."

"기러게 말입네다. 보기엔 빙충맞고, 어리숙해 보이고, 칠칠치 못해 보이는데도 생활의 지혜는 아주 빼어나고, 특히 야생생활에 최적화되어 있는 자들입네다. 저들을 알면 알수록 혀를 내두를 일이 한두 가디가 아닐 겁네다. 소신도 여러 번 놀랐습네다."

"기래요? 철근 사부가 놀랄 정도라면 기대가 됩네다."

"예. 소신이 왕자를 모시고 떠날 생각을 하게 된 것도 다 저들의 지혤 믿었기 때문이었습네다. 기렇디 않았다믄 언감생심 어띠 도성을 벗어날 생각이나 했갔습네까?"

"기랬구만요. 사실, 사부를 믿고 따라나서기는 했디만 내심 불안했더랬습네다. 도성을 떠나본 적이 없는 거는 사부도 저와 다를 바 없디 않습네까? 기랬는데 다 믿는 구석이 있어서 제게 권한 거이구만요."

"예, 기렇습네다. 두고 보십시오, 저들이 어떻게든 살길을 마련할 테니."

"알갔습네다. 이톄 마음이 툠 놓입네다."

왕자가 웃음으로 얼굴을 펴자 철근의 얼굴도 펴지는 듯했다. 갈

길은 멀고 험할 것이다. 그걸 누구보다 잘 알고 있는 왕자의 마음 또한 무거울 것 같아 그 무거움을 얼마간 덜어드리고 싶었는데, 예기치 못한 사소한 일로 마음을 가볍게 해준 것 같아 마음이 다소 놓였다.

그렇게 기분 좋게 출발해선지 그날 하루 동안 아무 탈 없이 150리 길을 갔다. 그리고 저녁엔 산골 마을 민가에서 유숙까지 할 수 있었다. 신분을 밝히지 않았는데도 주인은 나그네의 신분을 짐작하는지 정성껏 모셔주었다. 원정군은 여전히 일정한 거리를 두고 따라오고 있고.

사흘째 되던 날은 80여 리를 갔다.

남하할수록 길이 고르지 못했다. 말이 다니기에는 무리가 없었으나 마차가 다니기에는 적당치 않아 길을 찾느라 시간이 지체되었다.

노숙을 했다.

원정군은 아직도 따라오고 있고.

나흘째부터는 하루에 50리도 못 갔다.

길이 군데군데 끊겨 있었다. 사람들의 발길이 끊어지자 길도 끊어진 것이었다.

그나마 나무와 풀이 무성하지 않아 새로운 길을 찾거나 내는 데 크게 어렵지 않았다. 그러나 인원이 적어 적잖이 애를 먹었다.

원정군은 여전히 따라오고 있고.

나흘째부터 닷새 동안 200여 리를 갔다.

마차를 버리고 말 등에 짐을 나눠 실으려 했지만 짐이 많아 마차를 계속 끌고 가기로 했다.

뒤따라오는 원정군을 공격하여 처치해 버리고 본대와 합류하자는 건의가 있었지만, 그들도 소중한 목숨이고 아무런 해를 가하지 않는데 해치는 건 도리가 아니라고 왕자가 반대하여 그대로 두었다.

닷새 동안 노숙을 했다.

열흘째 되던 날 아침, 원정군이 보이지 않았다.

척후병을 파견하여 상황을 파악해보니 돌아간 것 같다고 했다.

벌테가 이끄는 선발대와 망치가 이끄는 본대와 연락을 해보니 원정군이 돌아갔고, 충돌도 없었다고 했다. 원정군이 돌아가자 선발대와 본대가 왕자를 호위하기 위해 달려왔다.

이동 중이라 제대로 갖춰진 자리는 아니었지만 산채군 수장들이 왕자를 알현했다.

천막 안에서의 알현이라 자리는 비좁고 정돈도 되지 않았지만 예만은 정중하면서도 극진했다. 망치와 벌꺽보는 왕자를 처음 알현하는 것이고, 왕자 또한 그들을 처음 보는 자리였지만 서로가 서로를 잘 아는 것처럼 어색함은 없었다. 왜 안 그렇겠는가. 철근을 통해 서로에 대해서 너무나 많은 얘기를 들어오지 않았던가.

"내가 다른 복은 없어도 인복은 있는 모양입니다. 이런 인재들을 내 휘하에 두게 되었으니 말입니다. 기게 다 여기 있는 철근 사부의 덕이긴 하디만……."

왕자는 감격스러운지 말을 맺지 못했다.

"전하! 어찌 기런 말씀을 하십네까?"

철근이 말리려 했지만 왕자는 말을 거두지 않았다.

"아닙네다. 사부가 없었다믄 어찌 이런 인재들을 만날 수가 있었갔습네까? 내 비록 도망티는 입장이디만 든든하기 이를 데 없습네다. 궁에 있었다믄 생각지도 못할 일이 아닙네까? 어제까디만 하더라도 내래 버래뎠다고 생각하며 좌절했었습네다. 기렇디만 이뎨 결코 낙담하거나 좌절하디 않갔습네다."

왕자는 말을 끊고 숨을 골랐다. 복받쳐오는 감정을 누르는 모양이었다.

말은 안 했지만 왕자는 초라한 자신의 신세를 한탄했었던 모양이었다. 왜 안 그렇겠는가. 일국의 왕자가 겨우 호위할 사람 넷을 데리고 고단하고 험한 길을 가는데 그런 생각이 안 들래야 안 들 수 없었을 것이었다. 그런데 이제 백 명이 넘는 군사에 무기와 양식을 가득 실은 마차들이 당도했으니 감격할 만도 했다.

21

남하할수록 풍광이 변해갔다.

계절이 바뀜에 따른 변화이기도 했지만, 남쪽으로 내려왔음을 실감할 수 있을 정도였다. 가지마다 꽃을 달고 있는 나무들의 모습도 북쪽과는 달라져 있었다. 숲과 길가의 꽃들도 달랐다. 종류는 물론 이려니와 각양각색으로 발돋움하고 있는 모양도 달랐다. 그러나 무엇보다 날씨가 따뜻하여 남쪽으로 내려온 왔음을 실감케 했다.

가끔 비도 내렸다. 길짐승들의 발목을 적실 정도로, 많은 양은 아니었지만 먼 길을 가는 인섭 일행에게 적잖이 애를 먹였다. 길이 미끄러워 이동이 쉽지 않았고 그에 따라 속도를 늦출 수밖에 없었다. 특히 경사지에선 땅이 마르길 기다리거나 길을 닦지 않으면 안 되었기에 이동을 멈춰야 했다. 그렇지만 철근 사부의 명을 받은 망치와 벌꺽보의 지휘 아래 백 명이 넘는 군사들이 덤벼들어 한데 힘을 쓰자 그다지 많은 시간이 걸리지는 않았다. 하여 한 달여 만에 1차 집결지인 만수산 어귀에 도착했다. 천 리 이상을 주파한 것이었다.

만수산 어귀에 닿자 산채군은 환호성을 질렀다. 계속된 강행군에 제대로 먹지도 쉬지도 자지도 못했는데 이제 목적지에 닿았다 싶자 스스로가 대견한 모양이었다. 하여 인섭은 군사들에게 술과 고기를 내렸다. 마음껏 먹고 취해야 원기를 회복할 것이고, 가족을 버리고 떠나온 객수를 달랠 수 있을 것이기 때문이었다.

오랜만에 떠들썩한 군사들의 목소리를 들으며 인섭은 막사에 앉아 있었다. 군사들에게 술을 권한 후, 철근 사부와 망치에게 군사들이 마음껏 먹고 취하게 하라고 해놓고 막사에 조용히 들어왔다.

갈마산에 당도했지만 인섭은 착잡했다. 아직은 고국 땅이긴 했지만 도성과는 이제 천 리 넘게 떨어져 있었다. 이제 조금만 더 가면 국경이고, 국경을 건너면 남의 나라 땅이었다. 마음대로 드나들 수 없는 곳으로 들어서게 되는 것이었다. 그러니 인섭의 마음이 편할 리 없었다. 이번 유람길에 오를 때 이미 마음을 다잡기는 했지만 도성에서 멀어지자 왠지 모를 설움과 회한이 밀려들었다.

제일 먼저 어머니를 태후궁에 남겨두고 온 것이 마음에 걸렸다. 어떻게든 어머니를 모시고 나왔어야 했는데 어머니를 사지에 남겨두고 도망친 게 비겁하게 느껴졌다. 어머니가 잘못 되기라도 한다면 혼자 살아남는다 해도 제대로 살 수가 없을 것 같았다.

그리고 대왕인 큰형이 과연 셋째형과 넷째형을 제압하여 왕권을 지킬 수 있을지도 불확실했다. 만약 큰형이 왕권을 지키지 못한다면 어머니 또한 무사하지 못할 것이었다. 그렇다면 지금 자신이 가는 길은 언제 돌아올지도 모르고, 돌아올 수 있을지 없을지도 모르는 길이었다. 어쩌면 마지막일지도 모르지 않는가. 그런 생각이 들자 가슴이 꽉 막히며 숨도 쉬기 힘들었다. 그런 모습을 군사들에게 보일 수 없어 막사로 돌아왔는데 막사에 돌아와 혼자 앉아 있으려니 그런 감정들이 더 커지며 그냥 앉아 있을 수가 없었다.

막사에서 나온 인섭은 주둔지 바로 뒤에 있는 산에 올랐다. 아무도 대동하지 않고 혼자 나선 걸 철근 사부나 호위무사들이 알면 난리가 날 터였다. 그러나 모두들 취흥에 젖어 있을 지금이 아니면 짬을 내기 어려울 것 같아 아무도 몰래, 혼자, 조용히, 어둠 속에 몸을 감추고 있었다.

아무래도 오늘 결정을 해야 내일부터의 일정이 정리될 것이었다. 철근 사부 이하 장수들은 만수산까지 무사히 오는 것에 신경 쓰느라 다른 생각을 할 여력이 없었을 것이고, 이제 1차 집결지에 무사히 도착했음에 안도의 한숨을 쉬는 그들에게 부담을 지우기 싫었다. 또한 목표를 변경하는, 치기로 비칠 수 있는, 갈팡질팡하는 모습을 보이고 싶지 않았다. 그래서 혼자 조용히, 차분히 생각하고 싶었다.

제일 궁금한 것은 덕돌의 생사였다. 만수산에 도착하기 전까지만 해도 덕돌의 생사는 다른 일들에 치여 뒷전에 밀려있었다. 자신과 호위무사, 산채군의 생사가 걸려 있었기에 딴데 신경 쓸 겨를 없이,

무사 이동에 모든 신경을 쓰고 있었다. 그런데 오늘 1차 목표지에 무사히 도착하자 덕돌의 생사가 제일 궁금하지 않을 수 없었다.

보르긴 해도 사간死間이 될 각오로 떠났을 것이었다. 다른 사람을 믿지 못해서라기보다 다른 사람을 죽음의 땅으로 보내지 못했을 것이었다. 그건 자신의 비밀서찰을 전달하는 일이 결코 쉽지 않을 것이라 판단했다는 뜻이기도 했다. 자신이 직접 나서지 않은 한 전달이 쉽지 않을 것이라 판단했기에 군사들에게 인사도 없이 어둠 속으로 사라져버렸다고 하지 않았던가. 그런 그가 살아있는지가 궁금하지 않을 수 없었다. 무사히 비밀서찰을 전했는지도.

서찰을 전했다면 어떤 경로로 어떻게 대왕께 전해졌는지도 궁금했다. 비답을 받았는지도 궁금했다. 아니, 모든 것이 궁금했다. 그러나 알 수 있는 방법은 없었다. 그가 돌아와야 그러저런 사정을 알 수 있고, 그러니 그가 살아있기를 간절히 바라고 있지만 아무래도 그럴 가능성은 희박해 보였다.

도성 문지기와 수문장까지 이미 인창 형님에게 넘어가지 않았던가. 그러니 궐도 마찬가지일 것이었다. 그런 상황에서 대왕인 큰형에게 자신의 비밀서찰을 전하는 건 거의 불가능한 임무일 것이었다. 거기에 생각이 미치자 괜한 짓을 한 것 같았다. 상황을 냉철히 판단하여 서찰을 보내지 말았어야 했다. 그랬다면 덕돌이 사지로 떠나는 일도 없었을 것이었다. 자신의 잘못된 판단으로 덕돌을 사지로 내몬 것 같아 괴로웠다.

그러나 다른 한편으로 덕돌은 그리 쉽게 죽지 않을 것이란 생각도 들었다. 안 지는 얼마 되지 않았지만 그의 철저한 준비성과 임기응변, 첩자들을 다루고 활용하는 능력을 봐오지 않았던가. 그러니 그는 쉽게 죽지는 않을 것 같았다. 그런 믿음이 없었다면 그를 산채로 파견하지도 않았을 것이었다. 믿기에, 어떤 상황에 직면해도 그 상황을 능히 타개할 수 있을 것이라 믿었기에 그를 파견했던 것이 아닌가. 그러니 도성이나 궁궐 상황이 아무리 어지럽고 어렵다 해도 그는 그 상황을 타개하고, 자신의 비밀서찰을 전달하고, 큰형의 비답까지 가지고 올 것이었다. 그러니 기다려야 했다. 기다리는 수밖에 없었다. 아무런 행동도 취할 수 없고, 취해서도 안 되는 상황이지만 덕돌은 무사히 돌아올 것 같았다.

덕돌이 걱정에 이어 궁이 어떻게 돌아가고 있는지도 궁금했다. 큰형이 자기를 도성 밖으로 내보낸 걸 보면 이제 형제간의 충돌은 불가피하다는 뜻이었다. 충돌이 일어났다면 큰형이 셋째형을 제압하지 못할 것 같아 걱정이었다. 큰형이 왕권을 유지한다면 자신과 태후는 안전할 것이었다. 그렇지만 셋째형이 왕권을 차지한다면 태후뿐만 아니라 자신도 위태로울 것이었다. 셋째형은 결코 태후도, 그 소생인 자신도 용납하지 않을 게 분명했다. 큰형과 둘째형과는 달리 셋째나 넷째형은 태후에 대해 반감을 가지고 있었다. 그건 큰형을 태자로 옹립할 때 태후가 얼마간 영향력을 행사했기 때문이었다. 태후의 입장에서는 장자 계승이 순리에 맞다고 생각했겠지만, 셋째형이나 넷째형은 계비 소생인 자신들을 차별했다고 생각하고 있었다. 하여 반감을 가지고 있었고, 그런 차제에 부왕께서 승하하셨으니 그 기회를 이용해 왕권을 탈취하고자 군사들을 동원한 것이었다. 그러니 셋째형이 큰형을 몰아내고 왕권을 차지한다면 태후나 자신의 운명은 너무나 명약관화했다. 그러니 더 이상 도성에서 멀어져서는 안 될 것 같았다. 다시 도성으로 돌아가야 할 수도 있었고,

상황에 따라서는 군사들을 이끌고 도성으로 진격해야 할 입장에 처할 수도 있었다. 겨우 백 명을 이끌고 도성으로 가봐야 달라질 것은 없겠지만, 나라를 바로 세우기 위해서는 목숨을 내놓아야 할 수도 있었다. 그것이 왕의 피를 물려받은 사람의 운명이라면 겸손히 받아들이는 수밖에 없었다.

"여기래 계셨기만요."

인기척이 나는가 싶어 칼을 들려는 순간, 철근 사부의 목소리가 들렸다.

"어, 어뜷게 여기까디……."

인섭이 놀라며 쳐다보니 호위무사까지 대동하고 있었다. 술 냄새도 나지 않는 게, 아무래도 자신이 걱정되어 술을 마시지 않았던 모양이었다. 어둠 속에 숨어있는 자신을 한참 동안 찾았을 터인데 술자리에 별다른 변화가 없었던 것으로 보아, 철근 사부는 호위무사들만 데리고 은밀히 찾아 나섰던 모양이었다.

"너무 오래 안 오시기에……. 언질이라도 듀셨으면 돟았을 거를……."

철근 사부가 대답하며 손을 내저어 호위무사들을 물렸다. 철근 사부도 자신에게 할 말이 있는 듯했다.

"모든 게 궁금하고 답답하시디요? 기렇디만…… 이졔 기거에 익숙해디셔야 할 겁네다. 궁과 도성에서 멀리 떨어디믄 떨어딜수록 소식은 더 늦어딜 테니낀 말입네다. 기러고…… 무소식이래 희소식이 했으니낀 크게 걱뎡하디 마십시오. 나쁜 소식이래 빨리 도착하고 돟은 소식이래 늦게 당도하는 거니낀 말입네다."

"기렇다믄 다행이디만, 한 가디 걱뎡이 사라디니 다른 걱뎡이 앞서서요."

"왜 안 기렇갔습네까? 소신도 기건……. 기렇디만 이데 익숙해디셔야 할 겁네다."

"달 알갔습네다. 괜히 나 때문에……. 내려가시디요."

인섭은 자리에서 일어섰다. 자신 때문에 마음을 놓지 못하는 사부를 위하는 길은 그것뿐이었기에 다른 방도가 없었다.

22

인섭의 비밀서찰을 받은 인주는 부절과 징표 그리고 수결까지 확인한 후에 서찰을 꼼꼼히 읽었다. 서찰의 내용은 유람을 허락해줘서 고맙고, 유람 잘 다녀오겠다는 안부 인사였다. 그러나 그것은 표면상의 내용이었고 진짜 내용은 그 표현 속에 감춰두고 있었다. 서찰에는 두 가지 내용이 담겨 있었다.

첫째는 도성 문을 나설 때 인창의 도움으로 도성을 나섰다는 것이었다. 도성 문을 나서기 전날 인창이 직접 찾아와서 수문장에게 당부하더라고, 수문장이 직접 달려와 배웅을 했다는 것이었다. 그러자 인섭이 고맙다는 안부를 전해달라는 말에 꼭 전해겠다고 하더라고. 언제 인창에게 도성 문 방비책임을 맡겼는지 모르지만 도성 방비를 인창에게 맡긴 걸 보며 형제간의 우애를 보는 듯하여 너무 기뻤고, 형들의 배려와 도움에 힘입어 유람 잘 다녀오겠노라고 했다.

두 번째는 도성 문을 나서자 인창이 파견한 군사 서른 명 정도가 자신의 배후를 지켜주고 있다고 했다. 안 그래도 자신을 호위할 군사들이 없어 걱정했는데, 인창이 군사들을 보내 자신의 유람길을 지켜주고 있다고, 인창에게 자신을 대신해 고맙다는 인사를 꼭 해달라고 했다.

인섭의 서찰을 읽은 인주는 즉시 비답을 다스렸다.

도성 문을 나선지 며칠이나 됐다고 벌써 서찰을 보내느냐고, 유람을 떠난 사람이 길이나 조심하라고 당부했다. 또한 도성 문을 나서며 형제간의 우애를 눈으로 똑똑히 확인했으니 여긴 신경 쓰지 말고 유람이나 잘 다녀오라고도 했다. 그리고 유람단 배후를 지켜준 군사들은 인창의 군사가 아니라 자신이 보낸 군사들이니 자신에게 고마워하라는 말도 덧붙였다. 그런 후에 마지막으로 이제 곧 여름이라 여행을 하려면 물이 필요할 테니 산길보다는 물길을 이용하는 게 좋을 것이란 말과 함께, 좋은 구경 많이 하고 돌아와서 유람담을 자신에게 자세히 전해달라는 말로 글을 맺었다.

다스린 서찰을 넘겨주며 인주가 내관에게 물었다.

"이 서찰을 전한 이는 누구네? 믿을 만한 사람이네?"

"이 서찰을 소신에게 전해둔 사람은 궁궐수비대 군사이고, 도성까디 가디고 온 이는 전에 마방을 운영하던 덕돌이란 잡네다. 진즉에 철근 박사와 함께 막내 왕자를 위해 일을 해온 잡네다. 소신도 철근 박사를 통해 기 자를 알고 있었습네다."

"철근 박사를 통해 알았다면 기 잔 믿을 만한데, 수비대 군사는 믿을 만한 자네?"

"기건 소신도 달……. 자세히 알아보갔습네다."

"아니야, 기럴 필요 없어. 앞뒤를 재보니 기럴 필요가 없을 거 같아. 기러니 기 자에 대해 알아보기보다 신병을 확보해두라. 이뎨 내게 필요한 인물 같으니낀. 기러고…… 내가 조처는 해둘 테니, 인섭이한테서 무슨 기별이나 전갈이 있거든 즉시 알리라.”

“예, 전하. 어명 받잡갔습네다.”

내관이 물러나자 인주는 잠시 생각에 잠겼다. 이제 더 이상 시간을 끌어서는 안 될 것 같았다.

인창의 행보가 걱정스러워 그를 사찰하고 감시한 건 벌써 오래 전의 일이었다. 인창도 그걸 모를 리 없었다. 그런데도 그는 아무 거리낌 없이 할 테면 해보란 식으로 행동하고 있었다. 공공연히 관리들이며 궁인들을 접촉했고, 궁에 살다시피 하며 인주의 신경을 긁고 있었다.

그러나 인창의 공공연한 행보는 인주로서도 막을 수 없는 성질의 것이었다. 그가 만나는 사람은 대부분 선왕 시절 자신의 목숨을 구명하고 자신을 위해 힘써준 이들이었다. 그들에게 감사의 인사를 올리는 그를 막을 수는 없었다. 그들의 은밀한 대화를 듣지 못하는 한 문제 삼을 수 없었다. 인창과 만났던 사람들에게 은근히 떠보면 모두들 같은 대답을 할 뿐이었다. 하여 인창을 만난 신하들을 자극하거나 나무랄 수도 없었다. 그렇게 하는 순간, 이제야 겨우 자기에게 마음을 돌린 사람들을 내치는 결과를 낳을 수 있었다. 자칫하다간 고립무원의 상황에 처할 수 있었다. 하여 인주는 자신의 정보망을 동원하여 인창과 신하들의 행보를 파악하는 수밖에 없었다. 인창이 범법행위를 할 때까지 기다려야 했다. 원정군을 다 돌려보내지 않고 고루성에 주둔시켜 둔 사실만으로 인창을 단죄할 수도 없었다.

그런데 얼마 전부터 인창과 그 주변을 사찰·감시하던 인원들이 죽어가기 시작했다. 집에서 급사하기도 했고, 연고가 전혀 없는 곳에서 시체로 발견되기도 했고, 낙상사를 당하기도 했고, 낙마하기도 했다. 또 가끔은 칼이나 창에 찔려 죽기도 했다. 인창이나 그 수하 또는 하수인들이 저지르고 있음이 분명해 보였다. 그러나 심증뿐이고 물증이 없으니 물증을 찾을 때까지 기다리는 수밖에 없었다. 그러던 차에 인섭의 비밀 서찰을 받게 됐으니 인주는 더 이상 미뤄둘 수가 없었다.

한 달 전쯤 인창을 감시하던 궁궐수비대원이 죽었다. 그런데 그의 시체가 발견된 곳은 궁도 도성도 아닌 도성 밖 밭두렁이었다. 궁궐수비대원이 궁에서 벗어날 때는 상관에게 보고를 해야 하는데 그 대원은 아무런 보고도 없이 사라졌고, 사라진 지 열흘 만에 도성 밖에서 시신으로 발견된 것이었다. 보고도 하지 못할 만큼 급박한 상황이었거나 궁에서 살해된 후 도성 밖으로 유기됐을 가능성이 높았다.

그런데 감시원이 보고도 못할 만큼 급박한 상황이었다면, 급히 인창을 뒤쫓다가 도성 밖에서 살해됐다면 그나마 다행이었다. 감시원을 색출하기 위해 인창 쪽에서 성 밖으로 유인하여 살해했다면 감시원의 자질을 의심해야 했다. 그러나 궁 안에서 살해하여 도성 밖으로 시신을 유기했다면 그야말로 큰일이었다. 궁에서 수비대원을 살해한 것도 문제지만 궁에서 죽은 사람을 궁 밖으로 아무도 몰래 빼내고, 도성 문까지 통과하여 도성 밖으로 유기했다면 궁궐 수비대나 궁지기, 도성방어대나 도성 문지기 등의 묵인 내지는 협조 없이는 불가능한 일이었다. 그 말은 곧 궁궐과 도성이 이미 인창의 손아귀에 들어갔다는 말이나 다름없었다. 그렇다면 도성이나 궁도 이제 안전지대가 아닐 뿐 아니라 대왕인 자신도 이미 인창의 그물 안에 들어있다는 뜻이었다.

인주는 급히 궁궐수비대장 주남곤周南坤과 도성방어대장 조춘형曺瑃衡을 불러 상황의 심각성을 알렸다. 그리고 모든 방법들을 동원하여 인창 쪽에 붙어있는 자들을 색출하는 한편 방비에 철저를 기하라는 명령을 내렸다. 궁궐수비대장이나 도성방어대장은 군사적인 관점에서 인주의 오른팔과 왼팔이라, 인주는 그 외에도 몇 가지 사항들을 미리 준비해두라고도 알렸다. 인창과 고루성에 있는 군사들을 처리할 방안이었다. 안 그래도 인창을 처리해야 한다고 계속 상주해온 두 사람인지라 인주의 명에 두 말 없이 명 받들겠다고 목소리를 높였다.

그런 후에도 인창을 감시하던 사람이 둘이나 더 죽었다. 둘 다 예리한 자상을 입고 있었는데 모두 도성 밖에 버려져 있었다. 인주와 궁궐수비대, 도성방어대를 조롱이라도 하듯 첫 번째 시신이 있던 그 근처에 버려둔 것이었다. 그렇지만 이렇다 할 단서를 찾지 못해 애를 태우고 있었는데 인섭이 도성방어대 문지기들이 인창에게 포섭되었음을 알려온 것이었다.

이로써 내막이 얼마간 드러난 셈이었다. 인창이 도성 문지기들을 포섭하여 자기 수중에 넣었다면 궁지기들을 포섭하지 않을 리 없었다. 결국 인창이 노리는 곳은 도성이 아니라 궁일 테니 도성 문지기들보다 먼저 포섭했을 터였다. 또한 도성 밖에 유기된 시신들도 궁 안에서 살해한 후 도성 밖으로 유기했을 개연성이 높았다. 그래놓고 흔적이며 증거를 인멸한 후 인주를 비롯하여 궁과 도성 방어를 책임지고 있는 두 사람을 비웃고 있었고.

그런데 한 가지 의문이 있었다. 감시원들을 죽이면서까지 자신의 행적을 감췄던 인창이 왜 도성 수문장에게 인섭의 성문 통과를 부탁했으며, 수문장은 왜 인섭에게 인창과의 긴밀한 관계를 발설했는가였다. 인창과 연결되어 있음은 함구해야 할 목숨이 걸린 문제가 아닌가. 인창 또한 마찬가지였다. 도성 수문장을 제 손에 넣었다는 걸 드러낼 위인이 아니었다. 그것 역시 다른 사람이 알아서는 안 될 극비의 사실이 아닌가. 그런데도 인섭에게 드러냈다는 건 어떤 저의가 깔려있는 것 같았다.

첫째는 인섭이 유람을 떠나는 마당이라 도성에 대한 관심이 없을 것이라 판단했을 가능성이 있었다. 아니면 아직 어려서 그러저런 일에 관심이 없거나 눈치 채지 못했을 것이라 판단했거나. 해서 대왕인 자신에게 아무 연락도 취하지 않거나 못할 것이라 판단하였을 가능성이 있었다. 인섭이 비록 어리긴 해도 누구 못지않게 상황 판단 능력이 빼어나고 그 곁에는 철근 박사가 버티고 있다는 사실을 도성에서 멀리 떨어져 있었던 인창이 모를 수 있었다. 그래서 인섭을 만만히 보고 자신의 정체를 드러냈을지도 몰랐다. 안 그랬다면 수문장에게 입단속을 함은 물론 인섭이 떠나든 말든 어떤 반응도 보이지 말라고 주의를 줬을 터였다.

둘째는 이미 궁궐뿐 아니라 도성까지 손아귀에 넣은 자신을 과시함으로써 인섭에게 자신을 따르라는 무언의 압력을 행사하기 위해서인지도 몰랐다. 혹시나 유람 중에 도성이나 궁에 변고가 있더라도 인주 편에 서기보다 자기편에 서는 게 사는 길임을 미리 일깨워 주기 위해서 말이다.

셋째는 인섭을 통해 태후의 환심을 사려 했을 수도 있었다. 태후가 비록 인주를 지지하고 있지만 인창이 인섭에게 정성을 쏟는 걸 태후가 안다면 태후의 마음이 누그러지거나 바뀔지도 모른다고 판단을 했을 수 있었다. 유람 중에 생모인 태후에게 어떤 형태로든 전갈을 할 것이고, 그때 인창에 대한 긍정적인 얘기를 전한다면 태후를 제어할 수 있을 것이라 생각할 수도 있기 때문이었다.

셋 중 어느 쪽이 맞을지는 미지수였다. 셋 다일 수도 있었고 아닐 수도 있었다. 또는 인창은 숨기고 싶었는데 수문장이 과잉반응을 보였을 수도 있었다. 이미 궁과 도성을 손에 놓은 인창을 과신하여 자신의 존재감을 드러내고 싶은 욕심에 수문장이 인창과의 관계를 과시했을 수도 있으니까.

이런 추측만 가능할 뿐 명확한 건 없었다. 그런데 분명한 게 하나 있었다. 이제 궁과 도성의 열쇠를 인창도 가지고 있다는 사실이었다. 인창이 가지고 있는 그 열쇠를 뺏지 않으면 인주마저도 위험하다는 건 두말할 필요도 없고.

생각이 여기에 미치자 더 이상 망설여선 안 될 것 같았다. 인섭이 경고했듯이 이제 시간을 끌면 끌수록 형제간의 골만 깊어져 돌이킬 수 없을 것이었다.

인주는 즉시 남곤을 불렀다. 그리고 단도직입적으로 명을 내렸다.

"인창이 아직도 궁에 있는디 확인해보라. 궁에 있으면 은밀히 가둬두고, 궁에 없으면 태후께서 부른다고 하여 태후궁에서 잡아들이라. 이 사실은 극비의 사실이니 새디 않도록 주의하고."

"옛! 어명 받잡겠습네다."

남곤이 뛰는 듯 대전을 나갔다. 그동안 몇 번이나 주청을 드렸었고 벼르고 별렀던 일이 아닌가. 그런데 이제 왕명이 떨어졌으니 이제야말로 자신이 바라던 대로 일을 할 수 있게 됐다는데 힘이 나는 모양이었다.

남곤을 보낸 후 춘형을 불러 명했다.

"딕금 당장 방어대를 소집하라. 기랬다가 명을 내리거든 즉각 군사들을 이끌고 가서 도성 문지기들을 한 명도 빠짐없이 잡아들이라. 기런 후 도성 문을 방어대가 직접 디키고, 나머지 병력들을 이끌고 가서 원정군이 머물고 있는 고루성으로 진입하여 원정군을 궤멸하라."

춘형 또한 남곤과 한 마음 한 뜻이었기에 두말없이, 오히려 기다렸다는 듯이 대답하고는 바람을 일으키며 사라졌다.

인섭의 서찰을 통해 인주는 두 가지 사실을 확인했다. 하나는 도성 문이 인창의 손아귀에 들어가 있다는 사실이었다. 인섭이 '형제간의 우애'를 들먹인 것은 더 이상 형제간의 우애를 생각하며 실기했다간 인창에게 당할 수 있다는 경고였다. 나머지 하나는 인창이 인섭의 유람에 신경을 쓴 것은 태후의 환심을 사려는 수작이라는 사실을 알린 것이었다. 왕좌를 놓고 형제간의 피바람이 일었을 때 태후의 입장 여하에 따라 왕좌의 주인이 바뀔 수 있었다. 특히 부왕이 승하한 지 얼마 되지 않은, 왕권이 확립되지 않은 지금은 태후의 입김이 큰 영향력을 발휘할 수 있었다. 인섭은 그걸 누구보다 잘 알고 있었기에 그 사실을 인주에게 알렸던 것이었다. 하여 인창이 궁에 없는 경우는 인창을 태후궁으로 부른 후 체포할 계획을 세운 것이었다. 자신이 들어오라면 들어오지 않을지 모르지만, 태후가 부른다면 태후궁으로 들어올 것이었다. 그때를 이용하여 인창을 체포할 계획이었다.

그렇게 인창을 체포한 후에 도성 방어대를 고루성으로 보내 반군을 진압할 계획이었다. 인창이 모반죄를 범해 체포된 사실을 알린다면 반란군의 기가 꺾일 것이고, 그렇게 되면 원정군들도 목숨을 걸고 덤비지 않을 것이었다. 그러저런 상황을 고려하여 명이 떨어지면 고루성으로 진격하여 평정하라는 명령을 내렸던 것이고.

한 시진도 지나지 않아 남곤이 대전으로 돌아왔으나 그 시간은 길기만 했다. 만반의 준비는 해두었지만 인창이 어디 있는지, 무얼 하는지, 어찌 나올지 알 수 없었기에 남곤을 기다리는 수밖에 없었고, 그러자니 기다림의 시간은 길게만 느껴졌다.

"반역자가 궁엔 없는 것 같아 태후의 궁인을 은밀히 보냈습네다. 기러니 이데……."

남곤은 반역자란 단어를 아무 거리낌 없이 쓰며 이제 태후궁으로 가서 반역자를 처리하자고 했다. 하기야 남곤이 그동안 인창을 처결하라고 몇 번을 상주했던가. 그러나 그때마다 인주가 막고 있었는데 이제 어명이 떨어졌으니 인창을 반역자라 규정하는 것은 너무나 당연한 일인지도 몰랐다.

"기래, 갑세다!"

인주가 남곤을 앞세워 대전에서 나오자 수비대가 인주를 둘러쌌다. 평상시에는 없던 일이었다.

"무슨 군사넵까?"

"전하, 궁 안이디만 만약의 사태를 대비하셔야 합네다. 기러니 딕금부터는 소장의 계획에 따라듀십시오."

남곤이 비장한 어조로 답했다.

"아무리 기렇다 해도 이건……."

"궁 안에 첩자들이 얼마나 있는디, 누가 첩자인디 모르는 상황이디 않습네까? 기러니 딕금부터는……."

"알갔소. 갑세다."

그렇게 군사들의 삼엄한 호위 속에 태후궁에 도착하자 태후가 문밖에 나와 기다리고 있었다.

"어서 오시구래, 대왕. 안기래도 기다리던 탐이었습네다."

기다렸다는 말은 인주가 오기를 기다렸다는 뜻이라기보다 인창의 처리를 기다리고 있었다는 말로 들렸다.

"송구하옵네다, 어마마마. 더 이상 어떨 수가 없는 것 같아서……."

"기 무슨 말씀입네까? 한 나라를 책임디고 있는 대왕으로서 당연히 해야 할 일인 걸요. 너무 괴로워하디 마시라요. 댜, 이뎨 우린 들어갑세다. 나머디 일은 여기 계신 수비대장이 알아서 하갔디요. 안 기렇습네까?"

태후가 남곤을 쳐다보며 물었다. 그러자 남곤이 즉답했다.

"기렇습네다, 태후마마. 소장을 믿고 들어가셔서 환담이나 나누고 계십시오."

남곤이 흡족한 얼굴로 답했다. 이런 순간이 오기를 기다리고 기다리던 사람인지라 자신의 손으로 인창을 처리할 수 있게 된 것이 기쁜 모양이었다.

태후의 방에 든 인주는 인섭에게서 받은 비밀서찰 얘기며, 인창 처리 방향을 아뢨다. 그리고 난을 평정한 후 인섭을 불러들일 계획까지 자세히. 그러자 태후가 말렸다.

"이뎨 인섭 왕잔 잊으십시오. 대왕의 갑옷에 투구까디 내듀시디 않으셨습네까? 기러니 이뎨 혼차 힘으로 살아야디요. 이 에민 대왕께서 너무 인정이 많고 형제애가 남다른 게 걱정이었습네다. 이번 기회에 기런 것들도 다 정리하셔야디요. 기래야 대왕이 건재하고, 대왕이 건재해야 이 나라도 반석 위에 앉디 않갔습네까. 대왕의 자리에 있으면서 기런 사소한 일들에 신경을 쓰는 일은 바람딕하디 않습네다."

"기렇디만 인섭이래 아딕 어려서 타지에게서의 삶을 감당하기 힘들고, 돌봐듈 사람이라곤 철근 박사뿐이디 않습네까?"

"살 사람은 어떻게든 살갔디요. 이뎨 어미 품에서 벗어났으니 대왕께서도 마음에서 디우셔야디요. 기래야 어른으로 살디 않갔습네까? 기 정돌 못 버티고 이겨내디 못한다믄 그 또한 어떨 수 없는 일이고요. 기러니 대왕께서도 디우세요."

태후의 말은 진심인 것 같았다. 너무나 고통스럽고 힘든 결단이었지만 자신의 왕위를 지켜주기 위해 친아들 인섭을 떨어낸 것 같았다. 그런 결단이 없었다면 인섭이 유람을 떠나겠다고 했을 때 그처럼 쉽게 동의했을 리 없었고, 인창 제거 계획에도 찬성했을 리 없었다. 오히려 이런 날이 오기를 기다려 왔던 게 분명해 보였다.

"어마마마의 뜻 달 알갔습네다. 어마마마의 뜻을 받들어 모쪼록 이번 기회에 왕권을 강화하고 나라를 반석 위에 올려놓갔습네다."

"기래요. 기게 바로 이 에미가 바라는 밥네다."

밖에서 들리는 소리에 귀를 기울이며 그런 이야기들을 나누고 있자니 남곤의 목소리가 들렸다.

"전하, 태후마마! 수비대장이옵네다."

"기래요, 들어오세요."

태후가 인주에 앞서 대답했다. 그러자 남곤이 들어와 군례를 올리더니 보고했다.

"반역자 인창을 포박하여 가뒀습네다."

"벌써? 아무 소리도 들리지 않던데 어뜽게?"

인주가 묻자 남곤이 대답했다.

"태후궁에서 소란을 피울 수 없어 태후궁 입구에 매복했다가 포박했습네다."

"기래서 아무 소리도 나디 않았구만. 알갔소. 이뎨 대전으로 갑세다."

"옛! 모시갔습네다."

남곤이 물러나자 인주는 태후를 보며 말했다.

"소란을 피워서 죄송합네다. 됴 전에 하셨던 말씀 가슴에 새기갔습네다. 기러고 강녕하십시오. 이뎨 소자한테는 어마마마뿐이잖습네까?"

"당치도 않으신 말씀. 이 몸은 대왕께 짐이나 되었디 무슨 의지가 되갔습네까? 기런 생각 마시고 대왕께서나 강건하십시오. 기래야 이 몸도 디금껏 이 댜릴 디키며 살아온 보람을 턏디 않갔습네까?"

"예, 댤 알갔습네다. 기럼."

인주는 자리에서 일어섰다. 이제 태후의 곁을 떠나 피비린내 나는 명령을 내리러 가야 할 시간이었다. 지체했다간 당할 수 있었기에 서둘러야 했다.

그런데 생각과는 달리 인주는 태후 방을 나서다 말고 태후를 돌아봤다. 친자식인 인섭보다 자신을 더 걱정하고 애틋해했던 태후의 얼굴을 다시 못 볼 것 같은 불길한 예감이 들었기 때문이었다. 왜 그런 예감이 들었는지는 모르지만 부지불식간에 머리를 스쳤다.

인주가 돌아보자 태후가 앉은 채 조용히 웃고 있었다. 태후도 인주와 비슷한 예감이 드는지, 나이 들어서는 거의 보여주지 않던, 옛날의 인자하고 따뜻한 미소였다. 그건 멀리 떠나는 자식을 바라보며 자식의 앞날을 축원하는 기도와도 같은 것이었다. 그 미소가 문지방을 넘는 인주에게 쏟아지고 있음을 인주는 따뜻해지는 등으로 느끼며 태후 방을 나섰다.

죽음의 누 빛깔

23

대왕으로부터 밀명을 받은 춘형은 즉각 도성방어대에 동원령을 내렸다. 그리고 영내에 있는 모든 장수들을 작전실로 불러 모았다. 만약을 대비하여 특별한 사유가 없는 한 영내에 대기하라는 명을 내려놓은 상태라 장수들이 곧 달려왔다.

"왕명이 떨어졌다."

춘형은 이 말을 던져놓고 장수들을 둘러보았다. 장수들은 놀라지도 묻지도 않았다. 이미 예상하고 있었던 일인 만큼 다음 명을 기다리는 눈치였다.

"기런데 문제가 생겼다. 우리 도성방어대 중에 뎌 똑에 붙은 자들이 있는 모양이다."

그 말에 좌중이 벌컥 뒤집혔다. 모두 대왕께 충성을 맹세한 게 얼마 전인데 그런 일이 일어났다는 게 믿기지 않는 눈치였다. 아예 그게 누군지 밝히라고 목소리를 높이는 장수들도 있었다. 그러자 춘형이 좌중을 가라앉히며 말했다.

"바로 수문장과 그 수하들이다. 어떤 경로로, 언제부터 기랬는디 모르디만 원정군과 내통하고 있다고 한다. 기러니 그들 먼뎌 없애야 하디 않갔나?"

그 말에 모두들 그래야 한다고 목소리를 높였다. 당장이라도 달려 나갈 것처럼 흥분하여 칼을 집는 장수들도 있었다. 그러자 손을 들어 그들을 제지하며 덧붙였다.

"수문장과 그 수하들 처리는 후미를 담당하기로 한 별군別軍에게 맡기갔다. 기러니 별군은 수문장과 문지기들을 답아다 감옥에 가둔 후 고루성으로 오라. 나머디 인원들은 모두 나를 따라 고루성으로 간다. 이상이다. 질문 있으믄 하라."

"질문은 무슨 얼어듁을 질문입네까? 당장 고루성으로 달려가서 반란군들을 없애버려야디요."

좌군의 장수 하나가 칼을 들고 일어서며 소리를 질렀다. 그러자 춘형이 말리며 말했다.

"다시 한 번 강조하디만 고루성에는 반란군만 있는 게 아니다. 다 알다시피 고루성엔 아무 죄 없는 백성들이 있다. 반란군이 고루성에 포진해 있는 것도 유사시에 백성들을 볼모로 활용할 생각일 거이다. 기러니 감정을 앞세워 경거망동해서는 안 될 거이야. 우리가 반란군을 진압한다 해도 고루성민들을 살리디 못하믄 민심은 이반될 거이고, 기렇게 되믄 대왕께도 누를 끼티는 일이 될 거이니 이 점을 명심하라. 이건 나의 명령이기도 하디만 대왕의 명령이기도 하다. 기러니 내 명령이 있기 전에는 그 누구도 함부로 행동해서는 안 된다."

춘형은 대왕의 명과 당부를 다시 한 번 장수들에게 강조했다. 그리고 출전 명령을 내렸다. 출전에 앞서 모든 군사들을 집결시켜 사기를 돋워주고 싶었으나 시간이 촉박했다. 그리고 자신의 부하 중에도 배신자나 첩자가 있을지 모른다는 생각에 부대별로 바로 출전하라고 명했다.

군사들을 이끌고 고루성에 당도한 춘형은 성을 포위했다. 동서남을 포위하고 북쪽은 터놓았다. 도주로를 열어둔 것이었다. 반란군이 북쪽으로 도망친다면 쫓아가지 않고 보내줄 생각이었다. 지금은 난공불락의 고루성에서 반란군을 내쫓아 성을 탈환하는 게 우선이었다. 그 다음은 도성방어대가 아닌 대왕의 동복 동생인 인철仁喆이 이끌고 오는 주작군[朱雀軍. 도성 남쪽에 있는 만벌(현재의 헤이룽장성[黑龍江省] 헤이허시[黑河市] 북쪽)의 군사]이 처리하기로 되어 있었다.

성을 포위한 춘형은 성을 향해 반란군 괴수 인창이 이미 잡혀 감옥에 갇혔으며, 내부에서 호응하기로 한 인사들이 많음을 알렸다. 그러는 한편 투항하는 자는 결코 해치지 않을 것이며, 내일 저녁까지 항복하지 않을 시는 무력으로 진압하겠다고 공언公言했다. 그래놓고 내부에서 호응하기로 한 인사들로부터 신호가 오기를 기다렸다.

춘형이 내일 저녁까지로 시간을 한정한 이유는 두 가지였다. 하나는 반란군들을 압박하여 딴 생각을 할 시간적 여우를 주지 않기 위해서였다. 또 다른 하나는 도성을 오래 비워둘 수 없었기 때문이었다.

도성 방어를 위해 인원을 남겨두긴 했지만 만약 대군이 밀려들기라도 한다면 그들만으로는 대적할 수 없었기에 시간을 짧게 잡을 수밖에 없었다. 그럴 리야 없겠지만, 인창과 동복同腹인 인훈仁勳이 거병이라도 한다면 도성의 안전을 보장할 수 없었다. 도성방어대가 집결해 있다면 감히 엄두도 못 내겠지만 도성방어대가 도성을 비우고 고루성을 포위하고 있음을 안다면 그 기회를 노릴 수도 있었다. 그러나 대왕이 도성방어대를 고루성에 파견하면서 그에 대한 대비를 하지 않을 리 없었다. 태자 시절부터 인창과 인훈의 권력욕을 누구보다 잘 알고 있었고, 그런 두 동생과 화목하기 위해 마음고생도 많이 했었던 대왕이 아닌가. 또한 겉으로 드러나는 것과 달리 사려 깊고 치밀한 대왕이 인훈의 행보를 주시하지 않을 리 없었다.

춘형은 성안에서 호응하기로 한 인사들의 신호를 기다리며 하루를 보냈다. 낮에는 성루의 깃발이나 연기로, 밤에는 불이나 불화살로 신호를 보내기로 되어 있었다.

그러나 성안에서는 어떤 신호도 없었다. 밤이 되어도 마찬가지였다. 무엇이 잘못 됐는지 성안은 고요하기만 했다. 만 하루가 지났는데 성안에서는 어떤 움직임도 없었다. 하다못해 성벽을 지키는 군사들의 움직임이라도 포착되어야 하는데 그런 움직임마저도 없었다. 마치 빈 성인 것처럼 미동도 없었다.

'아무래도 이상해. 뭔가 댤못 된 거이 분명해.'

춘형은 불안감을 억누르며 성을 쳐다보고 있었다. 고루성 안에는 자신들의 성주를 죽이는 것도 모자라 이제는 대왕에게 도전하려는 인창에게 불만을 품고 있는 인사가 한둘이 아니었다. 그리고 언제든 내부에서 호응하기로 한 인사들도 제법 있었다. 그런 그들이 아무런 움직임을 보이지 않는다는 건 일이 어그러지고 있다는 뜻이었다.

"안 되겠다. 병사들을 다시 보내 이뎨 시간이 얼마 남디 않았음을 알려야갔다."

불안한 마음에 병사들을 성 앞으로 다시 보낼 생각으로 부장과 얘기를 나누고 있자니 전령 하나가 급히 막사로 뛰어들었다.

"장군! 급히 나가 보셔야 하갔습네다."

"무슨 일이네?"

부장이 전령에게 물었지만 춘형은 불길한 예감에 막사에서 뛰어나갔다.

"뎌, 뎌게 뭐네?"

춘형은 눈으로 보고도 믿기지 않아 소리를 질렀다. 성가퀴 위에 사람의 머리가 효수되고 있었다. 한둘이 아니라 벌써 열 개 이상의 머리가 효수되어 있었고, 그 수는 계속 늘어나고 있었다. 아마도 성안에서 호응하기로 한 인사들의 머리인 것 같았다.

"날래 가댜! 누군디 확인해봐야갔다."

춘형은 막사 곁에 메어둔 말 위에 오르며 소리를 질렀다.

"장군! 위험합네다. 보내도 병사들을……."

부장이 소리를 질렀으나 춘형은 그 소리가 귀에 들어오지 않았다. 눈으로 확인하지 않고는 직성이 풀리지 않을 것 같았다.

춘형이 말을 달리기 시작하자 부장도 바로 따라왔다. 그리고 춘형을 호위하기 위해 호위병들도 달려왔다.

춘형이 성 가까이 접근하자 화살이 날기 시작했다. 춘형을 노리고 쏘아올린 화살이었다.

"장군! 위험합네다. 뎨발 멈추십시오."

부장이 악을 썼다. 이제 더 접근했다간 적의 화살에 고슴도치가 될 수 있었다. 춘형도 더 이상은 안 되겠다 싶어 말을 멈췄다. 그리고 성 위에 걸려있는 사람들의 얼굴을 살폈다. 아니나 다를까. 성안에서 호응하기로 한 인사들이었다.

"뎌, 뎌런 뗒어듁일 새끼들!"

춘형은 말문이 막혔다. 결국 하루 새에 성안에서 호응하기로 한 인사들을 도륙한 것이었다. 한둘도 아니고 스물에 가까운 목을 내걸어놓고 춘형을 비웃고 있었다.

"댤 보이네? 이게 우리 답이다."

성 위에서 적장 하나가 허옇게 웃으며 이죽거렸다. 춘형의 부아를 자극하려는 속셈이었다.

"기렇디만 이거이 끝이라곤 생각하디 말라. 우리가 붙댭은 첩자와 내통자는 아딕도 많고 많으니낀. 기러고 만약 성을 공격하믄 우린 성안에 있는 성민城民들을 모두 도륙해 버리고, 성까디 완전히 태워버리갔으니 기리 알라. 댜, 이뎨 우리 답을 들었으니 해볼 테믄 해보라."

춘형은 치가 떨렸다. 반란군은 이미 고루성을 공격할 것에 대비해 모든 준비를 마쳐놓은 상태인 게 분명했다. 대왕과 관계있는 성내 인사들이며 첩자들을 뻔히 알고 있으면서도 모른 체했었고, 오히려 그들을 역이용하여 거짓정보들을 흘려온 모양이었다. 그렇지 않고서야 이렇게 빨리 그들을 처치할 수 없었다. 그렇다면 반란군 괴수 인창이 붙잡힌 것은 물론 도성방어대가 도성을 출발할 때 이미 그 사실을 알았을 수도 있었다.

"전령은 말을 준비하라, 날래!"

춘형은 말머리를 돌렸다. 이제 상황은 급박했다. 이 사실을 빨리 궁에 알려야 했다. 지금은 고루성에 박혀있는 반란군보다 도성과 궁궐을 노리는 반란군을 경계해야 할 때였다.

24

춘형의 보고를 접한 인주는 놀라지 않을 수 없었다. 인창은 인주가 생각했던 것보다 치밀하게 준비해 놓고 기다리고 있었음이 드러났다. 인창을 가두고 고루성을 점령하고 있는 반란군을 진압하면 쉽게 끝날 줄 알았는데 사태는 점점 걷잡을 수 없이 커져가고 있었다.

춘형의 보고대로 반란군이 이쪽 상황을 철저히 파악하고 있었음은 물론 그에 대한 대비를 하고 있었다면 도성방어대로 고루성의 반군을 진압한다는 건 불가능했다. 고루성에 반란군 5천이 있긴 하지만, 반란군 내부에도 인창에게 반감을 가진 자들이 많아 오합지졸이나 다름없다고 했었다. 또한 영지를 떠나 고루성에 오래 머물게 되자 향수병이 난 병사들도 제법 있다고 했었다. 영지를 떠나올 때는 금방이라도 도성을 점령하여 영지를 옮길 수 있을 것이라 생각했는데 아무 일 없이 시간을 죽이자니 불만도 많다고 했었다. 그러나 그런 정보들은 거짓정보일 수 있었다. 인주의 첩자 중에 이중첩자가 있을 수도 있었다.

"전령을 두 군데로 보내야겠다. 준비시키라."

인주는 동복동생인 인철과 춘형에게 띄울 전지傳旨를 다스렸다.

인철에게는 군사들을 이끌고 고루성으로 가서 도성방어대와 교대하는 한편, 고루성에 숨어있는 반란군을 진압하라는 명을 내렸다.

그리고 춘형에게는 최대한 빨리 반란군을 소탕하되 여의치 않으면 인철의 주작군朱雀軍과 임무를 교대하여 도성으로 돌아오라는 영을 내렸다. 그리고 두 전지 말미에 덧붙였다. 어떤 경우든 백성들을 최우선하여 백성들이 다치거나 피해를 입는 일을 최소화할 것과 백성들에게 피해를 입히는 행위는 어떤 경우에든 용서하지 않겠다는 것이었다.

그런 일련의 조치를 취한 인주는 옥에 갇혀 있는 인창과 만났다. 애초에는 옥으로 찾아가 만날 생각이었으나 좌우에서 말리는 바람에 대전으로 인창을 불러 들였다.

인창은 옥에 갇혀있던 사람답지 않게 쌩쌩했고 입성도 깨끗했다. 옥에 갇혀 있지만 뒤를 봐주는 사람이 있음이 분명해 보였다. 인창 또한 자신의 죄를 뉘우치기는커녕 분한 모습으로 나타났다.

그런 인창의 모습을 보자 화가 치밀어 올랐다. 아무리 반역자라 해도 동생이었다. 꾀죄죄한 몰골에 반성의 빛이 보였다면 동정심이나 측은지심이 일었을지도 몰랐다. 그런데 생각했던 것과는 정반대였으니 화가 안 날 수 없었다. 그렇지만 섣불리 감정을 드러낼 수는 없었기에 비아냥거리는 소리를 던졌다.

"준비를 많이 했더구나."

"날래 듁이라우요. 잔꾀나 부리는 사람관 말도 섞기 싫소."

"잔꾀를 부린 건 내가 아니라 바로 너인 것 같은데. 고루성도 기렇고 이 궁궐도 기렇고. 어디까디 기런 잔꾀가 통하나 두고 보댜."

"비록 날 듁일 수 있을디는 모르디만 내 뜻마뎌 꺾을 수는 없을 거요."

"네 뜻이라니 뭘 말하는 게냐? 형의 자리를 탐내 왕좌 찬탈하는 것 말이냐? 기게 네 뜻이야?"

"왜 찬탈이오? 선왕은 나를 후사로 점찍고 있었소. 기런데 태후와 속닥거려 나를 변방으로 내몬 게 누군데? 이제 기걸 되턎갔다는데 왜 기게 찬탈이오?"

"억지도 분에 맞는 억지를 써야디. 태자가 뭔데? 왕에게 변고가 있을 때 다음 왕위를 이을 사람 아닌가? 기런데 내가 네 자릴 뺏었다고? 지나가던 개가 다 웃갔다."

"기건…… 태후와 짜고 부왕의 눈을 가렸기 때문에 생긴 일이디 부왕의 뜻은 내게 있었소."

"기래? 기렇다믄 부왕께선 붕어하시는 기 순간까디 왜 널 네 영지에 감금시켰갔네? 널 풀어준 건 다름 아닌 바로 나야. 기런 나한테 칼을 겨눠?"

"기런 값싼 선심에 내가 당할 듈 알고? 탸라리 부왕텨럼 날 감금시켰으면 이런 일이 없었디. 인자한 척, 너그러운 척, 베포 큰 척 그만하고 날래 날 듁이시오. 기게 기 댜리에 앉아 있는 당신의 본모습 아니오?"

인창이 인주를 노려보며 날카롭게 쏘았다.

"내래 부아를 자극해보갔다? 기룷게 해서 일떡 듁고 싶다? 기렇디만 기렇게는 안 되디."

인주는 화가 치밀어 올랐지만 내리누르며 이죽거렸다. 그리곤 좌우를 돌아보며 목소리를 높였다.

"딕금 반란군 괴수 인창을 고루성으로 압송하라. 거기 가믄 반가이 맞을 사람들이 많을 테니낀 거기서 듁게 하라."

그래놓고 인주는 자리에서 일어섰다. 비겁할지 모르지만 일단 자리를 뜨는 게 상책일 것 같았다. 더 이상 인창과 감정을 소모하기 싫었다. 그는 이미 동생이 아니었다. 미쳐 날뛰는 한 마리 미친개일 뿐이었다. 그런 그와 말을 섞으며 마주하고 있자니 감정 조절을 할 수가 없었다. 잘못했다간 미친개에게 물려 자신마저 미쳐 날뛰게 될 것 같았다.

그러나 정작 인주가 자리를 일찍 파한 것은 신하들을 믿을 수 없었기 때문이었다. 신하들 중 인창에게 포섭되고 매수된 자들이 있을 수 있었기에 그들이 보는 앞에서 인창과 입씨름하고 싶지 않았다. 그럴수록 그들을 자극하여 결속시키게 될 것이기에 최대한 짧게, 인창의 모반 행위에 대한 처결이 정당성을 보이는 선에서 마무리하는 게 좋을 것 같았다. 그래야 그들을 흔들 수 있을 것이고, 그들이 경거망동을 막을 수 있을 것이었다. 모반죄를 범한 사람은 그 누가 됐든 용서하지 않겠다는 뜻만 분명히 전하면 그로 족할 것이었다.

대전을 나서니 찬바람이 쌩 일었다. 봄이 무르익을 계절이라 눈 맑은 봄빛이 한창이어야 할 때인데, 무슨 변덕이고 조화인지 봄빛은 구름에 가려 보이지 않고 겨울바람보다 더 세게 바람이 불고 있었다. 한 방향에서 부는 바람이 아니라 방향을 잴 수도 없이 부는 돌개바람이었다. 때 아닌 돌개바람이 마뜩찮고 거북살스러웠으나 인주는 몸을 숙일 수밖에 없었다. 예기치 않은 바람을 피하는 게 상책이 아닌가.

25

심임한 경계 속에 반란군 괴수 인장이 압송되어 왔다.

춘형은 인창이 도착하자마자 바로 성 앞으로 끌고 갔다. 그리고 겉옷을 벗겼다. 반란군 괴수에게 화려하기 그지없는 관복을 입힐 수 없었다. 생각 같아선 발가벗겨 수치심을 돋우고 싶었지만 참았다. 성 안에 있는 반란군을 필요 이상으로 자극할 필요는 없을 것 같았기 때문이었다.

"여기 기둥을 세우고 쇠사슬로 꽁꽁 묶어두라. 기러믄 뎌 자들이 무슨 조치를 취하갔디. 안 기러믄 여서 말라 듁갔디. 기러니…… 딕금부터 괴수에겐 물 한 모금도 듀디 말고 경계를 엄중히 하라."

춘형은 인창이 기둥에 묶이는 걸 확인하고 돌아섰다.

성 안에서는 아직 별다른 움직임이 없었다. 그러나 분주히, 발에 땀이 나도록 뛰어다니고 있을 것이었다. 그래야 춘형의 수가 통할 것이었다.

대왕께 한시라도 빨리 반란군 괴수 인창을 자신에게 넘겨달라고 청한 것은 춘형이었다. 인창을 옥에 가두는 건 위험해 보였다. 언제 누가 탈옥을 시킬지 몰랐고, 탈옥을 시도한다면 궁에 소용돌이가 일 것이었다. 그걸 막는 길은 인창을 궁에서 끌어내는 방법밖에 없었다. 그렇다고 일이 해결되는 것은 아니었다. 인창이 어디에 있든 반란군은 인창을 구하기 위해 모든 방법을 동원할 것이고, 그리되면 인창이 가는 곳은 늘 혼란스러울 것이었다. 하여 자신이 있는, 정예군들이 빈틈없이 방비하고 있는, 반란군들의 움직임을 눈앞에서 확인하며 즉각적으로 대응할 수 있는 자신의 주둔지로 보내달라고 요청했다. 그런 춘형의 뜻을 대왕이 받아들여 인창을 보낸 것이었다.

춘형은 인창을 활용하여 반란군의 저항을 줄일 생각이었다. 인창이 붙잡혔음을 눈으로 확인하게 하여 고루성에 있는 반란군의 사기를 꺾어놓을 심산이었다.

그게 여의치 않으면 인창을 성 앞에 묶어두고 반란군을 성에서 끌어낼 생각이었다. 인창을 남문 앞에 묶어두면 반란군은 인창을 구하기 위해 성문을 열고 나올 것이고, 그때를 이용하여 성으로 진격할 계획이었다.

그도 저도 안 통할 때는 인창의 목을 벨 생각이었다. 인창의 목을 베면 반란군은 반드시 움직일 것이었다. 성문을 열고 나와 공격하거나 항복하거나. 또는 인창을 처형한데 대한 보복으로 성안에 있는 인사들을 처형할 것이었다. 그렇게 되면 성안 주민들도 가만히 있지 않을 것이고 그 혼란을 틈타 성을 공격할 계획이었다. 성을 공격하는 순간 성안에 있는 주민들을 모두 죽이고 성을 불태워버리겠다는 공언公言이 공언空言이 아닌 것 같았기에 성안 주민들의 피해를 최소화하는 방법은 그것밖에 없는 것 같았다. 이미 저들에게 붙잡혀 있는 인사들을 희생시키는 한이 있더라도 주민들의 목숨을 최대한 구해야 했기에 고육지책을 쓸 수밖에 없었다.

그런데 적군이 성안의 인사들과 인창을 맞교환하자고 나온다면 춘형도 곤혹스러울 수밖에 없었다. 만약 반란군이 그런 제안을 해온다면 춘형으로서도 쉬이 결정을 내리지 못할 것이었다.

인창을 제거하지 않고서는 대왕의 안위를 보장할 수 없을 터였다. 인창을 살려둔다면 반드시, 더 세게, 대왕을 공격할 것이고, 나라는 마침내 대혼란에 빠지게 될 것이었다. 그러니 어떻게든 이번 기회에 인창을 제거해야만 했다.

그런데 인질을 교환하자고 나오면 이러지도 저러지도 못하는 상황에 봉착할 수 있었다. 반란군에서 그런 제안을 한 사실을 대왕이 알기라도 한다면, 어떻게든 성안의 인사들과 백성들을 살리려 할 것이기에 대왕께 알려져서도 안 될 것이었다. 모든 걸 혼자 독단적으로 처리해야 했다. 전쟁 중인 장수는 임금의 명령에 따르지 않을 수 있다지 않았는가. 모든 책임을 춘형이 지고 인창을 제거하는 수밖에 없었다. 어떤 경우에도 백성들의 피해를 최소화하라는 명령을 두 번이나 받고서도 명령에 따르지 않은 죄를 혼자 감당할 생각이었다. 춘형은 이미 늙을 대로 늙은 노장이었다. 이번 임무를 마지막으로 군문에서 물러날 생각을 진즉부터 하고 있었다. 그러니 노장의 마지막 충성을 남김없이 보여줘야 했다. 그것은 다름 아닌 인창을 없애 대왕의 앞길을 열어주는 것이었다. 그것만 이룰 수 있다면 자신의 목숨을 초개처럼 버리는 것도 아깝지 않을 것 같았다.

인창을 묶어두고 막사로 돌아온 춘형은 즉각 작전회의를 소집했다. 반란군이 어떻게 나올지는 알 수 없지만 예상할 수 있는 방안들을 검토하여 그에 맞게 작전을 짜놓을 필요가 있었다.

먼저 반란군이 인창을 구하기 위해 성문을 열고 나왔을 때를 대비하여 남문 주변에 기병들을 집중 배치했다. 반란군은 어떤 형태로든 자신들의 괴수를 구하기 위해 움직일 것이고, 그 기회를 놓쳐서는 안 될 것이기에 만반의 준비를 해둔 것이었다.

성문이 열리는 순간을 놓치지 않고 기병들이 성안으로 달려들어 성문을 장악하는 게 관건이었다. 반란군의 저항도 만만치 않을 것이니 기병들이 성문으로 돌진하는 순간 뒤를 받치고 있던 유격대가 성안으로 뛰어들어 성문 주위에 있는 반란군을 처치하는 동시에 보병들이 성안으로 진입하여 공격하기로 했다. 각개전투에서는 반란군이 수비대를 당할 수 없을 것이고, 수비대가 성안으로 들어간 것을 알면 성안의 백성들도 호응할 것이기에 그들과 힘을 합쳐 반란군을 평정할 계획이었다.

둘째는 수비대 중 몸이 가볍고 날랜 병사 서른 명을 뽑았다. 밤을 틈타 줄을 이용하여 성벽을 뛰어넘을 계획이었다. 사흘 동안 관찰한 결과, 서쪽 성벽이 절벽 위에 얹혀 있어 다른 쪽보다 성벽이 낮을 뿐 아니라 방비가 소홀해 보였다. 대부분의 병력이 수비대가 진을 치고 있는 남문 쪽에 집중되어 있는 만큼 서쪽 성벽을 타고 오른다면 성으로 진입할 수 있을 것이란 판단에 세운 작전이었다.

셋째는 밤을 이용해 일제 공격을 단행해 보기로 했다. 이는 첫 번째 방법과 두 번째 방법이 통하지 않았을 때 쓸 방법으로, 주 병력이 남문에 배치되어 있지만 남문에 있는 병력을 동문을 이동시켜 동문을 집중 공격하기로 했다. 적의 눈을 속이기 위한, 이른바 성동격서였다. 동문을 집중 공격하는 것은 적의 예상을 역이용하는 전술로, 동문은 성벽이 높고 견고해서 동문으로는 공격하지는 못할 것이란 반란군의 예상을 역이용할 계획이었다.

그러나 뭐니 뭐니 해도 가장 효율적이면서 아군과 성안 백성들의 피해를 최소화할 수 있는 방법은, 반란군이 인창을 구하기 위해 성문을 열고 나왔을 때 성안으로 진입하는 작전이므로 거기에 대한 대비를 철저히 하라고 명했다.

회의 말미에 춘형은 반란군이 인창과 성안에 있는 인사들을 맞교환하자고 했을 때 어떻게 했으면 좋겠냐고 묻고 싶었다. 인질맞교환은 적이 구사할 확률이 가장 높은 작전이었기에 그에 대한 대비도 필요해 보였다. 그러나 끝내 하지 않았다. 그 일만큼은 목숨을 걸고, 혼자, 감당하고 싶었다. 그 어떤 경우에도 인질맞교환은 하지 않을 생각이었고, 그 어떤 대가를 치루더라도 인창을 없앨 계획이었기에 아예 언급조차 하지 않았다. 만약 작전회의 석상에서 그에 대한 논의가 있었던 사실이 알려진다면 작전회의에 참석했던 장수들도 책임을 면치 못할 것이었다. 그것만은 막고 싶었다. 모든 책임을 자신이 지고 싶었다. 나이를 먹는다고 노장이 되는 게 아니라, 자기 부하들을 살리기 위해 노련한 수를 쓰는 게 노장이므로 자신은 노장으로 죽고 싶었다.

해가 중천에 떠올랐다.

얼마 전까지만 해도 아침저녁으로 춥게 느껴지더니 한낮엔 그늘이 아니면 뜨겁게 느껴질 정도로 날이 급변하고 있었다. 춘형에게는 고마운 날씨였다. 더위가 심해지면 심해질수록 인창은 빨리 무너질 것이고, 그런 인창을 지켜보는 반란군도 결정을 서두를 것이기 때문이었다.

인창은 무더위를 묵묵히 견디고 있다고 했다. 왕자로서, 반란군 괴수로서 자존심을 지키기 위해 안간힘을 쓰고 있는 모양이었다. 그러나 오래 견디지는 못할 것이었다. 아침부터 물 한 모금 마시지 못했으니 얼마 없어 인내심이 바닥날 것이었다. 그쯤 되면 인창이 되었든 성안의 반란군이 되었든 분명 어떤 움직임을 보일 것이었다. 그때까지는 참고 기다려야 했다. 먼저 인내심의 한계를 드러내는 쪽이 지는 싸움이었다.

춘형은 아침부터 막사에서 나가지 않고 인창을 감시하는 감시병들의 보고를 기다리고 있었다. 시간은 춘형 편이 아니라 인창 편임을 잘 알기에 조금이라도 빨리 감시병들이 달려오기를 기다리고 있었다. 그러자니 일각이 여삼추였다. 인창이 무슨 행동을 취하거나 반란군 쪽에서 행동을 개시한다면 그에 대해 대응이라도 하겠는데 아무런 움직임도 없으니 답답하고 초조했다. 그러나 그런 감정을 드러낼 수가 없었고 그 감정을 숨기기 위해 막사에 머물러 있었다.

부관이 점심때가 되었음을 알렸지만 춘형은 밥도 걸렀다. 답답한 속에 밥을 넣어도 소화가 될 것 같지 않았고, 잘못했다간 체할 것 같았다. 안 그래도 요즘 소화기능이 떨어졌는지 먹은 걸 잘 소화시키지 못하는데 안 좋은 속에 음식을 우겨놓고 싶지 않았다. 살과 피가 되기는커녕 몸이나 괴롭힐 음식은 피하는 게 상책일 것 같았다.

점심도 거른 채 막사 안을 서성거리고 있자니 웅성거리는 소리가 들리는 듯하더니 부관이 막사 안으로 뛰어왔다.

"장군! 반란군이 효수했던……."

부관이 뭐라 뭐라 떠들어댔으나 춘형의 귀에는 들리지 않았다. 반란군이 행동을 개시했다는 말이면 족했고, 그 다음은 자신의 눈으로 확인하면 되었다. 춘형은 부관의 말을 다 듣지도 않고 막사에서 뛰어나갔다.

막사에서 뛰어나간 춘형은 성 위를 바라보았다. 남문 양쪽에 내걸었던 성안 인사들의 목을 걷어 들이고 있었다. 조심조심 주의하는 손길이 아니라 함부로 다루고 있었다. 아무래도 반란군에서 걷어 들이는 모양이었다. 그러더니 잠시 후, 남문 성루 앞에 예의 반란군 장수가 나타나더니 무슨 말을 하자 곁에 서 있던 알림꾼이 소리를 질렀다. 그 소리가 잘 들리지 않아 춘형은 인창이 묶여 있는 성 앞으로 걸어갔다. 서두르지 않고 천천히. 마음은 눈썹이 휘날리게 뛰고 있었으나 몸은 최대한 느긋하게 걸었다. 그렇게 얼마를 걸어가자 반란군 측의 말이 제대로 들리기 시작했다.

"……둑이든 살리든 우리가 알 바 아니다. 우리는 무능한 왕을 몰아내고댜 하는 거이디 누굴 왕좌에 앉히기 위해서 여기까디 온 게 아니고, 딕금껏 기다린 것도 아니다. 기러니 마음대로 해보라. 우리는 끝까디 성을 포기하디 않을 거이고, 성을 포기할 때는 성민을 다 둑이고 불 딜러 버릴 거이다. 기렇게 알라. 우리에게 타협이나 협상은 없다."

적장이 누군지 알 수 없지만 초강수를 두고 있었다. 인창을 포기하겠다는 말이었다. 아니, 인창은 안중에도 없는 듯했다.

그렇다면 둘 중 하나였다. 초강수를 두어 인창을 구명하려는 것이거나 인창을 포기하고 새로운 자를 따르겠다는 말이었다. 그러나 둘 다 안 될 말이었다. 대왕을 위협하는, 할 수 있는 모든 세력은 춘형의 손으로 직접 없애야 했다. 그게 춘형에게 주어진 마지막 임무였다.

"둏다. 기렇다면 오늘 저녁을 기해 공격을 시작하갔다. 기러고 공격하기 전에 인창을 참하갔다. 그런 후에 반란군 씨도 남기디 않고 섬멸해 버리갔다. 오늘 해질 때를 기다리라."

인창에게 다가가며 춘형은 소리를 질렀다. 그러자 춘형의 말을 인창을 감시하던 감시병들이 받아 다시 성 위로 전달했다. 그 말에 적장이 흠칫하는 것 같더니 곧 정색했다. 그 모습에 춘형은 오늘 인창을 참하리라 마음먹었다.

오늘이 지나면 인창을 참한다 해도 효과는 반감될 것이고, 오늘 인창을 참하면 야음을 틈타 인창의 시신이라도 수습할 생각으로 성문을 열고 나올 것이었다. 살아있는 인창의 목숨을 구하기 위해 성 밖으로 나올 군사가 열이라면 죽은 인창의 시신을 수습하기 위해 성 밖으로 나올 군사는 백이 넘을 것이었다. 살아있을 때 구하지 못한 죄책감에 물불 가리지 않고 덤빌 테니까. 따라서 적군을 최대한 성 밖으로 유인하기 위해서는 오늘 저녁 인창을 참하는 수밖에 없었다. 그래야 성문이 열릴 것이었다.

최후통첩을 한 춘형은 인창을 향해 걸어갔다. 그리고 인창 앞으로 가 몸을 낮추며 이죽거렸다.

"인창 왕자, 뎌런 놈을 부하로 데리고 계셨수? 당신을 참하겠다니 흠칫하긴 합데다. 기래서 당신을 오늘 참하기로 결심한 거요. 기러니 날 욕하디 말고, 부하 달못 둔 당신을 탓하시구래."

그러자 인창이 춘형을 쏘아보았다. 그러거나 말거나 춘형은 몸을 펴며 감시병들에게 명했다.

"저승길 가는 왕자께 물이라도 한 모금 드리라. 기래야 저승으로 곱게 가디 기렇디 않으믄 목말라서 구천을 떠돌디도 모르디 않네."

그 명을 끝으로 춘형은 부관을 앞세워 막사로 돌아왔다. 아니, 돌아오려 했다. 그런데 춘형이 몸을 돌려 마악 막사로 돌아가려는데 성 위에서 다시 목소리가 들려왔다.

"늙다리 춘형은 댬시 기다리라."

그러거나 말거나 춘형은 걸음을 멈추지 않고 걸었다. 모든 신경은 성 위에서 질러대는 목소리에 모아두고.

"만일 우리 주군을 해틴다면 성안에 있는 백성들을 모두 도륙하고 말갔다."

예상했던 엄포였다. 그랬기에 춘형은 관심이 없었다. 하여 못 들은 체 계속 걸었다.

"늙다린 담시 걸음을 멈튜고 들으라. 이게 마디막이다."

다급한 목소리가 아예 사정조였다. 그러자 춘형은 비로소 웃을 수 있었다. 자신의 판단이 그르지 않았음을 확인하는 순간이었기 때문이었다. 모르긴 해도 적장은 지금 춘형의 행동보다 성안에 있는 반란군이 느끼는 낙담과 불안 때문에 떨고 있는지도 몰랐다. 지금쯤 성안에 있는 반란군도 춘형의 말을 들었을 터였고, 춘형의 말이 어떤 의미를 가지는지 잘 알고 있을 것이기 때문이었다. 춘형일낙瑃衡一諾이란 말이 있는데, 이 말은 계포일낙季布一諾이란 말과 통할 정도였다. 그만큼 춘형의 말이나 약속은 무게를 가지고 있었다. 적장이 사정조인 이유도 거기에 있었다. 해서 자신이 한 말은 번복하지 않음을 강조하기 위해 춘형은 아무 소리도 못 들은 척 막사로 돌아와 버렸다.

26

만수산을 향하던 말을 달리던 덕돌은 급히 말을 세웠다. 앞에 이상한 조짐이 있었기 때문이었다.

새 울음소리가 그치는가 싶더니 새들이 일제히 날아오르고 있었다. 많은 사람들이 움직이고 있다는 증거였다. 짐승들이 도망치는 모습도 보였다.

덕돌은 말에서 내려 앞쪽에 고갯마루를 뚫어지게 쳐다보았다. 그러기를 잠시. 고갯마루 위로 언뜻 물체가 솟아올랐다. 멀어서 자세하지는 않았지만 투구나 벙거지 같아 보였다. 하나가 아니라 여러 개가 보이는 걸로 봐서 군사들이 다가오는 것 같았다.

덕돌은 재빨리 길옆 숲속으로 번개(말 이름. 번개처럼 빠르게 달리라는 염원을 담아 붙인 이름)을 끌고 갔다. 그리고 길에서 제법 떨어진 곳에 번개를 세웠다. 그래 놓고도 혹시나 번개가 소리를 낼지 몰라 고삐를 재갈 삼아 물려두고 몸을 낮췄다.

'무슨 군사들이디?'

도성 백리 안에서 군사들을 부릴 수 있는 사람은 대왕뿐이었다. 대왕의 재가 내지는 동원령 없이는 그 어떤 군사도 움직일 수 없었다. 그런데 군사라니……. 아무래도 심상치 않아 덕돌은 몸을 낮춘 채 고갯마루를 주시했다.

역시나……

잠시 후 고갯마루 위로 군사들이 올라왔다. 열 명 남짓의 기병들이었다. 복장을 보니 도성방어대나 궁궐수비대가 아니었다.

"됴용히 여기 댬깐 있으라. 내래 살페보고 올 테니낀."

덕돌은 번개의 목을 토닥거리며 진정시킨 후 조심스런 발걸음으로 다시 길 쪽으로 걸어갔다. 그 사이 군사들이 전방을 살피며 다가왔다. 소리 없이 좌우를 살피며 전진하는 것이 척후병이거나 첨병들 같았다.

둥치 큰 나무 뒤에 몸을 숨긴 덕돌은 숨죽인 채 그들을 지켜보았다. 그들이 척후병이나 첨병들이라면 어디 소속인지, 어디에서 어디로 가는 군사들인지 궁금하지 않을 수 없었다. 하여 좀 더 살펴볼 요량으로 몸을 숨긴 채 전방을 주시했다.

역시나……

그들이 끝이 아니었다. 이백여 보 뒤에, 좀 더 많은 군사들이 좌우를 살피며 뒤를 따르고 있었다. 조금 전에 지나간 병사들이 선두 정찰조라면 이번 병사들은 척후 본대가 분명해 보였다. 스물은 넘을 것 같았다. 모두 단독무장을 한 기병들로 날렵해 보였다.

척후병들이 다 지났다 싶자 덕돌은 몸을 일으켜 급히 번개를 메어둔 쪽으로 달려갔다. 길을 따라 이동하는 척후병이 있다면 좌우에도 척후병이 뒤따르고 있을 것이었다. 척후병들이 길만 살피며 지나갈 리는 없었다. 길 좌우의 숲도 반드시 수색할 것이었다. 따라서 그들에게 발각되지 않으려면 황급히 자리를 피하거나 몸을 숨겨야 했다. 길을 따라 이동하며 정탐을 하는 척후병이 서른 가까이 된다면 대병력이 이동하고 있고 있다는 뜻이었다.

덕돌은 번개를 끌고 길 쪽에 바짝 붙어 척후병들과는 반대쪽으로 이동하기 시작했다. 고삐를 재갈 삼아 물리고 조심조심. 그렇게 한 마장쯤 가고 있자니 아니나 다를까 좌우에서 척후병들이 지나가는 모습이 보였다. 횡대로 늘어서서 숲을 훑으며 지나가고 있었다.

길을 따라 이동하는 척후병들이 종대로 자신의 모습을 들키지 않기 위해 주의하고 있다면, 숲속의 척후병들은 이상 징후를 파악하기 위해 숲을 뒤지고 있는 형국이었다.

덕돌은 어쩔 수 없이 길가에 서 있는 바위 아래로 몸을 숨겼다. 제법 큰 바위였고 바로 길가에 서 있어 숲을 뒤지는 척후병들이 큰 관심을 가지지 않을 것 같았다. 주인의 조심스러운 행동을 눈치챘는지 번개도 조용하고 얌전히 있어주었다. 하기야 젖 뗄 때부터 10년 가까이 덕돌과 함께 지내고 있으니 주인의 눈빛만 봐도 주인의 심리를 알 터였다.

척후병들이 다 지나가자 덕돌은 바위 밑에서 나와 번개 위에 올랐다. 그리고 척후병들이 지나온, 척후병들이 움직이는 반대쪽으로 번개를 몰았다. 군사들이 오는 곳으로 가봐야 했다. 누구의 군대가 얼마나 많이 움직이고 있는지, 어디로 가고 있는지를 확인해야 했다. 그래야 다음 행보를 취할 수 있었다.

번개를 몰아 멀리 가지 않았는데도 대군이 몰려오고 있음을 알 수 있었다. 뿌연 먼지가 하늘을 뒤덮고 있었기 때문이었다. 덕돌은 자신의 정체를 들키지 않기 위해 산마루에 다 오르지 않고 군사들이 몰려오는 곳을 바라보았다.

뿌연 먼지에 가려 다른 깃발이나 장수의 이름을 적은 깃발은 자세히 보이지 않았지만 파란색 바탕에 흰색 그림이 그려져 있는 것만은 분명히 알 수 있었다. 그것으로 먼지를 일으키며 다가오는 군대가 누구의 군대인지 알 만했다. 동 청룡青龍, 서 백호白虎, 남 주작朱雀, 북 현무玄武이니 파란 바탕에 흰 호랑이 깃발은 바로 서쪽을 경계하는 인훈仁勳의 군대였다.

그런데 백호군이 대단위로 움직인다는 건 결코 바람직한 일도, 상서로운 일도 아니었다. 인훈의 대군이 움직이고 있다면 결코 대왕을 위해서는 아닐 것이었다. 그들이 만약 도성을 향해 이동 중이라면 동복형同腹兄인 인창을 위해 움직이고 있을 것이었다.

그렇다면……

덕돌은 놀라지 않았다. 놀랄 정신도 없었다. 놀라는 것도 어느 정도여야지, 상상을 초월하는 일 앞에서 정신이 아뜩해질 뿐 놀랄 여유마저도 없었다. 눈으로 보면서도 믿기지 않았다.

"어찌, 어찌 이런 일이……."

덕돌은 흐려지는 정신을 가다듬으며 말 머리를 돌렸다. 그리고 번개에게 하는 말인지 자신에게 하는지 모를 말을 뱉어냈다.

"날래 가야 해. 날래 알려야 해. 도성이…… 대왕이…… 위험해."

27

만반의 준비를 마친 춘형은 날이 저물기를 기다렸다.

저물녘에 인창을 처형하겠다는 공언을 한 후 성 위에서는 계속 더러운 욕을 쏟아내고 있다고 했다. 춘형과 대왕을 향해 입에 담기도 더러운 욕을 하며 발악하고 있다고. 그러나 춘형은 못 들은 체했다. 이미 예상했던 일이고, 그런 얄팍한 술수에 놀아날 것이었다면 인창 처형을 언급하지도 않았을 것이었다.

"장군, 날이 저물고 있습네다."

부관이 들어와 날이 저물고 있다고 보고하지 않아도 춘형은 이미 탁상 위에 놓여 있는 칼만 들면 언제든 나갈 수 있게 모든 준비를 마쳐 놓고 있었다.

"기래, 알갔다."

대답을 해놓고도 춘형은 그냥 자리에 앉아 있었다. 인창에게 최후 진술 기회를 줄 것인가 말 것인가를 결정해야 했다. 인창이 무슨 말인가를 할 것 같았다. 살려달라는 말은 안 할 것이었다. 그랬다면 애초 이런 일을 꾸미지도 않았을 것이었다. 그렇지만 대왕께나 동복동생인 인훈에게 남길 말이 있을 것 같았다. 그 말을 하게 할 것인가 못하게 할 것인가를 결정해야 했다. 어떤 말을 어떻게 해서 어떤 파장을 몰고 올지 알 수 없었기에 춘형은 갈등하지 않을 수 없었다.

'기래. 듁은 사람 소원도 들어주는데 듁을 사람의 소원도 들어듀어야디.'

마음의 결정을 내린 춘형은 자리에서 일어나 칼을 집어 들었다.

"모두들 달 봐두라. 반란을 일으킨 자의 최후가 어떤디를."

인창 옆에 선 채 춘형이 말하자 앞에 서있던 알림꾼이 목청을 높여 그대로 따라 했다. 성 위에는 반란군들이 모여 정말 인창을 처형하는지 지켜보고 있었는데, 그들을 위해 춘형의 말을 전하고 있었다.

알림꾼이 전달을 마치자 춘형은 다시 말했다.

"마디막으로 묻갔다. 괴수 인창은 마디막으로 할 말이 있는가?"

알림꾼이 춘형의 말을 전하는 데도 인창은 입도 들썩하지 않았다.

"돟다. 할 말이 없으믄 내가 직접 처형하갔다."

춘형이 칼을 뽑자 성 위에서 다시 소리가 터져 나왔다. 낮부터 해왔다던 욕인 모양이었다. 그러나 춘형은 들은 체도 하지 않고 칼을 머리 위로 쳐들었다.

순간, 정적.

성 위에서 들려오던 욕설이 뚝 끊기자 인창의 거친 숨소리가 들리는 듯했다.

"담깐! 듁기 전에 한 마디만 하갔다."

인창의 말도 알림꾼이 성 위에 그대로 전달했다. 그러자 인창이 다음 말을 뱉어냈다.

"현무가 듁으믄 황룡도 듁을 거이고, 청룡도 백호도 다 듁을 거이다. 기러고…… 이 나라도 마툄내 망할 거이다."

인창이 말을 듣고도 알림꾼은 성 위로 인창의 말을 전하지 않았다. 아니, 전하지 못했다. 춘형이 눈빛으로 알리지 말라고 했기 때문이었다.

"기래, 기래야디. 역시 나의 기대를 뎌버리디 않는구만. 기래야 내가 너의 목을 쉽게 티디. 걱뎡 말라. 단칼에 베어듀 테니낀."

그렇게 답해놓고 알림꾼을 보며 말했다.

"내가 하는 말을 전하라. 부왕께서 나에게 현무군을 맡긴 것은 북방 오랑캐를 막으라는 뜻이었다. 기러니 현무군은 제자리로 돌아가 본분을 다하라. 이데 할 말 다 했으니 날래 듁이라."

춘형이 말에 묶인 몸을 버둥거리며 인창이 소리를 지르려 했다. 그러자 춘형은 칼을 들어 휘둘러 버렸다. 단칼에 인창의 목은 툭! 소리를 내며 땅에 떨어졌다. 그러자 알림꾼이 춘형의 말을 전달할 여유도 없이 성 위에서 곡성이 터져 나왔다. 그러나 춘형이 고개를 끄덕이며 성 위로 자신의 말을 전하라고 하자 알림꾼이 목소리를 높였다.

"반란군 괴수 인창이 한 마디막 말을 전하갔다."

그러자 성 위가 갑자기 조용해졌다.

"부왕께서 현무군을 나에게 맡긴 것은 북방 오랑캐를 막으라는 뜻이었으니 현무군은 제자리로 돌아가 본분을 다하라. 이데 할 말 다 했다. 날래 날 듁이라.”

알림꾼의 말을 다 듣더니 성 위에서는 다시 곡성과 욕설이 동시에 쏟아지기 시작했다. 그러거나 말거나 춘형은 감시병들에게 엄명을 내렸다.

“인창의 목은 절대로 손대디 말라. 기러고 이데 너희들의 임무가 가댱 중해뎠다. 반란군은 오늘 내로 어떻게든 자신들의 괴수인 인창의 목을 취하러 올 거이다. 기러니 정신 똑바로 탸리고 있다가 알리라. 너희들이 오늘 전투의 승패를 결정할 거이다. 내 말 알아들었갔디?”

“옛! 명대로 시행하갔습네다.”

감시병 중 군관으로 보이는 자가 군례로 답했다.

“기래, 너희들만 믿갔다.”

춘형은 말을 마치고 서쪽 하늘을 바라보았다. 인창의 목에서 쏟아진 검붉은 피가 서쪽 하늘로 솟아올랐는지 오늘 따라 노을이 더욱 붉어 보였다. 하여 춘형은 자신도 모르는 새에 눈이 찡그리고 말았다.

희미한 초승달이 꼴딱거리는 게 삼경三更이 지나는 것 같았다. 그런데도 반란군의 움직임은 없었다.

더 이상 기다릴 수 없어 춘형은 막사에서 나와 전방을 주시하고 있었다. 오늘 내로 어떻게든 인창의 시신을 구하러 올 것이었다. 아니, 와야 했다. 만약 오늘 내로 성문이 열리지 않으면 싸움은 새로운 국면을 맞게 될 것이었다.

오늘 성문이 열리지 않는다면 언제 열릴지 기약할 수 없었다. 그렇다고 총공격하여 성을 무너트리기도 쉽지 않을 것이고, 유격대원들을 투입하여 성벽을 타고 넘어 야간기습을 단행한다 해도 성문이 열 수 있을지 의문이었다.

성안 백성들을 인질로 삼아 마지막까지 발악한다면 인명피해도 클 것이고, 싸움은 장기화될 수도 있었다. 그리되면 진압군이 불리했다. 시간은 진압군 편이 아니었다. 시간을 끌수록 도성과 궁이 위태로울 수 있었다. 그러니 반란군이 인창의 시신을 수습하기 위해 오늘 내로 성문을 열고 나오기를 바라는 수밖에 없었다. 그렇지 않으면 인창을 처형한 보람도 없을 것이었다. 또한 왕명도 없이 독단적으로 인창을 처형한 사실이 궁에 알려지기라도 한다면 춘형이 궁지에 몰릴 수 있었다. 대왕이야 춘형과 교감 폭이 크니 춘형을 옹호하려 하겠지만 대신들이 가만히 있지 않을 것이었다. 더군다나 반란군에게 포섭되었거나 반란군과 배를 맞춘 자가 있다면 춘형을 가만둘 리 없었다. 하여 춘형은 반란군이 제발 성문을 열고 나오기만을 빌며 전방을 주시하고 있었다.

"장군, 달이 지는 게…… 이데 시간이 된 거 같습네다."

부장이 조용히 알렸다. 적이 성문을 열고 나오지 않을 시는 달이 지는 시간에 맞춰 유격대원들이 성벽을 오르기로 되어 있었다. 부장은 그걸 일깨우고 있었다. 중지명령이 없는 한 유격대원들은 이제 곧 목숨을 걸고 성벽을 오를 것이었다. 그것이 그들의 임무요, 그들의 운명이었다.

춘형은 대답할 수 없었다. 성안에 자신의 계획을 읽고 있는 자가 있는 것 같았다. 그렇지 않다면 반란군은 지금쯤 행동을 개시했어야 했다. 그런데도 쥐 죽은 듯 가만히 있다는 것은 둘 중 하나였다. 진압군이 두려워 인창을 포기했거나 이쪽의 의도를 읽고 있는 책사나 병략가가 있다는 뜻이었다. 그런데 후자인 것 같아 춘형은 대답하기가 꺼려졌다.

"달이 딜 때까디만 기다려 봅세다. 뎌뚝에서도 달이 지기를 기다리고 있을 디 모르니낀."

춘형은 달을 핑계 삼아 시간을 벌고 싶었다. 달이 있건 없건 달라질 건 없었다. 초승달빛이 작전에 크게 영향을 미칠 리는 없었다. 그건 반란군이나 진압군이나 마찬가지였다. 그런데도 춘형은 달이 지는 시간에 모든 걸 걸어놓고 있었다. 그 달이 자신의 운명을 좌우할 것 같은 예감이 들었기 때문이었다.

드디어 달이 졌다.

그러나 반란군은 꿈쩍도 하지 않았다. 성 위로 번지는 불빛을 보니 여기저기 화톳불을 피워놓고 경계를 하는 모양이긴 한데, 인창의 시신을 수습하기 위해 성문 밖으로 나오지는 않았다. 이제 성벽을 오른 유격대의 활약을 기대해보는 수밖에 없었다.

날이 밝고 있었다.

성 위로 희미한 빛이 솟아오르는가 싶더니 성벽의 윤곽이 드러나기 시작했고, 성 주변에 포진해 있던 군사들의 모습도 보이기 시작했다. 어둠이 자신의 입속에 물고 있던 것들을 조금씩 뱉어내고 있었다. 이제쯤 반란군도 하룻밤을 무사히 넘겼다는 안도감으로 기지개를 켜며 하품을 하고 있을 것이었다.

"딕금이다. 동문으로 효실 올리라!"

명이 떨어지자 동쪽을 향해 효시가 솟아올랐다. 잠시 후 동쪽에서 소리가 났다. 이제 성동격서의 전략을 구사할 시간이었다. 비록 노숙이긴 했지만 잠을 푹 잤고 전투식량인 육포로 아침까지 챙겨먹은 진압군이 밤새 경계에 지치고 아침까지 굶은 반란군을 공격할 시간이었다.

인창의 목을 친 후 춘형은 부하장수들에게 새벽에 총공격을 해야할지 모르니 일찍 저녁을 먹이고 군사들을 재우라 했었다. 상황이 발생하면 즉각 대응할 수 있게 무장시킨 후 일찍 재우라고. 그리고 밤새 아무런 상황도 발생하지 않으면 날이 밝기 전에 군사들을 깨워 전투식량으로 아침을 먹이라고. 반란군이 이쪽 상황을 알 수 없게 불이란 불은 다 끄고 은밀하게 움직이라 했었다.

동쪽이 요란해지자 춘형은 뜨거운 목소리로 명을 내렸다.

"됐다. 딕금이다. 돌을 쏘아 올리라!"

춘형의 명령이 떨어지자 공성기에서 일제히 남문을 향해 돌이 날아갔다.

돌이 남문 성벽을 향해 날아감과 동시에 도성방어대 정예 요원들이 벌떼처럼 성을 향해 돌격했다. 그러나 함성을 지르거나 소리를 내는 사람은 없었다. 노도처럼, 소리 없이, 일정한 간격과 대오를 갖춘 채 남문을 향해 달려갔다. 사다리와 충차가 맨 앞이었고, 그 뒤를 칼과 창을 손에 든 병사들이 뛰었다. 그리고 맨 뒤에 궁사들이 따랐다.

초전박살.

단 한 번의 공격으로 성을 빼앗지 못하고 반란군을 진압하지 못하면 춘형의 패배였다. 오늘 내로 전투를 끝내지 못한다면 결국 전투는 장기화될 것이고, 그리되면 이기고도 지게 될 것이었다. 시간은 춘형의 편이 아니었다.

춘형은 궁사들이 자리를 잡는 것을 보고 말 위에 올랐다. 직접 전투를 지휘하지 않고는 직성이 안 풀릴 것 같았다.

28

덕돌은 적의 척후병들에게 들키지 않기 위해 길은 버려두고, 숲 속을 돌고 돌았다. 익숙하지 않은 길이라 몇 번이나 방향을 바꾸기도 했고 헤매기도 했다. 그렇지만 단 일각이라도 빨리 궁에 알려야 한다는 일념으로 잠시도 멈추지 않았다. 행군 속도로 보아 오늘 밤 늦게나 내일 새벽이면이나 도성에 당도할 것 같았다.

척후병들의 탐색반경을 벗어났다 싶자 덕돌은 말을 탄 채 적군 척후병들이 나타나기를 기다렸다. 자신의 존재를 알려 척후병들을 유인한 후에 도성을 향해 달릴 생각이었다. 백호군이 몰려오고 있다는 사실을 도성에 알리는 것보다 백호군의 동태를 파악한 자가 있었음을 알리는 게 더 중요할 수 있다는 생각 때문이었다. 척후병들이 사라진 걸 선발대간 안다면 최대한 주의하며 행군할 것이고, 그렇게 되면 백호군의 행군 속도를 늦출 수밖에 없을 것이었다.

잠시 후, 덕돌을 발견했는지 척후병들이 말을 몰아 달려왔다. 덕돌은 끈기 있게 기다린 후, 척후병들이 활의 유효사거리에 접근했다 싶자 말을 달리기 시작했다. 이틀 전에 지나갔던 길을 따라 도성으로 달렸다. 숲을 헤매느라, 장애물을 넘느라, 가시덤불을 헤치느라 긁히기도 했고 상처도 났을 텐데 번개는 이름 값 하느라 있는 힘을 다해 달려주었다. 자신의 등에 탄 주인의 심장소리로 상황의 위급함을 아는지 콧물을 쏟아내면서도 속도를 늦추지 않았다. 그 덕에 해가 설핏할 때쯤 도성에 당도할 수 있었다.

그러나 도성 안으로 들어갈 수가 없었다. 웬일인지 도성 문이 닫혀 있었고, 문지기들도 바뀌어 있었다. 이 시각에 도성문을 닫은 것도 예삿일이 아니었지만 도성 문지기가 전부 교체됐다는 건 생각지도 못한 일이었다.

도성 문이나 궁문을 지키는 병사들은 전문직 군사들이었다. 신분이 명확한 사람 중에서도 엄격한 심사를 거친, 전적으로 신뢰할 수 있는 사람만을 발탁하여 맡기는 것으로 알고 있었다. 그런 도성 문지기를 전부 교체했다는 것은 그만큼 중대한 일이 발생했음을 의미했다. 성문 앞에서 보초를 서고 있는 문지기들도 덕돌이 전혀 모르는 얼굴이었다.

'혹시? 도성에 무슨 변고라도?'

그런 생각이 들자 소름이 끼치는 정도가 아니라 털이란 털은 모두 곤두서는 것 같았다. 이제 더 이상 머뭇거릴 시간이 없었다. 하여 말에서 내리지도 않은 채 성문 앞에 창을 들고 서 있는 보초들에게 소리를 질렀다.

"내래 인섭 왕자래 보낸 사자요. 급히 대왕께 알려야 할 일이 있으니 날 들여보내 주시오."

그러자 보초 둘이 깜짝 놀라는 표정으로 덕돌을 바라보더니 병졸 하나가 창을 내려 경계를 하며 소리를 질렀다.

“뭐? 기게 뎡말이네? 기럼 신표래 내놔보라.”

그 말엔 덕돌이 할 말이 없었다. 인섭 왕자의 신표는 이미 비밀서찰과 함께 대왕께 전하지 않았던가. 덕돌이 아무 소리도 못하자 보초가 소리를 질렀다.

“헛소리 말고, 듁고 싶디 않으믄 썩 꺼디라! 안 기래도 뿔이 오를 만큼 올랐으니낀. 날래 안 꺼디네?”

혹시나 하는 마음에 신표를 내보라고 했던 보초가 꼬나보며 소리를 질렀다.

“뎡말이오. 내래 너무 급해서 기럽네다. 말 몰골을 보면 모르갔소?”

그 말에 보초가 말을 위아래로 훑어보는가 싶더니 이내 대답했다.

“어디 무디렁인디 모르디만 듁고 싶디 않으믄 꺼디라. 썩!”

보초가 귀찮다는 듯이 팔을 내저으며 소리를 지르더니 제자리에 돌아가 버렸다.

안 되겠다 싶어 덕돌은 다른 방법을 쓰기로 했다. 자신은 죽는 한이 있더라도 백호군이 몰려오고 있다는 사실을 알려야 했다. 운이 좋다면 수문장이나 책임자를 만나 자신의 본 바를 전할 수 있을 것이었다.

마음의 결정을 내린 덕돌은 성루를 향해 소리를 질렀다.

“내래 인섭 왕자래 사자요. 백호군이래 도성으로 몰려오고 있소. 백리 밖에 백호군이 몰려오고 있소.”

그 소리에 즉각 성가퀴 위로 궁사들이 화살을 겨누며 나타났고, 성루에서도 장수 하나가 모습을 드러냈다. 그에 힘을 얻은 덕돌은 다시 소리를 질렀다.

"내래 유람 떠난 인섭 왕자래 보낸 사자요. 백호군이 도성으로 몰려오고 있소.

그러자 장수가 물었다.

"인섭 왕자래 보낸 사자라면 신표든 징표든 있을 테니 기걸 보이라."

장수도 보초들과 같은 말을 하고 있었다.

"내래 철근 박사와 인섭 왕자를 모시고 유람길에 올랐다 급보를 전하기 위해 달려온 사람입네다. 믿어듀시라요. 궁지기들 중에는 남문 앞에서 마방을 했던 덕돌일 아는 사람이 있을 겁네다. 궁지기들을 불러 대면시키믄 바로 알 수 있을 겁네다. 뎨발 믿어듀시라요."

덕돌은 애걸했다. 그러나 상대는 시큰둥했다. 인훈 왕자와 백호군이란 구체적인 표현을 하며 자신의 말이 헛소리가 아님을 알렸으나 들은 체도 안 했다. 귀찮다는 듯 성루 안으로 들어가려 했다.

"담깐만! 기, 기렇다면 돟습네다. 날 믿어듈 징퓰 보이갔습네다."

말을 마친 덕돌이 말에서 내렸다. 그러자 활시위를 느슨하게 풀었던 궁사들이 다시 활시위를 당겨 덕돌을 조준하는 것 같았다. 그러거나 말거나 번개의 등에서 내린 덕돌은 번개의 목을 두드리며 말했다.

"번개야, 너와의 인연은 여기까딘 거 같다. 돟은 주인 만나서 댤 살라."

그래놓고 말안장에 걸어두었던 칼을 꺼내들었다.

"내래 보일 수 있는 징표는 이것뿐입네다. 내 목숨을 바틸 테니

데발 대왕께 알려듀십시오. 인섭 왕자래 보낸 사자가 와서 백호군이래 도성을 향해 몰려오고 있다는 말을 하고 자결했다고. 이 말을 잊디 말고 꼭 전해듀십시오."

덕돌은 칼집에서 칼을 뽑아 거꾸로 들어 올렸다. 찌잉! 칼이 우는 소리가 들렸다. 그 소리에 화답하듯 덕돌의 마음도 울었다. 이렇게 할 수밖에 없는 현실이 안타깝고 답답했으나 위험을 알리기 위해서는 다른 방법이 없었다.

덕돌은 양손을 그러모아 칼의 손잡이를 잡았다. 그리고 심호흡을 한 후 있는 힘을 다해 자신의 심장을 향해 찔렀다. 차가운 기운과 뜨거운 기운이 동시에 치솟아 올랐다.

"부디……."

대왕께 전해달라는 말을 하고 싶었으나 목구멍에 막혀 말이 되어 나오질 않았다.

말 울음소리와 사람들의 외침소리, 성문 열리는 소리가 들리는 듯했다.

그러나 그 모든 게 아득히 멀어지기만 할 뿐 분명한 것은 하나도 없었다. 차가운 기운은 사라지고 뜨거운 기운만 남아 하늘로 투명하게 솟아오르는 것 같았다.

29

진압군의 공격은 한 시진도 못 되어 멈춰야 했다. 반란군의 비열한 짓 때문이었다.

진압군이 공격을 개시하고 얼마 없어 성 위에 사람들이 모습이 보이기 시작했다. 처음에는 진압군이 공격을 개시하자 그걸 막기 위한 반란군들인 줄 알았다. 그런데 자세히 보니 그게 아니었다. 멀리서 봐도 군사들이 아니라 일반 백성들이었다.

노인네, 여자, 어린 아이…….

전투나 전쟁과는 아무런 상관도 없는 사람들을 성 위에 올려놓고 정작 반란군들은 얼굴도 비치지 않았다. 비열해도 너무 비열해 기가 막힐 정도였다. 그렇지만 그들을 향해 돌을 날릴 수는 없었다.

"공성기를 멈추고 퇴각하라! 퇴각하라!"

춘형은 이를 갈며 퇴각 명령을 내릴 수밖에 없었다. 동문에도 남문과 같은 수법을 썼는지 곧 퇴각의 징소리가 요란하게 울려 퍼졌다.

군사들이 얼추 퇴각하자 춘형은 장수들을 불러모았다. 그리고 이를 갈며 말했다.

"이제 유격대에게 모든 걸 맡기는 수밖에 없을 거 같다. 밖에서 공격을 시작했으니낀 안에서도 움딕이고 있갔디. 기러니 둄 기다려 보댜. 기다렸다가 안에서 소리가 들리거나 군사들의 움딕임이 포착되믄 일제 공격을 시작하댜."

춘형의 말이 끝나자 부장이 장수들을 향해 처음으로 입을 열었다.

"오늘 내로 끝내야 하는 싸움이니낀 오늘 내에 모든 걸 쏟아 부으라. 우리에게 내일은 없다는 각오로 임하고, 임하게 하라."

"옛, 장군!"

"기래, 이데 우리가 할 말은 다 했으니낀 할 말이 있으믄 딕금 하라."

춘형이 장수들을 돌아보며 말했다.

"무슨 말이 필요하갔습네까? 오늘 내로 성을 빼앗고 반란군을 없애갔습네다."

좌군 장수가 말하자 모두들 기렇습네다!를 외치며 춘형의 다음 말을 기다렸다.

"기래. 철저히 준비하고 있다가 공격 명령이 떨어디믄 일사분란하게 움딕이라. 이상이다. 이데 돌아가 공격 준빌 하라."

춘형의 명령에 장수들은 군례를 올리고 자기 부대로 돌아갔다. 장수들이 다 돌아가자 부장이 춘형을 바라보며 말했다.

"아무리 비열하다 해도 뎌렇게까지 비열하게 나올 듈은 몰랐습네다. 이럴 듈 알았으믄 유격대를 됴 더 보낼 걸 기랬습네다."

"기러게 말이요. 기렇디만…… 듁은 자식 불알 만뎌본들 무슨 소용 있갔소? 다 내 달못인 걸."

그 말에 부장은 춘형의 심기를 잘못 건드린 건 아닌지 걱정하는 표정으로 춘형을 바라보았다. 그만큼 춘형의 속이 뒤꼬여 있었다. 그런데도 그걸 드러낼 수 없으니 더 꼬일 수밖에 없었다.

퇴각 명령을 내리고 한참을 기다려도 아무 일도 없었다는 듯 성안은 조용했다. 공성기에 무너진 성벽과 성가퀴가 없었다면 전투가 있었는지도 모를 정도였다. 반란군은 오로지 지원군이 오기만을 기다리며 수성에만 신경을 쓰고 있는 것 같았다. 성안 백성들을 인질로 잡고 인질극을 벌이고 있는 셈이었다.

해가 떠오르고 아침때가 되자 성안에서 연기가 피어오르기 시작했다. 솟아오르는 연기 양으로 판단할 때 반란군뿐 아니라 성안 백성들도 아침을 준비하는 모양이었다.

그러자 춘형은 전령들을 보내 모든 부대에 솥을 걸어 밥을 지으라고 했다. 새벽에 이미 전투식량인 육포를 아침밥으로 먹었으니 아침을 지을 필요가 없었다. 그러나 적을 기만하기 위해서 아침을 짓는 척해야 했다. 밥 짓는 연기를 하기 전에 춘형은 각 부대 지휘관들에게 알렸다. 밥을 지을 게 아니라 밥 짓는 척하라고. 모든 공격 준비를 마치고 대기하라고.

"유격대가 움딕일 시간은 딕금인데……."

성 안팎에서 피어오르는 연기를 바라보며 춘형은 혼자 중얼거렸다. 자신 같으면 지금이 상대를 교란시킬 절호의 기회라 생각하고 움직일 것이었다. 밥을 짓고 아침 먹을 준비가 한창인 이 때 유격대가 움직인다면 최고의 효과를 낼 수 있을 것이었다. 그러나 모든 상황은 가변적이고, 상황판단은 현장에 있는 지휘관이 가장 정확하게 내릴 수 있기에 모든 판단은 성안으로 침투한 유격대장의 판단에 맡기는 수밖에 없었다. 그렇지만 유능한 지휘관이라면 지금을 놓치지 않을 것이라 생각했다.

그런 춘형의 마음을 알기라도 한 듯, 각 부대로 보냈던 전령이 돌아오기도 전에 성안에서 소란이 일기 시작했다. 여기저기서 동시다발적으로 들리는 게 유격대가 행동을 개시한 모양이었다. 그때를 놓치지 않고 춘형이 명령을 내렸다.

"전군 공격 개시! 북을 울려라! 동문을 향해 효시를 올려라!"

이번에는 요란한 북소리로 공격 개시 명령을 내렸다. 새벽에는 적군에게 알리지 않기 위해 소리 없이 공격을 개시했다면 이번에는 적군에게 알리기 위해 있는 북을 다 치도록 했다. 그래야 유격대가 안전해질 것이고 행동반경도 커질 것이었다.

줄탁동시啐啄同時.

적절한 시간에 안팎에서 호응할 때 효과가 가장 극대화된다고 하지 않았던가. 안에서 유격대가 적군을 교란시킬 때 밖에서 공격을 퍼부어 유격대를 보호하고, 유격대가 성문을 열어젖혔을 때를 놓치지 않고 성안으로 진격해야 했다. 그래야 효과가 극대화되고 희생을 최소화할 수 있었다.

공격 명령이 떨어지자 군사들이 움직이기 시작했고, 공성기에서 돌이 날기 시작했고, 사다리와 충차가 움직였고, 보병들이 달려 나갔고, 궁사들이 자리를 잡고 화살을 날리기 시작했다. 궁사들이 자리를 잡아 화살을 날리기 시작하자 춘형은 다시 말을 타고 달렸다. 이번에는 어떤 일이 있어도 성문을 열어야 했고, 성으로 진입하여 반란군을 진압해야 했다.

궁사 뒤에 자리 잡은 춘형은 성 위를 올려다보았다. 성 위에는 성안 주민들이 보이지 않았고, 우왕좌왕하는 반란군의 모습이 보였다. 경계를 위해 꼭 필요한 인원을 제외하고는 성에서 내려가 아침을 먹고 있었던지 허겁지겁, 허둥지둥하고 있었다. 그런 절호의 기회를 놓치지 않고 궁사들이 화살을 날렸고, 화살을 맞고 반란군들이 성 아래로 떨어졌다. 동문에서도 동시 공격을 시작했는지 북소리와 군사들의 함성소리가 끊이지 않고 들려오고 있었다.

상황이 무르익었음을 확인한 춘형은 성문을 뚫어져라 쳐다보았다. 이제 성문이 열려야 할 때였다. 아니, 열려야 했다. 성문 앞에는 잔뜩 긴장한 채 성문이 열리기만을 기다리는 기마병들이 도열해 있었다. 달리고 싶은 욕망을 이기지 못해 고개를 흔들기도 하고, 발로 땅을 긁어대는 말들을 다독이며. 그러니 성문이 열리기만 한다면 싸움은 끝난 것이나 다름없었다.

그러나 성문은 좀처럼 열리지 않았다. 유격대를 너무 적게 침투시킨 것 같았다. 그렇지만 이제 와서 어썰 수 없는 노릇이기에 서른 명의 유격대원을 믿어보는 수밖에 없었다.

공격은 큰 효과를 보지 못했다.

사다리를 이용해 성 위로 올라보려고 시도해봤으나 별 소득이 없었다. 장대로 밀어내고 돌로 내리치고 기름을 부어 불화살을 날리는 바람에 아군의 피해도 속출하고 있었다. 충차로 성문을 부수려고 여러 번 시도해 봤지만 난공불락의 요새임을 증명이라도 하듯 성문은 꿈쩍도 하지 않았다. 적군이 쏜 화살을 맞고 쓰러지는 병사들도 늘어났다.

공격을 멈춰야 할 시점이었다. 더 이상 무리했다간 도성 방어를 담당할 힘을 잃는 수가 있었다. 하여 춘형은 말 위에서 전투상황을 지켜보며 퇴각 명령을 내릴 시점을 찾고 있었다. 너무 빨라도 안 되고, 너무 늦어서도 안 되는 게 공격과 후퇴였다. 때를 정확히 판단하는 능력이야말로 전투의 승패를 좌우할 수 있는 장수의 능력이라 할 수 있었다. 그 능력이 있었기에 육십이 넘도록 산전수전을 다 겪으면서도 살아남을 수 있었고, 진급을 계속했고, 대왕의 고굉지신股肱之臣이 되어 도성 방어를 담당하고 있었다. 그러나 이번 전투는 자신이 없었다. 반란군이 성안 백성들을 인질로 삼고 있었기 때문이었다.

"아무래도 내가 늙었군, 늙었어."

퇴각명령을 내릴 허두를 꺼내기 위해 춘형은 혼자 중얼거리며 곁에 있는 부장을 바라보았다. 부장도 불리하게 치닫고 있는 전세를 걱정스러운 얼굴로 쳐다보고 있었다.

"아무래도……."

춘형은 퇴각명령을 내리기 전에 부장의 의견을 듣고 싶어 말을 꺼내려다 입을 다물었다. 부장이 고함을 지르며 춘형의 말을 막았기 때문이었다.

"성문이 열렸습네다. 성문이……."

부장의 외침에 성문 쪽을 바라보자 평민 복장의 사내 하나가 성문을 열고 나오고 있었고, 그 모습을 본 기마대가 먼지를 일으키며 성문을 향해 달려가고 있었다. 평민 복장의 사내는 복장으로 보아 성벽을 타고 오른 유격대원이 분명했다. 그리고 잠시 후 사내의 뒤를 따라 너댓의 유격대원이 더 뛰어나오더니 기마대에게 손을 마구 흔들어댔다. 아무래도 중과부적이라 더 이상 버티기가 힘든 모양이었다.

바람을 가르며 달려간 기마대가 성문을 통과해 들어가자마자 유격대원들은 성문에 등을 기댄 채 풀썩 자리에 앉았다. 성문을 지키는 적군과 싸우느라 많은 상처를 입은 모양이었다.

기마대가 성문 안으로 들어가자 보병들이 일제히 뒤따랐다. 이제 백병전이요, 백병전에선 반란군이 진압군을 당할 수가 없을 것이었다. 일당백을 자랑하는 도성방어대가 아닌가. 그러니 성문이 열린 순간 승패는 이미 결정된 것이나 마찬가지였다.

이제 최단 시간 내에 반란군을 제압하여 성안 백성들을 구하는데 모든 힘을 쏟아야 할 때였다. 반란군 제압 시간이 길면 길수록 성안 백성들의 희생도 늘 것이었다. 그러니 총력전을 펼칠 때가 바로 지금이었다.

"단 한 명도 남기디 말고 성안으로 진입시키라. 성안 백성들을 보호히리."

말을 몰아 성문 앞으로 달려가기 직전, 춘형은 누구에게랄 것도 없이 소리를 질렀다. 어쩌면 자기 자신에게 지르는 소리인지도 몰랐다.

춘형의 말을 알아듣기라도 한 듯, 말이 전속력으로 달리기 시작했다. 차갑지 않은, 시원한 아침공기가 춘형의 정신을 맑게 씻어주고 있었다.

광풍狂風의 아침

30

고루성에서 승전보가 날아들기만을 기다리고 있자니 도성방어대로부터 청천벽력과 같은 급보가 날아들었다. 백호군이 밀려온다고, 이제 곧 도성에 당도할 것이라고. 보고자는 임시 도성 수문장을 맡고 있는 중랑장이었다.

꿈자리가 뒤숭숭하여 평소보다 일찍 눈을 떴으나 인주는 그냥 누워있었다. 인주가 일찍 깬 걸 알면 궁인들이 걱정하며 요란을 떨 것이었다. 그게 싫어 눈을 뜬 채 가만히 있었다. 그리고 좀 전에 꾸었던 꿈을 떠올려 보려 했다. 그러나 뒤숭숭, 어수선, 안 좋은 느낌만 들 뿐 정확히 떠오르지 않았다. 인창이 문제로 머리가 어지러워진 때문이 아닌가 싶었다.

인창이 떠오르자 인창이 어찌 됐는지 궁금했다. 고루성 소식도 궁금했고. 아니 정확히는 걱정됐다. 아직까지 어떤 소식도 없었기 때문이었다. 그러던 찰나였다. 외침이 들렸다. 그것도 그냥 목소리가 아니라 악을 쓰는 듯한 목소리였다.

인주는 벌떡 몸을 일으켰다. 이른 아침에, 궁 안에서, 그것도 대왕의 침전 앞에시 소리를 시른다는 것은 예삿일이 아니었다. 지금은 발자국소리도, 옷 스치는 소리도 조심하는 시간이 아닌가.

"무슨 일이네? 날래 알아보라!"

누구에게랄 것도 없이 명을 내린 인주는 옷을 내오라고 했다. 이 시간에 침전 앞에서 소리를 지른다는 건 아무래도 대왕인 자신에게 무언가를 전하려 하는 것 같았기 때문이었다. 그런 인주의 예감이 맞았음을 증명이라 하듯 잠시 후 목소리가 침전 바로 앞에서 들렸다.

"백호군이 몰려온다! 이 사실을 대왕께 급히 알려야 한다! 백호군이 몰려온다! 백호군이 몰려온다, 백호군이……."

인주는 옷을 갈아입다 말고 밖으로 뛰어나갔다. 한 장수가 근위대와 대치하고 있었다.

"멈춰라!"

인주가 소리를 지르자 장수가 펄썩 무릎을 꿇으며 말했다.

"대왕 전하! 백호군이 몰려오고 있습네다. 날래 방비를 하셔야 합네다."

"넌 누구네?"

"소장은 임시 도성 수문장을 맡고 있는 도성방어대 중랑장입네다. 기러니 날래……."

"좋다. 네 말이 사실이라도 목숨을 부지하디 못한다는 사실은 알고 있갔디?"

"여부가 있갔습네까? 소장은 이미 듁을 각오로 침전으로 뛰어든 겁네다."

"알갔다. 기렇다믄 칼을 거기 내려놓고 말해보라."

인주는 수문장을 믿기로 했다. 그의 눈빛이 거짓이 아님을 전하고 있었다. 믿을 수 있는 눈빛이었다. 수문장의 눈빛은 죽음을 각오하고 있는 듯 보였기 때문이었다.

수문장이 무릎을 세우려는 찰나, 궁궐수비대장 남곤이 군사들을 이끌고 뛰어왔다. 인주는 손을 들어 남곤을 저지하며 말했다.

"마팀 달 오셨소. 안 기래도 기다리던 탐이었소."

수문장을 노려보는 남곤을 가라앉히며 인주가 수문장에게 말했다.

"기래, 이뎨 말해보라."

인주의 명에 수문장이 어제 도성 문 앞에서 있었던 일을 간추려 말했다.

"기런데, 기걸 왜 이뎨야 이룽게?"

남곤이 따지듯 물었다.

"소장도 급보를 알리기 위해 어젯밤 궁문을 두드렸으나 궁으로 들어올 수가 없었습네다. 밤새 알릴 방도를 탖아봤디만 탖을 수가 없었습네다. 하여, 하는 수 없이 수비대원 둘을 파견하여 탐색한 결과 그 자의 말이 사실임을 알자마자 바로 달려온 것입네다."

"기래서…… 궁으로 들어올 수 없다 월장을 했고 마팀내는 침정으로 와 소릴 딜렀던 거고?"

인주가 묻자 수문장이 즉답했다.

"옛! 기렇습네다."

그러자 남곤이 엄한 목소리로 나무랬다.

"기런 일이라믄 날 탖았어야디……. 이 무슨 난리네?"

"기럴려고 했는데 궁지지들이 소장의 말을 들어듀어야디요. 급하기는 하고, 방법은 없고 해서 기만……."

수문장이 고개를 숙이며 목소리를 낮췄다.

"기래, 수문징으로서 역할을 제대로 수행했다. 자결로 백호군이 몰려온다는 소식을 알린 기 사자도 충신이디만, 목숨을 걸고 궁으로 뛰어든 수문장도 충신이다. 기러니 이뎨 돌아가서 도성 문을 단단히 디키라. 내 말 무슨 말인디 알갔네?"

"옛! 댤 알갔습네다. 목숨을 바텨 받들갔습네다."

수문장은 아직도 흥분이 가시지 않는지 자리에서 벌떡 일어서며 목소리를 돋웠다. 처음 보는 수문장인데도 든든해 보였다. 그건 아무래도 죽음을 각오한 눈빛 때문일 것이었다.

수문장이 돌아가자 그 자리에서 수비대장 남곤에게 임시 도성방어대장직도 함께 부여하여 도성방어대를 지휘하도록 하였다. 그리고 남곤이 물러가자 인주는 고루성에 있는 춘형과 도성 가까이 있는 경기현령京畿縣令에게 전령을 급파했다. 현재 급박한 상황을 알리는 한편, 동원령을 받는 즉시 군사들을 이끌고 도성으로 오라고.

그러나 동복동생 인철仁喆에게는 전령을 보내지 않았다. 인철에게 전령을 보낸다 해도 인철이 도성에 당도하기 전에 상황은 종료될 것이고, 설혹 상황이 종료되기 전에 인철이 당도할 수 있다 해도 인철의 군대는 동원하고 싶지 않았다. 인철의 주작군이 움직이는 순간 고구려가 가만히 있지 않을 것이고, 고구려가 움직이게 되면 나라는 그야말로 풍전등화였다. 안 그래도 호시탐탐 갈사국과 부여를 엿보고 있는 고구려가 아닌가. 하여 어떤 경우에도 주작군만은 동원하고 싶지 않았다.

하지만 인주가 정작 주작군을 동원하지 않는 이유는 다른 데 있었다. 그것은 바로 뒷일을 생각해서였다. 형제간의 싸움으로 형제들 모두가 잘못되면 안 됐기 때문이었다. 단 한 명이라도 살아있어야 왕위를 보전하고 갈사국을 지켜나갈 것이었다. 인주가 현무군과 백호군을 진압하여 왕위를 지킨다면 아무 문제가 없겠지만, 만에 하나 자신이 잘못 되기라도 한다면 이제 여덟 살인 태자를 지켜줄 사람은 인철밖에 없었기 때문이었다. 이 골육상잔이 끝나면 결국 군부가 급부상할 것이고 그런 군부로부터 태자를 지킬 힘을 가진 사람은 인철뿐이었다. 인철이 왕위에 오르든, 태자가 왕위를 계승하든 인철은 태자를 돌볼 것이었다. 인철의 올곧은 성품이나 강직함은 인주가 너무나 잘 알고 있었다. 부왕께서 고구려와 접경지대인 널벌(넓은 벌이란 뜻으로, 현재의 만주지역)의 태수로 봉한 것도 인철의 그런 성품을 믿었기 때문이었다. 또한 부왕이 승하했을 때 인주가 왕위를 계승할 수 있었던 것도 인철이 있었기에 가능한 일이었다. 그래서 인철만은 남겨둘 생각이었다.

전령을 보낸 인주는 갑옷으로 갈아입었다. 인훈이 백호군을 이끌고 온다면 이제 형제간의 전투는 피할 수 없는 상황이었다. 인창이야 자신의 정보력과 세력을 믿다가 인주의 역공에 당해 고루성에서 춘형에게 죽을 것이었다. 춘형은 어떻게든 인창을 죽일 것이었다. 그걸 자신이 할 수 있는 마지막 충이라고 생각하고 있을 게 분명했다. 어쩌면 대왕인 자신도 몰래 이미 인창을 죽였는지도 몰랐다. 춘형이 반란군 괴수 인창을 고루성으로 보내달라고 하는 순간 인창은 이미 죽은 것이나 다름없었다. 인주는 그걸 알고 있었다. 그러나 말리고 싶지 않았다. 아니, 말릴 수가 없었다. 지금 인창을 없애지 않으면 인창을 없앨 기회가 없을 것이고, 인창이 살아있는 한 나라는 조용할 날이 없을 게 뻔했기 때문이었다. 하여, 그에 대해서는 인식을 같이 했던 춘형에게 인창을 맡긴 것이었다.

그렇지만 인훈의 경우는 달랐다. 인창이 무력을 바탕으로 무도하게 굴어 사람들의 눈 밖에 났다면 인훈은 자신을 좀처럼 드러내지 않는 인물이었다. 신중하면서도 조용한 성격으로 자신을 드러내지 않았다. 하여 존재감이 없어 보일 정도였다. 그렇지만 말랑말랑하거나 우유부단한 인물은 아니었다. 오히려 한 번 품은 마음을 좀처럼 바꾸지 않는 외유내강형이라 할 수 있었다. 그런 그가 군사들을 이끌고 온다는 것은 사전에 만반의 준비를 해두었다는 뜻이었다. 단순히 인창을 돕기 위해 또는 인창의 복수를 위해 군사를 움직일 리 없었다. 인주가 긴장을 하는 이유는 바로 그 때문이었다. 또한 인창에게 모든 신경을 쓰느라 인훈을 소홀히 해왔기에 인훈에 대한 정보도 거의 없었다. 인훈은 그걸 역이용한 것이었다. 어쩌면 도성과 궁에 그의 사람이 득시글거리고 있을지도 몰랐다. 따라서 인창과는 달리, 전면전으로 대응하는 수밖에 없었다.

31

성안은 그야말로 아비규환이었다.

전투로 인한 반란군과 진압군의 시신들도 시신이었지만, 성안 주민들의 시신이 성안을 뒤덮고 있었다. 반란군은 진압군에게 대항하기보다 성을 파괴하고 성안 주민들을 죽이기 위해 무기를 휘두르고 있었기 때문이었다.

맹렬한 기세로 솟아오르는 불길과 연기.

성안 주민들을 향한 반란군의 미친 칼부림.

곳곳에서 들려오는 비명과 피 튀김.

반란군의 광기를 막기 위해 쫓아다니는 진압군의 발길들.

반란군을 베는 진압군의 예리한 손놀림.

성안은 그 어떤 전장에서도 볼 수 없는 잔인함과 참혹함, 광기로 들끓고 있었다. 목불인견目不忍見 그 자체였다. 빨리 반란군을 진압하지 않으면 성안 주민들이 남아날 것 같지 않았다.

춘형은 치떨리는 노여움으로 가만히 있을 수가 없었다. 하여 급히 말을 몰았다. 말을 타고 다니며 반란군의 목을 베었다. 반란군을 죽이지 않으면 반란군의 손에 아무 죄 없는 양민들이 죽을 것이기에 닥치는 대로 베었다. 덤비든 도망을 치든 눈에 보이는 대로 목을 베었다. 그 어떤 노여움과 분노보다 더한 불길이 그의 눈에 타오르는 듯했다. 조금 전엔 반란군이 미쳐 날뛰었다면 이제 춘형과 진압군이 미쳐 날뛰는 격이었다.

그러나 반란군의 광기는 오래 가지 않았다. 난공불락으로 알려진 동문이 열리며 진압군이 밀려들어오자 반란군의 광기는 한 시진도 못 되어 막을 내렸다. 그 사이 춘형을 비롯한 진압군의 갑옷과 팔, 그리고 얼굴은 검붉은 피로 떡칠이 되어 있었다.

"이데 군사들을 불러들이라."

춘형이 피범벅이 된 칼을 부관에게 넘기며 명을 내렸다.

성안에 울려 퍼지는 징소리. 그 소리에 화답하듯 성안 여기저기서 울리는 징소리. 그 소리가 무겁게만 느껴졌다. 농악대의 징소리나 굿판의 징소리와는 전혀 다른 느낌의 소리였다. 그 소리는 전장에서 서로를 죽이기 위해 병장기끼리 부딪히는 소리처럼 들렸다. 아니, 반란군의 창칼에 뼈가 부서지고 숨이 끊어졌을 양민들의 마지막 절규처럼만 들렸다.

"군사들이 모이믄 불 먼뎌 끄라."

춘형은 이 말만 남기고 성을 나서버렸다. 전장에서 잔뼈가 굵은 사람이었지만 그 어떤 전장에서도 볼 수 없었던 참혹한 풍경과 그 풍경을 부각시키는 징소리를 더 이상 듣고 있을 수가 없었다.

막사로 돌아온 춘형은 물을 부탁했다. 목이 말라 목을 축이고 싶었는데, 전령은 손에 떡진 피를 씻으려는 줄 알았는지 대야에 한가득 물을 떠왔다.

"아니, 목 먼뎌 툭이게 마실 물을 달라."

"아, 예……."

전령이 민망한지 얼굴을 붉히며 냉큼 뛰어나가더니 바가지에 물을 떠왔다.

춘형은 물을 마셨다. 물로 속부터 씻어내고 싶어, 목이 따가울 정도로, 쉬지 않고, 벌컥벌컥 들이켰다.

"더 떠올까요?"

"아니다. 속을 헹궜으니 이젠 겉을 씻어야갔다."

춘형은 투구와 갑옷을 벗어 전령에게 내주고 손을 씻기 시작했다. 손에 엉켜있던 누구의 피인지 모를, 많은 사람들의 피가 물속에 희미한 잔영을 남기며 흩어졌다. 얼마나 더 많은 피를 봐야, 씻어내야 자신의 생이 끝날지를 생각하자니 문뜩 무장으로서의 삶이 서러웠다. 그런 생각이 든 건 처음이었다.

피를 보며, 묻히며, 씻어내며 살아온 삶이었지만 단 한 번도 그런 자신이 부끄럽거나 슬프지 않았었다. 죽이지 않으면 죽고, 죽지 않기 위해서는 죽여야 하는 무인으로서 피를 보고 묻히고 씻어내는 일을 당연히 생각해왔다. 오히려 다치거나 죽지 않고 상대를 죽였다는 사실을 자랑스럽게 생각해왔다. 그런데 오늘따라 그렇게 살아온 자신이 부끄럽고 슬프고 서러웠다. 반질반질 윤기가 흐르던 피부에서 시실세실 표피가 벗겨져 떨어지는 느낌이었다.

춘형은 손을 씻다 말고 막사 안을 둘러보았다. 익숙하기만 한, 방보다도 더 친숙한, 전장에 나올 때면 언제나 머무르는 막사가 낯설었다. 처음인 것처럼, 현실 속의 공간이 아닌 것처럼 느껴졌다. 아니, 그 느낌마저도 꿈속에서의 일처럼 비현실적이었다.

'오늘 왜 이캐? 뭔 안 좋은 일이 있나?'

문뜩 두려운 생각에 몸을 떠는 바로 그 순간이었다. 다급한 말발굽소리가 들리는 듯싶더니 외침소리가 이어졌다.

"왕명이오! 날래 수비대장께 안내하시오! 왕명이오!"

정신이 희뜩거렸다. 드디어 올 것이 왔구나 싶었다. 춘형은 씻던 손을 털어내며 다시 한 번 막사를 둘러보았다. 막사는 여전히 낯설기만 했다.

32

갑옷을 갈아입고 호위무사만 대동하고 침실을 나서려는데 밖에서 소리가 들렸다.

발자국소리였다. 내관이나 궁녀들의 발자국소리가 아닌 군사들이 다급히 움직이는 소리인 듯했다. 침전에, 그것도 이른 아침에 군사들이 다급하게 움직인다는 것은 결코 상서로운 일이 아니었다. 아무리 백호군이 도성을 향해 진격해온다고 해도 궁궐, 그것도 다른 곳이 아닌 침전이 어지럽다는 것은 비상 중에서도 최고 비상상황이 발생했다는 뜻이었다.

"댬시만, 댬시만……."

호위무사가 인주 앞에 나서며 잠시 밖에 귀를 기울였다. 그러더니 목소리를 낮추며 급히 속삭이듯 말했다.

"예서 댬시만 기다리고 계십시오. 아무래도 소인이 나가봐야갔습네다."

인주는 잠시 갈등했다. 갑옷으로 갈아입을 때 이미 죽음을 각오했는데 뭘 더 망설인단 말인가. 이런 생각과 함께, 아무리 다급해도 상황을 제대로 파악하지 않고 성급히 움직였다간 돌이킬 수 없는 상황에 직면하게 될지도 모른다는 생각이 동시에 들었기 때문이었다. 그러나 곧 결정을 내렸다. 지금은 움직일 때였다. 눈썹이 타고 있는데 나빠져 봐야 더 이상 나빠질 게 없는 상황이었다. 하여 호위무사의 말을 무시하고 앞으로 나서려 했다. 그러자 호위무사가 다급히 앞을 막아서며 말했다.

"안됩네다. 혼차의 몸이 아니댢습네까?"

그 말에 인주는 멈추지 않을 수 없었다. 호위무사가 어떤 뜻으로 혼자의 몸이 아니란 말을 했는지는 모르지만 인주는 그 말에 발을 움직일 수가 없었다. 혼자의 몸이 아니란 말에 가족이 떠올랐기 때문이었다. 그러고 보니 태자와 왕비가 있지 않은가. 어머니인 태후도 계시지 않은가. 그는 임금이기에 앞서 가장이었다. 제일 먼저 살피고 보호해야 할 가족이 있었다.

자신의 말을 알아들었다고 생각했는지 호위무사가 조심스레 방문을 열고 나섰다. 그런 그의 모습을 보자 더욱 긴장이 됐다. 위기에 대해선 그 누구보다 예리한 감각을 가지고 있는 호위무사가 아닌가. 그런 그가 초긴장 상태로 움직인다는 것은 그만큼 현 상황이 위급하다는 뜻이었다.

긴장한 채 잠시 서 있자니 호위무사가 달려오더니 상황을 보고했다.

"대왕을 호위하기 위해 수비대장이 보낸 군사들입네다. 이데 나가셔도 됩네다."

그 말에 안도감과 함께 가족에 대한 걱정이 밀려들었다.

"군사들은 멧 명이나 되네? 왕비와 태자, 기러고 태후 호위는 어띠 한다더냐?"

"기건……. 다시 알아보고 오갔습네다."

호위무사가 다시 나서려는 걸 막으며 인주가 말했다.

"아니, 기럴 필요 없다. 넌 딕금 당장 내전으로 달려가 왕비와 태잘 디키라."

"예?"

"뭘 되묻네? 딕금 가당 위험한 사람은 바로 두 사람이야. 여기 신경 쓰느라 거긴 텅텅 비었을 거이야. 기러니 넌 날래 가서 두 사람을 디키라. 알갔네? 태후전엔 내가 따로 사람을 보낼 테니낀."

명을 내린 인주는 호위무사를 앞질러 침전을 나섰다. 중무장을 한 군사들이 침전을 둘러싸고 있었다.

"책임자가 누구네? 책임잔 나서라."

침전을 나서며 인주가 소리치자 중랑장인 듯한 장수 하나가 앞으로 나서며 군례를 올렸다.

“기래. 내전과 태후전엔 멫 명의 군사들이 호위하네?”

“기, 기전 소장노 날 모르갔습네다. 수비대장의 명을 받자마자 군사들을 이끌고 바로 달려오는 길입네다.”

“기럼 거기 군사들이 배치됐는디도 모르갔군.”

“옛! 거기까디는 소장도 달 모르갔습네다.”

“알갔다. 기럼 중랑장은 딕금 당장 군사들 반을 나누라. 기런 후 기 반에 반을 호위무사와 함께 내전으로 보내고, 나머디 반은 태후전으로 보내라. 내전과 태후전 방비가 우선이다. 알갔네?”

“기, 기렇디만 우리 군사래…….”

“무슨 말이 그리 많네? 내 명을 거역할 셈이네?”

“기, 기게…….”

중랑장이 머뭇거리며 인주의 얼굴을 쳐다보았다. 인주는 중랑장과 눈이 마주치자 눈에 온 힘을 주어 쏘아보았다. 그러자 중랑장이 군례로 답했다.

“알갔습네다. 어명 받잡고 기대로 시행하갔습네다.”

중랑장이 인주 앞에서 물러나 군사들을 불러 모으기 시작하자 인주는 호위무사를 돌아보며 재촉했다.

“넌 뭐하고 섰네? 내 말 안 들리네? 날래 내전으로 가라.”

“기, 기렇디만…….”

“어허! 오늘 따라 왜 이리 말이 많네? 딕금 어떤 상황인디 모르갔네?”

“아, 알갔습네다. 어명 받들갔습네다.”

호위무사가 떨어지지 않는 발길을 무겁게 옮기기 시작했다. 왜 안 그렇겠는가. 지금이야말로 인주 곁에 호위무사가 필요한 때가 아닌가.

그렇지만 인주의 생각은 달랐다. 자신은 죽는 한이 있더라도 가족만은 살리고 싶었다. 특히 태자는 살려야 했다. 왕위를 이을 단 한 사람이 아닌가. 또한 자기야 스스로를 방어할 미력이라도 있지만 태자에겐 자신을 보호할 아무 힘도 없었다. 그러니 호위무사는 당연히 태자를 호위하는 게 마땅했다. 만약 상황이 여의치 않아 왕비와 태자가 위험에 빠졌을 경우, 왕비는 자신보다 태자를 살리려 할 것이고 호위무사 또한 왕비보다 태자를 먼저 생각할 것이었다. 하여 호위무사에게 아무 말도 하지 않았지만 그가 제대로 된 호위무사라면, 인주의 마음을 읽을 줄 안다면, 나라의 내일을 생각할 줄 안다면, 태자를 위해 목숨을 내놓을 것이었다.

호위무사를 따라 군사들이 이동하자 인주는 중랑장을 불렀다.

"이뎨 성루로 가보다. 앞댱서라."

"예?"

"뭘 꾸물대네? 딕금이 어떤 상황인디 모르갔네?

"기, 기렇디만 대왕께서 어뜷게?"

"내가 아니믄 누가 막갔네? 결국 인훈인 내 아우자, 내 신하다. 내가 나서디 않으믄 그 누가 막갔네?"

인주는 중랑장을 밀치며 앞으로 나섰다. 이미 시위를 떠난 화살이었다. 이제 둘 중 하나는 죽어야, 어쩌면 둘 다 죽어야 끝날 싸움이었다. 하여 자신은 죽더라도 가족만은 지키고 싶었다. 그러기 위해선 반란군이 궁으로 들어오기 전에, 도성에서 막아야 했다. 그렇지 않으면 결국 다 죽게 될 것이었다.

떨리는 다리에 힘을 주며 인주는 궐문을 나섰다. 전후좌우에서 군사들이 호위하고 있었지만 혼자 궐문을 나서는 듯한 기분이 들었다. 이제 형제들에게 버림받은 정도가 아니라, 형제들의 적이 되어버린 자신의 모습을 똑똑히 봤기 때문이었다.

33

성안은 혼란 그 자체였다.

궁에서 늘 조용한 아침을 맞이했던 인주의 눈으로 봐서 그런지, 아침이라 혼란이 가중되었는지, 갈피를 못 잡고 갈팡질팡 우왕좌왕 허덕이고 있었다. 그나마 다행인 것은 도망치거나 도망치려는 자들 없이 모두 도성 방어를 위해 손을 걷어붙이고 있다는 점이었다. 그렇지만 정규군이 아닌 그들이 전투에 무슨 힘이 될까 걱정되었다.

변경이나 전쟁 소지가 있는 곳에는 둔병이나 그에 준하는 군사 조직을 갖추고 있었지만 도성 안에는 그런 조직도 없었다. 국왕이 통제하는 정규군 외에는 그 어떤 군사도 조직도 있을 수 없었다. 그런 조직을 갖는다는 것 자체가 모반행위였기에 일체 불가했다. 그래서 도성 안의 백성들은 전쟁과는 아무 관계가 없는, 전투력이 없는 그야말로 일반백성들이었다. 그런 그들이 도성을 지키겠다고 팔을 걷어붙이고 나서는 모습을 보자 인주는 더욱 긴장하지 않을 수 없었다. 더군다나 도성방어대 대다수 병력이 고루성 진압에 투입되어 있는 상황이 아닌가. 그들도 그런 사실을 잘 알고 있을 것이기에 그런 그들의 행동이 마지막 발악처럼 느껴져 눈이 시렸다.

성안을 가로질러 동문 앞에 이르자 남곤이 달려왔다.

"대왕께서 어인 일로 예까디?"

전혀 예상하지 못했던지 남곤이 당황해하며 말을 삼켰다.

"일단 올라갑세. 올라가서 상황을 살페야 방얼 하든 뭘 하든 대빌할 게 아닙네."

"대왕, 기건 너무 위험합네다. 예서 상황을 파악하심이 돟갔습네다."

"내가 직접 봐야디. 딕금 전투가 시작된 거도 아니고…… 위험할 일이 뭐 있갔소?"

"기렇디 않습네다, 대왕. 소장은 성 밖에 있는 적보다 성안에 있는 적들이 더 두려워서 드리는 말씀입네다. 기들이 뭔 딧을 할디……."

인주는 남곤의 말이 무슨 뜻인지 알 것 같았다. 그 말을 듣는 순간 가슴이 철렁 내려앉았을 정도였다.

인주와 충분히 교감해온 그가 인창의 저의와 행보를 파악하지 않았을 리 없고, 그랬다면 후방이 결코 안전하지 못함을 모를 리 없었다. 그런데도 지금껏 그런 말을 한 번도 하지 않았었다. 그런 그가 후방의 위험성을 경고하는 것은 후방이 그만큼 안전하지 못하다는 뜻이었다. 인주가 성루 위로 오르는 순간 무슨 일이 벌어질지 아무도 장담할 수 없는 상황이라고 경고하고 있었다. 그 말이 인주에게는 충격이었다.

그렇다고 성루에 올라가보지 않는다는 것은 대왕으로서 체모가 서지 않을 것 같았다. 성을 지키는 방어군이나 성으로 몰려드는 반란군에게 자신이 직접 나왔다는 걸 알려야 할 것 같았다. 그래야 방어군의 사기가 오를 것이고, 반란군의 사기가 꺾일 것이었다.

"아무리 기렇다 하더라도 예까디 와서 성 위에 올라가보디 않는디는 건 돔……."

"기렇디 않습네다. 대왕께서 예까디 거둥하신 걸 성 위에 군사들이 모를 리 없고, 성 위에 군사들이 안다믄 반란군들도 어떤 형태로든 알 겁네다. 기러니 예 머물면서 전황을 파악하시고 지휘를 하심이 돟을 듯합네다."

남곤은 완곡하게 말하고 있었지만 눈빛만은 결코 성 위에 오르지 못한다는 뜻을 분명히 하고 있었다. 어쩌면 인주가 나서는 자체가, 이런 일에 대왕이 직접 나서야 하는 현실이 부끄러운 듯했다. 도성 방어대가 고루성으로 떠날 때, 이런 상황을 예견하고 경기군京畿郡을 비롯하여 도성 가까이에 있는 군사들을 미리 동원해야 한다고는 주청했었던 남곤인지라 그때 목숨을 걸고 밀어붙이지 못했던 자신의 무능이 부끄러운 듯했다. 하여 인주는 더 이상 고집을 세울 수 없어 한 발 물러섰다.

"알갔소. 예서 기다리갔소. 기렇디만 모든 책임은 나에게 있는 만큼 장군은 도성 방어에만 신경 쓰시구래."

"옛! 알갔습네다, 대왕."

남곤은 눈물을 머금은 채 대답했다. 자신의 마음을 읽어낸 인주가 고마운게 아니라 자신을, 자신의 무능을 자책하고 있는 모양이었다. 상황 예견 능력과 결단력을 갖추지 못한 무능한 대왕을 만나 고생만 하고, 이제는 목숨마저 위태로운 지경에 이르렀다. 그러니 인주를 원망해야 했다. 그런데도 모든 걸 자신의 무능으로 돌리고 자책하고 있는 것 같았다.

군례를 마치고 돌아서는 남곤을 흐린 눈으로 바라보며 인주는 춘형과 남곤의 목소리를 떠올렸다.

"폐하, 도성 주변의 군사들에게 동원령을 내림이 좋을 듯합네다."

인창에 대한 대책을 논의하기 위해 모인 자리에서였다. 인창 문제가 일단락 지어졌다 싶자 춘형이 조심스레 상주했다.

인주는 춘형을 바라보았다. 입이 무거운 그가 그런 말을 하기가 결코 쉽지 않았을 것이었다. 모르긴 몰라도 수십 번을 씹고 되씹은 끝에 한 말이리라. 하여 춘형을 조용히 바라보는데 남곤도 나섰다.

"소장도 방어대장과 같은 생각입네다. 딕금 만약을 대비하셔야 할 것 같습네다."

남곤도 기다렸다는 듯이 같은 소리를 냈다. 그러나 인주는 그럴 필요성이 있을까 싶었다. 현무군이 고루성에 주둔하고 있었지만 거리가 도성에서 백 리 밖이라 그들의 움직임이 있다면 즉시 포착될 것이었다. 인주에게는 춘형과 남곤이 모르는 첩자들이 있었다. 그들 몰래 현무군이 움직인다는 것은 거의 불가능한 일이었다. 그러니 그들이 움직인다 해도 큰 위협으로 비화되지는 않을 것이었다. 한 마디로, 인창에 대한 방비는 얼마간 되어 있다고 볼 수 있었다. 그런데도 둘이 이구동성으로 같은 말을 하자 인주는 잠시 당황스러웠다. 그들은 인주가 생각하는 것보다 사태를 심각하게 인식하고 있는 듯했다. 그렇지만 인주는 그들의 뜻을 수용할 수가 없었다.

"뭘 기럴 필요까디? 너무 과한 대처가 때론 독이 되기도 하는데……."

인주의 말에 춘형이 덧붙였다.

"만사불여튼튼이요, 선즉제인이라 했습네다. 병법에서 최고로 치는 게 싸우디 않고도 이기는 거입네다. 기러니 먼뎌 만반의 조치를 취함으로써 상내를 억제하심이 돟을 듯하여 주청드리는 거입네다."

"그러하옵네다, 전하. 유비무환이라고, 단단히 대비하고 방비하는 것이 상책이옵네다. 또한, 우리가 대비하고 있다는 자체만으로도 상대를 제압할 수 있고 불상사를 미연에 방지할 수 있습네다. 이번 일은 이미 형제간의 문제에서 벗어나 국가적 문제가 된 지 오랩네다. 기러니 이제 국가적 차원에서 대처해야 합네다. 이 기회에 병권을 재확립시키는 일도 필요하다 사료되옵네다."

조용한 침묵으로 뜻을 전하던 남곤이 전에 없이 길게 말을 이었다. 그러나 인주의 생각은 달랐다. 안 그래도 선왕 붕어 이후 민심이 동요하고 있는데 도성 주변의 군사들까지 움직인다면 백성들은 불안해할 것이었다. 백성들을 불안하게 하는 것은 군왕의 도리가 아닌 듯했다. 아버지가 자식들에게 산이어야 하듯, 군왕은 백성들에게 거대한 산으로 의연히 제자리를 지키고 있어야 백성들이 안심하고 안정된 삶을 영위할 것이었다. 인주는 그 무엇보다 백성들의 안심과 안정을 지켜주고 싶었다.

"두 장군의 걱뎡 달 알갔습네다. 기렇디만 딕금은 때가 아닌 것 같습네다. 기러니 기 일에 대해선 더 이상 거론하디 말기요."

"폐하, 어띠 눈앞에 보이는 현무군만 문제갔습네까? 눈에 보이디 않는 군사들에 대한 방비도 해두셔야 합네다."

남곤이 강경한 어조로 주장했다.

"기, 기 무슨 말이요? 내 형제들을 전부 적으로 만들 셈이오?"

인주는 자신도 모르는 새에 목소리를 높이고 말았다. 자기 주장이 받아들여지지 않자 남곤이 흙탕물을 튀기는 것 같았기 때문이기도 했지만, 모든 형제들을 도적 내지는 찬탈자로 간주하는 듯한 남곤의 태도가 거슬렸다.

인주는 인창을 제외한 나머지 형제들과 척을 지고 싶지 않았다. 적으로 만들고 싶은 생각은 더더욱 없었다. 태자 시절부터 형제간의 우애를 다지기 위해 얼마나 많은 공을 들였던가. 그 덕에 자신이 왕위에 오를 수 있었음은 남곤도 너무나 잘 알고 있지 않은가. 그런 그가 이제 모든 형제들을 적으로 간주해야 한다는 주장은 독불장군으로 혼자 살라는 말이었다. 아니, 이 기회에 형제들을 모두 없애자는 말이나 다름없었다.

"폐하, 소장의 충언을 살펴듀십시오. 소장은 기런 뜻이 아니오라……."

"듣기 싫소. 얘기 끝났으니 돌아들 가시오."

그렇게 두 사람을 물리고 말았다. 그때 남곤의 말을 들어 방비를 했다면, 아니 최소한 무슨 낌새라도 있는지 확인이라도 했다면, 화가 가라앉은 후에 인훈에 대한 관심이라도 가졌다면 이런 일은 발생하지 않았을 것인데 후회막급이었다. 아무래도 자신은 한 나라를 다스릴 그릇이 아닌 것 같았다.

인주는 인훈을 만나보고 싶었다. 비록 배가 다르지만 그 누구보다 아끼고 잘 통했던 아우가 이런 엄청난 일을 벌일 때는 그만한 이유가 있을 것 같았다. 오해가 있다면 풀고, 잘못이 있다면 사과하고, 감정의 골이 있다면 그 골을 메우고 싶었다. 그래야 공도동망共倒同亡을 막을 수 있을 것이었다.

만약 인훈이 인주와 만나는 걸 거부한다면 사자라도 보내고 싶었다. 골육간 전쟁을 피할 수 없다면 출병 이유라도 알고 싶었다. 인창의 신병 처리 때문이라면 그 이유를 설명하고, 인훈의 신병에는 아무런 위해도 가하지 않을 것임을 알려준다면 인훈도 마음을 바꿔먹을 것이었다. 그게 아니라 단순히 왕위를 탐내어 출병했다면 다양한 방법으로 그를 설득할 수 있을 것 같았다. 인훈의 성정을 누구보다 잘 알고 있고, 어려서부터 그 누구보다 인주와 잘 통했던 아우가 아닌가.

만약, 인훈이 일체의 대화를 거부하지만 않는다면 시간이라도 벌 수 있을 것이었다. 춘형과 경기현령에게 전령을 보냈으니 그들이 군사들을 이끌고 도성으로 들어올 시간이라도 벌어야 했다. 그걸 감지 못할 인훈이 아니었지만, 당장 도성을 폐허로 만드는 불상사만은 막을 수 있을 것이었다.

생각을 정리한 인주는 남곤을 불러들였다. 그리고 자신의 마음을 전하자 남곤이 비관적인 목소리로 대답했다.

"전하, 전하의 마음을 저들이라고 모르갔습네까? 기런데도 출병했다는 건 이미 죽을 각오를 하고, 모든 대책을 세웠다는 뜻이옵네다. 기러니 전하의 뜻을 이루기 어려울 것이라 사료되옵네다. 모르긴 해도 도성 앞에 도착하기 무섭게 총공격을 단행할 것입네다. 적들은 도성방어대가 없음을 알고 그 틈을 파고든 게 분명하기 때문입네다. 기러니 기런 시간을 듀디 않을 것입네다. 이뎨 전면전을 준비하셔야 합네다."

남곤은 전에 없이 확신조였다. 전투를 앞두고 있어선지 전형적인 무장으로 돌변해 있었다. 전쟁에서 인간적인 게 통할 리 없음을 분명히 하고 있었다. 그런 남곤의 태도를 보자 인주는 말문이 막혔다. 인간적인 전쟁을 생각하고 있지는 않았지만 결국 그런 셈이 되어버렸으니 할 말이 있을 수 없었다.

그리고 남곤의 예상이 맞았음을 증명이라도 하듯, 백호군은 도성에 닿자마자 선전포고도 없이 도성을 총공격했다. 도성은 그야말로 백척간두였다. 그뿐이라면 다행이지만 더 큰 적이 내부에 도사리고 있었으니 국왕인 인주도 감당할 수 없을 정도였다.

34

춘형의 예상대로 급보가 날아들었다. 급보이자 비보悲報요 분보憤報였다.

최대한 빨리 도성으로 회군하라는 왕명을 읽으며 춘형은 슬픔과 분노를 동시에 맛봐야 했다. 다른 사람도 아니고 대왕과 가장 관계가 좋았던 인훈 왕자 아니, 인훈이 대군을 이끌고 도성으로 몰려오고 있고, 도성이 위급하다는 소식을 춘형은 믿을 수 없었다. 어떻게 그럴 수가 있단 말인가.

춘형은 꿈이 아닐까 싶어 눈을 깜박여 보았고, 주위를 둘러보기도 했고, 크게 헛기침도 해봤다. 그러나 꿈이 아니었다. 분명한 현실이었다. 그러니 받아들이는 수밖에 없었다. 부정한다고 달라질 건 없었고, 부정할수록 대응방안이 늦어지고 허술해질 수 있기에 냉정하려고 노력했다.

생각 같아선 고함을 지르고, 욕도 실컷 하고, 막사마저 다 때려

부숴 버리고 싶었지만 그럴 수도 없었다. 냉정함을 잃은 장수에겐 천군만마가 다 무용지물이 아니던가. 춘형은 떨리는 몸을 진정시키려 심호흡을 계속했다. 침착해야 한다, 냉정해야 한다란 말을 속으로 되뇌며.

"댬시 나가 있으라, 필요하믄 부를 테니낀."

더 이상 부관을 곁에 둘 수 없어 춘형은 부관을 내보내고 마음을 가라앉히며 생각을 정리하기 시작했다. 분노에 생각이 막히고, 생각이 막히자 화가 치밀기도 했지만 최대한 냉정해지려고 노력하며 회군 계획과 백호군과의 전투 계획을 세워나갔다.

제일 먼저 철수 시점을 결정해야 했다.

이제 막 전투를 끝낸 군사들은 지쳐 있었다. 그런 그들을 도성으로 이동시켜 바로 전투에 투입할 수는 없었다. 그건 죽으라고 등을 떠미는 것이나 다름없었다. 전투가 치열했던 만큼 전사자와 부상자도 예상보다 많을 것이었다. 또한 불타는 성을 정리하지 않은 채 떠날 수도 없었다. 성민들이 있긴 했지만 그들만으로는 역부족일 것이기에 군사들의 손이 필요했다. 그걸 정리하려면 최소 사나흘은 뒷정리를 해야 할 것이었다.

그렇지만 도성이 함락 직전이라는데 손포개고 있을 수는 없었다. 도성방어대의 주임무가 도성 방어인 만큼 본분에 충실해야 했다. 어떻게든 도성 방어를 위해 지금, 당장, 출발하지 않을 수 없었다.

그렇다면 두 번째로 결정해야 할 사항은 누구를 얼만큼 이동시키느냐였다. 기동성을 확보하기 위해 기병을 먼저 출발시키는 건 자명한 이치였다. 그런데 도성방어대는 대부분 보병이고 기병은 많지 않았다. 기병은 전체 인원의 1/10도 되지 않았다. 이번 반란군 진압을 위해 기병을 총동원하여 왔지만 이제 돌아갈 병력은 7백도 채 되지 않을 것이었다.

적병이 얼마나 되는지 정확하지는 않지만 최소한 2만쯤 된다고 추산할 때, 7백 기병으로 적 후방을 교란하고 전력을 분산시키는 데는 얼마간 힘을 발휘하겠지만 적군과 직접적인 교전은 불가할 것이었다. 그렇다면 도성으로 들어가기보다 적 후방을 공격하여 방어군의 숨통을 열어주는 게 효과적일 것이었다. 반란군은 모든 준비를 하고 왔을 테고, 원정을 온 만큼 기병 위주로 편성되어 있을 것인데 기병 위주의 군대를 교란하기 위해서는 노련하고 임기응변에 능한 장수가 있어야 했다. 그 일은 춘형이 맡아야 할 것 같았다.

방어대에는 경험이 많은 장수들이 제법 있기는 하지만 지금처럼 절체절명의 순간에는 백전노장의 지혜가 필요할 것 같았다. 다른 장수를 못 믿어서가 아니라 모든 책임을 자신이 지는 게 맞을 듯했다. 자신은 이미 죽음을 각오하고 그제 인창을 죽이지 않았던가. 그런 만큼 끝까지 책임을 져야 했다. 또한 춘형이 직접 군사들을 통솔하고 있다는 사실이 적군에게 알려진다면 적병들의 사기를 꺾을 수도 있을 것이기에 그것이 가장 효과적일 것 같았다.

셋째는 보병들이 도성에 당도했을 때 어떻게 활용할 것인가를 결정해야 했다. 방어대는 도성 방비 목적의 부대라 각개전투나 수성전에는 능하지만 공격을 위한 진법에는 밝지 못했다. 그런 반면 백호군은 고구려와 부여, 숙신을 상대하는, 공격과 수비를 겸하는 부대라 진법에 능할 것이었다. 그런 백호군을 상대하기 위해서는 상대 진법을 읽어내고 그 진법에 적절하게 대처하여 분쇄할 줄 아는 장수가 필요하고, 그 장수의 명령에 일사불란하게 병사들이 움직여야 한다. 그런데 방어대에는 진법에 능한 장수들은 많아도 병사들은 진법을 거의 모른다는 게 문제였다.

진법이란 진법을 구사하는 장수보다 그 진법을 충실히 이해·숙지하고 일사분란하게 움직이는 한편 자신의 영역에서 제몫을 충분히 소화할 수 있는 병사들이 더 중요하므로 진법전에선 방어대가 절대 불리했다. 그렇다면 상대 진법을 깨트릴 수 있는 방법을 찾아야 하는데 그게 막막했다. 개인 능력만 믿고 덤볐다간 적의 진법에 걸려 힘도 제대로 써보지 못하고 궤멸되거나 몰살당할 수 있었다. 특히 적군의 기병과 보병의 협동작전에 휘말리기라도 한다면, 방어대 약점을 알고 공격해온다면 싸움다운 싸움도 못 해보고 전멸할 수 있었다.

이 문제를 놓고 춘형은 고민할 수밖에 없었다. 자리에 앉아 있을 수 없어 막사 안을 서성대며 고민에 고민을 거듭했다. 오리무중 정도가 아니라 사방암흑이었다. 그러던 중, 번뜩 하는 게 있었다.

'기래. 기러믄 되갔군.'

춘형은 삼년대한에 단비를 만난 농부처럼 기뻐하며 급히 부관을 불렀다.

"대왕께서 보낸 전령이 아딕 여깄네?"

"예. 답을 기다려 대기하고 있습네다."

"기래? 기럼 급히 들라 해라."

부관이 옛! 알갔습네다 소리와 함께 뛰어나가더니 곧 전령을 데리고 돌아왔다.

"혹시 너 혼차 떠났네?"

춘형의 밑도 끝도 없는 질문에 전령은 무슨 뜻인지 모르겠다는 듯 입을 반쯤 벌린 채 춘형을 쳐다봤다.

"전령이 너 혼차였는디, 다른 곳에도 전령이 파견됐는디를 묻는 거이다."

춘형은 자신의 질문이 잘못됐음을 깨닫고 재우쳐 물었다.

"둘이 출발했습네다."

"기래? 기럼 다른 전령은 어디로 갔는디 아네?"

"기건…… 정확하디는 않디만…… 경기현으로 떠나는 것 같았습네다."

"기래? 기럼 기렇디. 암, 기렇고 말고. ……기래 알갔으니 댬시만 더 기다리라. 내래 곧 답을 듈 테니낀."

춘형은 자신도 모르는 새에 고개를 끄덕이고 있었고 입꼬리가 올라가는 것을 느낄 수 있었다.

'기러믄 기렇디. 기럼 우린 시간을 벌어듀는 게 우선이야.'

갑자기 어둠과 안개가 걷히고, 머리가 맑아지고, 입안이 화해지는 것 같았다. 아니 목구멍에 박힌 채 말을 하거나 침을 삼킬 때마다 신경 거슬리고 괴롭히던 가시가 확 빠지는 느낌이었다. 그렇다면 이제 얼마간 정리가 된 셈이었다.

자신이 먼저 기병을 이끌고 도성으로 달려가 적 후방을 교란 공격하여 적의 사기를 꺾어놓는다. 앞뒤에서 협공을 당하게 된 적은 분명 당황할 것이었다. 그러노라면 경기현에서도 지원군이 당도할 것이었다. 경기현령은 대왕이 신임하는 신하이고, 비록 정통 무관은 아니지만 전략과 전술을 아는 사람이니 기동력이 높은 기병을 먼저 파견할 것이었다. 거리상, 준비 관계상 방어대보다는 다소 늦어지겠지만 오늘 해 안으로는 도성에 당도할 것이었다. 그들과 힘을 합쳐 적 후방을 교란하는 동시에 적군을 처치해 나간다면 적은 후방에 신경을 쓰느라 성 공격을 늦출 수밖에 없을 것이고, 그리되면 도성이 함락되거나 점령당하지는 않을 것이었다.

그렇게 직군의 공세를 늦추고 있으면 방어대나 경기현군京畿懸軍이 도성에 당도할 것이고, 기보 협동 작전과 전후 협동 작전으로 적군을 공격하면 승산이 있을 것이었다. 적군은 갈수록 수가 줄겠지만 아군은 갈수록 수가 많아지니, 내일까지만 버텨낸다면 시간은 아군 편일 수 있었다.

마음이 정해지자 춘형은 부관을 시켜 즉시 장수들을 불러 모았다. 그리고 무겁게 입을 열었다.

"똑금 전에 대왕 폐하께서 급전을 보내왔소. 인훈 왕자, 아니 인훈이 백호군을 이끌고 도성을 공격하러 몰려온다는 거요."

춘형의 말에 좌중이 깜짝 놀라했다. 얼이 빠져 입을 떡 벌린 채 다물지 못하는 장수도 있었고, 잘못 들었나 고개를 빼는 장수도 있었고, 눈을 휘둥그레 뜬 채 춘형을 쳐다보는 장수도 있었다. 왜 안 그렇겠는가. 그들도 대왕과 인훈의 관계를 잘 알고 있지 않은가. 그러나 엄연한 사실이고 현실이었기에, 시간이 없었기에 춘형은 얘기를 멈추지 않았다.

"놀라는 거이 당연하오. 나도 놀라서 한동안 믿을 수 없었고, 정신을 탸릴 수 없었으니낀. 기렇디만 현실은 현실인 만큼 받아들여야 하고, 도성이 함락되기 전에 막아야 합네다. 여기 전투가 이뎨 막 끝난 상태고 성안을 정리하디도 못한 상태디만, 여길 정리하는 것보다 도성을 디키는 일이 더 중하기에 딕금 바로 도성으로 떠날 거요."

춘형은 여기서 말을 끊고 잠시 장수들을 돌아봤다. 장수들의 반응을 살피고 싶었다. 이제 막 치열한 전투를 끝낸 장수들이 춘형의 결정에 어떤 반응을 보일지 궁금했다. 대놓고 반대하거나 이의를 제기하지는 않겠지만 난감해하거나 너무 하는 것 아니냐는 반응을 보일 수 있었다.

그러나 다행히 장수들은 그런 반응을 보이지 않았다. 걱정스럽기는 하지만 어쩔 수 없는 일 아니냐는 표정으로, 도성 방어가 우리의 주임무니 빨리 출발하자는 의지를 내뿜고 있었다. 이에 힘을 얻은 춘형은 자신의 결정을 일방적으로 전달했다.

"나는 딕금 즉시 기병들을 이끌고 도성을 달려갈 거요. 가서, 적 후방을 교란시켜 적들이 성을 넘디 못하게 할 거고. 기러노라면 경기현군이 달려올 거요. 경기현에도 동원령을 내렸다고 하니 기병 먼뎌 당도할 거이고, 우선 그들과 힘을 합쳐 성을 디켜내갔소. 그러니 제장은 오늘 낮 동안에 성안을 정리하고 밤 동안 병사들을 푹 재우시오. 기런 후에 내일 아침에 출발하믄 낼 저녁뜸에는 도성에 당도할 수 있을 거요. 우리가 도성에 당도해 도성을 디키고 있으믄 사나흘 내에 경기현군도 도착할 것이고. 그러니 오늘 낮부터 내일 저녁까디가 고빈데 어떻게든 적을 막고 있을 테니 늦지 않게 회군하기 바라오."

춘형의 말에 모든 장수들이 일어섰다. 춘형은 그런 그들과 하나하나 눈을 맞추며 승전 의지를 다졌다. 말이 필요 없는 눈빛의 대화야말로 그 어떤 말보다 큰 힘을 발휘한다는 건 군문에 있는 사람이라면 너무 잘 알고 있었기에 더 이상의 말은 필요 없었다.

부장에게 지휘권을 넘겨준 춘형은 기병을 거느리고 바로 도성을 향해 말을 달렸다. 밤새 잠을 자지 못해 몸은 조금 늘어지는 것 같았으나 정신만은 너무나 또렷했다. 내일 저녁까지만 늙은 몸이 버텨주면 좋겠다는 생각은 말보다도 빨리 도성을 향해 달려가고 있었다.

인연의 그늘

35

덕돌은 돌아오지 않았다.

만수산에 깃을 튼 지도 벌써 보름이 넘었는데 아직 감감무소식이었다. 도성으로 떠난 지 달포가 넘었는데 아무런 기별이 없다는 것은 변고가 생겼다는 뜻이었다. 덕돌의 기민성이나 기동력으로 볼 때 돌아와도 진즉에 돌아왔어야 했다.

기다림이 길어지자 반쯤 포기하고 있는 자신을 발견한 철근은 놀라지 않을 수 없었다. 자신이 그렇게 의리 없고 참을성 없는 사람이었던가 싶자 자신이 밉기까지 했다. 그러나 덕돌의 죽음을 인정하는 수밖에 없었기에 더욱 마음이 아팠다.

덕돌과 인연을 맺은 것은 말 때문이었다.

인섭 왕자의 미래를 걱정한 왕후(현재의 태후)는 세상의 인재들을 찾아보라고 당부했었다. 하여 강론이 없는 날이면 세상을 두루 돌아다니며 인재들을 찾기 시작했다. 그러나 쉽지 않았다. 대왕이 있었고, 태자가 있었고, 위로 세 형이 있는데 아직 떡잎에 불과한 인섭 왕자에게 의탁하려거나 인섭 왕자를 도우려는 인재가 있을 리 없었다.

그렇다고 손을 포개고 있을 수는 없어 인재를 찾아 다녔다. 매일 허탕치고 돌아오기 일쑤였다. 하여 어쩔 수 없이 말을 타고 도성 밖을 돌아다니기 시작했다. 그에 따라 말을 자주 이용하게 됐고, 말도 많아졌다. 말이 많아지니 말을 관리해줄 사람이 필요했다. 물론 소소한 문제는 집에도 말을 돌보는 이가 따로 있었기에 집에서 해결했다. 그렇지만 큰 병에 걸리거나 크게 다쳤을 때는 마의馬醫의 도움을 받을 수밖에 없었다. 그때 만난 이가 장안 제일의 마의 덕돌이었다.

그날도 말이 필요하여 늦봄을 찾았으나 늦봄이 아파서 마방에 가 있다는 것이었다.

"어디가 얼마나 아팠길래 마의한테까지 보냈네?"

"뭘 달못 먹었는디 설사를 해서 보냈습네다. 딕금쯤 나왔을 테니낀 쇤네가 가서 턎아오갔습네다."

말 관리인은 제 잘못이기라도 한 양 고개를 들지 못했다.

"아니, 됐네. 시간이 있으니 내래 직접 가서 탖갔네. 기래, 어느 마의에게 맡겼네?"

"서문 앞에 있는 마방이온데, 덕돌이란 마의를 탖으면 될 거입네다."

"기래, 알갔으니 자넨 하던 일이나 마뎌 하게."

그렇게 우연히 마방을 찾은 철근은 깜짝 놀랐다.

마방이라기에 뜨내기손님들이 머무는 동안 말 몇 필이나 메어두는 곳이라 생각했는데, 먼저 그 규모가 예상 외였다. 손님들이 머물 수 있는 가옥만도 네 채나 됐고, 마방은 말 수십 마리를 메어둘 수 있을 만큼 크고 넓었다. 마구간만도 여섯 채나 된다고 했다.

하인이 알려준 대로 소문난 마의 덕돌을 찾으니 서글서글하게 생겼으나 얼굴이 심하게 얽은 20대 후반의 곰보가 나와 인사를 했다.

"텨음 보는 것 같은데 뉘슈?"

사람들 눈을 피하기 위해 평복 차림으로 나선 길이라 덕돌이란 자가 예삿말로 물었다.

"말을 톺으러 왔소만."

"뉘 집 말이유?"

"샘골 박사네 말이오만."

"아아, 설사해서 맡긴 말? 긴데 텨음 보는데…… 옷은 평복인데 풍모는……?"

아무래도 철근의 입성과 풍모가 어울리지 않는지 덕돌이 철근을 훑어봤다. 그런 덕돌의 호기심을 자극할 셈으로 철근이 농담하듯 말을 던졌다.

"소문난 마의라더니 사람도 감별하오?"

"사람이나 말이나 자기만의 색깔과 재능이 있디요. 긴데 손님은 그 옷이 영 안 어울리니 용마龍馬에 낡고 뜆어딘 가마닐 깔개로 얹은 격이오. 탸라리 얼굴과 손에 검뎅이(검정)라도 바르던디 옷을 갖퉈 입던디 하는 게 돟을 것 같소. 박사요?"

덕돌이 철근의 신분을 알아봤는지 주위를 살피더니 나직하게 물었다.

"기, 기렇소만. 기걸 어뜧게?"

"옷만 평복으로 입는다고 사람 특유의 속성이 가려디갔소? 기러니 겉과 속을 하나로 만드슈."

"긴데, 내래 박사인 걸 알믄서 왜 존대하디 않소?"

"신분이래 감튜기 위해 변복한 사람한테 탄로낼 딧은 않는 게 돟을 것 같아 그러우. 딕금부터라도 말을 올려드릴까?"

조용한 미소를 입에 담으며 뱉어내는 그의 말이 기분 나쁘지 않았다. 기분 나쁘기는커녕 말이 통할 것 같아 철근도 함께 웃으며 말했다.

"마방을 운영해선디 눈티 하나는 번갯불에 콩 볶아 먹갔소."

"허허허. 기렇게 생각한다믄 기렇게 생각하슈. 기나뎌나…… 말한테 뭘 먹였소? 아무래도 독초를 먹은 것 같소만."

그러더니 말이 먹어서는 안 될 풀들이며, 말이 탈났을 때 응급조치 요령, 상황에 따라 먹일 약 등을 자세히 알려주었다. 철근의 신분을 알게 돼서라기보다 친절이 몸에 배어있는 것 같았다.

그런데 그의 말을 듣고 있으니 얼치기가 아닌 전문가 냄새가 났다. 어디서 얻어들은 말이 아니라 자신이 직접 경험하고 터득한 지식인 것 같았다. 그의 얘기를 들으며 얼굴에 가득한 곰보 자국을 보고 있노라니 그의 곰보 자국마저도 새롭게 보일 정도였다. 남들에게 없는 곰보 자국에 말에 대한 지식들을 숨겨놓고 있는 것만 같았다. 한 마디로 덕돌이란 사내가 철근의 가슴 속으로 훅 들어왔다.

그 일이 있고 난 후, 철근은 덕돌과 교류하기 시작했다. 덕돌은 알면 알수록 진국이었고 남다른 총기와 판단력을 가지고 있었다. 하여 철근은 친구 겸, 사회 스승 겸, 참모로 그와 사귀었다. 그리고 그의 말 전부를 덕돌네 마방에 맡겨 관리를 하게 했고, 필요할 때면 마방으로 찾아가 말을 쓰곤 했다.

그러던 어느 날이었다. 인재를 찾아볼 거라고 하루 종일 싸돌아 보았지만 허탕을 치고 돌아온 날이었다. 말고삐를 넘겨받으며 덕돌이 빙긋 웃으며 말을 붙였다. 보기에 딱했던 모양이었다.

"오늘도 헛걸음을 하신 모양입네다, 기려."

"기러게 말일세. 하기야 인재 탖기가 기렇게 쉬웠으면 무왕이 위수渭水까디 태공망을 탖아 갔갔나?"

"기런 고사는 달 알믄서 왜 초가가 많은 시골이나 두메산골은 안 가 보십네까? 가까이는 장터도 있디 않습네까?"

그 말을 듣는 순간, 철근은 멈칫했다. 덕돌이 말하는 인재란 철근이 생각하는 인재와는 다른 뜻의 인재임을 간파했기 때문이었다. 한방 먹은 셈이었고, 단 한방에 깨달음을 얻은 셈이었다.

"기, 기렇군. 내가 딕금껏 헛발딜만 했구만 기래."

그날 이후 철근은 발상을 전환했다. 덕돌이 말한 시골이나 산골은 외진 곳이었고, 장터는 다양한 부류의 사람들이 모이는 곳이었다. 그렇다면 세상에는 인재들이 널려 있는데도 자신은 흙속에 묻혀있는 보석을 찾을 생각은 않고, 오로지 남들 손에 의해 다듬어진 보석을 찾으려 함으로써 생고생만 한 셈이었다. 돌아가시 아버지는 이미 그런 진리를 깨닫고 망치란 흙속에 감춰져 있던 인재를 찾아내어 활용했었지 않는가. 그런데도 철근은 그걸 깨닫지 못했고, 그런 생각조차 해보지 않았던 자신이 우스웠다.

깨달음을 얻은 철근은 제일 먼저 아버지가 숨겨둔 보물인 망치를 찾아 나섰다. 아버지로부터 들은 이야기를 떠올리며 망치를 찾아 해맸다. 그리고 한 달여 만에 어렵게 그를 찾아냈다.

망치는 철근을 기다리고 있었던 듯 반겨 맞았고, 철근의 얘기를 듣더니 두 말 없이 철근을 따르겠다고 했다. 그 정도가 아니라, 아버지에 이어 철근까지 모시게 된 것을 큰 광영으로 여기는 듯했다. 아버지의 은덕은 살아있을 때는 드러나지 않다가 돌아가신 후에야 빛을 발하는 것인지, 그날로 망치란 인재를 얻었다. 그리고 그에게 병장기 제작을 부탁했고, 그의 조언을 받아들여 그와 교류하고 있던 시골무지렁이들을 그의 병사로 받아들였다. 또한 장바닥을 돌아보라는 덕돌의 말을 받아들여 장터를 돌다 벌테를 만났고, 그를 통해 꺽지와 들보도 얻게 되었다. 그러니 철근 주위에 있는 인재들은 쓸모없이 버려져 있었거나 남들은 눈여겨 보지 않았던 인재들이었다. 그런 인재들을 구하게 한 사람이 바로 덕돌이니 덕돌은 그의 평생 은인이라 할만 했다.

어디 그뿐인가. 덕돌은 자기 마방을 근거지로 삼아 첩자 조직을 갖추라는 충고도 해주었다. 그리고 필요한 인재들을 추천하는 한편 첩자들을 양성하기도 했고, 자신이 직접 첩자 노릇까지 해주었다. 전국에 첩보망을 갖추어 다양한 정보를 수집하게 된 것도 다 덕돌의 덕이라 할 수 있었다.

그런 그가 대왕께 바치는 비밀서찰을 가지고 떠난 후 돌아오지도 않고 아무런 연락도 없으니 철근의 속이 시커멓게 타는 것은 당연지사였다.

그러나 아직까지 시간은 있었다. 6월말까지는 만수산 산채에 있기로 되어 있었기에 그 전에 돌아올 것이었다. 만약 그가 돌아오지 않는다 해도 각지에 파견되어 있는 첩자들이 모여면 덕돌의 소식도 자연스레 알게 될 것이었다. 하여 철근은 좀 더 여유를 갖고 기다리기로 했다. 안달복달한다고 달라질 것도 없었고, 덕돌에게 집착하는 모습을 다른 사람들에게 보일 필요는 없었다. 평상심을 유지하며 늘 기도하는 마음으로 지내다 보면 덕돌은 분명 돌아올 것이라 믿었다.

36

덕돌은 결국 나타나지 않았다.

만수산에 머물기로 한 6월말이 지났으나 나타나지도 연락하지도 않았다. 덕돌만이 아니었다. 다른 첩자들도 나타나지 않았다. 피치 못할 상황이 발생했다는 뜻이었다. 그러니 왕자의 안전을 위해 만수산을 떠나야 할 시간이었다.

그런데도 철근은 만수산을 떠나지 못하고 있었다. 덕돌과 첩자들을 좀 더 기다리고 싶은 마음 때문이기도 했지만 만수산을 떠날 준비가 되어 있지 않았기 때문이었다. 덕돌과 첩자들을 통해 정보를 얻고, 그 정보를 바탕으로 계획을 세운 후 떠날 생각이었는데 그게 불가능해졌기에 떠나기가 망설여졌다. 철저한 정보와 사전 준비 없이 국경을 넘을 수는 없었다.

국경을 넘는다는 것은 도성에서 만수산으로 오는 것과는 근본적으로 다른 문제였다. 만수산을 떠나 남행한다는 것은 돌아오지 못하는 다리를 건너는 셈이었다. 만반의 준비를 하고 나선다 해도 가변적인 상황이 무수할 텐데 철저한 사전 준비 없이 나선다는 것은 죽으러 가는 것이나 다를 바 없었다. 만수산까지 오면서도 열 명

넘는 군사들을 잃었고, 부상자만도 스무 명이 넘었다. 그 중에 반 이상이 중상자여서 호위병으로 쓸 수도 없는 상태였다. 그런 상황에서 무리하게 국경을 넘을 수는 없었다. 고구려나 부여, 한나라는 결코 인섭 왕자를 용납하지 않을 것이 뻔했기 때문이었다.

'타라리 어느 나라의 군사력도 크게 미치지 않는 여기에 터를 닦는 건 어떨까?'

하도 답답하여 이런 생각을 했다간 곧 고개를 저었다. 당장은 어느 나라의 군사력도 미치지 않는 곳이지만, 전쟁이 일어난다면 제일 먼저 피해를 입을 곳이었다. 또한 세 나라 중 힘이 센 쪽이 마음만 먹는다면 언제든 자기 나라 영토로 편입시킬 수 있는 곳이 바로 이곳 만수산 지역이었다. 그런 곳에 머문다는 것은 따뜻하다고 화산 폭발 직전의 산중턱에 머무는 것이나 다를 게 없었다. 그러니 폭발이 일어나지 않을 곳이나 화산이 폭발해도 피해를 입지 않는 곳으로 옮기는 것이 상책이었다.

'어떻든 여길 떠나야 해. 화산이 곧 폭발할 듈 뻔히 알면서 당장의 따뜻함에 덫어선 안 돼.'

철근은 결심을 굳혔다. 그럴수록 덕돌이 더욱 간절했다. 그가 돌아온다면 일은 쉬워질 것이었다. 어디가 화산 피해를 입지 않은 곳인지 알 수 있을 것이고, 그곳을 찾아가기도 훨씬 수월해질 것이었다.

그러나 그가 그러저런 정보를 가지고 오지 않는다 해도 그는 없어서는 안 될 존재였다. 철근이 왕자를 모시고 유람(?)을 떠날 생각을 했던 것도 그가 있었기 때문이었다. 물론 그에게 군사적인 힘은 없었다. 그러나 군사력 못지않게 중요한, 어쩌면 군사력을 능가하는 힘을 가질 수 있는 첩자들을 그가 운용하고 있었다. 더군다나 지금처럼 모든 게 불투명하고 불확실한 때는 정제된 정보만이 살 길이었다. 하여 모든 병법에서, 특히 손자병법에서는 첩자의 중요성을 강조하고 있지 않은가. 철근도 첩자의 활용은 싸우지 않고 이기는 최선의 길임을 진즉에 인식하고 그걸 덕돌에게 맡겨 운용하고 있었던 것이었다. 자신은 망치를 비롯하여 벌꺽보와 산채군을 규합하는데 집중하고, 덕돌은 첩자들을 활용하여 다양한 정보들을 제공하고 있었다.

그런 가치 외에도 덕돌은 철근에게 소중한 존재였다. 그가 없었다면 망치도 벌꺽보도 만날 수 없었고, 지금처럼 백 명 넘는 군사들을 거느릴 수도 없었을 것이었다. 그는 철근의 눈을 틔워준, 둘도 없는 친구이자 인생의 스승이었다. 그런 그가 죽었는지 살았는지조차 모르는데 만수산을 떠날 수는 없었다. 그는 살아있을 것이고, 살아있다면 어떻게든 만수산으로 올 것이었다.

'아니야. 여길 떠나선 안 돼. 덕돌이래 꼭 돌아올 거이야.'

그러다 철근은 피식 웃고 말았다. 좀 전에는 떠나야 한다고 결심해놓고, 곧 떠나서는 안 된다고 다짐하는 자신이 우스웠기 때문이었다. 떠날 수도 머물 수도 없는 상황. 철근은 그 때문에 벌써 열흘 가까이 고민하고 있었다. 그러나 답을 찾을 수 없었기에 오늘도 혼자 갈등과 고민을 거듭하고 있었다.

갈팡질팡. 안절부절 못하고 아침도 거른 채 막사에 앉아 있으려니 막사를 지키던 병사가 철근을 불렀다. 들어오라고 이르니 들어와 군례를 한 후 말했다.

"박사, 딕금 웬 놈이 답혔는데 전할 탓는다고 합네다."

"뭐? 기게 누군데?"

"길쎄 기것까딘……."

"기래 기 잔 어딨네?"

"딕금 망치 대장이래 막사로 데려갔답네다."

"알갔다."

철근은 막사를 뛰쳐나갔다. 아무래도 덕돌이 보낸 사람 같았다. 그런 사람이 아니라 해도 최소한 덕돌의 소식이나 도성 소식을 가지고 온 사람 같았다.

멀지도 않은 망치의 막사가 왜 그리 멀게 느껴지는지. 숨이 탁 막히며 금방이라도 주저앉을 것만 같았다. 하여 달리던 발걸음을 늦춰 천천히 걸었다. 숨 찬 것도 찬 것이지만 너무 서두르면 좋은 소식이 나쁜 소식으로 바뀔 것 같은 느낌 때문이었다. 아니, 나쁜 소식일 것 같은 예감에 더 이상 뛸 수가 없었다.

그리고 과연.

망치의 막사에서 왕자를 기다리는 사람은 다른 사람이 아니라 궁에 심어놓은 첩자인 내관 병문秉問이었다. 병문을 보는 순간, 철근은 맥이 탁 풀리며 펄썩 주저앉을 것 같았다. 늘 대왕을 측근에서 모시는 그가 여기에 왔다면 더 이상 듣고 말고가 없었다.

병문의 얘기를 듣고 있자니 눈물이 앞을 가렸다. 망치는 감정을 솔직히 드러내며 대성통곡을 했으나 철근은 마음껏 울 수도 없었다. 쏟아지는 울음을 참고 있는 왕자를 앞에 두고 울 수 없었다. 세상이 더러울수록 악착같이 살아남아야 하고, 상황이 어려울수록 이를 악물고 버텨야 하기에 값싼 눈물을 흘리고 싶지 않았다. 그것이 사지에서 벗어나 목숨을 부지하게 해준 분들에 대한 도리요, 먼저 돌아가신 분들에 대한 예의란 생각이 들었다.

병문의 얘기는 현장에서 본 것이 아니라 자신의 파악한 바와 그걸 바탕으로 추측한 것이 많아 어디까지가 사실이고 어디까지가 추측인지는 명확하지 않았다. 그러나 분명한 것은 대왕이 승하했다는 사실과 백호군이 도성을 점령하고 있다는 사실이었다. 그 나머지는 확인되지 않은 소문과 병문의 추측이라 판단됐다. 그렇지만 지금껏 병문을 가까이에서 지켜본 철근이 봤을 때 그의 말은 사실에 가까울 것이었다. 추측을 했다 해도 아무 근거 없이 하지 않았을 것이고, 그에 합당한 이유가 있으니 왕자께 보고하고 있을 것이었다. 그러니 그의 말을 믿어야 했다.

37

대왕으로부터 비답은 받았으나 비밀서찰을 전해준 병졸을 만날 수가 없었다. 그도 그럴 것이 비밀서찰을 전하던 바로 그날 대왕은 행동을 개시했고, 그에 따라 궁궐뿐 아니라 도성 전체에 동원령이 내려졌으니 그 병졸도 전투에 동원됐거나 다른 곳에 배치되었을 수 있었다. 하여 상황이 좀 나아지면 전해주려고 병문은 대왕의 비답을 보관하고 있었다.

그러나 상황은 나아지지 않았고 더욱 나빠지는 것 같았다. 고루성에서 고전하고 있고, 반란군 괴수인 인창을 고루성으로 옮겨 처형했다는 소식이 들리더니 인섭 왕자가 보낸 사자가 도성 문 앞에서 자결했다는 소식에 이어, 도성 수문장이 대왕 침전에 난입하여 소란을 피우다 잡혔다는 얘기가 떠돌았다. 쉬쉬 입단속들을 했지만 그럴수록 빠르게 전파되었고, 그에 따라 궁도 들썩였다.

병문은 바삐 움직이기 시작했다. 대왕의 명에 따라 궁 안의 소문들을 수합해 보고해야 했고, 그 내용을 인섭 왕자에게도 전해줘야 했기에 바삐 움직이지 않을 수 없었다.

먼저 도성 문 앞에서 자결했다는 사자가 누군지 확인해봤다. 그런데 그는 다름 아닌 덕돌이었다. 백호군이 몰려온다는 사실을 알리기 위해, 자신의 말이 거짓이 아님을 입증하기 위해 자결했다고 했다. 덕돌의 그런 충성심을 확인한 수문장은 그 충성심을 헛되이 하지 않기 위해, 그 사실을 급히 대왕께 알리기 위해 대왕 침소에 난입했었다는 것이었다. 그 후의 소식은 자세히 알 수 없었지만 거기까지는 본 사람이 많아 믿을 만했다.

병문은 맥이 탁 풀렸다. 첩자의 삶이란 늘 죽음을 앞에 두고 있다지만 덕돌이 그렇게 죽었다는 게 너무나 안타깝고 불쌍했다. 아직 한창인 나이였고 할 일이 많은 사람이었는데 그렇게 죽었다는 게 믿어지지 않았다. 그러나 덕돌의 죽음은 결코 헛되지 않았기에, 자신이 해야 할 일을 하고 죽었기에, 여한이 없을 것 같기도 했다. 산화散花란 바로 그의 죽음을 두고 하는 말인 것 같았다. 그러기에 그의 넋은 구천을 떠돌지 않고 저승으로 고이 갔을 것 같았다.

덕돌의 소식에 맥이 풀렸던 병문은 덕돌의 죽음을 헛되이 하지 않기 위해 더 분주히 움직였다. 때마침 궁궐에도 비상이 걸려 내관들은 물론 궁에서 일하는 모든 이들의 퇴청을 금하는 한편 이미 퇴청한 사람들까지 입궐하라는 명이 떨어졌다. 그러자 궁 안은 사람들로 넘쳐나고 있어서 소문의 진위 확인은 그리 어렵지 않았다. 진위 확인 결과 대부분 사실이었고, 대왕이 직접 전투 지휘를 위해 도성 문에 나가 있다는 사실까지 확인할 수 있었다.

이제 상황은 한 치 앞도 내다볼 수 없게 되었다. 오시午時가 지나고 미시未時가 가까워질 무렵, 성 밖에서 군사들의 외침소리와 함께 북소리가 요란하게 울려 퍼졌다. 드디어 전투가 시작된 모양이었다. 대왕은 어떻게든 인훈 왕자와 대화를 하고자 했으나 인훈 왕자는 대왕의 요청을 무시하고 성문 앞에 도착하자마자 총공격 단행했다고 했다.

치열한 전투가 전개되는지 궁에까지 전투 소리가 들렸다. 성안의 소리는 물론 성 밖의 소리까지 생생히 들렸다. 아무래도 수비군이 밀리는 모양이었다. 하기야 도성방어대 대부분을 고루성으로 보냈으니 수적으로 열세일 것이고, 그 열세를 만회하기 위해 궁궐수비대를 투입했다지만 힘겨울 것이었다. 방어대나 수비대는 근접전이나 각개전투에는 능하지만 수적 열세를 극복하기 어려워 밀리고 있을 것이었다.

병문은 궁금증을 더 이상 이기지 못해 대전을 나섰다. 비상시라 그런지 궐은 텅 비어 있었다. 궐 곳곳에 배치되어 궐을 방비하던 군사들도 보이지 않았다. 전투에 참가한 모양이었다. 항상 분주히 오가던 궁녀들이며 내관들의 모습도 보이지 않았다. 어디엔가 숨어 두려움에 떨고 있는 것 같았다.

그렇게 텅 비어 있는 궁을 가로질러 남문인 웅비문雄飛門으로 걸어가고 있노라니 일군의 군사들이 웅비문으로 다가오고 있었다. 그들이 누군지 알 수 없었기에 병문은 재빠르게 몸을 건물 뒤로 숨겼다. 그리고 그들을 살폈다.

그런데……

눈으로 보고도 도저히 믿을 수 없는 일이 벌어지고 있었다.

마가馬加와 그를 보좌하는 대사大使, 사자使者 등이 군사들을 거느리고 웅비문으로 걸어오고 있었다. 이미 한바탕 전투를 치렀는지 군사들의 복장은 흐트러져 있었고 갑옷엔 피가 묻어 있었다. 궁 안에서 전투가 벌어졌었다는 뜻인데, 누구와 전투를 벌였는지 알 수가 없었다.

그러나 그 의문은 오래지 않아 풀렸다. 그들은 왕비와 태자, 그리고 태후를 끌고 가고 있었다. 어찌 된 일인지 모르지만 마가는 대왕을 배신한 것이 분명했다. 그렇다면 갑옷에 묻어있는 피는 내전과 태후전을 지키던 병사들이 피라는 뜻이었다.

'뎌런 개만도 못한 놈들을 기냥…….'

이가 부드득 갈렸다. 생각 같아선 당장이라도 뛰쳐나가고 싶었다. 그러나 생각뿐이었다. 병문에겐 무기도 없었고, 무기가 있었다 해도 그는 그들의 상대가 되지 못할 것이었다. 그들 앞에 나서는 순간, 단칼에 베어질 것이었다.

병문은 노기를 억누르며 숨어 있었다. 한 순간의 분기를 참지 못하고 목숨을 버린다면 그보다 어리석은 일은 다시없을 것 같았기 때문이었다. 어떻게든 살아남는 게 우선이었다. 살아남아야 다음을 기약할 수 있고, 그들의 만행을 세상에 알릴 수 있을 것이었다.

병문은 더욱 몸을 웅크린 채 그들이 지나가기만을 기다렸다. 이제 승패는 결정된 것이나 다름없었다. 태자와 왕후, 그리고 태후까지 잡혔으니 대왕은 이제 버티지 못할 것이었다. 대왕은 가족을 살리기 위해 싸움을 멈출 것이었다. 어쩌면 자신을 죽이더라도 세 사람을 살려달라고 애원할지도 몰랐다. 대왕은 그 무엇보다 가족을 우선시하는 사람이었다. 그걸 잘 알기에 마가는 세 사람을 인질로 삼았을 것이었다. 전투가 벌어지면, 군사들이 도성을 지키기 위해 모든 정신을 팔고 있을 때 세 사람을 인질로 잡을 계획을 미리 세워둔 게 확실해 보였다. 그렇지 않고선 이렇게 빨리 세 사람을 인질로 잡지는 못했을 것이었다. 어쩌면 왕비와 태자, 태후의 호위 병력에 자신의 끄나풀들을 미리 심어놓았는지도 모를 일이었다.

마가 일행이 웅비문을 나서고 얼마 없어 전투가 뚝 멈추는 것 같았다.

일순의 정적.

그 정적은 고요하기만 하던 도성과 궁을 뒤흔들던 전투 소리보다도 더 낯설었다. 마치 세상이 무너지고 모든 것이 한꺼번에 증발해버린 것 같았다.

병문은 그 느낌을 털어내기 위해 몸을 움직여 보았다. 그러나 털어낼 수 없었다. 그 자리에서 벗어나지 않는 한 털어낼 수 없을 것 같았다. 궁에서 뿜어져 나오는 귀기 같은 것이었다.

거기에 생각이 이르자 병문은 대전을 향해 뛰기 시작했다.

일각이라도 빨리 궁을 벗어나야 했고, 궁을 벗어나기 전에 대왕이 내린 비답을 챙겨야 할 것 같았다.

대왕이 바뀐다 해도 내관인 자신에게 변고가 닥칠 리는 없었다. 병문과 같은 말단 내관 나부랭이는 그들의 관심사가 되지 못할 것이었다. 그러나 병문은 더 이상 그곳에 머물 자신이 없었다. 모두가 증발해버린 것 같은 궁에 더 이상 머물렀다간 자신마저 증발해버릴 것 같았다.

이제 그가 갈 곳은 한 곳뿐이었다.

38

얼마간 병문의 이야기가 마무리되자 철근 박사는 망치를 막사 밖으로 불러냈다.

"이미 판단하고 있을 테디만, 즉각 병사들을 점고하고 떠날 둔비를 해듀게. 기러고 척후병들을 북똑으로 보내 기 똑 상황을 면밀하게 살페보라 하고. 이럴 땔수록 우리가 정신을 바땩 탸려야디."

"예, 알갔습네다. 바깥일은 신경 쓰디 마시고 왕자 전할 댤 위로해 듀시라요. 내래 이 정돈데 왕자 전하야……."

망치는 그러면서 또 다시 닭똥보다 굵은 눈물을 흘렸다. 그러나 그도 이제 소리 내어 울지는 않았다. 소리 내어 울기엔 너무 값싸게 감정을 헐어낸다고 생각했는지 말없이 눈물을 흘리고 있었다. 철근은 그런 망치의 어깨를 토닥여주고 다시 막사 안으로 들어갔다.

막사 안에선 왕자가 병문에게 궁금한 바를 계속 묻고 있었다. 그러나 병문도 도망치기에 급급해 더 이상은 알 수 없을 것이기에, 안다 해도 그 이상은 전하지 않는 게 나을 것이라 판단하고 있을 것이기에 잘 모르겠다는 대답만 반복했다. 그럼에도 왕자는 그 후 대왕과 태후, 왕비와 태자의 일을 집요하게 알려 했다. 그런 상황이었다면 더 이상 듣지 않아도 충분히 짐작하고 추측할 수 있으련만, 왕자는 그 후의 이야기를 들으려 했다. 아니, 이미 짐작하고 있기에 자신의 짐작이 잘못 되었다는 말을 듣고 싶은 것인지도 몰랐다.

"전하, 이뎨 기만 댜릴 정리하시디요. 병문도 먼 길 와서 피곤할 테니 기만 쉬게 하고, 궁금하신 건 나듕에 들으시디요."

"아, 알갔습네다. 긴데 나머디 대신들은? 마가 말고 다른 대신들은 어디서 뭘 했던 거요? 기들도 마가와 한통속이었던 거요?"

"기건 소신도 댤……. 아까도 말씀드렸다시피 소신은 도성을 빠뎌나오느라 다른 데 신경 쓸 겨를이 뎐혀 없었습네다."

"아무리 기렇디만, 어뚷게? 혹시…… 나한테 숨기는 게 있는 거 아니요?"

"전하, 어띠 기런 말씀을 하십네까? 소신이 어띠 전하께……. 기런 일은 결코 없습네다."

병문은 고개를 숙이며 왕자의 눈길을 피했다. 그 틈을 철근이 파고들며 말했다.

"전하, 이뎨 병문을 쉬게 하시디요. 기러고 궁금한 건 나중에 탸탸 듣기로 하심이……."

"알갔습네다. 쉬게 해야디요. 기 먼 길을 달려왔는데 쉬어야디요. 기런데…… 댜꾸만 뭔갈 숨기는 거 같아서……."

"기럴 리가 있갔습네까? 딕금은 경황이 없어 생각나디 않는 것도 시간이 디난 후엔 생각날 수 있으니 시간을 가디고 탸근탸근 하문하시디요."

"알갔습네다. 기렇게 하디요. 박사가 나 대신 쉴 곳을 둄 마련해 듀시라요."

"예, 전하. 기럼 쉴 곳을 마련해두고 다시 오갔습네다."

철근은 병문을 데리고 밖으로 나왔다. 그리고 왕자 막사에서 멀어질 때까지 한 마디도 하지 않았다. 모르긴 해도 왕자는 분명 둘이 무슨 얘길 하는지, 밖에다 귀를 세우고 있을 것이었기 때문이었다.

그렇게 왕자 막사에서 벗어나 이젠 왕자의 귀에 들리지 않으리라 싶자 철근이 나직이 물었다.

"기 후의 상황은 너무나 뻔한 일이라 안 들어야 돟갔디?"

"기렇습네다."

"기래, 기랬갔디. 기래 자넨 언데 궁에서 빠뎌 나왔나?"

그 물음에 병문이 뒤를 살피더니 조심스레 대답했다.

"대왕께서 항복하고 백호군이 궁으로 밀려들 땝네다. 궁도 이미 뎌들 손에 넘어간 후라 손 쓸 틈이 없었나 봅네다."

"기랬갔디. 밖의 적보다 안의 적이 더 무서운 법이니낀. 알갔네. 오늘은 쉬고 탸탸 얘기하기로 합세."

"예. 기, 기런데……."

병문이 다시 주위를 살피더니 말을 이었다.

"아무래도 인철 왕자가 움딕인 것 같습네다."

"기, 기 무슨 말이네? 인철 왕자라니? 주작군까디 움딕였단 말이네?"

"예. 여기로 내려오는데 주작군이 북상하는 것 같았습네다."

"돔 더 자세히 말해봅세. 주작군까디 움딕였다믄 여기가 무방비 상태란 말이 아닌가?"

"기러게 말입네다. 정확한 건 돔 더 알아봐야 하갔디만 아무래도 주작군도 움딕인 것 같습네다."

"기, 기래? 기럼 나라가 풍전등화구만. 고구려가 이런 절호의 기회를 놓틸 리 없디 않은가?"

"기래서 드리는 말씀인데, 하루라도 빨리 여길 벗어나야 할 거 같습네다. 전쟁을 일으킨다믄 어떻게든 여기 먼뎌 티고 들어올 테니 말입네다."

"알갔네. 내가 바로 알아보고 조치를 취하갔네. 기러니 이녁은 툠 쉬라. 쉬어야 다른 일을 하디."

"알갔습네다. 일이 있으믄 언데라도 부르시라요. 이룧게 된 마당에 내래 뭔 일인들 못하갔습네까?"

"기래, 고맙네. 가세, 내가 쉴 곳을 알려듀갔네."

철근은 병문을 자기 막사 옆에 있는 막사로 데리고 갔다. 덕돌이 돌아오면 내주려고 만수산에 들어오자마자 준비해둔 막사였다. 그런 막사를 덕돌이 아닌 병문에게 내주려니 묘한 기분이 들었다. 그러나 왕자가 병문을 자주 찾을 테니 왕자 막사 곁에 머물 게 하는 게 좋을 것 같았고, 덕돌이 아니라면 병문 외에 마땅히 쓸 사람도 없었기에 병문에게 내주기로 했다.

병문을 막사로 들여보낸 철근은 바로 왕자에게 가지 않고 군영 뒷산에 올랐다.

왕자에게 돌아가 왕자의 궁금증을 해소시키는 한편 왕자를 위로해 주고 싶었다. 그러나 생각을 바꿔먹었다. 왕자에게 생각할 시간을 좀 더 주고 싶었다. 곁에서 철근이 도와준다면 궁금증이야 다소 해소되고, 고통을 줄이기야 하겠지만 그러지 않는 게 좋을 듯했다. 훗날을 위해 혼자 판단하고 혼자 감당하는 능력을 키워주어야 할 것 같았다. 남에 의해서가 아니라 스스로 성장해야 바로 설 수 있을 것이었다.

또한 철근은 덕돌을 추모해 주고 싶었다. 병문을 덕돌의 막사에 들여보내고 돌아서려는데 자꾸만 덕돌이 산 위에서 자신을 부르는 것만 같았다. 특유의 능글맞은 목소리로 철근을 부르며 손짓하고 있는 것 같았다. 자신이 왔다는 것을 알리기보다 자신이 떠난다는 사실을 알려주려는 것 같았다. 하여 덕돌이 부르는 곳으로 향했다.

철근은 완만한 능선을 따라 산으로 오르기 시작했다. 산은 높고 험해서 정상까지 오를 수는 없겠지만 최소한 앞이 트인 곳까지 올라 덕돌을 보내줄 생각이었다.

그렇게 산을 오르다 철근은 빈손으로 오르고 있음을 깨달았다. 아무리 쫓기는 몸이지만 술 한 잔을 권하고 보내야 할 텐데 그런 생각도 못한 채 무작정 산을 오르고 있는 자신을 발견하자 덕돌에게 미안했다. 하여 산을 내려갈 생각으로 돌아서는데 눈 아래 생각지도 않은 진풍경이 펼쳐져 있었다.

능선을 따라 이름도 모를 꽃들이 흐드러지게 피어 있었다. 고산지대에 피는 꽃인지, 키 작은 하얀 꽃들이 무더기로 능선을 수놓고 있었다. 올라올 때는 그런 꽃들이 거기 피어있음도 깨닫지 못했는데 무리를 지어 흐드러지게 피어 있었다.

이름도 모르는 꽃.

제대로운 이름이 없을지도 모르는 꽃.

이름 하여 들꽃?

철근은 그 꽃들을 보라고 덕돌이 자신을 불렀던 게 아닐까 싶었다. 힘든 이때, 잠시 잠깐이나마 그 꽃들을 보면서 위로를 받으라고 자신을 부른 것만 같았다. 그러다 문뜩……. 철근은 전혀 다른 생각을 하고야 말았다.

철근은 자신도 모르는 새에 그 꽃들을 향해 걷기 시작했다. 이름도 모르는 꽃은 다름 아닌 덕돌이 아닐까 싶었다. 그 누구의 보살핌이나 돌봄 없이 자신의 빛깔로 살다간 덕돌의 영혼이 하얗게 피어 있는 것 같았다. 그런 생각이 들자 그 꽃을 자세히 보고 싶었다. 덕돌의 영혼이라면 자신에게 무슨 말인가를 할 것 같았다.

철근은 꽃을 밟지 않기 위해 조심스레 발을 옮겨 디뎠다. 그리고 마침내 꽃을 자세히 볼 수 있을 곳에 도착하자 다리를 접고 몸을 구부렸다.

땅에 바짝 붙어있는 짧고 도톰한 초록 잎에는 짧은 흰 털들이나 있었고, 꽃은 별모양으로 잎보다도 더 촘촘하게 하얀 솜털이 박혀 있었다. 덕돌의 얼굴에 가득 했던 곰보 자국처럼. 그 솜털들로 하여 하얀 빛을 띠고 있었고, 그 솜털들이 능선을 하얗게 수놓고 있었다. 그러고 보니 짝귀가 '산솜다리'라 불렀던 꽃이 아닐까 싶었다. 무더기로 피어있다던 바로 그 꽃.

철근은 왈칵 감정이 치밀어 조심스레 꽃을 쓰다듬어 보았다. 덕돌의 숨결인 양 작은 솜털들이 손가락을 간지럽혔다. 그 간지러움은 말의 등허리를 쓰다듬을 때와는 사뭇 다르지만, 하얀 말을 유난히 좋아했던 덕돌을 떠올리기에 충분했다.

"흰 걸 기롷게 돟아하더니 이롷게 흰 꽃으로 피어났구만 기래."

철근은 흰 빛이 덕돌의 마음이라 믿었다. 추위 속에서도 강한 생명력으로 자신을 지키는 존재. 사람들 눈에 띄지 않아 주목을 받지도 사랑을 받지도 못하지만 그 어떤 꽃보다 아름답고 탐스러운 꽃. 혼자 피기보다 무리지어 하얗게 들판을 밝히는 존재가 바로 그가 아닐까 싶었다. 그래서 철근은 그 꽃에 '덕돌이'란 이름을 붙여주었다. 다른 사람들은 '산솜다리'라 부를지 모르지만 철근은 '덕돌이'로 기억하고 싶었다. 그래야 할 것 같았다.

철근은 덕돌을 되새기며 한 동안 앉아 있었다. 뜨거운 눈물이 하염없이 흘러나왔다.

그리고 그 눈물이 마를 때쯤 자리에서 일어섰다. 왕자를 너무 오래 혼자 두어서는 안 될 것 같았기 때문이었다.

강을 향하여

39

대왕의 권유를 받아들여 강가로 이동하기로 했다. 왜 강을 따라 이동하라고 했는지 알 수는 없었지만 대왕의 비답에 따르기로 했다.

국경을 넘어 다른 나라로 들어서려면 최소한 5천 이상의 군사가 필요한데, 백 명도 안 되는 인원으로 국경을 넘는 일은 감히 엄두도 낼 수 없는 일이라 했다. 그렇다고 만수산에 머물 수도 없었다. 도성 상황을 알 수 없었기에 만수산에 계속 머물다간 위험을 자초할 수도 있었고, 주작군의 병력 이동을 고구려가 안다면 가만히 있을 리 없었다. 절호의 기회를 놓치지 않기 위해 어떻게든 군사를 움직일 것이고, 그 전에 국경지역인 만수산 일대를 어떻게든 선점하려 할 것이었다. 그러니 대군과 충돌을 피하기 위해서는 만수산을 뜨는 수밖에 없었다.

병진년(丙辰年. 서기 56년) 6월이 지나 7월 보름이 가까워져도 첩자들은 한 명도 나타나지 않았다.

철근 박사는 자신의 무능함을 탓했지만 인섭의 생각은 달랐다. 첩자들이란 상황파악이 그 누구보다 빠른 존재들이라 인섭에게서 등을 돌리는 게 당연하다고 생각했다. 끈 떨어진 연에 붙어있는 자가 오히려 어리석은 자일 것이기 때문이었다. 생각은 그리 하면서도 단 한 명도 신의와 절개를 지키는 자가 없다는 것이 한편으로 야속하기도 했다.

"첩자들이 나타나디 않는다는 건…… 여길 당장 떠나야 한다는 말입네다."

"알고 있습네다. 이뎨 여가 노출됐다고 보는 게 맞갔디요. 기렇디만 단 한 명도 안 온다는 게 이상하디 않습네까? 박사래 운영하던 첩자만도 스물이 넘디 않습네까?"

"소신도 기게 이상하기는 합네다. 아무리 상황이 나빠딘다 해도 서넛은 탖아올 거라 생각했는데……. 아무래도 내일 당장 여길 뜨는 게 돟갔습네다."

"기러시디요. 박사래 뜻이 기렇다믄 기렇게 하시디요."

인섭은 이동에 관한 모든 사항을 철근 박사에게 위임하고 있어 철근의 뜻에 따르기로 했다.

다음날 아침.

아침부터 뜨거운 햇빛이 숲속에 자리 잡은 군영을 달구기 시작했다. 유난스레 늦더위가 기승을 부리고 있었다. 입추가 지났고 처서가 눈앞이니 산중은 선선해질 때도 됐는데 맹렬한 폭양이 계속되고 있었다.

더위를 피해 새벽부터 서두른 덕에 해가 뜨기 전에 막사를 얼마간 정리했지만 병사들은 지쳐 보였다.

"펜안히 듀무셨습네까, 전하. 서두른다고 전하의 잠을 방해한 건 아닙네까?"

인섭이 막사 밖으로 나오자 철근 박사가 달려와 문안 겸 걱정 겸 물었다.

"아닙네다. 떠나는 날이라 기런디 일떡 깼습네다. 기러니 제 걱정은 마시고 하던 일 마뎌 하시라요."

밤잠을 못 이룬 사실을 그가 안다면 걱정할 것이기에 인섭은 밤새 뒤척였던 사실을 감췄다. 안 그래도 걱정거리가 태산인데 그런 자질구레한 일로 그의 걱정을 더하고 싶지 않았다.

"아, 아닙네다. 얼튜 준비가 끝났습네다. 이뎨 딤을 싣고 아침만 탱기믄 됩네다."

"벌써요? 하기야 미리 탱겨뒀을 테니……"

"기렇습네다. 모두 산채 생활에 익숙한 티들이라 손놀림, 몸놀림이 여간 빨라야디요. 소신도 깜딱 놀랐습네다."

"기랬군요. 기럼 나는 더 덥기 전에 아침 수련이나 둄 하고 오갔습네다."

"예, 기러시디요."

"기럼 박사만 믿고 나는 댱시 다녀오갔습네다."

인섭은 철근 박사와 헤어져 산을 오르기 시작했다. 수련장은 산 중턱, 냇가 옆 너럭바위 위였다. 만수산에 군영을 설치한 다음날부터 이곳에서 검술수련을 시작했는데 하루라도 거르면 몸이 찌뿌둥했고, 뭔가 해야 할 일을 빠트린 것 같아 하루도 거르지 않고 매일 해왔었다. 그런데 이제 그 수련을 끝내야 할 때가 된 것이었다.

인섭이 검술수련을 시작한 것은 자기 몸을 자신이 보호하고 싶었기 때문이었다. 도성을 떠나 길 위의 나날들을 보내자니 두려움과 불안감이 엄습했다. 특히 산채군이 합류하기 전, 다섯 명의 호위병을 거느리고 길을 갈 때 그 감정은 극심했다. 뒤를 쫓는 원정군이 공격이라도 한다면 죽은 목숨이나 다름없었다. 하여 밤잠도 제대로 자지 못했고, 작은 소리에도 깜짝깜짝 놀라곤 했다. 길을 가면서도 마찬가지였다. 예민해진 신경은 좀처럼 무뎌지질 않았다. 정말 유람을 떠난 거라면 당장 돌아가자고 하고 싶을 정도였다. 그러나 유람을 나선 게 아니라 도망치는 신세였기에 참는 수밖에 없었다.

산채군이 합류하여 호위 병력이 늘었으나 예민해진 신경은 좀체 누그러들지 않았다. 백 명 남짓한, 그것도 정규군이 아니라 산에서 약초나 산나물이나 캐던 자들로 급조된 호위병들이었기에 마음을 놓을 수가 없었다. 하여 만수산에 도착하자마자 망치에게 부탁하여 검술과 호신술을 익히기 시작했다.

망치는 병장기나 만드는 대장장인 줄 알았는데 검법이나 호신술에도 남다른 재주를 가지고 있었다.

"이런 걸 어떻게 알고 있시오?"

"칼 값 대신 받은 겁네다."

"칼 값 대신이라니요?"

"검술이나 무술 하나를 가르텨듀면 칼 값을 받디 않았더니 고수들이 한 수씩 배워듀었습네다. 기걸 혼자 연습하여 익히다 보니 제 몸 하나는 건사할 정돈 됐습네다."

"칼 한 자루에 한 수씩 배왔다믄 칼을 멫 자루나 들였시오?"

"한 백여 자루는 될 겁네다. 기렇디만 소인이 둔해가디고 기량은 그에 한탐 못 미텹네다."

"기 무슨 말씀을? 칼 값보다 더 많은 검술과 권법을 익힌 것 같은데요."

"과찬의 말씀입네다, 전하. 소인은 고뎌 제 몸가림 정도나 하는 수준입네다. 정말 고수를 만나믄 서너 합도 못 버틸 겁네다."

망치는 겸손을 떨었지만 인섭이 보기에 그의 검술이나 권법은 정형화되지 않은, 상황에 맞게 변화무쌍하게 변할 수 있는 그 무엇이었다. 틀에 얽매이지 않고, 상황에 맞게 자유자재로 변형이 가능한 검술과 권법이야말로 난세에 자신을 보호하기에 안성맞춤이란 생각이 들었다. 하여 인섭은 망치에게 부탁했다.

"사부로 모시고 싶습네다. 받아듀시갔습네까?"

인섭의 말에 망치는 황급히 자세를 바꿔 무릎을 꿇으며 말했다.

"전하, 어띠 기런 망극한 말씀을 하십네까? 소인은 고뎌 철근 박사의 부탁에 칼 닭는 방법이나 전해듀려고 했을 뿐입네다. 기런데 기런 망극한 말씀을 하시믄 소인은 아무 것도 할 수 없습네다. 기러니 명을 거둬듀십시오."

명을 거두지 않으면 땅에 머리라도 찧을 듯이 망치는 비장한 어조로 말했다. 하도 비장해서 인섭은 멈칫했다. 잘못했다간 소중한 신하 하나를 잃을 것 같았다.

인섭은 고민스러웠다. 이미 뱉은 말을 주워 담을 수도 없고, 어떻게든 망치의 검술과 권법을 전수받고 싶기도 했다. 그만큼 인섭은 절실했다. 그러다 퍼뜩 머리를 스치는 게 있었다. 자신이 너무 무겁게 말을 했던 것 같았다. 하여 인섭은 말을 좀 가볍게 끌어가 망치가 거절하지 못하게 하고 싶었다. 하여 재치 있게 말을 슬쩍 돌렸다.

"사부란 게 뭐 별겁메? 칼 닭는 법이나 손 놀리는 법을 알려듀는 것도 다 사부디. 아무런들 내가 대장장일 정식사부로 생각하갔네? 기러니 마음 놓으라. 기냥 칼 댭는 법이나 알려듀고 손 놀리는 법이나 알려듀라. 기건 할 수 있갔디?"

"기렇다마다요. 기 정도라믄 소인이 최선을 다해 알려드리갔습네다. 기건 걱뎡 않으셔도 됩네다."

"둏소. 기러기로 한 겁메."

"예. 여부가 있갔습네까?"

그렇게 망치의 승낙을 받아낸 인섭은 망치로부터 칼 잡는 방법부터 배워나갔다. 궁에 있을 때 배웠던 정형화된 검술은 잊어버리고, 처음 검술을 익히는 사람처럼 처음부터 하나씩 배워나갔다. 망치에게 직접적으로 사부라 부르진 않았지만 마음속으론 사부로 깍듯이 모시며.

그렇게 한 달쯤 배우자 새 검법이 몸에 익기 시작했고, 권법도 혼자 연습할 정도가 됐다. 그러자 망치는 아무 말도 없이 수련장에 나타나지 않았다. 지금까지 배운 바를 혼자 익히라는 뜻인 듯했다. 하여 인섭도 아무 말 없이 지금까지 배운 바를 반복하여 몸에 익히기 시작했다.

자신도 모르는 새에 칼과 주먹이 반응을 보일 때까지 반복에 반복을 계속했다. 배운 것을 제 몸에 맞게 익히고 생각보다 빨리 몸이 움직이게 하는 일이야말로 무술 수련의 기본이라 생각했기에 인섭은 반복하는 일을 게을리 하지 않았다. 망치는 비록 수련장에 모습을 드러내지 않고 있지만 몰래 숨어 인섭의 행동을 지켜보고 있을 것이고, 기본기가 얼마간 몸에 익었다 싶으면 다시 나타나 다음 단계를 가르쳐줄 것이기에 인섭은 하루도 빠짐없이 수련장에 나가 혼자 수련을 하고 있었다.

수련장인 너럭바위 위에 도착했으나 인섭은 수련을 시작하지 않았다. 어젯밤 잠을 설쳐선지 몸이 무거웠고 오늘이 마지막이란 생각이 들자 착잡하기만 했다. 오늘은 수련보다 바위 위에 앉아 조용히 마음을 가다듬는 게 나을 듯싶어 바위 위에 앉았다.

잠을 깬 산새들의 울음소리와 물 흐르는 소리가 귀를 씻어주고, 밤새 정제된 숲의 맑은 공기가 목구멍과 폐를 씻어주고, 떠오르는 아침 해가 어지러운 머리를 씻어줄 거라고 생각했는데 그 반대였다. 산새들의 울음소리가 경망스럽고 그악스럽게 들렸고, 숲 공기가 날카로운 가시처럼 폐를 찔렀고, 떠오르는 아침 해가 한낮만큼이나 쨍한 더위만 몰고 오고 있었다. 모든 게 짜증스럽고 못마땅했고 귀찮고 싫었다. 혼자 산속에 버려진 채 길을 헤매다 잠시 바위 위에 앉아 있는 것만 같았다. 빨리 길을 찾아 산 아래로 내려가야 할 것 같은 강박감이 호흡마저 흐트러트렸다.

그럴수록 인섭은 마음을 가다듬으려 했다. 지금 마음을 가라앉히지 않으면 험한 길을 나설 수 없을 것이요, 설사 나선다 해도 혼란만 가중될 것이기에 최대한 마음을 가다듬고 싶었다. 박사께서 말씀하셨듯이 인생의 반은 슬픔이고 반은 기쁨이라면 지금 눈앞의 슬픔을 달게 받아들여야 기쁨이 찾아오고, 기쁨만 빨아 마셔 버리면 남은 생은 슬픔뿐이라지만 슬픔이나 괴로움이 좀 멈춰줬으면 싶었다. 부왕 붕어 후 감당하기 힘든 일들이 너무나 많았기에 제발 그래주었으면 좋을 것 같았다. 그런데 설상가상으로 이제 고국을 떠나, 국경을 넘어 부여나 고구려 땅으로 가야 하니 이런 운명이 어디 있으랴 싶었다. 벌테네처럼 산 속에 숨어 살 수도 없는 운명을 타고난 자신이야말로 최고의 불운을 타고난 존재가 아닐까 싶었다. 차라리 천하게 태어나 천하게 살다 천하게, 이름도 없이 사라짐만 못할 것 같았다.

그러다 문뜩 왕자란 신분을 버리면 그만 아닌가 하는 생각이 들었다. 왕자란 신분을 버리고 신하들이며 군사들까지 다 버리고 혈혈단신 혼자 움직인다면 어디를 가도 쫓기지 않을 것이고, 위험하지 않을 것 같았다. 신분이란 굴레를 벗어버리면 비로소 자유로울 수 있을 것 같았다. 그러나 그것도 쉽지 않을 것이었다. 신하들이 용납할 리 없었다. 어쩌면 죽음으로 맞서려 할 것이었다.

'그렇다면 다른 방법은?'

없었다. 아니, 생각나지 않았다. 아직까지는 그런 생각을 해본 적이 없었기에 방법이 떠오를 리 없었다.

'일단 박사를 믿어보댜. 기래도 안 되믄 기때 내 생각을 말하는 한이 있더라도 딕금은 됴용히 따라듀댜. 기게 내가 할 수 있는 최선이니낀.'

결정을 내리자 마음이 다소 안정되기 시작했다. 들쑥날쑥하던 호흡도 안정되기 시작했고, 새소리 물소리도 차분하게 들렸고, 숲을 뚫고 들어오는 햇빛도 조용히 내려오는 듯싶었다. 자연은 조금 전이나 지금이나 변함없는데 사람의 마음 하나에 의해 자연마저 널뛰기를 하니 세상은 마음먹기에 달렸음을 깨닫지 않을 수 없었다.

마음을 정리한 인섭은 곁에 두었던 칼을 집어 들었다. 하루쯤 쉬려 했는데 그래선 안 될 것 같았다. 이제 위험한 길을 가야 하는데 제 몸 하나는 건사할 수 있어야 하고, 그러기 위해선 칼을 손에서 놓아선 안 될 것 같았다. 또한 어지럽게 헝클어진 머리를 정리하는 데는 몸을 움직이고 칼을 휘두르며 잡념들을 베어내는 일보다 나은 방법을 알지 못하기에 그 어느 때보다 예리하고 정교하게 베어내고 싶었다. 모든 잡념들을 칼로 베어 이곳에 버려야만 홀가분하게 떠날 수 있을 것 같았다.

인섭은 다른 날보다 더 집중하여 예리하게 칼날을 휘두르며 몸을 움직였다. 땀이 비 오듯 했으나 그것도 잊은 채, 철근 박사가 이상히 여겨 찾아올 때까지 멈추지 않았다.

40

짝귀와 길잡이들을 정찰조로 삼아 '하늘의 강'으로 불리는 숭가리강(송화강松花江)을 찾아 북서진을 시작했다. 부여와 고구려의 접경지대라 경계가 삼엄한 편은 아니었지만 어떤 일이 일어날지 알 수 없는 상황이라 살얼음판을 걷듯 조심조심, 조용조용히 움직일 수밖에 없었다. 밀림이나 다름없는 원시림지대고 때마침 삼림이 무성한 여름이라 사람들 눈에 띌 염려는 적었지만 산새들이나 산짐승들의 움직임으로도 쉽게 발각될 수 있는 만큼 최대한 은밀하게 이동했다.

애초 계획은 남하를 계속할 계획이었으나 대왕의 비답에 따라 강가로 가보기로 했다. 대왕이 물을 따라 이동하라고 한 데는 나름대로 이유가 있을 것이었기 때문이었다. 고구려를 경계하라는 뜻일 수도 있었고, 더운 여름에 육로를 이용하기보다 수로를 이용함으로써 이동성을 높이라는 뜻일 수도 있었기에 대왕의 조언을 따르기로 한 것이었다.

만수산에서 숭가리강까지는 얼추 칠백리 길이라 했다. 그러나 목표점을 '그물 말리는 곳'이란 하얼빈으로 잡았기에 천리길이라 했다. 천리길이면 열흘, 늦어도 보름이면 넉넉히 당도할 수 있을 것이라 여겨 가벼운 마음으로 출발했다.

그러나 길이 없는 길을, 길을 열며 길을 가자니 더딜 수밖에 없었고, 고역도 이만저만 아니었다. 국경지대고 인적 없는 곳이라 사람들을 만나거나 적군에게 발각될 염려는 적었으나 길을 찾고 여는 데 많은 공력을 들여야 했다. 야생 생활에 익숙한 산채군이었지만 길을 찾고, 길을 내느라 진땀을 흘려야 했다. 더더구나 늦더위가 기승을 부리는 통에 조금만 움직여도 땀이 비 오듯 흘러내렸고, 조금만 무리해도 탈진할 정도였다.

하는 수 없이 하루 이동 거리를 150리에서 100리로, 다시 100리를 50리로 수정하며 하얼빈을 향해 전진을 계속했다.

하얼빈은 젖이 흐르는 땅도 아니고 생명의 땅도 아니었다. 도착한다 해도 크게 달라질 것은 없었다. 그러나 거기가 아니면 안 된다는, 어떻게든 거기에 가야 한다는 생각으로 온 힘을 다했다. 사람이나 말만 이동한다면 하루에 200리도 너끈하겠지만 군량과 무기를 실은 마차들이 있어 길은 더딜 수밖에 없었다.

아름드리나무를 베어 넘기기도 하고, 돌을 캐내기도 하고, 돌을 굴려다 진창이나 구렁을 메우기도 하며 용으로 승천하기 위해 강을 거스르고 폭포를 뛰어오르는 물고기처럼 전진에 전진을 계속했다. 그러다 보니 다치는 사람도 제법 있었고, 사고로 죽는 사람도 여섯이나 되었다.

"이러다 하얼빈에 도착하기도 전에 군사들을 다 잃는 거 아닙네까?"

닷새째 되던 날, 다시 두 사람이 나무에 깔려 죽었다는 보고를 받은 왕자가 걱정스럽게 물었다. 그도 그럴 것이 하루에 한 명 꼴로 사망자가 발생했고, 중상자도 그 서너 배를 넘기고 있었으니 걱정스러웠을 것이었다.

"사망자와 부상자가 늘어 걱정스럽습네다만 다른 방도가 없어서리……."

"이동 속도를 더 늦추더라도 군사들을 더 이상 듁게 해선 안 될 것 같습네다. 기러니 행군 속도를 됴금 더 늦튜시라요."

"예, 달 알갔습네다."

철근도 할 말이 없었다. 전진 속도가 늦어지는 것도 걱정스러웠지만 이 상태가 지속되다간 왕자의 말마따나 군사들이 남아날 것 같지 않아 안 그래도 걱정하고 있었던 차였다. 더위 때문에 집중력과 주의력이 떨어진 것도 문제지만 나무가 서 있을 때와는 다르게, 가지와 잎이 무성하여 주변에 있는 사람들을 덮치고 있었다.

왕자의 걱정에 철근은 망치와 벌꺽보를 불렀다.

"하루라도 빨리 가는 것도 둏디만 군사들이 많이 다텨서래 전하의 걱뎡이 이만뎌만이 아니야. 기러니 이톄부턴 행군 속도보다 안전을 우선시하기로 합세. 댤못하다간 군사들이 남아나딜 않갔어."

그러자 망치가 말했다.

"전하께서 걱정하시는 발 모르디 않디만 행군 속도래 늦튜믄 더 위험해디디 않갔습네까? 여기래 국경지대라 언뎨 무슨 일이 있을디……. 여드레 팔십 리 유람 길도 아니고……."

"기걸 모를 리 있갔네? 기렇디만 전하의 걱뎡도 헛걱뎡이 아니니 기렇게들 하기요. 이런 밀림에 적들인들 감히 들어오갔네? 기러니 행군 속도래 둄 늦튜는 한이 있더라도 군사들을 먼뎌 돌보기로 합세."

그날부터 행군 속도를 더 늦췄다. 목표를 정해놓고 그 목표에 맞추기보다 안전을 먼저 생각하며 갈 수 있는 최대 거리를 목표로 잡고 행군을 했다. 아울러 나무를 벨 때는 나무를 베는 사람만 투입하여 나무를 베게 하고, 나무를 벤 후에 나무를 치우고 정리하는 사람을 투입시킴으로써 동선이 겹치지 않게 했다. 그러자 시간은 좀 더 걸렸지만 안전사고는 확연히 줄었다.

거기에 힘을 얻은 철근은 베는 사람, 치우고 정리하는 사람, 길을 닦는 사람을 군사들의 체형과 체력, 행동 양상에 맞게 분업화시키고 일정한 거리를 유지하여 동시에 투입함으로써 능률과 효율성을 동시에 높였다. 사망자와 부상자가 줆은 물론 군사들의 사기도 높아졌다.

그렇게 한 달 간 밀림 속에서 고군분투한 끝에 하얼빈 근방에 도착한 것은 7월 보름께였다.

철근은 군사들을 숲속 은밀한 곳에 대기시킨 후 짝귀와 길라잡이들을 정찰조를 파견했다. 숭가리강 주변을 정찰하고 오라고. 정찰 나갔던 정찰조가 돌아와 보고했다.

"강폭이 넓고 사구砂丘가 발달돼 있어 어디든 나루를 만들 수 있는데, 나루는 많디 않습네다. 사람들도 많디 않아 눈에 띄디도 않았고, 여기서 한 10리쯤 아래로 내려가야 나루가 있고 마을이 있었습네다. 나루 마을은 이백여 호쯤 되는데 나루에 기대 사는 것 같았고, 주변에 나루가 제법 있는 게 무역으로 먹고 사는 것 같았습네다.

근동에서 가장 큰 나루 같았습네다."

그 외에도 짝귀는 필요한 정보들을 하나도 빠짐없이 풀어놓았다. 말하는 중간중간 길라잡이들을 돌아보며 맞는지 확인하며 현장을 돌아보는 것처럼 설명을 해나갔다. 한나절 만에 그런 정보들을 어떻게 파악했고, 기억하는지 도저히 상상할 수 없을 정도로 아주 세세한 부분까지 쏟아냈다. 또한 파악한 정보들을 상대가 알아듣기 쉽게 풀어내는 재주 또한 남달랐다. 다른 길라잡이들도 정보를 풀어냈지만 짝귀의 정보야말로 모든 것을 망라하고 있었다.

"뎡말 대단합네다. 박사로부터 딘댝에 듣긴 했디만 이 정돌 듈은 몰랐습네다. 뎡말 수고하셨습네다. 앞으로도 날 위해, 우릴 위해 힘써 듀시기 바랍네다."

왕자가 놀란 듯, 믿기지 않는 듯, 입에 침이 마르게 짝귀를 칭찬했다. 물론 그렇다고 다른 길라잡이들을 칭찬하지 않은 것은 아니지만 짝귀에 대한 칭찬은 남다름이 있었다.

"당티 않으십네다. 여기 있는 길잽이들이 같이 한 거이디 소인 혼차 한 일이 아닙네다. 기러고…… 소인은 전하를 위해 한 목숨 바틸 준비가 돼 있으니 언제든 필요하시믄 말씀해듀십시오. 목숨을 바텨서라도 해내갔습네다."

그렇게 융숭한 보고와 칭찬, 맹세가 있고 난 후 정찰조가 파악해 온 정보를 바탕으로 계획을 세우기 시작했다. 계획을 세우며 의문사항이나 타당성 여부는 짝귀와 정찰조에게 묻기도 하고 그들의 의견을 들으며 하나씩 수립해 나갔다.

그동안 고생한 군사들의 사기를 돋아주기 위해 고기와 술을 내려주고 싶었으나 아직까지는 그럴 상황이 아니라는데 뜻을 같이하여 그 일은 뒤로 미뤘다. 그 대신 저녁을 푸짐하게 먹여 일찍 쉬게 했다. 지휘부 또한 오랜만에 푸짐한 저녁을 먹고 왕자 막사에서 밤늦도록 머리를 맞대어 숙의를 거듭했다.

걷어 올린 장막 사이로 달이 지고, 희뿌옇게 새벽빛이 돌기 시작할 때쯤 기본 계획을 세울 수 있었다. 그런 후 모였던 사람들이 각자 막사로 돌아가려 하자 왕자가 말했다.

"딕금 가봐야 얼마나 댜갔습네까? 기냥 여서 나와 함께 아팀을 맞는 게 어떻갔습네까? 우리가 이릏게 한 자리에 모인 게 텨음 아닙네까? 기러니 여서 나와 함께 눈 둄 붙이기로 합세다."

왕자의 말에 벌테가 바로 받았다.

"기 무슨 말씀입네까? 당티 않습네다. 소신들이 어띠 감히 전하와 한 곳에서 눈을 붙인단 말입네까? 군신간의 구별이 엄한데……."

벌테의 말에 모두 동의하며 왕자가 말을 거두기를 바라자 왕자가 말을 이어나갔다.

"기렇디 않습네다. 이뎨 난 제장諸將들과 흉허물 없이, 형제터럼 디내고 싶습네다. 이미 국경을 넘어 남의 땅에 허락도 없이 들어와 있는데 군신의 도릴 따딜 일이 아니라 생각합네다. 기건 상황에도 맞디 않을 뿐 아니라 우리 관계를 멀게 하기만 하디 도움이 되디 않을 겁네다. 기러니 이뎨부턴 군신간의 도리보단 형제간의 우애가 먼뎌라고 생각합네다. 기런 뜻에서 여기 한 자리에서 댬시나마 눈을 붙이댜는 겁네다."

왕자의 의지가 너무나 확고해 보여 누구도 선뜻 나서질 못하는 눈치였다. 특히 벌테와 망치가 무슨 말인가를 하고 싶은 눈치로 철근을 쳐다보았다. 어찌 했으면 좋겠냐는 눈빛이었다. 그러자 그가 왕자를 쳐다봤다. 철근과 눈빛이 마주치자 왕자는 눈을 씀뻑하며 조용히 고개를 끄덕였다. 그런 왕자를 보자 철근도 더 이상은 막을 수 없을 것 같아 좌중을 돌아보며 말했다.

"전하의 뜻에 따르는 게 신하의 도리가 아니갔습네까? 기 어떤 예보다 주군의 뜻에 따르는 게 우선이니 이 또한 예에 벗어난다 할 수 없을 거입네다. 기러니 전하의 뜻에 따라 오늘은 여서 당시 눈을 붙이기로 합세다."

그 말에 왕자는 낯을 밝혔고, 신하들은 낯빛을 흐렸다. 그렇지만 누구의 명인가.

그날 밤 결국 왕자와 신하들은 한 막사에서 쪽잠을 잤다. 남자를 사귀고자 할 때는 같이 먹고, 같이 씻고, 같이 자라고 했던가. 이 보잘 것 없고 하찮아 보이는 일이 인섭 왕자 앞날에 얼마나 중대한 영향을 끼치는지는 그땐 그 누구도 예상하지 못했다.

41

하늘과 땅과 강의 기운이 다 모인다고 하여 현지인들이 '모인산' 또는 '모을산'이라고 부르는 곳에 자리 잡은 일행은 바로 군영을 세웠다. 날이 점점 추워질 것에 대비하여 산기슭 남쪽에 자리를 잡았고, 막사 사이도 최대한 좁혀 앉혔다.

막사를 짓고 얼마간 자리를 잡았다 싶자 제일 먼저 경계를 강화하여 막사 주변과 산으로 오르는 길을 감시하게 했다. 그런 다음 짝귀와 길라잡이들을 파견하여 숭가리강 주변과 하얼빈을 면밀히 파악하게 했다. 낯선 곳에서 살아남기 위해서는 경계와 정보 수집이 필수였기에 서두르지 않을 수 없었다.

야생과 산중생활에 익숙한 벌꺽보는 모인산 기슭이 제 집이라도 되는 양 들락거렸다. 명목은 겨우내 먹을 산채도 캐고, 부상자 치료에 필요한 약재들을 춥기 전에 준비해 놓겠다는 것이었다. 하지만 철근은 알고 있었다. 갈마산을 떠난 지 넉 달이 다 되도록 싸돌지 못했으니 좀이 쑤셔 그러려니 했다. 도성에서 싣고 온 양식이 거의 바닥을 드러내고 있어 어떻게든 양식을 조달해야 할 상황이기도 했다. 나머지 병사들도 벌꺽보만큼은 아니지만 틈만 나면 산을 들쑤시고 다녔다. 덕분에 산채며 약초, 멧고기들이 넉넉해졌다. 그러던 어느 날이었다. 벌꺽보와 짝귀가 장에 다녀오겠다고 했다.

처음 벌테 등이 장에 다녀오겠다고 했을 때 철근은 단호하게 잘라 말했다. 안 된다고, 꿈도 꾸지 말라고. 사람들이 모여 있는 곳에 낯선 얼굴을 잘못 내밀었다간 신분이 탄로 날 수 있다고.

그런데 벌테는 정반대로 얘기를 했다. 양식을 구해 와야 겨울을 날 수 있고, 사람들이 모이는 장에 가야 정보를 수집할 수 있을 뿐 아니라, 사람들을 만나야 사람들을 규합할 수 있을 거 아니냐고. 또한 장에 오가며 새로운 길을 찾아보겠다고 했다. 무엇이든 한 번 보면 다 기억하는 짝귀를 데리고 다니며 강으로 통하는 길이며 남하할 때 쓸 만한 길을 찾아본다면 그야말로 일석이조, 일석삼조가 아니냐고 했다.

벌테의 말을 듣고 보니 전혀 그른 말은 아니었다. 하여 군영 노출을 우려하자 벌테는 이미 그에 대한 대책까지 마련해 놓고 있었다.

"박사래 쉰네를 너무 띄엄띄엄 보는 거 아닙네까? 기럴까봐 벌써 돌아가는 길을 다 마련해두었시오."

"어?! 아니 언제?"

"이 산에 들어온 날부터요."

"기럼 기럴래고 약초 캔다고 쏘다닌 거네?"

"기럼 약초만 캤갔시요? 약초만 캘 거라믄 기렇게 멀리까디 헤매 다녔갔시요? 나물이며 약초도 캐고, 길도 턒아보고, 숨을 곳도 턒아 봤디요."

놀리는 듯 대답하는 벌테의 말에 철근은 꺽지와 들보, 짝귀를 돌아보았다. 그들도 벌테의 말에 동의하는지 어색하게 웃기만 했다.

"모두 내 눈을 쇡이고 딴딧들을 하고 있었구만 기래."

"노여워하디 마시라요. 우리래 하루라도 가만히 있으믄 둄이 쑤셔서 못 견디는 놈들이라 산을 싸돌려는데 벌테 뎌 놈이 기러자고 해서리 시작한 겁네다. 박살 쇡이려고 한 건 아닙네다."

꺽지가 변명이 아닌 해명을 한답시고 나서자 들보까지 거들고 나섰다.

"기러믄……. 우리래 나쁜 딧한 것도 아닌데……."

그러나 아직까지 철근과 관계가 깊지 못한 짝귀는 꿀 먹은 벙어리로 조용히 앉아있기만 했다.

"짝귀래는 왜 입을 다물고 있는 게야? 변명이든 동조든 해야 할 거 아니네?"

"쇤네가 무슨 말을 하갔습네까? 고뎌 박사 처분만 기다릴 뿐입네다."

그러자 벌테가 짝귀를 노려보며 이죽거렸다.

"뎌 간나 보라. 댜기래 앞당서서 기러댜고, 둄 더 멀리 가보댜고 들쑤셔놓곤 이데 와서 딴소리네?"

"내래 언데? 난 고뎌 길을 됴 더 알아보댜고 했을 뿐이야."

"기 말이 기 말이디. 덕석이 멍석이고, 뽕이나 뽕이나 다 똥 뀌는 소리디 다를 게 뭐네?"

"기딴 식으로 말하믄 너래 장바닥에 여자 숨겨놓은 것도 다 말해 버린다."

그러자 일동이 깜짝 놀라는 듯했고, 벌테는 너? 하며 재빨리 몸을 날려 짝귀 입을 막으려 했으나 이미 말은 짝귀 입을 떠난 후였다.

"숨겨둔 여자라니? 장에 갔다 온 것도 큰 문제거늘 벌써 여자까디 호렸단 말이네?"

철근은 그러면 그렇지 싶어 피식 웃음이 솟았으나 그걸 억누르며 엄한 목소리로 물었다. 틈을 주기 시작하면 한도 끝도 없을 것이고, 초장에 엄히 단속하지 않으면 기강이 무너짐은 물론이요 일행 모두가 위험에 빠질 수 있는 만큼 속을 감추고 역정을 냈다.

"기, 기게 아니라……."

"바른 대로 대라. 여긴 갈마산 산채가 아니라 인섭 왕자를 모시 있는 군영임을 모르디 않갔디? 거딧을 고했다간 군령으로 엄히 다스릴 테니낀 이실직고하라."

그러자 벌테가 주저리주저리 실토하기 시작했다.

처음엔 단순히 길이나 알아둘 생각으로 산 아래까지 내려갔다. 그런데 그 산 아래 마을이 주변에서 가장 큰 마을이었던지 마침 장이 서 있었다. 장이 서 있는 걸 보자 그냥 돌아올 수가 없었다. 참새가 누렇게 익은 곡식이 널려있는 밭을 그냥 지나치지 못하고, 술꾼이 주막을 그냥 지나치지 못하듯 자신도 모르는 새에 장을 향해 걷기 시작했다. 모두가 말렸지만 타는 목마름이 일어 도저히 발길을 돌릴 수 없었다.

장을 한 바퀴 돌아보고 장바닥에서 모주 한 잔씩 하고 돌아오려는데 인근의 왈패들인지 산에 빌붙어 사는 산적들인지가 한 여자를 희롱하고 있었다. 술도 한 잔 했겠다, 오랜만에 여자를 봤겠다, 돌팔매질해 본 지도 오래 되어 손도 근질근질하던 차라 벌테는 자신도 모르는 사이에 제일 덩치가 큰 놈에게 돌팔매질을 해버렸다. 벌테의 팔매질에 큰 덩치가 이마를 감싸 쥐며 풀썩 주저앉았다. 그러자 벌테가 소리쳤다.

"뉘긴데 내 마누랄 희롱하는 거네? 둑고 싶은 놈부터 나서보라. 내래 큰 멧돼디 답듯이 다 답아듈 테니낀."

소리치는 벌테를 보자 상대 중 하나가 가소롭다는 듯이 껄껄댔다.

"어데 난 강아디 범 무서운 듈 모른다더니 니 놈이 딱 기 짝이구나. 우리가 누군데 감히……."

그러더니 일제히 무기를 들고 달려왔다. 그러자 벌테가 빠른 손놀림으로 셋을 해치웠으나 나머지 셋은 벌테를 단 한 방에 없애버릴 듯 덤벼들었다.

그러나 그 셋도 벌테에게 칼을 휘두르거나 도끼질을 할 수는 없었다. 벌테가 위험하자 싶자 가만히 지켜보기만 하던 들보가 둘의 머리통을 잡아 내던져 버렸고, 한 놈은 발길질로 숨통을 막아 버린 것이었다. 정말 눈 깜짝할 새에 벌어진 일이라 정확히 기억하지도 못할 정도였다.

구경꾼들이 몰려들기 시작하자 정신을 차린 벌테가 달려가 여자의 손을 잡고는 소리쳤다.

"거기 뭘 하네? 날래 갑세다."

그게 전부였다.

장에서 빠져 나온 후 여자를 보내고 자신들도 사람들 눈을 피해 바로 군영으로 돌아왔는데, 그걸 여자 숨겨 놓은 거라고 짝귀가 헛소리를 한 것이라 했다.

"기 후엔 꼬리를 달 살폈네? 뒤를 밟는 잔 없었고?"

"이를 말입네까? 기런 일이 있었다믄 듁는 한이 있더라도 진작 박사께 알렸갔디요. 우리도 왕잘 모시고 있는 사람들인데 기 정도는 알고 있습네다."

벌테의 말을 다 들은 철근은 다소 안심이 됐다. 벌테의 성정상 거짓말을 하지 않을 것이고, 만약 벌테가 거짓말을 했거나 빠트렸거나 생략한 부분이 있었다면 들보가 바로잡거나 덧붙였을 텐데 그가 입을 다물고 있다는 것은 벌테의 말이 사실임을 입증하는 것이나 다름없었다. 하여 더 이상 추궁하지 않기로 했다. 그 대신 따끔하게 주의를 주기로 마음 먹었다.

"왕잘 모시고 있는 사람임을 달 아는 사람들이 기런 헛딧을 하네? 텨음이라 덮어두갔디만 또 이런 일이 있을 시는 군령에 의해 다스릴 테니 기리 알고 자중하라."

"이를 말입네까? 한 번으로 족하디 두 번 다시는 안 하갔습네다."

벌테가 공손하게, 말투까지 고쳐가며 대답했다. 그런 벌테의 모습을 보고 있자니 피식 웃음이 솟아올랐으나 철근은 꾹 눌러 참았다. 벌테가 이미 말했다시피 벌써 다섯 달 넘게 장에 가보질 못했고, 사람들과 어울려 보지도 못했고, 단장한 여인네는 고사하고 여자 씨도 없는 곳에서 숭숭한 남자들만 보며 살려니 좀이 쑤심은 물론 소화도 제대로 되지 않았을 것이었다. 그걸 억누르고 참아 왔는데 장이 선 걸 보자 자신도 모르는 새에 발길이 옮겨지더란 말은 참말일 가능성이 높았다. 머리의 기억보다 몸의 기억이 더 또렷하고 강할뿐더러 통제하기 어려운 것이 아닌가. 머리가 알지 못하는 일을 손이나 몸이 하는 경우가 얼마나 많은가. 오히려 그 정도로 매듭짓고 아무 탈 없이 돌아온 걸 칭찬해 주고 싶을 정도였다. 그러나 그렇게 해서는 안 될 것 같아 정색하며 그 다음을 물었다.

"기 얘긴 됐고……. 이뎨 보름 가까이 싸돌아 다닌 결괄 말해보라. 산채만 캔 게 아니라고 했으니 기에 대한 보골 해야디."

그의 말에 일동은 짝귀를 쳐다보았다. 한 번 본 건 다 기억하는 짝귀의 기억력에 떠넘기려는 수작들이었다. 그러자 짝귀는 철근 앞이라 말하기가 꺼꺼로운지 한참 뜸을 들인 후 이야기보따리를 풀어놓았다. 아니 종합백과사전을 펼쳐놓았다.

짝귀의 입에서 쏟아지는 정보들은 모인산과 그 주변에 대한 백과사전을 펼쳐놓은 듯 끝도 없이 이어졌다.

산과 골짜기 모양과 위치, 고저, 깊이 등이 상세히 드러났다. 그뿐만 아니라 산의 특징이며 특이점, 산에 있는 나무들이며 바위들은 물론 그 생김새며 크고 작은 특징까지 쏟아졌다.

산에 나 있는 길이며 산을 따라 이어진 길의 모양이며 폭, 특징까지도 낱낱이 그려냈다. 길과 길이 만나고 나눠지는 위치며 길과 내, 길과 산이 만나는 곳은 물론 그곳의 특징까지도 꿰고 있었다. 당장 붓을 주면 지도도 그릴 수 있겠다고 했다.

그러나 그건 약과였다.

산과 길뿐 아니라 나무의 모양이며 종류, 자라는 곳의 위치를 다 기억해냈고, 산채나 약초를 캤던 장소까지도 다 기억하고 있었다. 심지어는 벌꺽보에게 한 번 들은 산채와 약초의 이름이며 효능, 복용방법까지도 다 기억하고 있었다.

한 번 보고 기억했다는 말을 믿을 수 없을 정도였고, 어떻게 사람의 머리로 그럴 수 있는지 도저히 이해할 수 없을 정도였다. 한 마디로 보고, 듣고, 느낀 것을 다 기억하고 있었다. 진즉에 기억력이 빼어나다는 건 알고 있었지만 직접 경험해 보니 혀를 내두를 정도가 아니라 기가 막힐 정도였다.

그런 철근의 놀람을 눈치 챘는지 벌테가 느닷없이 장에 다니는 걸 허락해달라고 했다. 열흘에 한 번씩 서는 장이니 가봐야 몇 번 안 될 것이고, 지난번 장에서 만났던 산적인지 왈패들인지를 데리고 오겠다는 것이었다. 장을 떠돌며 살고 있는지는 모르지만 몸놀림이나 날래기가 예삿내기가 아닌 것 같다고. 그 일당이 몇 명이나 되는지 모르지만 그들을 데려올 수만 있다면 호위 군사를 공짜로 확보하게 되지 않겠냐고.

그러나 철근은 선뜻 결정을 내릴 수가 없었다. 벌테 말대로만 된다면 금상첨화였지만 잘못했다간 정체가 탄로 날 수 있고 왕자가 위험에 빠질 수도 있었다. 인훈의 촉수가 여기까지 미치지는 않겠지만, 고구려나 부여가 알아서도 안 될 상황이 아닌가. 하여 철근은 좀 더 생각해보자고 말한 후 자리를 정리했다.

그런데 그날 이후 벌테는 집요하게 물고 늘어졌다. 만날 때마다 장 얘기를 했고, 별의별 이유와 핑계를 갖다 붙이며 장에 가게 해달라고 졸랐다. 그래도 철근이 꿈쩍하지 않자, 어제는 허락해주지 않으면 도망쳐 버리겠다는 엄포까지 놓았다.

전면에 나선 것은 벌테였지만 꺽보와 짝귀마저도 벌테 뒤에 숨은 채 벌테를 충동질하고 있는 듯했다. 어떻게든 틈을 찾아내어 그 틈을 파고들어 뿌리를 내리는 넝쿨식물처럼, 철근의 가슴 틈을 찾아내어 뿌리를 뻗으려 했다.

낮에 졸라댔으니 좀 기다리기라도 했으면 좋으련만, 저녁을 먹고 막사에서 잠시 쉬고 있노라니 벌테가 찾아왔다. 혼자가 아니라 꺽보와 짝귀까지 다 몰고. 막사에 들어와서는 인사도 제대로 하지 않은 채 다짜고짜 최후통첩을 해왔다.

"하직인사 드리래 와수다."

벌테는 모로 선 채 철근에게 말했다. 나머지 셋은 철근을 빗겨선 채 마주보지도 않았다.

철근은 당황스러웠다. 벌테의 태도야 얼마간 짐작하고 있었다. 하다 안 되면 이런 방법까지 동원할 것이란 예상을 하고 있었으니깐. 그런데 나머지 셋까지 합세해서 덤빌 줄은 몰랐다. 벌테 뒤에서 벌테나 응원하고 있을 줄 알았지 이렇게 전면에 나설 줄은 몰랐다. 특히 들보의 태도를 보니 정말 떠나려고 마음을 먹은 것 같았다. 하여 긴장은 됐으나 속마음을 감춘 채 대꾸했다.

"하직인사라니? 갈마산으로 돌아가갔다는 거네?"

철근은 모로 선 벌테에게 묻기보다 빗겨선 채 마주보지도 않는 셋을 향해 물었다.

"갈마산으로 가던, 얼마 전에 만났던 산적들을 탓아가던 기건 상관없잖시요?"

"왜 상관이 없어? 왕자가 예 있음을 알고 있고, 우리 위치며 전력까디 다 알고 있는데 너 같으믄 그렇게 순순히 보내듀갔네?"

당황스러움이 슬슬 화로 바뀌고 있어 철근이 대차게 말어붙였다. 또한 선수를 빼기면 안 될 것 같았다. 장에 보내주기로 이미 마음을 먹고 있었지만 그들이 어떤 생각을 가지고 있는지 알고 싶었고, 이 기회에 자신들이 얼마나 중요한 존재인가를 환기시켜주고 싶기도 했다.

"우릴 듁이기라도 할 셈이유?"

"기거야 모르디. 너들이 어띠 나오느냐에 따라 달라디갔디."

"기럼 우릴 배신자로 몰갔네?"

"내래 기런 말을 한 덕은 없어. 올 땐 마음대로 왔디만 갈 땐 마음대로 갈 수 없다고 말하는 거이디."

"우릴 가두기라도 할 셈이요?"

"기건 따져보고 결정할 일이디."

"기럼 문초라도 하갔다는 거요?"

"상황에 따라선."

"우리가 기런 놈들로 보이슈? 기간 보고도 기걸 모르갔슈?"

"열 길 물속은 알아도 한 길 사람 속은 모른다고 했는데 내래 너들 속을 어띠 알갔네?"

"배신 같은 건 안 하오."

빗겨선 채 둘의 대화를 듣고 있던 들보가 당장이라도 덤빌 듯 몸을 획 돌리며 소리를 질렀다.

"배신이란 게 딴 거네? 모시던 사람을 버리고 떠나는 자체가 배신이라믄 배신이디."

"기건……."

들보가 화를 억누르기 위해 잠시 말을 멈추었다가 뱉었다.

"박사가 싫어서…… 떠날래는 거유. 왕자한텐…… 죄딧는 일이디만."

"기래, 내래 뭐가 싫어서 떠나래는 거네?"

"기걸 몰라서 묻슈?"

다시 벌테가 말을 받더니 속을 열어놓았다.

자기네는 자유인으로 누구한테도 구속받기 싫다. 모인산으로 온 후 모든 걸 구속하려 하고, 심지어 자신들의 행동에 사사건건 간섭하는 건 참기 힘들다. 이번 장에 가는 문제만 해도 그렇다. 무조건 반대하지 않았느냐. 자신들의 얘기가 잘못 됐으면 예전처럼 잘못된 점을 바로잡은 후에 어떻게든 갈 수 있게 도와주어야 하는데 이번엔 반대를 위한 반대를 하지 않았느냐. 하여 떠나려는 것이다. 끝까지 모시지 못해 왕자께는 죄스럽지만 어쩔 수 없어 떠나는 것이니 자신들의 뜻을 잘 전해달라. 그리고 어딜 가도 왕자와의 짧은 인연을 가슴에 새길 것이고, 결코 발설하거나 발고하지는 않겠다. 비록 떠나가지만 왕자에 대한 충성심만은 영원히 품을 것이다.

벌테의 목이 잠기는가 싶더니 핑! 코까지 풀며 말을 맺었다.

"기런 사람들이 여가 어딘디도 생각 안 해봤네? 여는 갈사국이 아니야. 고구려도 부여도 아닌 곳이고, 한나라가 바로 옆인 곳이야. 무슨 말이냐? 사방이 적으로 둘러싸인 곳으로, 이런 곳에서 한 번 달못 움딕였다간 목숨을 부지하기 힘들 거이란 말이다. 우리 목숨만이믄 괜탆갔디만 왕자의 목숨까디 위험해딘다. 기걸 잊은 태 한가디 생각만 하는 너들을 어뜷게 믿고 장에 보내갔네? 너들이 장에 갔다온 걸 다른 군사들이 알기라도 한다면 어띠 되갔네? 대장들이 나다니는데 병졸들은 안 나다니갔네? 혼자만 생각하디 말고 뒷생각을 해야 할 거 아니네? 너들은 이뎨 산에서 약초나 캐는 심마니가 아니고, 야생마텨럼 뛰뎅겨도 되는 무지렁이들은 더더욱 아니야. 너들은 수하에 군사들을 거느리고 있는 대장들이야. 너들 명령 하나에 수십 명의 목숨이 왔다갔다 하고, 너들의 댤못된 판단에 수십 명을 혼란에 빠트릴 수도 있는 대장이란 말이다. 기런 사람들이 뭐? 내가 싫어서리 떠나갔다고? 나한테 충성 맹셀 했네? 왕자한테 한 게 아니고? 내가 마음에 안 들면 나를 내몰고 왕자를 디킬 생각은 안 하고 내가 마음에 안 들어서 떠나갔다고? 기럼 댤 가라. 내래 말리디 않갔어."

철근의 말에 모두들 고개를 떨구었다. 자신들의 생각과는 전혀 다른 생각을 가지고 있는 철근에게 고개를 들 자신이 없는 것 같았다. 철근의 말이 먹혀들고 있다는 증거였다. 그에 힘을 얻은 철근은 끝까지 밀어붙였다.

"왜 말들이 없네? 무슨 말이든 해야 할 거 아니네?"

그러나 모두 꿀 먹은 벙어리였다. 뒤통수를 호되게 얻어맞은 사람처럼 멍하니 서 있기만 했다. 그러기를 잠시. 드디어 벌테가 기어드는 소리를 냈다.

"우리 생각이 땳았습네다."

그 말과 동시에 무릎을 꿇었다. 그러자 나머지도 일제히 무릎을 꿇었다.

"앞으로 박사의 뜻에 대항하디도 거부하디도 않갔습네다. 기러니 이번 일만 덮어듀십시오. 댤못했습네다."

벌테가 머리를 조아리자 나머지도 일제히 머리를 조아리며 댤못했습네다를 외쳤다. 철근은 그런 그들을 잠시 내려다보다 나직하게 말했다.

"알았다니, 댤못을 뉘우티니 됐네. 이데 일나라. 내래 왕자께 다시 말씀 드려볼 테니낀……."

"예에? 기게 정말입네까?"

벌테보다 꺽지가 먼저 물었다.

"기래. 나도 기러더런 생각을 왜 안 해봤갔나? 기렇디만 일이 댤못 됐을 땔 생각하디 않을 수 없었네. 기런데 이데 기런 걱뎡은 안 해도 될 것 같으니 왕자께 댤 말씀드려 보갔네. 기리 알고 똑금만 더 기다리게."

철근의 말에 넷은 고개를 들지 못했다. 하여 철근은 벌테를 필두로 모두의 손을 잡아 일으켜 주었다. 이번 일을 통해 네 사람도 많은 걸 깨달았을 것이었기에 그들을 너무 오래 꿇려서는 안 될 것 같았다.

42

드디어 벌테는 꺽지, 들보, 짝귀와 함께 장을 향해 길을 나섰다.

새벽을 틈타 숙영지를 빠져나온 벌테 일행은 산을 넘어 숙영지 뒷마을로 길을 잡아 걸었다.

산을 넘자 작은 산골마을이 희미한 새벽빛 속에 누워 있었다. 열 호 남짓한 산마을은 아직 깊은 잠에 빠져 있었다. 그렇지만 혹시나 사람들 눈에 띌까 싶어 마을로 내려가지 않고 5부 능선을 타고 장으로 향했다.

산새들의 노랫소리가 아침을 부르고, 인적엔 놀란 산짐승들이 몸을 숨기느라 야단을 떨었다. 발에 밟히는 풀잎들이 뿜어대는 풀내음은 숲의 체취처럼 상큼했다.

일행의 걸음은 가벼웠다. 말린 산나물이며 약초들을 지고 있었지만 부피만 컸지 무게는 얼마 안 되었기 때문이기도 했지만 우여곡절 끝에 박사, 아니 왕자의 허락까지 받고 나선 길이라 가벼울 수밖에. 그러나 마냥 가벼울 수만은 없었고, 발걸음도 조심스러울 수밖에 없는 것은 새로운 임무를 띄고 있었기 때문이었다.

지난 장에 만났던 산적인지 왈패들이 장에 나타나지 않으면 오늘 임무는 허방이었다. 기다려보기는 하겠지만 끝내 나타나지 않으면 찾을 길이 막막했다. 누군지, 어디 사는지도 모르니 종적을 찾지 못할 것이었다. 탐문도 마음 놓고 할 수 있는 입장도 아니었다. 최대한 은밀히, 신분이 노출되지 않게 찾아야지 잘못했다간 이쪽 신분만 탄로 날 수 있었다. 삼국 접경지라 세 나라에서 눈에 불을 켜고 있을지도 몰랐다. 그 여자만이라도 만날 수 있다면 천만다행이겠지만 그것도 그 패거리들을 만나는 일만큼이나 어려울 것이었다.

그뿐인가. 그 패거리들을 만난다고 문제가 해결되는 건 아니었다. 그들을 만나는 것 자체가 문젯거리일 수 있었다. 그들이 순순히 이쪽 말을 들어줄 리가 없었고, 지난번 수치를 설욕하고자 많은 패거리를 동원할 수도 있었고, 무작정 덤벼들 수도 있었다. 지난번 당한 자들 중에 우두머리가 끼어 있다면 그럴 가능성은 더 높았다. 그리되면 무력 충돌은 불가피할 것이고, 신분 노출 정도가 아니라 붙잡히거나 다치거나 죽을 수도 있었다.

그러저런 생각에 장이 가까워질수록 긴장이 되었다. 만약의 사태를 대비해 들보는 칼을, 꺽지는 활을, 자신은 다듬은 돌멩이와 망치에게 부탁하여 미리 준비해둔 쇠구슬과 표창을 지니고 있었다. 그렇지만 중과부적이게 되면 모든 게 무용지물이 될 수도 있었기에 최대한 신중히 처신하자고 자신에게 다짐 재다짐을 하며 장터 입구로 들어섰다.

그런데 역시……

그들은 기대를 저버리지 않고 벌테 일행을 기다리고 있었다. 장 입구에 길을 막아선 채 사람들을 살피고 있었다. 모두 합쳐 스무 명은 됨직했다.

"뎌기 기다리고 있구만."

벌테가 발을 멈추며 턱짓으로 앞을 가리켰다. 그러나 벌테의 턱짓이 아니더라도 일행은 상대를 이미 본 것 같았다.

"이데 어뗠 거네? 스물은 똑히 될 것 같은데……."

짝귀가 두려운 듯, 누구에게랄 것도 없이 혼잣소리로 중얼거렸다.

"어뗘긴…… 턎디 않아도 됐으니 오히려 다행이디."

짝귀의 두려워하는 목소리가 듣기 싫었는지 들보가 뱉어내며 앞으로 나서려 했다.

"담깐. 멧 명인디도 모르댾네. 기럴 게 아니라…… 짝귀 너래 가보고 오라. 넌 얼굴 팔리디 않았으니낀 모를 기야. 우리가 여서 보고 있을 테니낀 됴심히 가서 살폐보고 오라."

벌테가 짝귀를 보며 말하자 짝귀는 얼른 대답하기가 곤란한 지 머뭇거렸다. 그러자 꺽지가 짝귀를 대신해 대답했다.

"기건 내가 하디. 나도 얼굴 안 팔렸을 기야."

"기럴래? 하긴 짝귀나 너나 마탄가디니낀……. 기래 너가 둄 다녀오라.”

“알았으니낀 이거나 가디고 있으라.”

꺽지가 등에 졌던 활을 풀어 들보에게 넘기며 말했다.

“됴심하라. 우린 왕잘…….”

“알갔어. 너가 철근 박사네? 기만 하라.”

그 말을 뱉어냄과 동시에 꺽지는 장 쪽을 향해 발을 내딛었다. 쭈뼛거리거나 조심스러운 발걸음이 아니라 장 보러 온 사람처럼 장을 향해 곧장 들어섰다.

벌테는 들보, 짝귀와 함께 둥치 큰 나무 뒤에 몸을 숨긴 채 꺽지를 주시했다. 다행히 왈패 일행은 꺽지를 알아보지 못하는지 그냥 보내주었다.

왈패 일행을 지나친 꺽지는 장을 돌며 두루 살피는 것 같았다. 벌테는 그런 꺽지를 놓치지 않고 살폈다. 그리고 꺽지의 모습이 보이지 않자 벌테는 몸을 낮추며 일행에게 말했다.

“일단 장으로 들어갔으니낀 이젠 기다려 봐야디.”

그 말에 벌테가 필요이상으로 긴장한다고 생각했는지, 돌보가 퉁명스럽게 말을 던졌다.

“기냥 들어가서 한 판 해버리믄 되디 뭘 겁내네?”

“헛소리 댝댝 하라. 누군 겁내서 기러네? 우리보다 왕잘 먼뎌 생각해야디. 우리가 딕금 홑몸이네? 엊뎌녁 귀에 딱디가 앉도록 들어놓고도 기새 잊었네?”

벌테가 쏘아붙이자 들보가 뻴쭘한지 입을 다물었다. 그러나 평상시와 다른 벌테의 긴장이 여전히 마음에 안 드는지 얼굴을 잔뜩 찌푸렸다.

사실, 몸이 근질거리기는 벌테가 들보보다 더했으면 더했지 덜하지 않았다. 그렇지만 억누르고 참는 수밖에 없었다. 어젯밤 철근 박사로부터 이제 더 이상 산골 무지렁이가 아니라 군사들을 이끄는 대장이란 말을 들었을 때 벌테는 눈물이 쏟아질 것 같았다.

대장이라니?

덕돌이가 없는 빈자리를 메우는 임시대장이 아니라 정식대장이란 말인가?

그렇다면 철근 박사의 평상시 행동 양식에 비추어볼 때, 왕자와 의논하면서 자기네를 장군으로 인정하고 왈짜 패거들의 영입을 맡겨보자고 했을 것이었다. 그러니 이제 더도 덜도 아닌 정식대장이었다. 비록 임명장을 받은 것도 아니고 품계가 있는 것도 아니지만 왕자의 인정을 받은 정식대장이었다. 들보는 아직 그런 인식을 하지 못하는 것 같지만 벌테는 그게 어떤 의미를 갖는지 알 것 같았다. 이젠 철근 박사의 명이 아닌 왕자의 명을 받을 수 있고, 왕자와 직접 소통할 수 있는 권한을 가졌을 뿐 아니라 왕자의 신하가 됐다는 뜻이었다. 그런 그가 섣부른 행동으로 일을 그르칠 수는 없었다.

숨죽인 채 전방을 주시하며 벌테는 지난번 만수산으로 가면서 다짐했던 바를 떠올려보았다. 짝귀의 신중함과 차분함을 배우고 몸에 익히겠다는 다짐. 누구를 본보기로 삼고, 누구한테서 배우겠다는 생각을 한 건 벌테 생애에서 처음이었다. 그만큼 아무 생각도 없이 막살아왔고 본보기로 삼을 사람이 없었다는 뜻이기도 했다. 그래서 그런 사람을 만났을 때 달라지고 싶었었다.

그러나 만수산에 무사히 도착하자 몸에 배어있는 타성에 빠져 그런 다짐을 했었는지조차 잊어버린 채 살아왔다. 그런데 어젯밤 평생 잊을 수 없는 충격과 감동을 받았다. 자신이 대장이라는 사실. 이제 더 이상 예전처럼 살아서도 안 되고, 살 수도 없다는 깨달음. 말 한 마디가 이처럼 큰 힘을 가질 수 있고, 말 한 마디에 사람이 바뀔 수 있다는 사실이 놀라웠다.

생각이 거기에 이르자, 본보기로 삼기로 한 짝귀를 슬쩍 돌아보았다. 짝귀 역시 전방을 뚫어지게 쳐다보고 있었다.

"와 기러네?"

벌테가 자신을 돌아보는 걸 느꼈는지 짝귀가 물었다.

"아니, 기냥……."

벌테는 짝귀를 향해 싱긋 웃어주었다.

"싱겁기는……. 헛딧하디 말고 앞이나 댤 살피라. 꺽지래 사지로 보내놓고 뭔 헛딧이네?"

그러더니 눈길을 돌려 다시 전방을 주시했다. 그런 짝귀를 보며 벌테는, 스승은 멀리 있는 게 아니라 늘 주위에 있다는 생각을 했다.

눈에서 사라졌던 꺽지가 다시 나타나더니 일행을 향해 걸어왔다. 상황파악이 끝난 모양이었다.

"정확하디는 않디만 더 이상은 없는 것 같아."

돌아온 꺽지의 말에 벌테는 잠시 생각을 정리했다.

스무 명 정도라면 상대해볼 만했다. 자신과 들보가 놈들과 근접전을 펼치고 꺽지가 활로 지원사격을 해준다면 스무 명도 많은 건 아니었다.

그렇지만 장에서 싸움을 벌이면 죄 없는 사람들이 다치거나 피해를 입을 수 있었다. 자신들의 신분이 노출될 수도 있었고 또한 자신들은 상대와 싸움을 하기 위해 온 게 아니고 상대를 포섭하거나 합류시키기 위해 온 것이 아닌가. 그렇다면 무력충돌은 최후의 수단이 돼야 하고, 어떻게든 무력충돌은 피해야 할 것이었다.

그런데 그 방법이 문제였다. 지난번 일을 설욕하기 위해 단단히 벼르고 있는 상대에게 다른 방법이 통하지 않을 것 같았다. 그렇지만 어떻게든 무력충돌은 막아야 하겠기에 벌테는 고민하는 것이었다.

'뎌 놈들과 어떻게든 말을 터야 하는데…….'

그러다 벌테는 작정을 했다.

'기래, 말을 한 번 걸어보댜. 기게 안 되믄 무력을 쓰는 한이 있더라도.'

작정한 벌테는 즉각 일행에게 말했다.

"내래 뎌 놈들을 돔 만나봐야갔어."

"기게 뭔 소리네? 뎌 놈들은 우릴 답아듁이려고 눈이 시뻘건데."

짝귀가 받았다.

"아무리 기렇더라도 말은 한 번 걸어봐야디. 가끔은 세 티 혀가 칼이나 창보단 나을 때가 있을 기야."

"기건 안 돼."

들보까지 끼어들며 단호하게 잘랐다.

"아니야. 박사래 우릴 어뜧게 댜기 편으로 만들었고, 우리래 어뜧게 박사를 따르게 됐네. 다 세 티 혀 때문이야. 기러고 딕금은 뎌 놈들과 싸우러 온 게 아니댢네. 기러니낀 내 말 들으라."

벌테의 말에 더 이상 토를 다는 사람은 없었다. 그도 그럴 것이 어젯밤 박사가 귀에 딱지가 앉도록 싸움은 하지 말라고 했었기 때문이었다. 무력은 최후의 방편이고 최하의 방법이니 결코 무력을 앞세우지 말라고.

“내가 가서 뎌 놈들을 만나볼 테니낀 너들은 만약을 대비해 여서 준비하고 있으라. 내래 위험하다 싶으믄 바로 달려오고. 기러고 일이 커디믄 짝귀는 돌아가서 박사께 알리고. 내 말 알갔네? 난 이 기회에 세 티 혀를 믿어볼 생각이야.”

말을 마친 벌테는 즉각 나서려 했다. 그러자 들보가 벌테의 팔을 잡으며 툭 뱉었다.

“돌이랑 표창 있는디 달 확인하라.”

“걱뎡 말라야. 내래 누군데?”

“기래도…….”

“걱정말라, 이미 확인했으니낀.”

벌테는 바지 위에 묶여있는 주머니를 툭툭 치며 말했다.

“됴심하라.”

꺽지도 벌테를 염려하며 걱정의 눈빛을 보냈다.

“알갔어. 알갔으니낀 너들이나 준비 달 하고 있으라.”

벌테는 걱정하는 벗들을 뒤로 하고 성큼 장 입구를 향해 나섰다. 벌테를 본 왈패들이 호들갑을 떨든 말든 당당히 장을 향해 걸어갔다.

벌테가 가까이 다가가자 왈패 일행이 소리를 지르며 몰려들더니 삽시간에 벌테를 포위했다. 손에 칼이며 창, 철퇴까지 들고 금방이라도 죽일 듯이 덤볐다.

상대의 눈에서, 몸에서, 무기에서 뿜어져 나오는 살기. 두렵고 무서웠다. 죽음이 코앞이라 생각하자 정신이 희미해짐은 물론 몸마저도 제대로 가눌 수 없었다. 그러나 정신을 가다듬었다. 두려움을 이겨낼 수는 없었지만 두려움에 지지 않기 위해, 죽더라도 당당하고 의연하게 죽고 싶어 한순간에 빠져나가려는 정신을 붙잡으려고 무진 애를 썼고 후들거리는 몸을 바로잡았다.

'정신 타려야 돼. 듁을 때 듁더라도 비겁해선 안 돼. 내래 누군데? 인섭 왕자래 호위하는 대장 아니네.'

벌테는 대장이란 말을 속으로 되뇌며 왈패 일행이 무기를 겨누고 있는 한가운데 서 있었다. 그리고 모든 무기들이 자신을 향해 자리를 잡았다 싶자 목소리를 가다듬고 또박또박 끊으며 말했다.

"듁음은 무섭디 않다. 듁음이 두려웠으믄 여기 나타나디도 않았갔디."

그러자 한 놈이 받았다. 아무래도 지난번에 당했던 놈들 중의 하나인 것 같았다.

"우리가 누군디 모르니낀 겁도 없이 다시 나타났갔디. 기렇디만 오늘은 어림도 없다. 지난 열흘 동안 오늘이 오기만을 기다리고 또 기다려왔다."

"시끄럽다. 약한 여자나 괴롭히는 주제에 무슨 할 말이 있다고……. 아무튼 너들 우두머리가 됐든 두목이 됐든 기 자를 만나고 싶다."

"네 이놈! 네깟 놈이 어디서 우리 두령을 보갔다는 거네? 백 번 듁었다 깨나도 넌 우리 두령을 못 볼 거이다."

이번에는 덩치가 들보만한, 아마도 들보에 대항하기 위해 온 것 같은 꺽대가 악을 썼다.

"두령을 못 본다? 기럼 여기 있는 사람들 중에 우두머리라도 나서라. 내래 할 말이 있으니낀."

"헛소리 댝댝 하라. 어디서 감 내라 밤 내라네. 미틴 개 딪는 소리 하디 말고 이 칼이나 받아라."

지난번 벌테에게 당했던, 이마를 헝겊으로 동여맨 놈이 칼을 들고 덤비려 했다. 그러자 벌테가 급히 소리를 질렀다.

"댬깐! 돟다, 정 기렇다믄 상대해 듀갔다. 기 대신, 여기서 싸우믄 죄 없는 사람들이 다틸 거이니 사람들 없는 데로 가댜."

"시끄럽다. 이 칼이나 받아라."

마빡이 칼을 들고 덤벼드는 찰나, 벌테는 손에 잡히는 대로 주머니에서 돌멩이 하나를 꺼내 상대의 팔에 던졌다. 칼을 들고 덤벼들던 마빡이 아이코! 소리와 함께 칼을 떨어트렸다. 칼을 든 오른쪽 팔목에 정확히 맞았는지 마빡은 팔을 급히 내리더니 왼손으로 오른쪽 팔목을 감싸 쥐었다.

"이 주멩기(주머니)에 표창이 열 개, 쇠구슬이 스무 개, 돌멩이가 그 이상 있다. 기러니 너들이 두렵디 않다. 기렇디만 아까도 말했디만 난 너들 우두머리와 대활하려는 거디 싸우려는 게 아니다. 설사 싸우더라도 장솔 옮겨, 사람들이 없는 데서 싸우갔다."

그 말에 다른 놈들은 서로 눈치를 살피는 것 같았으나 마빡이 제 분을 못 이기겠는지 칼도 없이 다시 덤벼들려 했다. 그러자 벌테는 다시 주머니에서 돌 두 개를 집어 마빡의 다리를 향해 던졌다. 이번에도 돌 두 개가 놈의 다리에 명중. 놈은 풀썩 주저앉았다. 그 모습을 본 나머지들은 놀랐는지 멍한 눈빛으로 벌테를 쳐다보았다.

"난 너들과 싸우고 싶디 않다. 이뎨부턴 너들 눈만 맞튜갔다. 덤비고 싶으믄 덤벼라."

벌테는 주머니 속에 있는 돌이며 쇠구슬들을 꺼내 왼손에 쥐며 으름장을 놓았다. 그 말에 상대는 움직임들을 멈췄다. 예삿내기가 아니구나 싶었기 때문이기도 했지만 한 놈이 담깐! 하며 손을 들었기 때문이었다.

얼굴 가득 뒤덮인 수염에, 무두질한 가죽 조끼를 입은, 나이가 제법 들어뵈는, 덩치도 커서 힘깨나 씀직한 놈이었다.

"내가 두령이다. 할 말이란 게 뭐네?"

털보가 앞으로 나서며 물었다.

"여기선 말하기 곤란하다. 기러니 사람들 없는 데로 장솔 옮기댜."

"무슨 개소릴……."

털보 뒤에 섰던 놈이 나서려하자 털보가 손을 들어 제지하며 말했다.

"뭔 얘기네? 여서 말하라."

"여선 곤란하다. 기러니 어디든 사람들 없는 데로 가댜."

털보가 잠시 뜸을 들이더니 대답했다.

"돟다. 어디로 가믄 되갔네?"

"사람들 없는 데면 어디든 돟다. 너들 산채도 돟고."

"뭐? 우리 산채?"

"기래. 어디든 돟다."

"알갔다. 우리 산채래 알려디믄 안 되니낀 뎌뚝 산으로 가댜."

털보가 장 반대편에 있는 산을 턱으로 가리키며 말했다.

"돟다. 기 대신, 단둘이 얘기하고 싶다. 비밀 얘기니깐."

"알갔다. 가댜."

다른 놈들이 말렸으나 털보가 손을 들어 저지한 후 앞서 걷기 시작했다. 그러자 벌테도 털보를 따라 산 쪽으로 걸어갔다.

"무슨 얘긴데 기리 장솔 따디는 거네?"

사람들이 없어 사람들 눈에 띄지 않겠다 싶은 산 입구에 닿자 털보가 멈춰서며 물었다.

벌테는 잠시 뒤를 살펴봤다. 길에서 조금 면한 곳이긴 했지만 말이 새나가지 않을 것 같았다. 하여 털보를 향해 돌아서며 속삭이듯 물었다.

"혹 인섭 왕자라고 아슈?"

"인섭 왕자? 기게 누군데?"

"기럼 갈사국은 아슈?"

"뎌 위똑에 있는 부여 말이디."

"기렇소. 거기 막내 왕자래 이름이 인섭인데, 내래 그 왕잘 호위하는 사람이오."

벌테는 대장이란 말이 터져 나오려는 걸 애써 참으며 호위하는 사람이란 말로 자신을 소개했다. 갈사국에 대해서도 잘 알지 못하는 털보에게 세부 사정을 자세히 알리지 않는 게 좋을 것 같았고, 대장이란 직책을 내세워도 큰 반향을 불러일으키지 못할 것 같았기 때문이었다.

"너가?"

털보가 가소롭다는 듯이, 위아래를 훑어보며 물었다.

"기렇소."

"기 몸으로? 사람이 없긴 없는 모양이디."

"기런 말 마시오. 호위는 덩치로 하는 게 아니잖소."

"기래도 기렇디. ……기래, 할 말이란 게 뭐네?"

"당신네 패거리를 우리 호위대에 편입시키고 싶소."

"뭐? 우릴?"

털보가 입을 떡 벌리더니 다물지 못했다. 전혀 예상하지 못했던 말인 듯했다.

"사실 큰 기대는 하디 않았고, 쉽게 결정할 일도 아닐 거요. 기렇디만 우린 병사들이 필요하고 기 쪽은 불안한 하루살이 삶을 정리해야 할 것 아니요. 기래서 기걸 권하러 온 거요."

벌테는 갈사국에서 여기까지의 노정과 함께 지난번 일에서부터 오늘까지의 일을 간추려 말했다. 두령이란 자 앞이라 그런지, 이런 일은 처음이라 그런지 두서없이 말이 섞이고 말이 헛나와 여러 번 정정하기도 했지만 전체적인 내용을 알기 쉽게 풀어놓았다. 털보는 놀라기도 하고, 의문스러워 고개를 갸웃거리기도 하고, 중간에 묻기도 하면서 벌테의 이야기를 끝까지 들어주었다. 두령으로 있으면서 부하들의 얘기를 잘 들어주었던 것 같았다.

"기렇게 하여 왕자와 박사의 허락을 받고 온 거요. 일방적이고 염치없는 일인 듈 알디만, 기러믄 서로에게 힘이 될 것 같아 듁음을 무릅쓰고 턏아온 거요."

벌테가 이야기를 매듭짓자 털보는 의문스러우면서도 고민스러운 얼굴로 벌테를 쳐다보았다. 그러나 거부감이나 모멸감은 드러내지 않았다. 일언지하에 거절하고 길길이 날뛸 줄 알았는데 예상외였다.

"기건 안 될 말이오."

털보가 반말이 아닌 존댓말로 바꿔 거부의 뜻을 밝히더니 차분한 어조로 말을 이었다.

"둏은 관계로 만났어도 힘든 일을 원수로 만났는데 가당키나 하갔소? 기뚝 말은 못 들은 걸로 하갔소. 기 대신, 지난 장에 있었던 불미스러운 일은 부하들을 대신해 내가 사과하갔소. 내가 단단히 주의를 듀갔소. 기런 내막이래 있었다믄 오늘 장에 나오디도 않았을 거이요. 장에서, 아무 이유 없이, 부지불식간에 공격을 당했다길래 복수를 하래고 나온 거요. 기런데…….”

털보는 그까지 말을 해놓고 한동안 뜸을 들이더니 조심스레 물었다.

“기 돌팔매 기예는 어디서 배운 거요? 기냥 돌팔매딜이 아니라 백발백중이던데.”

“뭐 기예랄 거까디 있습네까? 어려서부터 돌팔매딜을 하다 보니 기리 된 거이디요.”

“누구한테 배우디 않고 혼차 터득했단 말이요?”

“뭐, 기런 셈이디요.”

“졍말 대단하오. 부하들 말을 들어보니 예사사람은 아니다 싶어 직접 나왔는데 보고도 믿기디 않았소. 기래서 하는 말인데…… 탸라리 기뚝이 우리 일행에 가담할 생각은 없소? 내가 직접 온 건 기런 내 뜻을 전하기 위해서이기도 하오.”

“하턓은 손재줄 알아듀는 건 고마운 일이디만 기건 안 될 말이요. 남자로 태어나서 큰 뜻을 품었으면 기 뜻에 매진해야디요. 기 길이 험하고 멀디라도 말이요.”

“댤 알갔소. 아쉽디만…… 강요하디는 않갔소. 기럼…….”

털보는 쩝! 입맛까지 다시며 돌아섰다.

그 뒤에다 대고 벌테는 돌팔매질만큼이나 빠른 속도로 말을 날렸다.

“다음 장에도 올 테니낀 두령도 나오시오. 한 번 더 얘기해 봅세다.”

그러나 털보는 그 어떤 반응도 보이지 않고 패거리들이 기다리는 장을 향해 곧장 걸어갔다.

벌테는 그 모습에서 털보의 흔들림을 보았다. 자존심이 강하고, 남한테 자신의 속마음을 들키는 걸 꺼리는 사람일수록 자신의 흔들림을 남에게 들키지 않기 위해 꼿꼿한 자세를 취하지 않는가. 털보의 꼿꼿함은 그런 속마음을 드러내는 행동이라 할 수 있었다. 하여 벌테는 다음 장을 기다려보기로 했다.

43

장에서 돌아온 벌테의 말을 들으며 철근은 놀라지 않을 수 없었다. 이제 벌테는 더 이상 산골무지렁이가 아니었다.

신기에 가까운 돌팔매질이야 진즉에 알고 있었지만, 남을 설득하거나 협상 자리에 나서본 적이 전혀 없을 텐데도 전문가 빰칠 정도로 상대를 설득하는 한편, 다음을 기약했다는 게 믿어지지 않을 정도였다. 언변이야 있는 편이었지만 그 정도 능력이 있을 줄은 몰랐다. 벌테는 이제 돌팔매질뿐 아니라 협상능력까지 갖춘 당당한 호위대 대장으로 발돋움한 셈이었다.

"수고하셨습네다. 대장의 능력이야 박사로부터 자주 들었디만 기 정도일 듄은 몰랐습네다."

왕자도 철근의 생각과 다르지 않은지 벌테를 치하했다. 벌테의 계획대로 산적 일당을 포섭하여 흡수할 수만 있다면 좀 더 안전하게 기동할 수 있을 것이고, 이동 중에 같은 방법으로 왈패나 산적들을 규합한다면 새로운 꿈을 가져볼 수도 있었다. 첫 술밥에 배부를 수는 없고, 티끌 모아 태산이라 하지 않았던가. 왕자도 그것에 의미를 부여하고 있는 듯했다.

"기런데 말입네다. 우리 떠날 때가 되디 않았습네까?"

철근이 흡족한 미소를 띠우고 있자니 왕자가 물었다. 왕자가 묻자 철근은 난감했다. 안 그래도 고민하고 있던 바를 왕자가 물었기 때문이었다.

사실 숭가리강으로 방향을 잡은 것은 하얼빈에 머물기 위해서가 아니었다. 하얼빈은 강을 따라 남하하기 위해 잠시 머무는 기항지라 할 수 있었다. 그러니 하얼빈에 도착하여 남하할 준비도 얼마간 했으니 다시 떠나야 했다. 강이 얼기 전에 이동하지 않으면 얼음이 녹는 내년 봄까지 기다려야 할 것이었다.

그런데 막상 떠나려 하니 문제가 한둘이 아니었다. 호위병력이 반도막 난 상태였고, 강을 따라 내려가려면 배가 필요했는데 배를 구할 수 없었다. 짝귀와 정찰조가 매의 눈으로 찾아봤지만 백 명에 가까운 인원에 짐을 실어 나를 배가 없다고 했다. 큰 배가 없는 건 아니었지만 무역에 종사하는 배들이라 구입할 수가 없다고 했다. 그렇다고 여러 척에 분승하기도 쉽지 않았다. 무역으로 먹고 사는 무역선에 승객을 태워줄 리 만무했고, 무역선을 제외하고는 강 건너를 오가는 나룻배가 전부라는 것이었다. 무역선을 사던지 배를 건조하지 않는 한 남하하기는 힘들 것 같다고 했다.

뗏목을 생각 안 해본 것도 아니었다. 그러나 남하하려는 방향과 강이 흐르는 방향이 정반대여서 뗏목을 이용할 수도 없었다. 남하하려면 강을 거슬러가야 하는데, 그러려면 돛을 이용할 수밖에 없었다. 하여 올 겨울을 여기 머물 생각이었다. 겨울 동안 상황을 살핀 후, 겨울 동안 목재들을 벌채하여 내년 봄에나 배를 건조하던지, 그도 안 되면 목재들을 구입하여 배를 건조할 생각을 하고 있었다.

그렇지만 그러저런 사정을 왕자에게 알릴 수 없어 혼자 끙끙거리고 있는데 모인산을 언제 떠날 것인지를 묻자 철근은 난감할 수밖에 없었다.

"신의 생각으론 벌테의 계획을 실행해본 후에 출발해도 늦디 않을 거 같습네다."

철근이 한참 만에 대답하자 왕자가 철근의 얼굴을 빤히 쳐다보았다. 아무래도 철근의 심중을 짐작하는 모양이었다. 그러기를 잠시. 왕자가 드디어 결정을 내렸다.

"알갔습네다. 박사께서도 벌테 대장을 믿어보자니 기렇게 하디요. 기렇디만 다음 장까지만입네다. 여서 오래 머물 수는 없디 않갔습네까?"

왕자도 착잡한지 그렇게 말을 맺고는 천장을 쳐다보았다. 말은 안 했지만 왕자라고 그런 상황을 짐작하지 못할 리 없었고, 상황을 알고 있는 만큼 답답하지 않을 리 없을 것이었다.

새로운 인연

44

털보네 산채에 도착하자마자 벨테는 짝귀를 군영으로 보냈다.

왕자와 박사가 걱정하며 기다리고 있을 테니 조금이라도 빨리 이쪽 상황을 알리는 게 좋을 듯했기 때문이었다. 생각 같아선 넷이 함께 가서 보고한 후 다시 오고 싶었으나 그럴 수가 없었다. 자칫 잘못했다간 오해를 살 수 있었고, 어렵게 잡은 기회를 놓칠 수도 있었다. 하여 이쪽 상황을 왕자와 박사에게 먼저 알리자고 털보의 양해를 구해 짝귀를 파견한 것이었다.

벨테는 어떻게든 털보와 그 일당을 설득하여, 함께 군영으로 돌아가고 싶었다. 그러기 위해서는 당분간 산채에 머물면서 털보와 그 수하들을 설득해야 할 것 같았다. 아무리 뜻을 함께 하기로 합의는 했지만 10년 넘게 다지고 꾸며온 삶의 터전을 버리고 선뜻 따라나서기는 힘들 것이었다. 벨테는 그 마음을 너무나 잘 알기에 서두르지 않기로 했다. 그러기 위해서는 왕자와 박사에게 상황 보고도 해야 하고 허락도 받아야 할 것이기에 짝귀를 군영으로 보낸 것이었다. 짝귀라면 현재 상황뿐만 아니라 오늘 낮에 있었던 일을 가장 정확하면서도 효과적으로 전달할 것이라 믿었다. 뿐만 아니라 벌테의 의중까지도 적절히 알릴 것이기에 따로 말할 필요가 없었다. 척하면 알아듣는 짝귀에게 말 한 마디면 족했다.

"산채에 도착했으니 이데 한 사람은 돌아가서 여기 상황을 알래야디 않갔네?"

그 말에 짝귀가 벌테를 쳐다보았다. 아무래도 내가 가야갔디? 하는 눈빛이었다. 하여 벌테는 조용히 고개를 끄덕였다. 그러자 짝귀는 털보와 털보 일행에게 인사를 하더니 왔던 길을 바로 되돌아갔다. 그게 전부였다.

멀어져가는 짝귀를 바라보고 있자니 오늘 있었던 일들이 아득한 꿈속에서의 일인 것처럼 떠올랐다. 참으로 일이 많았던 하루였다.

오늘 아침, 장에 도착한 벌테는 가슴이 철렁 내려앉았다. 새벽같이 장에 도착하니 장은 아직 서지도 않았고 털보 일당의 모습도 보이지 않았다. 시골 장인만큼 그 어떤 장보다 일찍 서려니 싶었는데 그게 아닌 모양이었다. 하는 수 없어 장입구, 지난번 털보 일당이 벌테네를 기다리고 있었던 곳에 자리를 잡았다. 만약 그들이 온다면 거기로 올 것 같아 그곳에서 기다리기로 했다.

해가 떠오르고 장은 섰으나 털보뿐만 아니라 그 누구도 나타나지 않았다. 장을 떠도는 다른 왈짜들이라도 보였다면 털보네를 물어보려 했지만 오늘 따라 그들도 보이지 않았다. 이상한 일도 다 있다 싶으면서도 벌테 일행은 한 자리에 선 채 털보네를 기다렸다.

만약의 사태를 대비하여 바짝 긴장한 채 기다리려니 기다림의 시간은 길기만 했다. 앉거나 자리를 뜰 수 없었기에 볼일을 볼 때 외엔 장승처럼 한 자리에 서 있자니 다리도 아프고 은근 짜증도 났다. 그러나 참았다. 대어일수록 기다림의 시간이 필요하지 않는가. 그런데 다른 사람들의 생각은 다른 모양이었다.

"달못 딮은 거 아니네?"

짜증이 오르기 시작한 목소리로 꺽지가 물은 것은 먼저 온 사람들이 장을 보고 돌아가기 시작할 무렵이었다.

"기럴 리 없어. 분명 나타날 거야. 기러니 기다리라."

벌테도 자신은 없었다. 털보와 약속을 한 것도 아니고, 털보가 돌아가는 뒷모습을 보고 지레짐작한 것이라 확신할 수 없었다. 그러나 벌테는 자신의 촉을 믿고 싶었다.

어려서부터 장을 들락거리며 배운 게 있다면, 사람은 말보다 행동이나 뒷모습으로 자신의 본심을 드러낸다는 것이었다. 말로는 물건을 살 듯하면서도 몸동작은 그 반대인 경우는 거의 물건을 사지 않았고, 말은 좋네 안 좋네 하면서도 몸동작은 그 물건을 사고 싶어하는 경우는 십중팔구 그 물건을 사고 갔다. 그러다 보니 벌테는 말보다 손짓, 눈짓, 몸짓을 비롯한 몸동작을 읽으려 노력했고, 얼마간 몸동작을 읽을 수 있게 되자 말보다는 몸동작으로 상대의 마음을 파악했다. 그 덕에 벌테는 그 누구보다 먼저 물건을 팔 수 있었고, 일찍 집으로 돌아갈 수 있었다. 그러니 털보의 뒷모습을 잘못 읽었을 리 없었다. 만약 털보가 나타나지 않는다면 그건 자신이 털보의 마음을 잘못 읽었기 때문이 아니라 털보에게 피치 못할 사정이 있기 때문일 것이었다. 분명 털보는 자신의 말에 흔들리고 있었고, 다시 보자는 말에 움찔 반응을 보였었다. 벌테는 그런 털보의 몸동작을 믿고 싶었다.

그러나 벌테의 예상과는 달리 털보도, 그 부하들도 모습을 드러내지 않았다. 이제 해가 중천이고 장은 서서히 파장 분위기였는데도 누구 하나 코빼기도 보이지 않았다.

“이뎨 기만 가댜. 괜히 헛고생만 했댢아.”

좀해선 감정을 잘 드러내지 않는 들보도 짜증을 내며 졸랐다.

“둄 가만히들 있으라. 기룧게 참을성 없어가디고 뭔 일을 하갔네? 장이 파한 것도 아니고…….”

벌테는 그렇게 말해놓고 그런 말을 하는 자신이 놀라웠다. 참을성 없고 몸 가볍기가 둘째가라면 서러워하는 자신이 그때까지 참고 기다리고 있다는 게 신기로웠고, 그런 말을 하면서 친구들을 제어하고 있다는 사실이 놀랍기 그지없었다. 더더군다나 파장 때까지 기다리기로 결심을 하고 있는 자신이 믿기지 않았다. 그저 놀라울 따름이었다. 벌테 삶에서 도저히 있을 수 없는, 죽었다 깨나도 불가능한 일이 벌어지고 있었던 것이었다.

그건 아무래도 이번 일을 책임지고 있고, 왕자로부터 전권을 위임받은 자의 책임감 때문일 것이었다. 어쩌면 자신은 이제 어엿한 호위대 대장이라는 인식 때문인지도 몰랐다. 그 깃털보다도 가벼운 변화가 자신을 이렇게 바꿔놓았다는 게 믿어지지 않았고 그런 변화가 낯설었다. 하지만 이제 그렇게 살아야 한다는 의식만큼은 그 어떤 것보다도 명료했고 그 어떤 것보다 무게감을 가지고 있었다.

그런 의무감과 책임감으로 친구들을 말리고 누르고 다독이며 파장 때까지 기다렸지만 결국 털보네는 나타나지 않았다.

“난 가갔어. 배고프고 다리 아파서 못 견디갔다.”

결국 들보가 단독 행동할 뜻을 비치자 벌테도 더 이상은 누를 수가 없었다. 그도 그럴 것이 그동안 구시렁대고 잔소리를 했다가 벌테에게 지청구를 들었던 썩시와 짝귀도 들보의 말에 선뜻 동조하며 벌테를 내버려둔 채 떠날 채비를 했기 때문이었다. 결국, 벌테도 철수할 생각으로 몸을 돌리다 문뜩 이상한 생각이 들었다.

"아니, 댬깐!"

"또 뭐? 뭘 기러네?"

들보가 제대로 짜증난 목소리로 받았다.

"톰 이상하디 않네?"

"뭐가? 뭐가 이상하다는 거네?"

이번엔 꺽지였다.

"우릴 만나러 오디 않아도 장은 봐야 할 거 아니네? 기래야 다음 장까디 버틸 거고."

"기거야……."

꺽지가 나서려는데 짝귀가 벌테의 말에 동조하며 나섰다.

"기건 기래. 듣고 보니 뭔가 이상하긴 하네."

그 말에 꺽지와 들보도 뭔가 이상하다 싶은지 입을 다물었다. 그러기를 잠시.

"기럼 혹시?"

벌테와 꺽지가 거의 동시에 이런 의문을 터트렸다.

"맞아. 이 놈들 어디 숨어서 우릴 살피고 있는 게 분멩해."

드디어 벌테는 이 말을 자신 있게 할 수 있었다. 벌테에게 속아 자신들이 위험해질 수 있다는 생각에 벌테네의 행동을 살피고 있거나, 벌테네의 인내력을 시험하고 있다는 생각이 들었다. 왜 안 그렇겠는가. 단 한 번 만나본 벌테의 말을 곧이곧대로 믿을 수 없었을 터였다. 또한 벌테를 믿었다가 함정에 빠지기라도 한다면 낭패 중의 낭패요 경솔함의 극치일 테니 벌테를 신뢰할 수 있을 지 파악하고 있을 수 있었다. 그와 동시에 벌테의 간절함이 진심에서 우러나온 것인지를 확인하고 있을지도 모르고. 그걸 알아채지 못하고 한나절 내내 발을 동동 구르며 애를 태웠으니 생각할수록 자신의 단순함과 어리석음이 부끄러웠다. 상대를 염두에 두지 않고 모든 걸 자신의 마음처럼만 생각한 단순 경솔하고 단세포적인 사고 때문에 한나절 생고생을 했던 것이었다. 부끄럽기 한량없었다.

"돟다. 기렇다믄 돔 더 기다려듀지. 누가 이기는가 보다."

벌테는 이를 악물며 말했다. 그 말엔 꺽지, 들보, 짝귀도 아무 말이 없었다. 그들도 이미 벌테와 같은 생각인지 돌아서려던 발길을 돌려 제자리에 자리를 잡고 섰다.

"기럼. 우리가 눈데?"

들보가 벌테의 말에 전적으로 동의하며 벌테의 각오에 힘을 실어주었다. 우리가 눈데?란 말은 전적인 동의의 뜻이자 목숨을 함께 하겠다는 들보식 다짐이었으니 꺽지도 빙긋 웃으며 들보의 다짐에 화답했다. 짝귀 또한 상황 판단을 끝냈는지 아무 말 없이 세 사람과 행동을 같이 했다.

그렇게 의기투합한 네 사람은 장이 완전히 파해, 사람들의 모습이 하나도 보이지 않을 때까지 장입구에 서 있었다. 아침이랍시고 산을 넘으며 먹은 주먹밥 하나가 전부요, 물도 제대로 마시지 못했고, 땡볕이 쏟아지고 있었지만 넷은 견뎠다. 견뎌내야 했다. 털보네가 결코 만만히 보지 못하게, 자신들이 어떤 존재인지 각인시켜 둘 필요가 있었다.

그렇게 해가 설핏 기울기 시작할 때까지 장입구에서 버티고 있자니 드디어 털보가 모습을 드러냈다. 혼자가 아니라 지난번보다 한참 많은 부하들을 거느리고. 벌테네를 믿을 수 없어 만약의 사태를 대비했던 모양이었다.

"내가 졌소. 기른데…… 아까 돌아가려다가 왜 안 돌아간 거요?"

"언데요? 우린 새벽부터 여기서 꼼딱 않고 기똑이 오기만 기다렸시요."

벌테는 상대에게 수를 읽혀서는 안 될 것 같아 시치미를 딱 떼며 말을 이었다.

"남아일언중천금男兒一言重千金이라 했는데 어찌 몸을 가벼이 움딕이갔소?"

"기럼 천금보다 무거운 남아의 뜻을 합텨봅세다. 댜, 여기서 이럴게 아니라 갑세다. 우리 산채래 둡긴 하디만 네 사람쯤은 문제 없으니낀."

털보는 기분이 좋은지 입에 웃음을 문 채 길을 내주었다.

털보는 돼지 한 마리를 잡아 잔치를 벌였다. 산채 식구가 백 명이 훨씬 넘는다고 했으니 돼지 한 마리로는 턱도 없었지만 궁핍한 산채 살림에 오랜만의 고기 추렴이라 모두들 모여들어 입에 기름칠을 했다. 내장과 족발 등 부산물도 골고루 나눠먹었고, 나중엔 고기 삶은 물에 각종 산채를 넣어 끓인 고깃국에 밥을 말아 먹느라 가마솥 주위엔 사람들 발길이 끊이지 않았다.

많은 입에 고깃국도 금방 바닥나 사람들 발길이 뜸해지자 털보는 산채 중앙, 몇 백 년은 족히 됐을 자작나무 아래로 안내했다.

밑동엔 신목神木을 보호하기 위해선지 신성한 공간임을 표시하기 위해선지 돌을 쌓아두고 있었고, 주변을 새끼줄로 두르고, 나뭇가지에 울긋불긋 천들을 걸어두고 있는 게 신단인 듯했다. 그 앞에 너른 공지가 있어 거기서 모임을 가지곤 하는 모양이었다. 다른 곳에 비해 풀들이 크지 않은 게 사람들이 발길이 끊이지 않는가 보았다.

"여기래 신단이유. 아무래도 산채를 떠나기 전에 기동안 무탈하게 살 수 있게 돌봐듄 걸 감사드리기 위해 준비해두라 했수. 기왕 떠나기로 한 거 내일 떠날까 하고. 어띠 생각하슈?"

털보의 물음에 벌테는 깜짝 놀랐다. 최소한 사나흘 동안 줄다리기와 의견조율을 거치고 나야 움직여도 움직이려니 생각하고 있었는데 내일 당장 떠나겠다니 놀라지 않을 수 없었다.

"기릏게나 빨리요?"

"왜 기러슈? 안 될 사정이라도?"

"아, 아니요. 예상외라……. 뎡말 기렇게 빨리 떠날 수 있갔소?"

"쇠뿔도 단김이라고 바로 떠나야디요. 미덕거리다 또 무슨 일이 있을디 모르고……."

말해놓고 털보는 빙긋 웃었다. 아무래도 지난 열흘 사이에 제법 많은 일이 있었던 모양이었다. 반대하는 부하들과 갈등을 겪기도 했던 모양이고. 그러다 극적타결을 봤는데 시간을 끌다 또 다시 반대 목소리가 터질까 걱정하는 것 같았다. 그래서 산채를 떠나기로 잠정 결정해놓고도 몸을 숨긴 채 벌테네 행동을 한나절 동안 지켜봤고, 벌테네 행동에 진정성과 간절함이 보이자 그제서야 최종결정을 내린 모양이었다. 그걸 무슨 일이 있을지도 모른다는 말로 돌려 표현하는 것 같았다.

"기룽게만 해듀신다믄이야 더 바랄 게 없디만……. 기룽게 빨리 떠날 수 있갔수?"

"뭐 몸뚱이가 전부라 몸만 떠나믄 되는데 시간 끌게 뭐 있갔수?"

"아무리 기렇디만……."

"열흘 동안 정리했으니낀 기건 걱뎡 말라우요. 기똑만 둏다믄 내일이라도 바로 여길 뜰 생각이니낀."

"가정을 가딘 사람들도 있을 게 아뇨?"

"기런 사람들까디야 다 데리고 갈 순 없디요. 기래서 남을 사람은 남기로 했고 떠날 사람만 데리고 갈 생각이유."

"기럼 반으로 나눈다는 말입네까?"

"반으로 나누는 게 아니라 남길 원하는 사람들, 먼 길 가기가 힘든 사람들은 남으라 했수. 기래서 남은 사람들을 위해 모든 걸 기냥 남겨듀고 몸만 떠날 생각이유. 기똑이 말하디 않았수? 남자가 큰 뜻을 품으믄 한 길로 매진해야 한다고. 나도 기룽게 해볼라는데……. 여기서 평생을 산들 이런 기회가 또 올 것 같디 않아서."

말은 그렇게 했지만 그 말에는 털보의 그간의 갈등과 고뇌가 배어 있었다. 왜 안 그렇겠는가? 얼마 전 벌테도 갈등하고 고민했던 일이 아닌가. 어쩌면 쫓겨 가는 기분일지도 몰랐다.

"아무튼 고맙소. 오늘 아틈까디만 해도 두령과 이런 자리를 갖게 될 듐은 꿈에도 몰랐소. 기런데 내일 당장 떠나갔다니 얼떨떨하오. 번갯불에 콩 볶아 먹는 것 같아서 말이요."

"번갯불에 콩 볶아 먹을 사람은 나만은 아닌 듯 싶던데?"

벌테를 바라보며 털보가 웃자 벌테도 따라 웃었다. 하기야 이번

일 자체가 번갯불에 콩 볶아 먹기인지도 모를 일이었다.

무당이 굿을 시작했다. 산채에 사는 무당은 아닌것 같았다. 큰무당은 아니고 간단한 굿이나 하는 무당인지 북 하나가 무구巫具의 전부였다. 산채 사람들과도 익숙한 것 같았고, 산채에 대해서도 아는 것으로 보아 가끔씩 그 무당을 불러 굿을 했던 모양이었다.

웅얼웅얼 혼잣소리로 북 장단에 맞춰 읊어대고 있어, 자세히 알아들을 순 없었지만 산채 사람들은 정성을 다하는 것 같았다. 무당은 지금껏 무탈하게 도와준 것에 대한 고마움을 표한 후, 앞길을 살펴달라고 기원했다. 특히 먼 길을 나서는 이들에 대한 축원도 이어졌다.

"산채서 굿을 하니 이상하오? 텨음엔 나도 기랬소. 긴데 뎌 자작나무래 영험한 신목이라 하여 뎌 무당은 한 달에 두 번씩, 초하루 보름마다 턏아온다우. 벌써 10년째. 기러다 보니 꽤 가까워뎠고, 우리가 떠난다니 뎌렇게 공을 들이고 있으니 인연이라 게 탐 이상한 거디요."

털보는 무당과의 인연을 빌미삼아 벨테네와의 인연을 이야기하는 것 같았다. 비록 열흘밖에 안 지났지만 그 열흘이 십 년만큼이나 오랜 세월을 함께 한 것 같다는 말로 들렸다. 그런 느낌이 든 건 털보의 눈물 때문이었다. 하루를 함께 해도 백 년을 함께 한 것처럼 느껴지기도 하고, 수십 년을 함께 살아도 아무 의미도 없을 수 있는 게 사람의 정이 아니냐고 무당이 사설을 읊조리자 털보가 한숨을 푸욱 내쉬었다. 오늘의 결단을 위해 지금껏 누리고 쌓았던 모든 것을 포기해야 했기에 그 사설이 더욱 털보 가슴을 적시는 모양이었다. 하여 벌테는 털보의 눈을 마주 볼 수 없어 별날 것도 없는 무당의 행동을 멀건이 바라보기만 했다.

'쉽던 않았겠디. 암, 쉽디 않았을 거이야.'

벌테는 털보의 마음을 알 것 같았다. 그건 몇 달 전 벌테가 이미 겪었던 일이었기 때문이었다. 똥구덩이를 굴러도 이승이 낫고, 돼지우리에 살아도 제 집이 낫다는 말이 있듯이 정들었던 곳을 떠나 낯설고 물선 타향을 떠돌 생각을 하니 착잡하지 않을 수 없을 것이었다. 더군다나 안정된 삶이 보장된 것도 아니지 않은가. 그렇다고 제자리를 지키고 있자니 펴질 것도 나아질 것도 없는 상황이고. 그러니 갈등할 수밖에. 그 갈등을 인연 운운하며 눙치고 있었다.

45

다음날, 산채를 나선 털보 일행은 80명도 채 되지 않았다. 여자며 몸이 불편한 사람, 산채에 남고자 하는 사람을 제하니 인원이 대폭 줄었다.

행장도 간단했다. 각자의 병장기만 챙겨 들고, 마치 산 아래 마을로 마실을 가듯 나섰다.

그러나 이별은 길고도 진했다. 떠나는 사람이나 남는 사람이나, 산채 사람들은 모두 나와 서로의 무사와 안녕을 기원하며 눈물을 흘렸다. 특히 남는 사람들의 이별 눈물은 진하고도 질펀했다. 함께 떠나지 못하는 아쉬움과 이제 헤어지면 영영이별이란 막막함과 버려졌다는 고립감과 혼자 버텨야 한다는 외로움이 한숨 혹은 눈물

혹은 콧물이 되어 흘렀다. 산채 전체가 울음바다였다.

"이뎨 기만 가댜!"

그 풍경을 더 이상 보고 있기가 눈 시린지 털보가 재촉했으나 선뜻 길을 나서는 사람은 없었다.

"됴 더 놔두시디요. 정이란 게 기렇게 찐 떡 댜르듯 댜를 수 있갔시요?"

벌테의 만류에 털보는 뒤로 돌아서더니 하늘을 올려다봤다. 눈물을 감추기 위함임을 모를 리 없었기에 벌테는 꺽보를 이끌고 먼저 산채에서 나와 버렸다. 그리고 햇볕을 피하기 위해 숲으로 들어갔다. 숲에 들어가자 꺽지가 물었다.

"달 된 거디?"

"뭐가?"

벌테가 되물었다.

"뎌 사람들 말이야. 우리한테 도움이 되갔디?"

"길쎄……. 기거야 두고 봐야디. 기렇디만 털보는 우리한테 꼭 필요한 사람일 기야. 너들도 털보가 어떤 사람인디 보디 않았네."

"기거야 말할 필요도 없디만……. 털보 부하들 말이야, 어중이떠중인 것 같아서."

"우린? 우린 뭐 어중이떠중이 아니고? 두고 보라, 뎌 중에 우리보다 한참 나은 이들이 분명 있을 기야. 산삼이래 흙속에 박혀 있디 땅 위에 솟아 있는 게 아니댢네."

"산삼만? 뭐든 귀한 건 땅 속에 박혀 있디."

들보도 벌테와 생각이 같은지 퉁명스럽게 한 마디 했다.

"기러믄 다행이고."

껵지가 의구심을 거두지 않은 채 대립했다. 그도 그럴 것이 두령인 털보를 제하고는 인물다운 인물이 눈에 띄지 않았기 때문이었다. 벌데도 그세 석성스럽긴 했지만 제 깜냥과 몫이 있을 것이라 편히 생각하고 있었는데 들보도 벌테와 같은 생각인 것 같아서 마음이 놓였다. 들보의 동조에 껵지도 마음 편히 먹기로 작정한 모양이었다.

셋이 그런 얘기와 만수산을 떠날 일에 대해 얘기하고 있자니 일행이 털보를 앞세우고 산채 밖으로 나왔다. 그리고 기다리고 있던 벌테 일행이 보이자 털보가 따라오는 사람들에게 말했다.

"댜, 이데 돌아들 가라."

그러나 따라온 사람들은 움직일 생각을 하지 않았다. 떠나는 뒷모습을 보고 싶은 모양이었다.

"거 탐! 갑세다. 우리가 떠나야 돌아갈 모양이요."

털보가 벌테네를 앞질러 산을 내려가기 시작했다. 그러자 부하들이 뒤따랐고, 남는 사람들이 다시 울음을 터트렸다. 그러나 털보는 뒤를 돌아보지 않은 채 빠른 걸음으로, 아니 뛰듯이 산을 내려갔다. 그에 따라 부하들도 뛰기 시작했고, 벌테네도 뒤처지지 않기 위해 그 뒤를 따랐다.

46

벌테가, 아니 벌테 대장이 70여 명을 대동하고 군영에 들어서자 군영이 꽉 차는 느낌이었다. 단일복장이 아닌 제각각의 복장에 들고 있는 무기들은 엉성하고 볼품은 없었지만 각양각색의 인물들이 들어오자 군영은 생기가 도는 듯했다.

벌테 대장이 돌아온다는 기별에 왕자는 무술연마까지 중단하고 한달음에 달려와 철근 옆에 섰다.

"전하! 소장 벌테, 명을 받들어 새 호위군을 데려 왔습네다. 여기 있는 두령이 바로 소장이 말씀드렸던……."

그러나 벌테의 격식을 갖춘 보고는 거기서 끝이었다. 왕자가 벌테에게 달려가더니 벌테를 덥석 끌어안았기 때문이었다.

"수고하셨습네다, 대장. 뎡말 하룻밤이 일년 같았습네다."

그렇게 벌테를 반기더니 곧 몸을 떼어 벌테의 몸을 살피며 물었다.

"어디 다티거나 아픈 데는 없디요? 다들 무사하디요?"

"예. 아무 탈 없이 임무 마티고 돌아 왔습네다."

"기래야디요. 기래야고 말고요. 대장이 어디 기냥 대장입네까?"

마치 부모가 자식의 무사귀환을 고마워하는 듯했다. 그 의식은 벌테에게만이 아니었다. 들보와 꺽지에게도 벌테와 같은 방법으로 포옹을 했고, 안부를 묻고, 치하를 했고, 무사귀환을 고마워했다. 그런 후 털보란 별명에 걸맞게 수염이 얼굴을 뒤덮고 있는 두령에게 다가가더니 손을 잡으며 인사를 건넸다.

"뎡말 댤 오셨습네다. 두령과 수하들을 보니 천군만마를 얻은 듯 합네다. 고맙습네다."

그러자 털보가 손을 빼어 털썩 무릎을 꿇더니 목소리를 높였다.

"전하! 목숨을 바텨 뫼시갔습네다."

그리고 부복했다. 그러자 뒤에서 지켜보던 털보의 부하들도 하나 둘 부복하더니 나중에는 전부 부복했다.

"일나세요. 어띠 이러십네까? 기런 맹세래 무슨 필요가 있습네까? 여기 온 것만으로도 기 마음을 다 아는데. 댜, 어서 일나세요."

왕자가 털보 앞으로 손을 내밀었다. 그러나 털보는 왕자의 손을 잡지 않고 자리에서 일어섰다. 털보의 눈에는 눈물이 가득 고여 있었다.

"댜, 가시디요. 누추하디만 내 막사로 갑세다."

왕자가 앞서자 털보가 뒤따랐고, 그 뒤를 벌꺽보가 따랐다. 철근은 뒤로 한 발 물러서서 길을 내준 후 망치를 불러 뒤처리를 부탁한 후 왕자의 막사로 발을 옮겼다.

47

다음날 잠을 깬 석호(奭浩. 털보의 본명)은 벌테와 함께 군영을 돌아봤다.

산채에서 군영으로 오면서 지형을 살펴보니 군영은 산 중턱 숲속에 자리 잡고 있었고 좌우와 후방이 산으로 둘러싸여 있어서 외부 공격을 막기에는 좋은 위치에 자리하고 있었다. 박사가 병법에 밝다더니 과연 군영은 은폐하기 적당한 곳이었다. 군영 바로 옆에 냇물이 있어 물도 충분해 보였다. 그러나 겨울을 날 수 있을지가 걱정이었다. 혹독하기로 유명한 이곳에서 동물 가죽으로 만든 막사로 겨울을 나려다간 동사하기 십상이었다. 하여 엊저녁 벌테와 약속하여 아침 일찍 군영을 돌아보기로 했다.

군영을 돌아본 석호는 고민스러웠다. 가족 단위로 움직이는 유목

민이라면 겨울을 견뎌낼 수 있을지 몰라도 이백 명에 가까운 병사들이 겨울나기에는 장소가 너무 허술하고 미흡했다. 시급히 보완하거나 장소를 옮기지 않으면 안 될 것 같았다.

"여서 겨울 나기는 힘들 거 같은데……."

석호가 걱정을 실어 조심스레 혼잣소리로 중얼거리자 벌테가 바로 받았다.

"와 기렇네까?"

"위친 좋은데 겨울나기가 힘들 거 같아. 굴을 파던디 통나무로 집을 딧디 않고선 힘들갔어."

석호는 이곳 겨울 추위와 사람들이 겨울나는 방법을 벌테에서 알려줬다. 가을에 남쪽으로 내려갔다가 다음 해 봄에 다시 돌아오는 사람들이 많다는 사실까지. 그러자 벌테가 심각한 얼굴로 석호를 바라보더니 앓는 소리를 냈다.

"기럼 어뗜다? 전하나 박산 기거에 대해 모르는 눈티던데……."

"기래? 하기야 여서 겨울을 나보디 않았으니낀 알 수가 없갔디. 말로 듣는 거와 실젠 다르니낀. 기럼 딕금이라도 대빌해야 하는데 굴을 파는 것도 기렇고, 미리 베둔 통나무래 없어서 집을 디울 수도 없고……."

석호는 걱정스러웠다. 지금 동원할 수 있는 방법이 있는 것도 아니고, 그렇다고 아무 준비 없이 겨울나기는 어려울 것 같고. 머리를 굴려봤으나 뾰족한 방법이 없었다. 그러다 석호는 자신도 모르는 새에 불쑥 한 마디를 내뱉고 말았다.

"탸라리 우리 산채로 감만 못하갔는데……."

"……?"

"기건 안 되갔디? 전할 산적 산채로 모신다는 게?"

석호가 망설이고 있자니 벌테가 석호의 말뜻을 알아먹었는지 대꾸했디.

"아니. 돼. 아니, 내가 말해보디요."

벌테란 별명에 맞게 즉답을 한 후, 같이 가자는 말도 없이 혼자 성큼성큼 앞서가기 시작했다. 왕자가 기침했는지 말았는지도 모르면서, 빨리 알려야 한다는 생각 하나만으로 걸어가는 그를 보고 있자니 피식 웃음이 나왔다. 그렇지만 상황 판단 능력만은 그 누구에게도 뒤지지 않을 것이란 생각이 들었고, 그런 결단력과 행동성이 자신들을 이곳까지 끌고 왔는지도 모른다는 생각이 들었다.

벌테의 보고에 즉각 지휘부 회의가 열렸다.

어제 석호를 자신의 막사로 데리고 간 왕자는 새로운 체제를 발표했었다. 철근 박사를 군사軍師로 삼아 모든 병권을 그에게 위임했다. 또한 망치를 총대장으로 임명해 산채군과 모인군—왕자가 편의상 붙인 명칭인데 기존 호위대를 산채군으로, 새로 편입된 산채군을 모인군으로 부르기로 했다—을 통솔하게 했다. 그러는 한편, 석호를 모인군 대장으로 임명해 모인군을 지휘하게 했고, 벌테를 산채군 대장으로 임명해 산채군를 지휘하게 했다. 그리고 꺽지와 들보를 중앙군 대장으로 임명하여 앞으로 편입되는 군사들을 통제하라고 했다. 또한 짝귀를 왕자 직속 참모로 임명하여 정보를 수합하고 관리하라고 했었다.

벌테의 보고에 왕자를 비롯하여 어제 임명받은 여섯 명이 모여 숙의를 했다. 그리고 조반까지 미루면서 난상토론 끝에 군영을 석호네가 쓰던 산채로 옮기기로 했다.

결론이 나자마자 석호는 막사에서 나와 발 빠른 부하 둘을 시켜, 왕자를 모시고 가게 됐으니 산채를 정리하고, 자신이 쓰던 집을 비워 깨끗이 청소해두라고 했다. 산적들이 사는 산채가 왕자를 모시는 신성한 공간이 될 것이니 무당을 불러 액막이도 해두라고 일렀다.

숭가리강의 뱃노래

48

석호네 산채로 군영을 옮긴 인섭은 마음이 편치 않았다.

석호와 지휘부의 권유를 수용하여, 겨울을 무사히 넘기기 위해 어쩔 수 없이 군영을 옮기기는 했지만 산적 산채에 들었다는 사실이 거북했다. 마치 자신이 산적 두목이라도 된 듯한 느낌을 지울 수가 없었다. 건물이나 장소는 누가 쓰느냐에 따라 그 의미가 달라지기도 하지만 전직(?) 산적들과 함께 있어서 그런 느낌은 더했다. 이럴 줄 알았다면 만수산에 그냥 있는 편이 낫지 않았을까 하는 생각에 자꾸만 마음이 어지러웠다.

뿐만 아니었다. 2백 명에 가까운 대식구를 먹여 살릴 방안도 마련해야 했다. 산채군만이라면 한 1년 정도 버틸 자금을 가지고 있었지만 모인군에다 산채에 살던 군식구들까지 늘었으니 양식이 걱정이었다. 그렇다고 도적질한 석호네 양식과 재물을 나눠 쓸 수도 없고, 더 이상 약탈할 수도 없었다. 그러니 하루라도 빨리 생업을 마련하고 생업에 종사하게 하는 게 급선무였다. 무항산자 무항심無恒産者無恒心이요 유항산자 유항심有恒産者有恒心이라 했고, 세 끼를 굶으면 도적질하지 않는 사람이 없다고 하지 않았는가.

이러저런 생각에 머리가 복잡했다. 그러나 묘수는 떠오르지 않았기에 답답하기만 했다. 그런 마음을 정리하기 위해 산채 위쪽에 마련한 무술 수련장에서 무술 연마에 집중하고 있었다. 잡념을 흩뜨리는 데는 그보다 나은 방법이 없을 것 같았기 때문이었다. 그러던 어느 날이었다. 무술 연마에 집중하고 하고 있으려니 벌테가 수련장으로 찾아왔다.

"대장이 예까디 어떤 일이오?"

인섭은 하던 동작을 멈추며 벌테에게 물었다.

"기, 기게……."

벌테가 머뭇거리자 인섭은 벌테의 뒤를 살폈다. 그런데 뒤를 따르는 사람은 없는 듯했다.

"혼자 온 거요?"

"예. 기렇습네다."

혼자 왔다는 대답에 무슨 일이 있구나 싶었다. 동행 없이 혼자 다닐 위인이 아닌데 혼자 왔다는 것은 그만한 사정이 있다는 뜻이었다.

"기래 무슨 일로?"

인섭은 칼을 내려놓고 수건으로 얼굴과 목에 흐르는 땀을 닦으며 물었다.

"기게…… 전하께 청이 있어 이룧게 턎아왔습네다."

"청이라니요?"

"기게 다른 게 아니라……."

벌테는 평상시와는 다르게 머뭇거렸다. 아무래도 선뜻 말하기 곤란한 말인 것 같았다. 안 그랬다면 군사를 통하거나 지휘부 회합 때 해도 될 터였다. 그걸 누구보다 잘 알고 있는 벌테가 수련장까지 은밀히 찾아왔다는 건 남들이 알아선 안 될 말이란 뜻이었다. 하여 인섭은 궁금했으나 재촉하지 않았다. 활달하면서도 직선적인 그가 뜸을 들이는 데는 그만한 이유가 있을 것이기에 기다렸다. 그게 그의 입을 열게 하는 방법임을 인섭은 이미 알고 있었다.

"다, 다른 게 아니라 장사래 돔 해보고 싶습네다."

"장사라니요?"

벌테의 말이 이외라 인섭은 놀랐지만 최대한 감정을 숨기며 물었다.

"기, 기게…… 사람 장삽네다.

"예? 뭐요? 사람 장사요?"

"예, 기렇습네다. 사람 장사래 돔 해보고 싶습네다."

벌테는 처음의 상기됐던 얼굴을 풀며 자신의 생각을 펼쳐 놓았다.

벌테가 말하는 사람 장사란, 장에서 장사하는 상인들을 모집해 상단商團을 만드는 거였다. 장을 돌아보니 품목들은 많은데 대부분 타지에서 강을 따라 들여온 품목들이었고, 거간꾼들의 농간이 심해 정작 장바닥에서 장사하는 사람들의 이문이 말도 아니라고 했다. 해서 장바닥 장사꾼들을 모아 거간꾼에 대항하는 한편 이곳에서 생산되는 값싼 물건들을 사서 다른 곳과 교역하고 싶다는 것이었다. 그리되면 재물을 축적할 수 있을뿐더러 세력 규합에도 도움이 될 것 같다고.

"기런 일이믄 군사께 말하거나 회합 때 말해도 될 일 아닙네까?"

"예, 알고 있습네다. 기런데 기렇게 되믄 석호 대장이래 자기네 돈을 쓰라 할 것 같아서 전하를 탳아온 겁네다. 만약 소장이 석호 대장의 청을 거절하믄 석호 대장이래 소장한테 안 좋은 감정을 가딜 거 같아서리……. 남한테서 뺏어온 돈이 아닌 깨끗한 돈으로 장사를 하고 싶어서 기럽네다. 기래야 일할 때도 떳떳하고, 나중에 장사꾼들이 알게 되더라도 당당해딜 것 같아서요."

머리가 남다르다는 생각은 진즉부터 하고 있었고, 장바닥에서 잔뼈가 굵었으니 장사에도 안목이 있을 것이라 생각은 하고 있었다. 그렇지만 대상들이나 함직한 일을 하겠다니 터무니없어 보였다. 하여 인섭이 나직하게 물었다.

"기래 기 일을 할래믄 얼마나 필요한 겁네까?"

"기거야 많을수록 돟디요. 많으믄 많을수록 많은 사람과 물품들을 구할 수 있을 테니 말입네다. 기렇디만 텨음부터 크게 벌릴 순 없으니 모피를 대량구입할 정도믄 됩네다."

"기래, 기게 얼마 정돕네까?"

"은자 한 관은 있어야 할 것 같습네다."

"예? 은자 한 관이라구요?"

인섭은 놀라지 않을 수 없었다. 은자 한 관이라니. 그 정도 돈이면 하얼빈 장바닥에 있는 물품을 다 사고도 남을 것 같은데 통이 큰 건지, 허황된 꿈을 꾸는 건지 짐작키 어려웠다. 그러나 벌테의 평소 행동 양상으로 볼 때 이미 상인들과 얼마간 접촉을 마치고 세부적인 계산까지 한 후에 얘길 꺼냈을 확률이 높았다. 하여 곧 정색을 하며 말했다.

"돈도 돈이디만 생각할 시간을 둄 달라요. 기러고…… 이 얘긴

나 혼차만 알고 있을 테니낀 대장도 다른 사람한텐 알리디 말고요."

"예. 이르다뿐이갔습네까? 기건 걱뎡 마십시오. 기럼……."

벌테기 인사를 하더니 춤이라도 주는 듯한 몸짓으로 산을 내려가기 시작했다. 곱사등에 봇짐을 지워도 유분수지, 안 그래도 복잡한 마음을 정리하려고 매일 무술 수련에 집중하고 있는 자신에게 또 하나의 짐을 지워놓고 저리 기뻐하니 참! 인섭은 쓰게 입을 다셨다.

벌테가 내려가자 다시 무술 훈련에 돌입하려고 했으나 좀처럼 집중할 수가 없었다. 벌테가 자신의 심중을 읽고 그런 부탁을 한 게 아닐까 싶었기 때문이었다.

사실 인섭도 2백 명이 넘는 식솔들을 먹여 살리려면 장사밖에 없다는 생각을 하고 있었다. 그러나 장사도 아무나 하는 게 아니잖는가. 장사를 하려면 품목을 잘 선택해야 하고, 판로가 있어야 했다. 또한 때를 알고 그 때를 놓치지 않아야 하는 촉이 있어야 하는데 그런 촉은 다년간의 경험이 있어야 가능한 것이었다. 그러나 인섭의 주위에는 그런 경험자가 없었다. 어느 누구 하나 장사에 수완을 가진 사람이 없어 보였다. 하여 장사는 아니다 싶어 다른 쪽을 생각하고 있었다. 그런데 그걸 눈치라도 챈 듯이 벌테가 장사를 하자고, 그것도 사람 장사를 하자고 하니 갈등을 아니 할 수 없었다.

인섭은 수련을 접고 수련장 옆에 마련되어 있는 그루터기에 걸터앉았다. 그리고 벌테의 말들을 곰곰이 씹어보았다. 그른 말은 아니었다. 벌테의 의도대로 된다면 재물 축적은 물론 인원 확충에도 도움이 될 것 같았다.

그러나 처음 하는 장사에 은자 한 관을 투자하는 건 부담스러워도 너무 부담스러웠다. 산채군과 모인군의 1년 경비를 뛰어넘는 거금이었다. 그런 큰돈을 투자했다가 잘못 되기라도 하는 날엔 존립기반이 와해될 수도 있었다. 모험치고는 너무 큰 모험이었다. 그렇다고 손포개고 앉은 채 고민만 계속할 수도 없었다.

앉은 자리에서 생각을 곱씹던 인섭은 드디어 결단을 내렸다. 산적 두목인 석호를 단 한 번에 설복시키고 그를 영입할 정도의 능력이라면 이익을 추구하는 장사꾼들을 결집시켜 하나의 상단으로 만드는 일을 충분히 할 수 있을 것이고, 어려서부터 장바닥을 떠돌았다 했으니 배우고 터득한 게 있을 것이고, 인섭이 깜짝 놀랄 만큼 배포가 크다면 안목이나 계산도 남다를 것이었다. 그걸 믿어보고 싶었다. 벌테의 성정상, 아무도 몰래 인섭을 찾아와 그런 얘기를 했다는 건 이미 모든 준비를 마쳐 놓았다는 뜻이었다. 어쩌면 상인들을 포섭하여 이미 행동에 들어갔을지도 몰랐다. 그런 벌테의 의지를 꺾어서는 안 될 것 같았다. 일도 해보기 전에 좌절을 겪는다면 벌테는 앞으로 그 어떤 일도 하려 하지 않을 것이었다. 그러니 그의 기를 살려줘야 할 것 같았다. 또한 벌테가 그런 엄청난 일을 추진하는 이유가 바로 인섭 자신 때문임을 알기에 벌테에게 힘을 실어주고 싶었다. 그렇다고 무조건 허락할 수는 없는 만큼 짝귀를 통해 벌테 계획의 타당성과 실현가능성을 타진해볼 필요가 있었다.

수련장에서 내려온 인섭은 은밀히 짝귀를 불러 하얼빈에서 이문이 남는 장사에 대해 알아보고, 그 방법에 대해서도 알아보라고 일렀다.

그리고 사흘 후. 짝귀의 보고는 벌테가 계획하는 바와 한 치도 어긋남이 없었다. 하얼빈의 명품은 쌀과 옥수순데 곡물 장사를 하려면 대형 선박이 필요하니 곡물 장사는 할 수 없고, 그 다음이 모피 장사인데 하얼빈 모피는 질 좋기로 유명하니 장사를 한다면 모피 장사가 으뜸이라 했다. 하얼빈의 모피를 모아 내다팔 수만 있다면 큰 이문이 남을 것이라고. 그런데 모피는 대부분 소규모로 생산자가 직접 소비자에게 공급하는 형태로 거래되고 있어 대량구입이 어려울 것이라는 염려도 벌테의 말과 같았다.

짝귀의 보고를 받은 인섭은 기뻤다. 안 그래도 고국 소식이 궁금해 고국 쪽으로 가보고 싶던 차에 모피 무역도 하고 고국 소식도 들을 수 있을 것이란 기대감에 더 이상 머뭇거릴 필요가 없었다.

다음날, 인섭은 벌테를 불러 큰형에게 받은 투구를 내주며 말했다.

"뭘 하든 뭘 사든 대장이 알아서 하되 아무도 몰래⋯⋯ 군사가 알아서도 안 됩네다. 다른 사람들이 알아서는 더욱 안 되고. 내 말 알아듣갔시요? 우리 둘만 알아야 합네다."

"예, 전하. 신명을 다하갔습네다."

벌테는 눈물까지 보였다.

이로써 인섭은 벌테가 완전한 자기 사람이 되었음을 확신했다. 여자는 자신을 예뻐해주는 남자를 위해 화장을 하고, 남자는 자신을 알아주는 사람을 위해 목숨을 바친다고 하지 않았는가. 평상시 행동양상이나 오늘 하는 벌테의 행동으로 볼 때 벌테는 이제 인섭의 사람임을 느낄 수 있었다.

49

벌테와 짝귀는 매일 산을 내려갔다. 인섭의 밀명을 받은 둘은 각기 맡은 일을 하느라 산을 내려가면 따로 움직였고 돌아올 때도 각지였지만 산을 내려갈 때만은 늘 함께였다.

벌테는 장바닥을 돌면서 소상인들을 만나 모피를 구입하는 한편, 그들을 규합하기 위해 공을 들이고 있었다. 한편, 짝귀는 숭가리강과 그 주변 지역을 누비고 다니며 정보를 수합하고 있었다. 가끔은 벌테의 부탁으로 상인들을 찾거나 자신이 수집한 정보를 벌테에게 알려주기도 했다. 물론 짝귀는 벌테가 인섭의 밀명을 받아 움직이고 있음은 알고 있었지만 구체적인 내용은 알지 못했다.

꺽지와 들보, 석호는 벌목장에서 살다시피 하고 있었다. 사람들 눈에 띌까 싶어 산 아래 나무들은 놔두고 산속에 있는 나무를 베느라 매일 산을 누비고 있었다. 셋이 죽이 잘 맞아선지, 숭가리강으로 오면서 터득한 벌목 기술을 활용하고 있어선지 벌목에 속도가 붙고 있었다.

망치는 산속 한 귀퉁이에 숯막과 대장간을 만들어 벌목과 뗏목 제작에 필요한 기구며 도구들을 만들고 있었다. 특히 좌우에 손잡이를 만들어 두 사람이 톱질할 수 있게 제작된 톱 때문에 벌목이 훨씬 쉬워졌다고 벌목자들이 모두 칭찬했다. 그뿐 아니라 나무껍질을 쉽게 벗길 수 있게 양쪽에 손잡이를 단 낫도 벌목하는 사람들이 입에 침이 마르게 칭찬하고 있었다. 그렇게 망치는 한결같이 보이지 않는 곳에서 묵묵히 자신의 맡은 바를 수행함으로써 인섭을 돕고 있었다.

인섭과 박사는 석호가 기거하던 집을 본부로 삼아 매일매일 정보를 수합하는 한편 벌목 일의 진척 상황을 파악했다. 벌목을 담당하는 꺽지와 들보, 식호는 별다른 보고 사항이 없을 때는 본부에 들르지 않았지만, 벌테와 짝귀는 매일 상황을 보고 하기 위해 본부에 들렀다.

벌테와 마찬가지로 짝귀 또한 볼수록 탐나는 인물이었다. 기억력도 기억력이고, 말을 조리 있게 전달하는 전달력도 남달랐지만 인섭이나 박사가 미처 생각하지 못했거나 놓친 것들까지 챙겨오는가 하면, 한 번 얘기한 것을 잊지 않고 기억했다가 시의적절하게 처리하고 보고하기도 했다. 그때마다 인섭은 놀라움에 박사의 얼굴을 쳐다보곤 했다.

계절은 쉼 없이 변해갔다.

모인산에 도착하기도 전에 날씨가 선선해지는가 싶더니 곧 아침저녁으로 쌀쌀해지기 시작했다. 그리고 8월 중순이 지나자 추워지는가 싶더니 상강霜降이 지나자 산의 모습도 확 바뀌었다. 온 산에 울긋불긋 단풍이 들기 시작했고 국화도 활짝 피어났다.

이상견빙지履霜堅氷至. 서리를 밟게 되면 머지않아 단단한 얼음이 언다고 했으니 겨울을 준비해야 했다. 북방의 겨울은 혹독하면서도 길다고 하지 않았던가. 월동 대책이 궁금했던 인섭이 박사를 불러 그에 대한 얘기를 하자 박사가 빙긋 웃었다.

"왜 웃습네까?"

"기건 전하께서 신경 쓰실 일이 아닌 것 같아 기럽네다. 기런 건 소신과 대장들에게 맡겨두셔도 됩네다."

"기룽긴 하디만…… 손 포개고 있을 수야 없디 않습네까?"

"돨 알갔습네다. 전하께서 염려하디 않게 모든 준비를 하고 있으니 염려하디 마십시오."

박사는 흡족한 미소를 지으며 말했다. 아무래도 세세한 것까지 챙기는 인섭이 대견한 모양이었다. 그러자 인섭이 심술을 부리듯 한 마디 던졌다.

"기룽게 웃디 말라요. 내래 어린 아이가 아닙네다."

"예. 기렇다 마다요. 소신, 전하를 단 한 번도 어린 아이라 생각한 덕이 없습네다. 전하께서는 도성을 떠나기 전에 이미 어른이셨습네다. 기렇디 않았다믄 소신이 어띠 전하를 뫼시고 떠날 생각이나 했갔습네까?"

그러면서 다시 빙그레 웃었다.

"댜꾸 웃디 말라니깐 기러네."

"예, 전하. 소신 너무 기뻐서 기러니 오늘만은 용서해 듀십시오. 담부터 결단코 기러디 않갔습네다."

웃음을 가득 문 박사의 대답에 인섭도 웃을 수밖에 없었다.

50

숭가리강의 겨울은 혹독했다.

도성보다 위쪽이라 했지만 그 정도일 줄은 몰랐는데 상상을 초월하는 추위가 몰아쳤다. 강가라 그런지, 다른 때보다 날씨가 추웠는지, 월동준비가 부실했는지, 이유는 정확하지 않지만 죽을 고비를 몇 번이나 넘겨야 했다. 다행히 이곳 환경에 익숙한 모인군들이 양지쪽에 미리 파놓은 굴이 있었으니 망정이지 막사에 계속 머물렀다면 동사했을지도 모를 성도였다.

그런 와중에도 벌테와 짝귀는 바지런히 움직였다. 눈이 쌓여 통행할 수 없는 날을 제외하곤 하루도 빠짐없이 맡은 일을 하기 위해 산채를 나섰다. 꺽지와 들보, 석호도 마찬가지였다. 뗏목에 필요한 목재를 벌목하기 위해 벌목 작업을 쉬지 않았다. 날이 궂어 왕자와 철근이 말려도 들은 체도 않고 자신의 맡은 바 임무를 수행하기 위해 전력을 기울였다.

그렇게 두 달여를 각자 맡은 자리에서 최선을 다한 성과가 슬슬 나타나기 시작했다.

제일 먼저 성과를 낸 것은 짝귀였다. 뗏목꾼을 찾아낸 것이었다. 뗏목꾼이란 뗏목을 만들어 목표지까지 나무를 운반해주는 사람으로, 나무를 운반하여 먹고사는 사람을 말한다. 그런 사람을 찾아낸 정도가 아니라 뗏목을 만들어줌은 물론 원하는 장소까지 직접 운송까지 해주겠다는 확답을 받은 것. 뗏목꾼과 뗏목꾼 휘하의 사공 열명까지 확보했으니 그 성과는 실로 대단한 것이었다. 봄이 되어 뗏목을 만든다 해도 뗏목을 운전할 사람이 없어 걱정하고 있었는데 그 걱정을 단박에 해결한 셈이었다.

“뎡말 수고 많으셨소. 내래 기대는 하고 있었디만 이룋게 일띡 이런 큰 성과를 낼 듈은 몰랐소. 뎡말 고맙소.”

왕자는 오랜만에 낯빛을 밝히며 웃었다. 그 웃음을 보자 철근의 얼었던 마음도 스르르 녹는 것 같았다.

그런 일이 있고 며칠 후, 이번엔 벌꺽보와 석호가 낭보를 전했다.

뗏목을 만드는데 필요한 목재들을 다 베었다는 보고였다. 날이 춥고 눈이 많이 내려서 날짜를 맞추기 어려울 것 같다더니 예상보다도 빨리 목표량을 달성한 것이었다. 그 보고를 받자 왕자가 모처럼 만에 활짝 웃으며 세 사람을 치하했다. 그러자 석호가 왕자의 말을 받았다.

"소장들의 공이 아니라 좋은 도구와 기구를 만들어듄 망치 대장의 공입네다. 기러니 모든 공은 망치 대장에게 있다 할 거입네다."

"기렇습네까? 기건 기럴디도 모르디요. 기렇디만 아무리 좋은 붓을 가졌다 해도 글 쓰는 사람의 노력과 재주 없이는 뎨대로운 글이 나올 수 없는 거 아니갔소? 기래서 내래 치하하는 거디요."

왕자가 흡족한 웃음과 함께 화답하자 들보가 불쑥 끼어들며 툭 던졌다.

"기건 기렇습네다. 기러니…… 부하들 멕이게 오늘은 술과 괴기나 돔 내려듀시구래."

그 말에 꺽지와 석호가 들보의 팔이며 옆구리를 찔러댔다. 그러자 들보가 소리를 질렀다.

"와? 내래 못할 말했음메?"

"맞소. 이럴 때 술과 안줄 안 내리면 언뎨 내리갔소? 오늘 저녁은 양껏 먹고 마실 수 있게 하갔으니 기건 걱뎡 마시구래."

왕자는 오히려 속엣말을 거리낌 없이 시원하게 풀어놓는 들보가 마음에 드는지 들보의 말을 흉내 내며 말하고는 환하게 웃었다. 오랜만에 그런 왕자의 웃음을 보는 철근의 얼굴도 모처럼 펴지는 것 같았다.

이렇듯 모든 사람들이 성과를 내고 있는데 반해, 왕자의 밀명을 받고 매일 산 아래를 오르내리는 벌테는 그 어떤 성과도 내지 못한 채 겨울을 넘기고 있었다. 다른 사람들이 궁금해 묻기도 하고 가끔은 핀잔을 주기도 하고 놀리기도 했다. 그러나 벌테는 평상시와는 달리 일언반구 대꾸도 하지 않은 채 입을 굳게 다물었다. 왕자 또한 그런 벌테가 미더운지 벌테를 바라보며 조용히 웃기만 했다.

새해(정사년丁巳年, 서기 57년)를 맞았으나 겨울은 물러날 기미를 보이지 않았다. 소·대한에 입춘이 다 지나고 우수·경칩이 코앞인데도 동장군의 기세는 여전했다.

그때쯤 정보 수합을 위해 분주히 움직였던 짝귀나 벌목한다고 산속에 들어가 있던 꺽지와 들보, 석호도 일을 마치고 군영으로 돌아와 있었다. 그러나 벌테는 일을 마치지 못했는지 뻰질나게 산을 오르내리고 있었다. 군사들을 조련하는 일이나 다른 일에는 관심도 가지지 않고 매일처럼 산 아래를 들락거렸다.

"도대체 벌테래 무슨 일을 하길래 뎌리 바쁜 겁네까?"

더 이상 참지 못하겠는지 하루는 바삐 산을 내려가는 벌테를 노려보던 꺽지가 철근에게 물었다.

"기러게 말일세. 전하도 말을 아끼시니 난들 어띠 알며, 난들 왜 답답하디 않갔나?"

철근도 내막을 모르기는 마찬가지였고 궁금하기는 꺽지보다 더 했기에 그렇게 말할 수밖에 없었다.

"기럼 군사께서도 모르고 계신단 말입네까? 벌테 뎌 놈이 전하와 뒷구멍이라도 맞튼 겁네까?"

"말을 가려 하게. 아무리 화가 나도 뒷구멍이 뭐네?"

철근은 괜한 화를 꺽지에게 낸 후 돌아섰다. 왕자와 벌테에 대한 서운함 내지는 불쾌감이 불쑥 돋아올랐기 때문이었다.

그런데 바로 그날 아침, 왕자가 긴급 지휘부 회합을 소집했다.

"기간 궁금했을 거이고, 궁금한 걸 탐아둬서 고맙습네다."

지휘부가 궁금증을 몸에 잔뜩 묻힌 채 모여들자 왕자가 드디어 입을 열었다.

"실은 벌테 장군과 은밀히 일을 하나 추진하고 있었습네다. 밖으로 새나가선 안 될 것 같아 함구하고 있었는데 이데 일이 거의 마무리 됐다니 알려드리갔습네다. 이데, 교역을 시작하려 합네다."

왕자의 말에 모두들 서로를 쳐다보았다. 서로에게 알고 있었냐고 묻고 있었다. 그러나 모두는 고개를 저었다. 누구도 알지 못했다는 뜻이었다.

"아무도 몰랐을 겁네다. 벌테 대장군과 나만 알고 있기로 했으니낀 말입네다."

그렇게 말문을 연 왕자는 그간의 사정을 낱낱이 풀어놓았다. 그리고 벌목을 한 것은 목재를 실어다 팔기 위해서가 아니라 무역에 필요한 뗏목을 만들기 위해서였다고 밝혔다. 돛배를 만들 시간이 없다고 판단하여 우선 뗏목으로 교역을 시작한 후 돛배를 이용할 계획임도 밝혔다.

처음엔 놀랐다. 벌테와 왕자에게 배신감을 느끼기도 했다. 벌테에게 놀아났다는 생각도 들었다. 그러나 이야기를 다 듣고 나니 이해가 됐다. 오히려 그런 엄청난 배포를 가지고 일을 추진해온 벌테의 안목을 부럽기도 했고, 입 싸기로는 남한테 지지 않을 벌테가 지금까지 입을 봉하고 있었다는 사실이 대견하기도 했다. 그 감정을 가장 진솔하게 드러낸 것은 들보였으니 왕자의 이야기를 다 듣고 난 들보가 불쑥 외쳤다.

"기러믄 기렇디. 벌테가 눈데?"

그 말엔 모두들 함박웃음을 지었다. 그간 쌓였던 오해가 녹아 이해로 하얗게 피어나고 있었다.

51

강이 녹고 봄이 기지개를 켜기 시작하자 군영은 들썩였다. 뗏목을 만들기 위해 겨우내 베어내어 군데군데 쌓다둔 나무를 강가로 옮기기 시작한 것이었다.

길이 스무 자(6m) 이상, 두께가 반 자(15cm) 이상인 나무들을 옮기는데, 길이와 두께에 따라 부르는 이름도 달랐다.

길이 스무 자(6m) 이상, 두께가 두세 자(60~90cm) 이상을 궁궐떼. 길이 스무 자(6m) 정도, 두께가 반 자(15cm)에서 넉 자(60cm)까지를 부동떼, 길이가 열 자(3m) 내외이면서 두께가 반 자(15cm) 정도인 나무를 가재목떼. 이보다 작은 나무들도 옮겨 둬야 하니, 연료용 화목떼와 뗏목 위에 상판과 구조물들을 만들기 위한 서까래.

이동 방법은 주로 밑둥 부분에 남겨둔 가지나 옹이에 줄을 묶어 끄는 방법을 썼으나, 밑둥 부분에 그런 돌출부가 없을 때는 구멍을 뚫어 줄을 묶어 끌기도 했다. 비탈지에서는 굴리는 방법을 주로 써서 한 곳에 모아뒀다가, 봄이 되어 강가로 옮길 때는 사람이나 말이 끌거나 여러 사람이 목도(두 사람 이상이 짝이 되어, 무거운 물건을 밧줄로 묶어 어깨에 메고 나르는 일)로 통나무를 옮기는데 이 일은 중노중 중의 중노동이라 했다. 이 운반 작업은 술 힘을 빌려야만 할 수 있다고 하여, 왕자의 허락을 받아 적당량의 술을 제공해주기도 했다.

통나무를 날라다 강에 띄워놓으면 동발꾼(뗏목을 만드는 사람)들이 나무 종류별로 나눠 떼로 엮는다. 궁궐떼는 궁궐떼대로, 부동떼는 부동떼대로, 가재목떼는 가재목떼대로.

떼를 짜는 방법에는 강이나 하천의 상태에 따라 여러 방식이 있다고 했다. 첫째는 칡덩굴이나 쇠줄로 연결하는 법. 둘째는 나무 끝에 구멍을 뚫고 나무덩굴이나 밧줄을 꿰어 연결하는 법. 셋째는 쇠고리를 박고 칡덩굴이나 밧줄 등으로 잡아매는 법. 이 중에서 호위대는 세 번째 방법을 쓰기로 했다. 빈 뗏목이 아니라 짐들을 싣고 먼 길을 가야 하니 가장 단단하고 안전한 방법을 택하기로 한 것이었다. 세 번째 방법을 쓸 수 있었던 건 든든한 뗏목을 만들기 위해 망치가 겨우내 만들어놓은 '긴 ㄷ자'모양의 쇠고리가 충분했기 때문이었다. 그러니 든든한 뗏목 만들기 위해 미리 쇠고리 등을 준비해둔 망치의 준비성이 빛을 발하게 된 것이었다.

다른 뗏목과는 달리 사공들만 탑승할 게 아니라 짐과 사람이 타야 하는 만큼 상판을 따로 만들었고, 상판 위에 움막도 따로 지었다. 잠이야 뗏목에서 내려 잔다지만 짐을 싣는 한편 탑승자들이 잠시 쉴 수 있는 공간을 마련해둔 것이었다.

뗏목은 궁궐떼와 부동떼로 만들기로 했다. 수량水量이 적은 장소에서는 너비 넉 자에서 열 자(1.2~3.0m), 길이 서른 자에서 서른여섯 자(9.0~10.8m)의 소형 뗏목을 만들고, 수량이 풍부한 곳에서는 너비 여덟 자에서 열다섯 자(2.4~4.5m), 길이 팔십 자에서 백팔십 자(24~54m) 정도의 대형 뗏목으로 만드는데 왕자의 명으로 모두 대형 뗏목을 만들었나. 탑승인원과 수송물자가 많아 대형 뗏목이 필요하고, 숭가리강 중류라 강폭이 넓고 수심이 깊어 대형 뗏목도 이동이 가능하다고 하여 모두 대형 뗏목으로 만든 것이었다. 목재는 충분했고, 동가리도 많지 않았기에 궁궐떼로 만들어도 충분했기 때문이었다.

궁궐떼의 경우 제일 앞쪽에 띄우는 통나무는 25~35개, 너비는 열여섯 자에서 서른 자(4.8~9m), 길이는 스무 자(6m) 정도가 되는데 이를 '앞동가리'라 부르며 이어서 4개의 동가리를 더 붙여서 '한바닥'을 만든다고 했다. 뗏목은 언제나 이와 같이 다섯 동가리를 한바닥으로 엮는다고. 그러나 벌테의 요청에 의해 '한바닥'을 세 동가리로 만들었다. 목재를 운반할 뗏목이 아니라 짐과 사람을 운반할 뗏목인 만큼 작게 만들기로 했다.

52

드디어 삼월 스무사흘 아침. 인섭네는 석호네 산채에서 겨울나기를 끝내고 숭가리 강가로 나섰다.

벌테의 숨은 노고에 힘입어 모든 준비가 끝났던 것이었다. 모피를 구입하고, 상인들을 포섭하고, 뗏목을 만들고, 짐까지 다 실어놓았다고 했다.

이번 항차에는 중앙군만 움직이기로 했다. 인섭과 철근, 벌테를 비롯하여 상인들과 인섭을 호위할 10명의 호위무사가 대동하기로 했다. 또한 중앙군에 소속되어 있는 꺽지와 들보도 동행하기로 했다.

맨 앞 뗏목엔 꺽지가 탑승하여 길을 열기로 했다. 두 번째 뗏목엔 인섭과 철근, 벌테와 호위무사가 타고, 세 번째 뗏목엔 들보가 탑승하여 후방을 경계하기로 했다. 교역할 물품들과 상인들은 각 뗏목에 골고루 나누되 앞뒤 뗏목에 주로 배치했다.

앞동가리는 앞사공이 좌우로 운전할 수 있게 두 동가리 사이를 떼어서 연결하되 두 동가리에서 세 동가리까지는 서로 하나가 되도록 튼튼하게 묶기로 했다.

앞동가리의 앞머리(나무의 뿌리 쪽)에는 노의 구실을 하는 '그레'를 걸기 위한 가위다리모양의 강다리를 세우는 한편 각 동가리에 삿대를 따로 갖췄다. 뗏목을 운전하는 사람은 앞사공 2명, 뒷사공 1명을 배치하기로 했고, 앞동가리에는 운전의 편의를 위해 사람과 화물을 최대한 줄이기로 했다.

아침 일찍 일어나 이동 준비를 마치고, 아침밥까지 챙겨먹은 상단은 각 뗏목 책임자의 지휘 아래 군영을 출발했다. 이번 항차에 나서는 사람들 말고도 거의 모든 군사며 산채 사람들이 줄을 지어 강가로 이동했다.

군사는 많지 않았고, 복장 또한 갑옷이 아닌 일반서민들 복장이었지만 대열을 지어 이동하는 모습은 그 어떤 군대의 이동 못지않게 당당하고도 절도가 있었다. 그도 그럴 것이 그들은 왕자를 호위하는 호위대원이라는 자긍심을 가지고 있었고, 벌목의 바쁜 와중에도 순번을 정해 강도 높은 군사 훈련을 받아온 만큼 군기도 바짝 들어있었기 때문이었다.

사람들의 눈에 띄지 않게 새벽에 출발하여 해가 희뿌옇히 떠오르기 전에 뗏목에 올랐다.

뗏목에 오르기 전에 강치성도 올렸다.

보통 뗏목의 강치성은 돼지머리, 산채나물 세 접시, 메(밥) 세 그릇, 포 한 개, 삼색실과 소지용 한지 석 장을 마련하면 무당이 이를 주관, 뗏목과 사공의 안전운행을 빈다고 했다. 그러나 인섭이 동행하는 첫 교역인 만큼 말 목을 베어 강치성을 올렸다. 밥과 음식, 술을 마련하여 전송 나온 사람들에게 먹이는 게 일반적이었으나 남들 눈에 띄지 않게 하자는 인섭의 요청에 따라 술과 밥, 음식을 나누지는 않았다.

"다 탔네? 기럼 출발하댜우."

선두 뗏목에 타고 있던 꺽지가 사공에게 출발 명령을 내리자 사공 셋이 첫동가리에 탄 채 삿대로 뗏목을 밀기 시작했다.

으잇——차! 읏——차!

삐이이걱! 우두둑! 쿵!

나무 부딪치는 소리, 삐걱대는 소리와 함께 뗏목이 움직이기 시작했다. 그렇게 기슭에서 뗏목을 밀어내기를 잠시. 앞사공이 소리를 질렀다.

"됐습네다. 이데 깊은 데로 나섰으니 똑금 있으믄 물살이 뗏목을 끌고 가기 시작할 겁네다."

앞사공의 말이 사실임을 증명이라도 하듯 잠시 후 물살에 실려 뗏목이 스스로 움직이기 시작했다. 그러자 뒷사공들이 삿대를 거두고 각자 자리로 돌아갔다.

다른 뗏목들도 꺽지네와 같은 방법으로, 뗏목과 뗏목이 부딪치는 걸 막기 위해 일정한 거리를 두고 출발했다.

잘 마르지 않은 통나무라 그런지, 뗏목 자체가 원래 그런 건지, 짐과 사람을 많이 실어서 그런지는 잘 모르지만 뗏목은 반 이상 물에 잠겨 물이 뗏목 위로 출렁거렸다. 그러니 사람이 머물 만한 자리가 없었다. 상판을 만들지 않았다면 첨벙거리는 물속을 이동해야 할 판이었다.

뗏목이 물을 따라 흐르기 시작하자 두 번째 뗏목 앞동가리에 타고 있던 사공이 구성지게 뱃노래를 뽑기 시작했다.

창랑에 뗏목을 띄워 놓으니
아리랑 타령이 처량도 하네.

아리아리 아리아리 아라리요
아리아리 고개로 넘어 가네.

우수나 경칩에 물 풀리니
합강정 뗏목이 떠내려가네.

숭가리강 뗏목이 많다더니
경사년 장마에 다 풀렸네.

아리아리 아리아리 아라리요
아리아리 고개로 넘어 가네.

십년에 강산이 변한다더니
숭가리강 변한 줄 뉘 알았나.

뗏목을 타고서 술잔을 드니
만단의 시름이 다 풀어지네.

아리아리 아리아리 아라리요
아리아리 고개로 넘어 가네.[1)]

가사는 별로 서럽거나 슬프지 않은데 가락은 애조를 띠고 있어서 듣는 이의 심회를 자극하기에 충분했다.

하기야 최소 몇 백 리 길이요, 길 때는 천리 길을 오가야 하는 뱃사공들의 가락이 흥겨울 리는 없었다. 돈도 좋지만 부모와 가족, 친한 사람들과 떨어져 살아야 하고, 여울이나 강폭이 좁은 곳에선 사투를 벌여야 하고, 먼 길을 오가다 보면 목숨이 위태로울 수도 있으니 그들의 노래가 흥겨울 리는 없을 것이었다. 그들은 그렇게 역마살을 타고난 사람들이 아닌가.

그래서 그랬을까? 뗏목에 타고 있던 인섭이나 철근, 그리고 일행은 뱃사공의 뱃노래가 자신들의 노래인 것만 같아 조용히 듣고 있었다.

---

1) 김문억 산문 「뗏목 아라리」에서 발췌하였으며 지명과 내용은 상황에 맞게 바꾸었다. http://blog.daum.net/chojung45/16074869

멈출 수 없는 발길

53

강을 따라 가며 철근은 인생과 역사의 도도한 흐름을 다시 생각하게 됐다.

강은 야무진 한 줄기로 이루어지지 않고, 다양한 물줄기를 받아들이고 섞여 흘러야 비로소 강이 됨을. 옥빛 시린 물에 텁텁한 흙탕물과 모래 사각거리는 거친 물까지 받아들이고 안고 흐를 때 비로소 강이 되어 흐름을. 자신만의 색깔로 흐르지 않고, 흐르면서 받아안고 섞여 제 빛깔을 잃어버렸을 때 비로소 제 색깔로 흐르고, 마침내는 자신의 빛깔로 바다에 닿는다는 사실을.

강은 모여들고 나뉘고 다시 모여들기를 반복하며 잠시도 멈추는 일 없이 흐르고 있었다. 강이 강일 수 있는 것은 받아들이고 끝없이 흐름으로써 가능한 일인 것처럼.

또한 강가에는 많은 사람들이 모여 살고 있었다. 강줄기를 따라 옹기종기 모여 있는 강마을들. 강을 생명수로 삼아 삶의 터전을 잡고, 강을 삶의 공간이자 생업의 공간으로 삼아 강에 기대어 사는 사람들. 그들을 보며 강의 생명력과 넉넉함, 그리고 포용력도 봤다.

그렇다고 강이 넉넉하고 평온한 것만은 아니었다. 하얼빈에서 하라무렌('검은 강'이란 뜻. 흑룡강黑龍江을 말함)과 숭가리강이 만나는 두물머리(현재 통장시[同江市] 부근)까지 8백리 길을 한 달 가까이 가려면 셀 수도 없을 만큼 많은 고비를 넘겨야 할 것이기 때문이었다.

하얼빈을 떠난 지 열흘밖에 지나지 않았는데 벌써 몇 번의 위험한 고비를 넘겼던가. 사공들이 위험을 미리 감지하고 적절한 대처를 하지 않았다면, 사공과 승객들이 합심하여 위험에 대응하지 않았다면 벌써 뗏목이 뒤집어졌거나 부서졌을지도 몰랐다. 그만큼 강엔 복병과도 같은 위협과 위험이 산재해 있었다.

강 곳곳에 여울과 소용돌이가 존재하고 있었고, 크고 작은 암초들이 도사리고 있었다. 또한 흐름을 멈춰버려 삿대로 밀지 않고는 갈 수 없는 곳도 있었고, 길을 잘못 들었다간 낭떠러지 폭포 아래로 떨어지는 곳도 있었다.

그러다 철근은 대왕께서 왜 강을 따라 이동하라 했는지를 생각하게 됐다. 수로는 육로보다 나을 것이 없어 보였다. 이동 속도도 육로나 별반 다르지 않았고, 위험도 육로 못지않게 많은데 왜 수로를 이용하라 했는지 알 수 없었다. 비록 적으로부터 공격을 받을 확률은 적지만 수로는 육로보다 나을 게 없어 보이는데 굳이 수로로 이동하라고 했던 이유를 알 수 없었다.

밤에는 이동할 수도 없고, 하루 기껏 30리밖에 못 가고, 잘 곳도 마땅치 않아 강가나 모래섬에 잠시 세워 한뎃잠을 자야 하고, 강을 근거지로 약탈을 일삼는 수적들도 있을 터인데 굳이 강을 따라 이동하라고 한 이유가 궁금했다.

그러다 퍼뜩! 집히는 게 있었다. 그것은 다름 아닌 강을 통해, 강을 따라 흘러가면서 세상의 이치를 뜻이었던 것 같았다.

오늘은 아침부터 순탄하게 강을 따라 흘러내려 갈 수 있었다. 그래서인지 다른 날보다 훨씬 멀리, 50리나 이동했다. 사공의 말로는 이제 큰 고비들은 넘겼으니 서너 고비만 넘기면 된다고 했다. 그래서였을까? 마음이 여유로워지자 강을 따라 흐르는 풍경이 눈에 들어왔다.

강 주변뿐만 아니라 멀리 있는 산들까지 이제 봄빛으로 물들고 있는 모습이 새로웠다. 아직은 겨울을 뒤집어쓴 채 잠들어 있는 것들도 있었지만 새봄은 세상을 조용히 흔들어 깨우고 있었다. 그 모습을 보고 있자니 인생이란 뭐 별 건가 싶었다. 오늘 이렇게 조용히 세상을 완상할 수 있는 것만으로도 인생은 넉넉한 것이고, 오늘 이렇게 조용히 흘러갈 수 있는 것만으로도 황송한 게 인생인 것 같았다.

그리고 저물녘에는 모래톱에 뗏목을 대고 강 위에 떠있는 석양을 조용히 감상하기도 했다. 그렇게 하루를 보내고 있노라니 불현듯 떠오르는 게 있었다. 육로로 이동했다면 이렇게 넉넉한 마음으로 이런 사치를 누릴 수도 없었을 것이고, 이렇게 감상에 젖을 시간도 없었을 것이란 생각이었다. 육로로 갔다면 길을 찾고, 길을 내고, 길을 가느라 녹초가 되어 어두워지기도 전에 곯아떨어졌을 것이었다. 또한 숲으로 뒤덮인 길을 가느라 세상을 완상할 수도, 그럴 생각을 할 여유마저도 없었을 것이었다. 그런데 강을 가다보니 세상을 조망하고 완상할 여유도 있었고, 느릿느릿 흘러가는 뗏목 위에서 여러 생각을 할 수도 있었다.

그렇다면 혹시?

철근은 자신도 모르게 고개를 끄덕였다. 대왕은 그런 뜻에서 강을 이용하라고 했던 것 같았다.

대왕의 뜻을 대충 짐작한 철근은 왕자를 찾았다. 왕자는 호위무사들을 물린 채 철근과 멀리 떨어지지 않은 곳에서 조용히 지는 해와 강에 비친 석양을 바라보고 있었다.

석양빛이 일렁이는 강을 앞에 놓고 앉아 있는 왕자의 모습은 쓸쓸함 그 자체였다. 왜 그런지 왕자의 모습은 쓸쓸함과 서러운 빛을 내뿜고 있었다. 다른 사람이 거기 그렇게 앉아있었다면 낭만적인 모습이었을 텐데 왕자는 풍경과는 전혀 어울리지 않는 것 같았다. 하여 철근은 왕자의 그 쓸쓸한 기운을 덜어주고 싶었다. 철근이 왕자 곁에 있다고 해서 크게 달라질 건 없겠지만 쓸쓸함이 얼마간 묽어질 것 같았다.

"전하, 석양이래 탐 아름답디 않습네까? 소신도 석양을 여러번 봤디만 수면 위로 비티는 석양이 오늘터럼 아름다운 건 텨음인 것 같습네다."

"기러게 말입네다. 기래서…… 군사와 떨어뎌 앉았디요. 괜히 방해할까 싶어서리."

"방해라니요, 당치도 않습네다. 소신은, 전하께서 오늘 하루 종일 무언가를 골똘히 생각하시는 것 같아 일부러 자리를 피한 것입네다."

"기랬습네까? 군사에게 또 들켜버렸기만요."

"무얼 그리 생각하셨습네까?"

"뭐, 별 건 아니고…… 시간이 나니 이 생각 저 생각해 봤디요. 기러다……."

왕자는 거기서 말을 멈췄다. 말을 해야 할지 말지를 망설이는 것인지, 철근의 반응을 살피는 것인지, 말을 다듬는 것인지는 분명치 않았으나 잠시 뜸을 들이더니 말을 이었다.

"대왕 전하께서 왜 강을 따라가라 했는디 생각해 봤시오."

철근은 깜짝 놀라지 않을 수 없었다. 왕자가 자신과 같은 생각을 하고 있었다니. 단순한 이심전심으로 치부하기엔 너무나 놀라웠다.

바로 그 순간, 철근은 대왕께서 왜 강을 따라 가라 했는지를 깨닫게 되었다. 강을 통해 배우라는 것이었음을. 시간을 내어 자연과 인생, 그리고 삶의 의미를 되새겨보라고 했음을. 그걸 깨닫게 된다면 어떤 상황에서도 스스로를 세울 수 있을 것이고, 어떤 상황에 처해도 위태롭지 않을 것임을 깨달으라 했음을. 그건 하나의 확신과도 같은 것이었다. 물론 대왕이 그런 뜻을 가지고 있지 않았다 해도 상관없었다. 대왕의 뜻을 확대해석했다 해도 좋았다. 지금 중요한 건 그런 깨달음이지 대왕의 뜻이 아닐 것 같았다. 하여 철근은 자신의 감정을 숨긴 채, 평상심을 가장하며 물었다.

"기랬습네까? 기래서 내린 결론은 무엇인디요?"

"길쎄, 기것이 영……. 뭔가 있는 것 같긴 한데 기게……."

답답하다는 듯 고개를 돌려 다시 석양을 바라보는 왕자 뒷덜미를 향해 철근은 옅은 미소를 던져주었다.

'기걸 기렇게 쉽게 알 수 있갔습네까? 소신도 둄 전에야 겨우 짐작했는데요. 기러나…… 오래디 않아 알게 될 테니 서두르디 마시라요.'

이런 말들을 담은 미소였다.

54

두물머리에 도착한 일행은 뗏목에서 내려 주막에 여장을 풀었다.

"전하, 이데부턴 소장과 상인들이 알아서 할 테니낀 전하께선 마음 놓으십시오. 기러고…… 답답하시믄 나루와 주변을 돔 돌아보시고요."

벌테는 인섭에게 장사엔 신경을 쓰지 말라고 했다. 장사에 대해서 모르기 때문이 아니라, 인섭이 여기까지 따라온 이유를 알고 하는 말인 것 같았다. 이제부턴 장사에 신경 쓰지 말고 갈사국 소식이나 알아보라고. 그리고 그 정보를 바탕으로 명을 내리면 그건 자신이 다 알아서 하겠다고. 그 말을 직접 할 수 없어서 돌려 말하고 있는 듯했다.

"알갔시요. 기렇게 하갔으니 대장도 우리 신경 쓰디 말고 이문이나 많이 남기구래."

"예. 기럼 소장은 이데부터 장사에 매달리갔습네다. 전하께 신경 쓰디 못해도 이해하십시오."

벌테는 말을 마치더니 주막을 나섰다.

벌테가 나가자 인섭은 군사와 함께 나루 주변을 돌아보기 위해 주막을 나섰다. 호위무사들이 다 따라나서려는 걸 인섭은 한 명만 데리고 홀가분히 나섰다. 인섭을 알아볼 사람도 없을 것이요, 장사꾼 차림의 인섭에게 큰 관심을 가질 사람도 없을 것 같았다.

두물머리 역시 강변도시라 그런지 국경도 국적도 없이 여러 나라 사람들이 모여 장사를 하고, 어울려 살고 있었다. 장사는 국경을 초월하고, 나라는 망해 없어져도 인간이 존재하는 한 장사는 결코 없어지지 않을 것임을 잘 보여주고 있었다.

사흘 동안 인섭은 나루 주변은 물론 멀리까지 나가 갈사국 소식을 들으려 했으나 들을 수가 없었다. 두물머리 주변 사람들은 갈사국에 대해 무관심했다. 먹고 살기에 바쁜 그들은 당장 자신들에게 영향을 미치지 않는 것에 대해서는 관심을 가지지 않으려고 했다. 갈사국에 내란이 일어나든 말든, 갈사국 정권이야 바뀌든 말든 자신들에게 해가 되지 않으면 그만이라는 생각을 가지고 있었다. 그들에게 갈사국 내란은 제 집 강아지가 고뿔에 걸린 것만도 못한 것이었다.

닷새 동안 두물머리와 그 주변을 돌며 세상인심을 확인한 인섭은 낙담했다. 이곳 사람들에게 갈사국의 일은 옆집의 부부싸움만도 못한 것임을 깨닫게 되자 허망했다. 인섭은 더 이상 돌아볼 힘이 없어 주막으로 돌아와 버렸다.

주막으로 돌아온 인섭은 아무 말도 할 수 없었다. 차라리 오지 말았으면 좋았을 것을 괜히 와서 세상인심을 확인한 것 같아 후회스러웠다. 세상인심을 직접 확인하지 않았다면 설익은 기대감을 갖고 희망고문이라도 하며 살아갈 수 있었을 것인데, 세상인심을 확인하고 나니 맥이 탁 풀리고 모든 의욕이 사라져 버렸기 때문이었다. 이제, 자신이 할 일이라곤, 아무 것도, 없는 것 같았다.

인섭은 저녁도 굶은 채 자리에 눕고 말았다. 그러나 잠이 올 리 없었다.

뜬눈으로 밤을 새운 인섭은 아침녘에야 겨우 잠이 들었으나 깊은 잠을 잘 수 없었다. 누구인지, 어느 나라 군사들인지 모를 군사들에게 쫓기다 곧 잠을 깨고 말았다.

몸이 무거웠고, 머리가 띵했다. 그러나 누워있을 수 없어 몸을 일으켰다. 한가하게 누워 있을 때가 아니었다. 새벽녘에 잠깐 꾼 꿈이 어떤 계시인 것 같아 서둘러야 할 것 같았다.

"기침하셨습네까?"

인기척을 들었는지 밖에서 물었다. 박사의 목소리였다.

"예. 들어오시디요."

"예. 알갔습네다. 들어가갔습네다."

군사가 들어와 문안인사를 하려 했다. 그러자 인섭은 손을 내저으며 물었다.

"됐습네다. 문안은 관두고, 벨테 대장이래 돌아왔습네까?"

"예? 기, 기게……."

군사가 놀라는가 싶더니 말을 더듬었다. 좀처럼 없는 일이었다. 인섭은 직감적으로 벨테에게 무슨 일이 있음을 느낄 수 있었다.

"무슨 일입네까? 무슨 일이 있는 겁네까?"

"전하, 기, 기게…… 벨테래 떠났습네다."

"떠나다니요? 어디로 갔단 말입네까?"

"전하와 약조가 돼 있디 않았습네까? 전하와 이미 약조가 돼 있다고, 오늘 새벽에 상인들과 함께 떠났습네다."

"어디로? 어디로 갔단 말입네까?"

"기건 소신도 달……."

군사가 말을 잇지 못하고 인섭을 쳐다보았다. 오히려 인섭에게 정말 모르냐고 묻고 있었다. 그러니 인섭도 당황스러울 수밖에.

"날래 알아보시라요. 날래!"

인섭의 고함에 군사가 헐레벌떡 방을 나섰다. 그 모습을 바라보고 있자니 맥이 탁 풀렸다. 벌테가 떠났다면 모르긴 몰라도 갈사국으로 들어갔거나 들어가고 있을 것이었다.

벌테가 장사를 마치면 고국 소식을 물어오려니 생각은 하고 있었다. 그가 목적지를 이곳으로 잡은 것은 갈사국 소식을 들을 수 있을 것이란 기대감 때문이었을 테니까. 인섭도 그 정도는 짐작하고 있었다. 그가 뜬금없이 모피 장사를 하겠다고 했을 때부터 그의 행동이 이상했었다. 비밀리에 인섭을 찾아온 것도 그랬거니와 그 후의 행동 또한 마찬가지였다. 그는 인섭이 산적들 산채에서 겨울을 나는 걸 용납하지 못하는 눈치였다. 자신 때문에 인섭이 그런 지경에 처하게 됐다고 자책하며 하루라도 빨리 인섭을 산채에서 빼내려는 것 같았다. 그러기 위해서는 고국인 갈사국 상황을 정확히 파악해야 하니 모피장사를 빌미삼아 고국 상황을 파악하려 하는 것 같았다. 그런 벌테의 의도를 짐작하고 있었기에 인섭은 아무도 몰래 투구를 넘겨주었고 일체의 관여를 하지 않았었다. 믿지 못하면 맡기지 말고, 맡겼으면 믿고 기다리는 게 옳다고 판단했기에 기다려 왔었다.

그런데 그가 갈사국으로 들어갔다면 얘기가 달랐다. 이제 기다릴 수 없는 상황이었다. 그가 갈사국으로 들어갔다는 것은 더 이상 방법이 없다고 판단했기 때문일 것이었다. 지난 며칠 간 인섭이 맛보았던 절망감을 맛보았기에 그걸 견디지 못하고 갈사국으로 들어갔을 것이었다.

인섭은 괴로웠다. 애초 벌테의 청을 허락하지 말았어야 했는데 괜한 욕심을 부린 것 같았다. 벌테의 의도를 안 순간 멈췄어야 했는데 자신의 과욕이 벌데를 사지로 내몬 꼴이었다. 지난밤 새벽녘 꿈속에서 쫓긴 것은 자신이 아니라 벌테였던 것만 같았다. 군사들이 자신을 쫓아왔던 게 아니라 벌테가 군사들에게 쫓기는 걸 보고 안타까워 발을 굴렀던 것 같았다. 그래서 군사가 문안인사를 오자마자 벌테의 소식을 물었던 것이고.

"아무데도, 어떤 흔적도 없습네다."

초초한 마음으로 벌테의 소식을 기다리고 있자니 한 시진쯤 지난 후 군사가 돌아와 보고했다. 꺽지와 들보도 군사와 함께 벌테의 행방을 찾았었는지 심각한 얼굴로 인섭의 얼굴을 쳐다보았다.

"탐! 어뜽게 이런 일이……."

인섭은 할 말이 없었다. 지금 상황에서 무슨 말을 한단 말인가.

"너무 심려하디 마십시오. 설마 무슨 일이야 있갔습네까?"

"기렇습네다, 전하. 벌테레 기룧게 나쁜 놈은 아닙네다. 피티 못할 이유가 있을 겁네다."

꺽지가 벌테를 변호하듯 말했다.

"……?"

인섭은 더 할 말이 없었다. 군사와 꺽지, 그리고 들보는 벌테가 교역품을 가지고 도망친 줄 아는 모양이었다. 그러니 그들에게 무슨 말을 하겠는가.

"혼자 있고 싶으니 그만들 나가 보세요."

그러나 누구 하나 일어서려 하지 않았다.

"벌테 장군이래 어디 갔는디 알 만하니 나가들 보세요."

"……?"

셋이 인섭을 빤히 쳐다봤다.

"물품을 갖고 도망틴 게 아니라 나를 위해 떠난 깁네다."

"……."

셋이 또 인섭을 쳐다봤다. 더 이해할 수 없다는 표정이었다.

"나듕에 말해듐 테니 딕금은 나가보세요. 돔 쉬고 싶습네다."

결국 셋이 자리에서 일어섰다. 그리고 떨어지지 않는 걸음으로 방을 나갔다.

인섭은 벌테가 제발 무사하기만을 바라는 수밖에 없음이 슬펐다.

55

벌테가 돌아온 것은 떠난 지 한 달 가까이 지난 후였다. 새벽어둠 속으로 사라졌듯이 저녁 어스름을 타고 돌아왔다. 마치 새벽에 나갔다가 저녁에 돌아오는 사람처럼. 그러더니 왕자가 머물고 있는 방으로 곧장 들어가더니 부복하며 소리를 질렀다.

"전하, 소장을 듁여듀십시오."

벌테는 하염없이 눈물을 흘렸다. 자신의 잘못을 뉘우치는 것인지, 일이 잘못 되었는지는 분명치 않았으나 죽여 달라는 말만 계속했다. 그런데 왕자의 태도가 이상했다. 벌테의 말에 일언반구도 없이 조용히 눈물만 흘렸다.

그렇게 한참을 눈물만 흘리더니 드디어 왕자가 입을 열었다.

"다 달못 됐고, 돌아갈 수 없게 됐구만?"

왕자의 물음에 벌테는 다시 전하!를 외치며 통곡했다.

철근은 그제야 어렴풋이 두 사람의 말을 이해할 수 있을 것 같았다. 그리고 하얼빈으로 돌아가자는 철근과 꺽보의 말을 끝까지 거부하면서 주막에서 벌테를 기다렸던 이유도 대충 알 것 같았다.

"당댱 떠날 준빌 하게."

철근은 왕자와 벌테만 방에 남겨두고, 꺽지와 들보를 불러내 말했다.

"딕금 말입네까? 도대체 무슨 일입네까? 왜 뎌러는 겁네까?"

꺽지가 도저히 이해할 수 없다는 듯 물었다.

"기건 탸탸 알게 될 테니 우선 떠날 준비부터 하게. 시간이 없네."

"이율 알아야 곤장을 맞던 불속에 뛰어들던 하디요."

들보가 화가 치미는 목소리로 뱉었다.

"탸탸 알게 된다디 않았나? 난 아니 궁금하갔나? 기렇디만 분명한 건 딕금은 빨리 떠나야 한다는 기야. 이대로 있다간 위험해."

그 말에 둘이 깜짝 놀라면서 철근을 쳐다보았다. 도저히 이해할 수 없다는 표정이었다. 그러자 철근이 목소리를 낮추며 두 사람에게 말했다.

"만약 전하가 안 떠나려시믄 자네 둘이 전할 묶게. 손발을 묶고 입까디 다 막게."

"예에?"

"딕금은 설명할 시간이 없네. 날 믿고 내 말대로 해듀게. 기게 전할 살릴 수 있는 길이야. 내 말 알아듣갔나?"

"아닌 밤중의 홍두깨도 유분수디 이거야 원……."

들보가 또 궁시렁거렸으나 꺽지는 아무 말이 없었다. 꺽지는 얼마간 상황을 짐작하는 듯했다.

철근이 짐작할 때 벌테는 왕자의 허락도 없이 갈사국에 다녀온 것 같았다. 장사를 핑계 삼아 여기서 갈사국 상황을 파악하려 했으나 여기선 갈사국 상황을 파악하기 힘들다고 판단하고 갈사국으로 들어갔던 모양이었다. 벌테가 갈사국에 들어가는 걸 왕자가 허락하지 않을 것으로 판단하고, 왕자의 허락도 없이 단독행동을 감행했던 것 같았다. 그걸 짐작하고 있었기에 왕자는 하얼빈으로 돌아가자는 철근 등의 말을 들은 체도 안 했던 것이었고.

그러나 갈사국에 들어가 본 결과, 상황이 여의치 않았던 모양이었다. 하여 무슨 일인가를 획책하다 쫓기는 몸이 되어 돌아왔고. 그러니 여기에 더 머물 수가 없었다. 왕자가 여기에 머물고 있음을 갈사국에서 알았다면 갈사국이 가만히 있을 리 없었다. 군사들을 이끌고 전면적으로 쳐들어오지 못한다 해도 왕자를 없애기 위해 행동을 개시할 게 뻔했다. 갈사국의 정권을 잡고 있는 인훈의 입장에서 인섭 왕자는 자신의 왕위를 위협하는 정적일 뿐일 테니까. 그러니 결코 살려두려 하지 않을 것이었다. 어쩌면 이미 인섭 왕자를 제거하기 위해 움직이고 있을지도 몰랐다. 그러니 여기를 떠나는 게 급선무였다. 한시라도 빨리 떠나지 않으면 모두가 위험했다.

그런데 인섭 왕자는 떠나지 않으려고 할 것이었다. 이제 고국으로 돌아갈 수 없는 상황이고, 지금처럼 떠돌이 생활을 계속해야 한다면 하얼빈으로 돌아가지 않으려 할 것이었다. 차라리 이곳에서 죽겠다고 덤빌 것이었다.

그러나 철근 입장에선 그럴 수가 없었다. 그랬다면 애초 갈사국을 떠나지 않았을 것이고, 지금까지 모질게 연명하지도 않았을 것이었다. 그러니 어떤 상황에서든 왕자를 살리는 게 철근의 임무였다. 어떻게든 살린다. 어떤 상황 속에서도 살아남는다. 그러기 위해선 어떤 방법이든 다 동원한다. 이것이 철근이 신조였다. 다른 것은 다 포기할 수 있지만 왕자의 목숨만큼은 포기할 수 없었다.

결국 철근은 왕자를 결박하여 마차에 태웠다.

"벌은 하얼빈에 도착한 후 달게 받갔습네다. 기러니 딕금은 소신의 뜻에 따라 듀십시오."

말을 마친 철근은 바로 출발했다. 벌꺽보도 군소리 없이 따라주었다. 특히 벌테는 자신이 해야 할 일을 철근이 대신 해주자 감지덕지하는 표정이었다. 상인들도 사태의 심각성을 알고 있는 터라 급히 철근을 따라 말을 몰았다.

벌테가 돌아온 직후, 꺽지와 들보에게 왕자의 강제 연행을 부탁한 후 철근은 꺽지와 들보가 해야 할 일을 알려주었다. 먼저 상인들에게 알려 즉시 떠날 준비를 할 것. 상인들과 호위무사들에게 시켜 말을 준비하고 마차도 한 대 준비할 것. 그런 후로 왕자를 결박할 끈과 왕자를 보쌈할 포대를 준비하여 문밖에 대기할 것. 그러다 철근의 명이 있으면 들어와 왕자를 강제 포박할 것. 그리고 마지막으로, 모든 준비를 마치면 문밖에서 대기하되, 미리 신호를 줄 것.

철근의 명을 받은 꺽지와 들보, 그리고 호위무사들이 움직이기 시작하자 철근은 변소로 가서 천천히 소피를 보았다. 꺽보와 호위무사, 그리고 상인들이 떠날 채비를 할 시간을 벌어줘야 했고, 벌테와 왕자 둘만의 시간도 주어야 할 것 같았기 때문이었다. 둘만 있는 데서 할 말이 있을 것 같았다. 하여 소피를 본 후에도 주막 마당을 서성대며 시간을 보냈다. 그리고 떠날 준비가 얼마간 됐다 싶자 다시 왕자와 벌테가 있는 방으로 들어갔다.

“전하, 이뎨 여서 떠나야 할 것 같습네다. 벌테 대장이래 얘기했는디 모르디만 여는 이뎨 안전하디 못합네다. 기러니 날래 피하는 게 둏갔습네다.”

그러나 왕자는 들은 체도 안했다. 오히려 철근이 못마땅한 듯 눈살을 찌푸렸다. 그도 그럴 것이 왕자는 아직 고국의 상황을 모르고 있을 것이었다. 그러나 철근은 알음알음 고국의 상황을 들어 알고 있었다. 왕자가 돌아갈 수 있는 상황이 아님을.

“전하, 자세한 내막은 차후 벌테 대장에게 듣기로 하고 딕금 당댱 여길 뜨셔야 합네다. 소신의 말을 듣지 않는다면 강제로라도 모시는 수밖에 없습네다.”

철근이 초강수를 두었다. 우물쭈물할 시간이 없었다.

“뭐? 뭐라?”

왕자가 철근을 쏘아보았다. 그런 눈길을 맞받아 치며 철근이 말을 이었다.

“전하, 소신은 가족도 집도 다 버리고 왔습네다, 오로디 전하를 디키기 위해. 기런 소신이 전하를 디키기 위해 무슨 딧인들 못하갔습네까? 기러니 날래 결정하십시오.”

“난 벌테 대장의 얘길 다 듣기 전엔 떠나디 않갔소. 기렇게 아시오.”

왕자는 몸을 휙 돌려 앉아버렸다.

“전하, 군사의 말씀이 지당하십네다.”

그동안 가만히 엎드려 있던 벌테가 고개를 들며 울먹였다.

"딕금은 피하는 게 순서일 것 같습네다. 소장이 자세히 말씀드릴 테니 일단 몸을 피하시디요."

"돔 전에 말했디 않습네까? 벌테 대장의 얘길 다 듣기 전에는 절대 여길 떠나디 않갔다고."

"안 됩네다. 딕금 여길 뜨디 않았다간 벌테 대장의 얘기도 못 들을뿐더러 목숨을 잃을 수도 있습네다. 기 점을 살페듀십시오."

"내가 왜 듁는단 말이요? 군사는 나를 겁박하디 마시오."

"겁박이라니요? 당치도 않습네다. 소신은 고뎌 전하의 안전을 생각할 뿐입네다. 소신의 충심을 믿어듀십시오."

"듣기 싫소. 신하가 되어 어띠 주군한테 이룧게 무례할 수 있단 말이요? 내 비록 나이가 어리디만 엄연히 군사의 주군이요. 군사는 내 신하고."

왕자가 단 한 번도 입에 담지 않았던 말을 쏟아내며 역정을 내었다. 일부러 철근의 화를 돋우려는 것 같았다. 아니면 철근이 어쩔 수 없음을 느껴 물러서기를 바라고 있거나.

"기런 말로 소신이 물러서길 바라디 마십시오. 소신은 듁는 날까디 전하 곁을 떠나디 않을 거입네다."

"듣기 싫다디 않습네까? 썩 물러가시오. 보기 싫소."

왕자가 핏대를 세우며 소리를 지르곤 돌아앉아 버렸다. 그때쯤 문밖에서 인기척이 났다. 모든 준비를 마치고 대기 중이라는 신호였다.

철근은 더 이상 방법이 없었다. 마지막 방법은 안 쓰려고 했는데 어쩔 수가 없는 상황이었다. 하여 철근은 밖에서 안의 상황에 촉각을 곤두세우고 있을 두 사람을 불렀다.

"꺽지·들보 대장! 밖에 있는가? 들어오시게."

철근의 명에 꺽지와 들보가 방으로 들어오며 철근을 바라보았다. 철근은 고개를 끄덕였다. 그러자 들보가 뒤돌아 앉아 있는 왕자에게 다가가더니 뒷덜미를 가볍게 가격했다. 그러자 왕자가 옆으로 픽 쓰러지려는 걸 들보가 왼손으로 받쳤다.

"딕금 뭐하는 딧이네?"

벌테가 소리를 지르며 일어섰다. 아니 일어서려 했다. 그러나 벌테는 다 일어서지도 못하고 곧 쓰러지고 말았다. 벌테가 일어서려 하자 들보가 오른손으로 벌테의 가슴을 내질렀기 때문이었다. 명치를 정확히 맞았는지 헉! 소리와 함께 벌테는 숨도 제대로 못 쉬고 몸을 웅크린 채 버둥거렸다.

"간나새끼! 자기가 싼 똥을 자기가 티워야디. 똥 티울 자신 없이 똥만 싸는 놈이 무슨?"

들보가 그러거나 말거나 꺽지는 재빠르게 왕자의 입에 재갈을 물리고, 손발을 묶었다. 마치 둘이 예행연습이라도 한 것처럼 한 치의 망설임도 흐트러짐도 없었다.

56

군영에 도착한 철근은 왕자 처소 앞에서 석고대죄를 청했다. 벌꺽보도 함께. 처음엔 꺽지와 들보만 철근과 함께 했으나 곧 벌테도 합류했다.

"넌 또 왜 나타났네?"

벌테가 나타나자 꺽지가 불편한 심기를 드러냈다. 그러자 벌테가 기어드는 목소리로 말했다.

"다 나 때문에 일어난 일인데 어띠 내가 기냥 있을 수 있갔네?"

그 말에 들보가 빈정거렸다.

"간나, 기래도 양심은 있구나야."

벌테는 그 말엔 아무 대꾸도 없이 무릎을 꿇어 엎드렸다.

그렇게 넷이 꿇어 엎드린 채 죄를 청하자 영문을 알 리 없는 석호와 짝귀는 어쩔 줄을 모르고 안절부절 못했다. 죄를 청하는 사람들에게 물을 수도 없고, 심기가 불편한 왕자에게 물을 수는 더더욱 없었으니 그들이야말로 난처 그 자체였다. 석호와 짝귀뿐만이 아니었다. 군영 전체가 무겁게 가라앉았다.

그러나 네 사람의 석고대죄는 오래 가지 않았다. 석고대죄한 지 한 지 다경茶頃도 되기 전에 짝귀가 왕자 집으로 들어가는가 싶더니 왕자가 뛰어나왔다.

"주군을 살리기 위해 목숨을 내건 이들이 어찌 죄인이란 말이요? 벌을 청할 사람은 오히려 난데 왜들 이러는 겁네까?"

그러더니 왕자가 오히려 신하들 앞에 무릎을 꿇으려 했다. 그러자 철근은 벌떡 일어서서 왕자를 막았다.

"전하, 이 어띠 이러십네까? 소신들은 전하께 불온不穩한 짓을 뎌디른 죄인들입네다. 기러니 벌하여 듀십시오."

철근이 왕자를 부축하며 죄를 청하자 왕자가 철근의 손을 떨어내며 말했다.

"당장 석고대죄를 풀디 않으믄 나도 여기 꿇어앉을 겁네다. 기러니 당댱 풀라요."

"전하!"

철근은 할 말이 없었다. 말을 할 수가 없었다. 왕자가 그렇게까지 나오는데 더 이상 고집을 세워 석고대죄 하는 건 왕자를 모욕하는 일이나 다름없었다. 그렇다고 석고대죄를 바로 풀 수도 없었다. 왕자를 강제로, 보쌈하듯 끌고 온 것에 대한 죗값은 치러야 했다. 그것에 대한 정리 없이 군신간의 관계를 지속시킬 수는 없었다. 또한 자신은 신하이면서 왕자의 스승이 아닌가. 왕자의 잘못은 곧 자신의 잘못이기도 했다. 하여 철근이 전하를 외치며 다시 고개를 숙이자 왕자가 울먹이며 말했다.

"사부! 미욱한 제잘 용서하십시오. 고국에 돌아가고픈 마음에 앞뒤 생각할 겨를이 없었습네다. 기러니 한 번만 기휠 듀십시오. 다신 이런 일 없을 겁네다."

왕자는 사부라 불렀다. 그 말에 철근의 가슴 속에서 뜨거운 것이 울컥 치밀어 올랐다. 사부란 왕자가 자신을 최대한 낮출 때 쓰는 용어로, 아주 어렸을 때부터 써온 이 호칭은 왕자가 자신을 가장 낮출 때나 간절한 부탁이 있거나 죄를 빌 때 쓰는 용어였다. 그래서 그 어떤 호칭보다 무게를 가진 호칭이었다. 그 호칭을 쓰며 자신의 잘못을 고하는 한편, 한 번만 기회를 달라고 하는데 가슴이 그냥 있을 리 없었다. 그러나 철근은 그것이 솟아오르지 못하게 숨을 꽉 참았다. 그게 밖으로 빠져나오면 그걸 감당할 자신이 없었다.

그래서였을까? 입으로 솟아오르지 못한 뜨거운 기운이 눈으로 몰리는지 눈에 뜨거운 눈물이 고이기 시작했다. 그 눈물을 흘리지 않기 위해 코로 들이마셨지만 결국 눈에선 눈물이 흘러내리기 시작했다. 그 어떤 힘으로도 막을 수 없을 것 같은 눈물은, 한 번 흘러내리기 시작하자 걷잡을 수 없이 흘러내렸다. 하여 철근은 고개를 들 수가 없었고, 어떤 말도 할 수가 없었다. 하여 다시 한 번 전하!라고 부른 후 눈물을 흘릴 수밖에 없었다.

철근의 짐작은 빗나가지 않았다. 빗나가지 않은 정도가 아니라 한 치의 오차도 없이 맞아떨어졌다고 할 수 있을 정도였다. 그만큼 철근과 벌테는 서로를 잘 알고 있었고, 친밀도 또한 남달랐다.

벌테가 주막을 몰래 빠져나간 건 왕자가 궁금해 하는 고국의 소식을 알기 위해서였다. 왕자 몰래, 왕자가 오매불망 잊지 못하는 갈사국 소식을 알아보기 위해 갈사국에 들어갔다 올 생각은 하얼빈에서 떠나기 전에 이미 해둔 상태였다. 그러나 그렇게 빨리 떠날 생각은 없었다.

왕자께 보고하고, 만반의 준비를 하고 갈사국에 들어갈 생각이었다. 그런데 두물머리에 도착해 갈사국 상황을 파악해보니 서두르지 않으면 안 될 상황이었다. 두물머리 사람들은 갈사국 상황에 대해 아는 것이 없었고 갈사국 상황에 대해 전혀 관심이 없었다. 그러니 두물머리에서는 알 수 있는 것이 없었다. 더군다나 고구려가 갈사국의 내전 상황을 알아채고 갈사국을 공격하기 위해 군사들을 동북쪽을 이동시키고 있다는 것이었다. 전쟁이 오늘 터질지 내일이 터질지 모른다는 것이었다.

벌테는 앞뒤 생각할 겨를이 없었다. 지금 당장 들어갔다 오지 못하면 언제 다시 들어갈 수 있을지 기약할 수 없었다. 왕자께 보고할 수도 없었다. 왕자께 알리는 순간, 왕자도 같이 가겠다고 할 게 뻔했기 때문이었다.

벌테는 결국 혼자 감당해보리라 마음먹었다. 신하가 되어 주군을 위해 목숨을 바치는 건 너무나 당연한 일이 아닌가. 더군다나 왕자는 산골무지렁이인 자신을 산채군 대장으로 만들어줬고, 보석 투구도 아무 조건도 없이 내준 분이 아닌가. 그런 분을 위해서라면 목숨을 바치는 것도 아깝지 않을 것 같았다.

마음을 정한 벌테는 아무도 몰래 주막을 빠져나와 상인들만 데리고 갈사국으로 향했다. 내란 뒤끝으로, 고구려와의 전쟁 기운으로 혼란스럽기야 하겠지만 사람이 존재하는 한 먹고 살아야 하고 지금 같은 상황에서 가장 필요한 것이 양식일 것이라 판단하고 모피와 함께 쌀을 싣고 들어갔다.

갈사국으로 들어간 벌테는 물건을 파는 일보다 갈사국 상황을 먼저 파악하기 시작했다. 내란의 진행과정과 내란 이후 상황을 알고 싶었다. 장사는 상인들이 알아서 할 것이기에 자신은 갈사국 상황파악에 집중했다.

그런데 갈사국 상황을 파악한 벌테는 놀라지 않을 수 없었다. 혼란과 불안감에 뿌리째 흔들리고 있을 줄 알았는데 갈사국은 너무나 평온해 보였다. 내란이 있었는지, 고구려와의 전쟁이 임박했는지조차 의심스러울 정도였다.

인훈이 부당하게 왕위를 찬탈한 것도 모자라 대왕과 왕후, 세자며 태후까지 시해하고 대왕을 따르던 충신들마저 척살했는데도 그에 대한 반감이나 거부반응이 전혀 없었다. 그런 것들에 관심조차 보이지 않았다. 오로지 자신들의 안위와 안녕만을 추구하고 있었다. 누가 임금이 됐건 자신들만 편하고 배부르면 그만이라고 생각하고 있었다.

인훈의 모반 행위의 부당함을 거론하고 인섭 왕자의 거취를 알리면 백성들이 들고 일어설 것이라 생각했던 벌테는 실망하지 않을 수 없었나. 실망하는 정도가 아니라 배신감마저 들 정도였다. 오로지 자신만을 생각하는 백성들에게 진절머리가 날 정도였다.

백성들에게 배신감을 느낀 벌테는 마지막 모험을 강행하지 않을 수 없었다. 갈사국 백성들의 신의 없음과 무감각, 나태와 안일을 묵과할 수 없었다. 갈사국 백성들이 깨어나기만 한다면 자신은 죽어도 상관없을 것 같았다.

벌테는 먼저 길거리와 장바닥을 떠도는 코흘리개들에게 먹을 걸 나눠주고 자신이 알려준 노래를 부르며 다니게 했다. 귀가 있으면 아이들의 노래를 들을 것이고, 가슴이 있다면 아이들 노래에 반응을 보일 것이라 생각했다.

주인 잃은 개는 주인을 찾아다녀도
임금 잃은 신하 백성은 임금을 잊었네.
편한 잠자리, 다순 밥만 찾아 헤매니
신의 없는 나라 운명 바람 앞의 등불이네.

노래를 퍼뜨리는 것을 시작으로 벌테는 장바닥을 돌며 내란의 시말始末과 인섭 왕자의 지난한 고행을 퍼트렸다. 제발 갈사국 백성들이 깨어나 움직이기를 바라고 또 바라며.

벌테가 움직이기 시작하고 열흘쯤 지나자 군사들이 움직이기 시작했다. 백성들이 발고했는지, 역도들이 알았는지 군사들이 장이며 주막, 사람들이 모이는 곳을 뒤지고 다녔다. 그럴수록 벌테도 몸을 숨기고 다니며 노래를 퍼뜨리고 왕위 찬탈의 진상을 알렸다. 군사들이 움직인다는 것은 백성들의 동태가 심상치 않다는 것을 감지했다는 뜻이었기에 더 극성맞게 갈사국을 돌아다녔다.

그리고 군사들이 벌테의 턱밑까지 쫓아오자 벌테는 일행을 거느리고 두물머리를 향해 도망칠 수밖에 없었다. 인섭 왕자를 피신시켜야 할 것 같았기 때문이었다. 계속 장소를 옮겨 다니는 자신의 뒤를 바짝 따라올 정도라면 인섭 왕자의 행방도 얼마간 파악했을 것이고, 그리되면 인섭 왕자가 위험할 것이었기 때문이었다.

57

죽음을 잊은 신하들이 있음을 확인한 인섭은 든든했다. 자신의 목숨을 돌보지 않는 신하들이 있기에 그 어디에 있어도 외롭지도 무섭지도 않을 것 같았다.

벌테가 그런 일을 벌인 것은 인섭을 대신해 죽을 각오를 하지 않았다면 불가능한 일이었다. 인섭의 마음을 꿰뚫고 인섭 대신 사지로 들어갔고, 정보를 수합했고, 인섭의 재기를 모색했고, 결국 죽을 각오로 인섭의 존재를 알리려 하지 않았던가. 보통사람으로서는 감히 꿈도 꿀 수 없는 일이었다.

그러는 한편 두렵기도 했다. 군사와 벌꺽보의 이번 행동에서 보듯, 신하들은 인섭이 위험에 처했다 싶으면 자기 목숨을 걸 것이고 그걸 자신이 통제할 수 없을 것이기 때문이었다. 그들에게는 인섭이 생각할 수도 이해할 수도 없는 피가 흐르고 있음이 분명했다. 그 피의 정체가 과연 무엇인지 알 수는 없었지만 하나만은 분명히 알 수 있었다. 자신을 위해서는 죽음을 두려워하지 않는다는 것. 그런 신하들의 행동을 막는 방법은 오직 하나뿐이었다. 자신이 위험에 처하지 않는 것. 그것만이 신하들을 위험에 빠트리지 않는 유일한 방법이었다. 하여 인섭은 신하들을 위험에 빠트리지 않기 위해 위험한 일을 피하기로 결심했다.

닷새간 쉬면서 몸과 마음을 정리했다. 그리고 노독이 풀렸다 싶자 다음 장사를 준비하기 시작했다.

하얼빈에 사는 한 장사를 그만 둘 수는 없었다. 강에 기대어 살며 큰 수익을 남길 만한 것은 배를 이용한 원거리 무역 외엔 없어 보였기 때문이었다.

우여곡절이 있었지만 모피 장사로 남은 수익은 생각보다 컸다. 세 갑절에 가까운 이문을 남겼다. 벌테는 운이 좋았다고 겸손을 뺐지만 벌테의 장사 수완은 상인들마저 혀를 내두를 정도였다. 흥정에도 능했지만 상황판단이나 상대의 마음을 읽는 데는 그 누구도 따를 수 없을 것이라 했다. 도망치듯 두물머리에서 빠져나오지 않고 필요한 물건들을 구입해다 하얼빈에 팔았다면 수익은 몇 곱절이 됐을 거라는 게 상인들의 공통된 의견이었다. 그런 벌테의 능력에 이미 결성되어 있는 상단을 활용하여 원거리 무역을 계속하고 싶었다. 하여 엿새째 되는 날 인섭은 산보 겸 상황파악 겸 나들나루(배가 나고 드는 나루라 하여 붙여진 명칭)로 나갔다. 그런데 석호와 꺽지가 또 다른 감동을 마련해놓고 있었다.

나들나루에 도착하니 무더위 속에서도 사람들이 비지땀을 흘리고 있었다. 변변한 땀닦개도 없이 흘러내리는 땀을 손이나 손등으로 닦으며, 웃통을 벗어던지고 뙤약볕 아래서 일을 하고 있었다. 삶은 결코 만만하지 않고, 그 무엇보다 위대하고 준엄한 것임을 역력히 보여주고 있었다. 인섭은 그런 그들에게 비안하여 슬며시 돌아서려는데 한 사람이 달려와 몸을 숙였다.

"전하, 예까디 어인 일이십네까?"

낯이 익다 싶어 인섭은 상대의 얼굴을 살폈다. 그런데 상대는 산채에서 봤던 얼굴이었다. 이름은 모르겠지만 산채에서 봤던 얼굴이 분명했다. 하여 놀란 얼굴로 상대를 보고 있자니 다른 사람들도 달려와 인섭에게 몸을 숙였다. 모두들 산채사람들이었다. 그러길 잠시, 석호가 배에서 내리더니 달려왔다.

"전하, 기별도 없이 어띠?"

"장군! 장군이야말로 어띠 된 일입네까?"

인섭이 놀라 석호를 바라보고 있자니 어라?! 짝귀가 배에서 내려 달려왔다. 인섭은 놀라지 않을 수 없었다. 순간적으로 퍼뜩 떠오르는 게 있었기 때문이었다. 하여 석호를 노려보며 엄한 목소리로 질책했다.

"대장! 내 신하로 있으면서 어띠 이럴 수가 있단 말이요?"

"……?"

"기새 도적딜을 시작했으니 어띠 내 신하로 둘 수 있갔소? 딕금부로 대장은 내 신하가 아니요."

"전하, 오해이십네다. 어띠……."

"듣기 싫소. 대장 얼굴을 보는 건 이게 마디막이요."

인섭은 화가 났다. 도적질을 하다 들키니 발뺌하려는 석호를 용납할 수가 없었다. 역시 산적은 산적일 뿐이었는데 석호의 본성은 선할 것이라 믿고 석호를 받아들였던 게 후회스러웠다. 그리고 그런 석호와 마주서 있는 게 부끄러웠다. 하여 당장 군영으로 돌아가려는데 짝귀가 인섭의 앞을 막아서며 말했다.

"전하, 오해이십네다. 뎌 배 두 텩은 석호 대장이 전하가 안 계실 때 구입한 뱁네다."

"뭐요? 구입한 배라고요? 무슨 돈이 있어 뎌렇게 큰 배를, 기것도 두 텩씩이나 구입한단 말이요?"

"석호 대장이 여지껏 10년 가까이 모아둔 돈과 재물, 산채 사람들이 가디고 있던 돈과 재물을 모두 털어 구입한 것입네다."

짝귀가 진정어린 목소리로 알렸다.

"기, 기게 뎡말이요?"

"기러합네다. 뎌 배는 전하께서 뗏목을 타고 떠나시는 모습을 가슴 아파한 석호 장군이 기날부터 수소문하여 사들인 뱁네다."

"기럼 왜 비밀로 했소?"

"기, 기건……. 짐까디 다 실은 후에…… 깜땩 단티를 벌일려고 감춰듀고 있었던 겁네다."

말을 들어보니, 짝귀의 말하는 태도로 봐서 거짓이 아닌 듯했다. 하여 민망한 듯 쑥스러운 듯 서 있는 석호를 향해 물었다.

"짝귀 대장 말이 사실이요?"

"기러합네다, 전하. 전하를 기쁘게 해드리려던 게 오히려 오해를 산 겁네다."

석호는 죄스러움 반 미안함 반의 표정으로 인섭을 보며 대답했다. 그 대답에 인섭 또한 미안함 반 고마움 반의 표정으로 말을 흘렸다. 아니 감격으로 말을 이을 수가 없었다.

"내래 뭐라고……. 내래 해둔 게 뭐라고 이룽게……."

"전하께서 우리 곁에 계신 그 자체가 우리에겐 힘이고 살아갈 이유고 존재할 가친데 어띠 기런 말씀을 하십네까? 듣기에 민망합네다."

석호의 말이 진심임을 알 수 있었다. 말을 하는 그의 눈에는 눈물이 가득 고여 있었기 때문이었다. 그 어떤 눈물보다 진한 눈물은 거짓말을 하지 못할 것 같았다. 그런 석호의 눈물을 바라보는 인섭의 눈에도 눈물이 고이기 시작했다. 여자의 눈물이 무기일 수 있듯이, 남자의 눈물은 말로 다 전할 수 없는 진심을 표현하는 표징이 아니던가.

폭풍의 숭가리강

58

석호가 마련한 돛배로 본격적인 무역을 시작했다. 벌테의 장사수완과 짝귀의 정보력, 상단의 협력으로 많은 돈을 벌었다. 그에 따라 물적·양적·인적 팽창이 일어났고, 인섭 일행은 하얼빈에 안착하고 있었다. 물론 왕자의 신분을 감췄고 인섭이 직접 나서는 일도 없었지만, 인섭은 보이지 않는 손으로 하얼빈을 움직이고 있다 해도 과언이 아니었다.

모인산 산채에 둥지를 틀 때는 200명도 안 되던 군사들이 2천을 헤아리고 있었다. 거기에 상단 보호를 위해 조직한 비정규군까지 합치면 4천을 넘어서고 있었다. 벌테와 짝귀가 거느리는 상단의 상인들도 2백이 넘었다. 또한 그 상인들이 거느리는 인원도 5천 이상 되었다. 그러니 1만에 가까운 인원이 인섭 왕자의 휘하에 있는 셈이었다. 그뿐인가. 거기에 식솔들까지 합치면 최소 3만이 넘었다.

사람이 많아지고 물량이 늘자 여기저기 거소지며 창고, 분소들도 생겨났다. 그러나 돈과 사람이 모이는 곳에 마魔도 모인다고 했던가. 사람이 많아지니 신경 쓸 일이 한둘이 아니었고, 크고 작은 잡음도 끊이질 않았다. 특히 장사를 하는 사람들이라 작은 이익에도 민감한 반응을 보였는데, 그걸 중재하고 조정하느라 벌테와 짝귀가 애를 먹고 있었다.

그나마 갈등이 번지지 않고 지속되지 않은 것은 돈보다 사람을 중시하는 인섭과 철근이 있기 때문이었다. 돈은 있다가도 없을 수 있고, 없다가도 있을 수 있지만 사람은 한 번 잃으면 다시 얻을 수 없다며 크고 작은 손해를 오롯이 감당하려 했다. 장사나 돈으로는 나라를 세울 수 없지만 사람들이 있어야 나를 세울 수 있으니 모든 것들을 감내하며 사람들을 지키자고 했다. 그런 도량과 아량은 상대를 감복시켜 흡인하기에 충분했다. 시간이 지날수록 사람들은 더 많아지고 있었다. 그러나 얌체족 내지는 무뢰배에겐 그게 통하지 않았으니 그들은 그걸 역이용하여 자신의 이익만을 추구하려 했다. 그런 그들의 행태를 최전방에서 직접 보고 겪어야 하는 벌테와 짝귀는 분통을 터트리는 경우가 많았다.

손해를 보는 것도 한두 번이고 참는 것도 한계가 있는 것인데, 오로지 자신들의 이익만을 앞세우는 얌체족 내지는 무뢰배를 용납할 수가 없었다. 남의 손해쯤은 손톱에 낀 때쯤으로도 여기지 않는 그들의 횡포와 난행은 참아내기 힘든 것이었다. 그렇지만 참았다. 돈을 벌기 위해 장사를 하고 있지만 돈이 목적은 아니었기에, 보다 원대한 꿈이 있었기에, 그 꿈을 위해 참는 수밖에 없었다.

그렇게 참고 억누르며 내실을 다져가던 벌테와 짝귀는 전혀 예상치 못한 강적과 맞부딪치게 되니 바로 쫄배였다. 이 작자의 원래 이름은 영배英培였다. 그러나 사람들은 영배라 부르지 않고 쫄배라 불렀다. '쫄장부 영배'의 줄임말로, 개 이름 부르듯 부르며 치를 떨었다.

쫄배란 작자는 고구려인인지 부여인인지 신원도 확실치 않았다. 쥐상으로, 숭가리강 일원을 무대로 무역하여 축재를 한 놈이었다. 글공부 보냈더니 글보다 개 잡는 법부터 배운다고, 정상적인 상행위는 뒷전이요 편법과 술수에 능한 놈이었다. 장사를 한 지 오래됐는지 하얼빈뿐 아니라 숭가리강 유역의 나루란 나루는 모두 장악하고 있었고, 대형 돛배를 이용해 선단을 끌고 다니며 온갖 행패를 다 부렸다. 중소상인들을 업신여겨 값을 후려치고 함부로 대하는 건 예사요, 중간에서 농간을 부리기 다반사였다. 심지어는 어디서 끌어들였는지 모를 자금을 동원해 잘 나가는 상품들을 매점매석하는 짓까지 서슴지 않았다. 그런 그를 사람들이 용납하고 좋아할 리 없었다. 뒤에서 손가락질은 예사요 침을 뱉기 일쑤였다. 버젓이 영배란 이름이 있는데도 이름은 놔두고 쫄배라 부르며 적대감을 드러냈다.

그러나 쫄배 앞에서는 달랐다. 그의 눈 밖에 나지 않기 위해 전전긍긍하는 정도가 아니라 뇌물을 바치기도 했고 그의 비위를 맞추는 등 알아서 기기까지 했다. 그에 따라 벌테네와 뜻을 맞췄던 상인들도 쫄배의 눈치를 보기 일쑤였고, 쫄배가 압력을 행사하면 벌테네와 거래를 끊기까지 했다.

상인들뿐만 아니라 모든 사람들이 손가락질하고 욕했지만 그는 끄떡하지 않았다. 그런 걸 다 알면서도 오히려 당당하게 행동했고, 그런 걸 자랑으로 여기는 듯했다. 모두들 욕을 하고 손가락질을 하면서도 그 앞에서는 범 앞의 개처럼 고분고분했고 알아서 기기 때문이었다. 그러니 상단을 구성한 지 얼마 되지 않는 벌테네가 상대하기는 버거운 상대였다.

벌테네는 아직 쫄배와 겨룰 만한 힘이 없었다. 더군다나 하얼빈은 삼국 국경지대라 어느 나라의 군사적 힘도 거의 미치지 않는, 무적지대無籍地帶요 무풍지대라 할 수 있었다. 그런 점을 잘 알고 있는 쫄배는 그걸 악용하여 자기 뱃속을 채우는 한편 백성들을 억압하고 백성들 위에 군림하고 있었다. 그런 자신의 악행이 두렵기는 한지, 제 목숨 소중한 건 아는지, 늘 많은 수의 호위무사들을 거느리고 다녔다. 그러니 그를 무력으로 제압하는 일도 쉽지 않았다.

그럴수록 벌테네는 이를 갈았다. 그를 제압하거나 처지하지 않고는 정상적인 상거래나 무역을 할 수 없었기 때문이었다.

"아무래도 따끔한 맛을 보여듀어야 할 것 같습네다."

참다못한 벌테가 철근을 찾아가 쫄배의 전횡을 전한 후에 무력동원의 뜻을 밝혔다. 그러자 철근이 대번에 반대하고 나섰다.

"기건 안 될 말임메. 무력은 최후의 수단이 돼야디 함부로 쓰면 독이 될 뿐이네. 안 기래도 우릴 주시하는 눈들이 많은데 무력까디 동원했다간 우리가 무사하디 못해. 쫄배 기자도 어떠면 기걸 바라고 있을디도 모르고. 우리가 먼뎌 무력을 쓰면 놈은 더 큰 무력을 동원할 게야. 기리 되면 우리 힘으론 감당하기 어려울 지경에 빠디게 될 게고."

예상대로 철근은 원칙론에 신중론愼重論을 덧보태 반대했다. 그러나 벌테의 생각은 달랐다. 쫄배를 그냥 놔두고 장사나 무역을 한다는 건 거의 불가능한 상황이었다. 또한 한 번 등을 돌린 상인들의 마음을 되돌리는 일도 결코 쉽지 않을 것이었다. 이대로 있다간 겨우 키워놓은 세력을 쫄배에게 다 뺏길지도 몰랐다. 그리 되면 새로 합류한 수륙대(水陸隊. 강과 육상에서 모여든 부대란 뜻으로 병사, 상인, 일반백성의 혼합부대)들은 물론이요 기존의 산채군과 모인군도 흔들릴 수밖에 없었다.

"기걸 몰라서 탖아왔갔습네까? 하도 답답해서 기러디요. 기러고 이 상태로 가다간 머댢아 우리 장사도 무역도 다 절단 나고 말 겁네다."

벌테가 씩씩거리자 철근 역시 한숨을 쉬며 말을 맺었다.

"아무리 기래도 무력만은 아니됨메. 수없이 말했디만 무력은 최후의 수단이 돼야디 함부로 쓰면 독이 될 뿐이야."

벌테는 철근과 함께 더 앉아있다간 속이 터질 것만 같은지 자리에서 일어나 나가버렸다.

59

안 좋은 일은 늘 예상하지 못한 곳에서, 사소한 일에서 시작되니 벌테의 일도 예외는 아니었다.

쫄배를 벼르면서도 군사가 반대하자 어쩔 도리가 없었다. 군사가 반대하는 일을 독단적으로 할 수도 없었고, 왕자에게 고할 수도 없었다. 왕자에게 고해봤자 군사와 다른 말이 나오지 않을 것이고, 결국 왕자는 벌테의 고충을 덜어주지 못하는 무력감이나 맛볼 게 뻔했기 때문이었다. 더군다나 고국의 상황을 안 이후 무력감과 자괴감에 빠졌다 이제 겨우 회복 단계에 들어선 왕자를 들쑤시고 싶지 않았다. 왕자는 감정의 찌꺼기를 다 털어낸 듯 행동하고 있었지만 벌테가 볼 때 겉만 그랬지 속은 전혀 아닌 것 같았다. 하여 왕자를 멀리 하고 있었다. 왕자를 가까이 하면 왕자가 가엾고 측은해 또 다시 무슨 일을 벌일지도 모르기에. 왕자도 그런 벌테의 마음을 읽고 있는지 벌테를 찾지 않고 있었다. 당신 때문에 벌테를 위험에 빠트리는 일을 두 번 다시 반복하고 싶지 않은 모양이었다.

그렇게 부글거리는 속을 누르며 남쪽에 있는 솔나루(현재의 송원松原)로 실어갈 쌀을 구입하고 있자니 낯짝도 본 적 없는 놈이 거드름을 피우며 벌테에게 시비를 걸었다.

"어디서 굴러먹던 개뼉다구가 남의 구역에서 쌀을 사들이는 거네?"

놈은 싸전 뒷마당에 쌓아놓은 쌀 포대를 발로 툭툭 걷어차며 행패를 부렸다. 놈 뒤에는 떡대 무사가 셋이나 버티고 있었다. 싸전 주인은 벌써 사색이 되어 놈과 벌테의 얼굴을 번갈아 쳐다보았다. 놈에게는 잘못을 비는 듯했고, 벌테에게는 도와달라고 요청하는 듯했다.

벌테는 싸전 주인의 요청을 모른 채 할 수 없었다. 시비를 거는 부랑자들을 길거리에서 만났거나 장바닥에서 만났다면 벌테도 참았을 것이었다. 왕자나 군사에게 누가 되고 싶지 않으니까. 그러나 싸전 주인이 도와달라고, 이런 일쯤은 처리해주셔야 앞으로 거래를 계속할 수 있지 않겠냐고 눈빛으로 계속 말하고 있어서 물러서선 안 될 것 같았다.

지금 싸전 주인을 도와주지 않는다면 앞으로 쌀 무역은 포기할 수밖에 없을 것이었다. 싸전 주인의 입이 가만히 있지 않을 것이고, 싸전 주인이 말하지 않더라도 소문은 금방 퍼질 것이었다. 그러니 싸전 주인의 구조 요청을 거절할 수가 없었다.

전대에 표창과 쇠구슬이 들어있음을 확인한 벌테는 부랑자의 말을 받아쳤다.

"뭐 개뼉다구? 이 닥댜가 내래 뉘디나 알고 이러네 모르고 이러네?"

"타지에서 굴러온 개뼉다굴 내래 어띠 알며, 알면 또 어뗠 건데?"

"까불디 말라. 잘못했다간 마빡에 바람구멍이 나거나 저승길 갈 테니낀."

"아이구 무서워라. 기런 재주가 있으셔? 기럼 어디 구경이나 한번 해볼까?"

말을 마친 녀석이 손가락을 들어 벌테 쪽으로 까딱거렸다. 그러자 뒤에 섰던 무사들이 칼을 뽑아들더니 앞으로 나서려 했다. 그 순간, 벌테가 소리를 질렀다.

"한 발자국만 더 움딕이라! 바로 마빡에 바람구멍을 내듈 테니낀."

벌테는 전대에서 쇠구슬을 꺼내 왼손에 쥐며 말했다. 그러자 앞에 섰던 놈이 짜증스럽게 뱉었다.

"뭐하네? 뎌 개뼉다굴 날래 베 버리디 않고."

그러자 셋 중에 가장 날렵해 보이는 놈이 칼을 앞세워 달려들었다. 순간, 벌테는 쇠구슬 하나를 놈을 향해 던졌다.

빡! 아이쿠!

두 소리가 동시에 터지며 녀석이 이마를 감싸며 주저앉았다. 그러자 나머지 둘이 동시에 덤벼들려 하자 이번에는 두 개의 구슬을 동시에 던졌다. 두 놈은 처음 놈과 마찬가지로 이마를 감싸며 주저앉았다.

그러자 시비를 걸었던 놈부터 도망치기 시작했고, 이마를 감싸쥐고 있던 셋도 뒤따라 도망쳤다.

그것으로 끝이었다. 싸전 주인은 입이 마르도록 고맙다는 말을 반복했고, 앞으로도 하수대(下守隊. 하얼빈과 왕자를 지키는 부대란 뜻으로, 산채군과 모인군, 그리고 새로 편성된 수륙대를 통칭하는 말)를 믿고 거래를 계속하겠다고 다짐을 했다.

그런데 그게 끝이 아니라 시작이었고, 이 사소한 충돌이 벌테뿐만 아니라 왕자의 운명까지 바꿔놓았으니 알다가도 모를 게 세상사였다.

60

사소한 충돌이 있고 난 후 사흘 뒤였다. 쫄배 쪽에서 하수대를 공격했다. 단순한 보복 정도가 아니라 전면전을 선포한 것이나 다름없었다.

솔나루로 실어 나르기로 한 쌀을 선적하다 오패—다섯 명의 짝패란 뜻으로 벌테, 꺽지, 들보, 짝귀, 석호를 뭉쳐 부르는 말—는 나루 앞 주막에서 늦은 점심을 마치고 미숫가루 탄 물로 더위를 식히고 있으려니 병졸 하나가 급히 뛰어오더니 숨넘어가는 소리를 질렀다.

"큰일났습네다. 공격입네다. 무사 수십이 다짜고짜 달려와 우릴 둑이고 있습네다."

오패는 병졸의 말이 다 끝나기도 전에 자리를 박차고 일어나 나루를 향해 뛰었다.

나루는 이미 난장판이었다. 쌀을 선적하던 일꾼들이며 상인들, 그들을 지키던 병사들은 칼에 베여 죽거나 부상을 입고 있었다. 여기저기 낭자한 핏자국이며 군데군데 고여 있는 선혈은 참혹했던 당시를 보여주고 있었다. 시신과 부상자가 흩어져 있지 않고 군데군데 모여 있는 것은 대항할 틈도 없이 일방적인 급습을 당했음을 말해주고 있었다. 이쪽 인원과 상황을 미리 파악하고 급습했던 게 분명해 보였다.

사람만 공격한 게 아니었다. 쌀가마니가 마구 어질러져 있었고, 가마니 대부분에 칼자국이 선명히 남아 있었다. 놈들의 칼에 베인 배에서 흘러나온 사람들의 내장과 칼에 베여 가마니 밖으로 흘러나온 낟알들의 모습은 둘이 아니라 하나처럼 여겨졌다.

"이런 개만도 못한 새끼들!"

벌테의 입에서 자신도 모르는 새에 욕이 터져 나왔다. 그러나 너무나 충격적이라 더 이상 어쩌질 못했다. 화가 머리꼭대기까지 차올랐고, 머리가 띵하는가 싶더니 어지럽기까지 했다. 그러는 벌테와는 달리 나머지 넷은 쓰러진 채 신음하는 사람들을 살피는 한편 시신들을 정리하려 했다. 그러자 벌테가 급히 말렸다.

"부상자만 돌보고 나머디는 손대디 말라. 기러고 넌 즉시 군사에게 달려가 이 사실을 알리라. 날래 움딕이라!"

벌테는 아직도 두려움에 떨고 있는 병졸을 보며 소리를 질렀다. 사건현장을 군사에게 보여주고 싶었다. 군사도 이 끔찍한 현장을 본다면 더 이상 벌테를 막지 못할 것이었다.

부상자들을 응급조치하면서 군영으로 옮길 준비를 하고 있자니 군사가 말을 타고 달려왔다.

"이 무슨 일임메? 이띠 이런 일이……."

군사도 믿기지 않는지, 기가 막히는지, 말을 잇지 못했다.

"이래도, 이래도 무력은 안 된다고 하시갔습네까? 딘댝에 뽄대를 보여뒀으믄 이런 딧거릴 했갔습네까? 이게 뭡네까, 대톄."

벌테는 이 모든 일이 군사 때문에 일어난 것처럼 목소리를 높였다. 그 언성에 군사는 묵묵부답. 아무래도 자신의 판단이 그릇됐음을 깨닫는 모양이었다.

"이톄 더 이상 턈디 못하갔습네다. 아니, 더 이상 턈으라믄 소장이 가만 있디 않을 겁네다."

말을 마친 벌테는 자리에서 벌떡 일어섰다. 그리고 오패를 돌아보며 소릴 질렀다.

"가댜! 복순 해야디. 기래야 뎌 사람들이 편안히 눈을 감디."

그 말에 넷이 벌테와 군사를 번갈아 쳐다보았다.

"딕금 무슨 눈틸 보네? 이러고도 가만히 있으믄 기게 남자네? 뎌기 나뒹구는 가마니때기디."

그 말에 들보가 먼저 벌떡 일어섰다. 나머지 셋도 들보와 거의 동시에 자리에서 일어섰다.

"댬깐만! 댬깐만 기다리오."

군사가 오패를 저지하고 나서 물었다.

"딕금 어딜 가려는 게요?"

"어딘 어디갔소? 쫄배래 기 간나새끼가 있는 곳이디. 할빈(하얼빈)에서 이런 딧할 놈이 쫄배 말고 또 누가 있갔소?"

벌테가 씹어뱉듯 잘라 말했다.

"놓소. 가시오. 기서 복술하든 듁이듣 듁든 맘대로 하시오. 기렇디만 이 댜리에서 떠나는 순간, 전하나 나와는 아무런 상관도 없는 일이고, 장군들도 더 이상 장군이 아니요. 주군이나 군사의 재가 없이 함부로 움딕이는 사람을 어띠 장군이라 할 수 있으며, 기런 사람과 어띠 장랠 도모할 수 있갔소? 기러니 기렇게 알고 가시오."

"기 무슨? 이걸 보고도 기런 말이 나옵네까?"

이번에는 석호가 소릴 질렀다. 그러나 군사는 냉정을 유지하며 말했다.

"장군들이 나한테 알렸듯이 나 또한 전하께 알려 재갈 받아야 하니낀 하는 말이요. 아무리 군사라 해도 장군들이 적진으로 뛰어들갔다는데 단독 결정을 내릴 순 없소. 우리 하수대의 사활이 걸린 문제이자 전하의 안위가 걸린 일이요. 기런 일을 어띠 나 혼차 판단할 수 있갔소? 기러니 기다렸다가 군사들을 이끌고 가 대응을 하든, 딕금 당당 달려가 개싸움을 하든 기건 장군들이 알아서 하시오."

그 말을 남기더니 군사는 훌쩍 말 위에 올라버렸다. 그리고 말머리를 돌리며 한 마디 덧붙였다.

"전할 뵙고 오갔소."

61

말을 타고 군영으로 돌아가는 철근은 착잡했다.

이제 일전은 불가피해 보였다. 그렇게 피하고 싶었고, 피하려고 무진 애를 써왔는데 그 모든 노력이 허사가 될 판이었다. 그렇다고 이번 일을 유야무야 넘길 수도 없었다.

저쪽에서 지난번 벌테에게 시비를 붙은 건 얼마든 있을 수 있는 일이라 생각했다. 장사를 하다 보면 우격다짐, 주먹다짐 등 물리적 충돌은 언제든 있을 수 있으니까. 이익 앞에선 한없이 강해질 수도 있고 또 한없이 비굴해질 수도 있는 게 인간이니까. 그러나 지난번 사소한 충돌을 이런 무지막지한 방법으로 대응한다는 건 단순히 기를 꺾어놓으려는 게 아니었다. 이 기회에 아주 아작내어 싹까지 잘라버리겠다는 의지의 표현이었다. 그러니 어떻게든 맞대응하지 않을 수 없었다.

맞대응하지 않고 가만히 있으면 아주 가마니때기로 볼 공산이 컸다. 그리되면 더 잔악한 방법으로 짓밟고 깔아뭉개려 할 것이었다. 더군다나 오패가 현장에서 다 봤고 당장이라도 사생결단을 내려고 덤비는데 그걸 막을 방도가 없었다. 만약 막으려 한다면 철근을 거부하는 정도가 아니라 철근을 죽이고서라도 복수하려 할 것이었다. 벌테 한 사람이라면 다른 사람들을 적절히 활용하여 누를 수도 있겠지만 하수대의 중추인 오패 모두가 한 마음 한 뜻이 되어 있는데 그걸 막을 도리가 없었다.

그렇지만 무력충돌을 하게 되면 이곳을 떠나는 수밖에 없었다. 오패가 움직인다는 건 하수대 전체가 움직이는 것과 다름없고, 하수대가 움직인다면 다른 상단이나 주변국도 가만히 있지 않을 것이었다. 하수대는 그간 많은 성장을 거듭하여 정규군만도 2천에 가까웠고, 새로 편입된 수륙대와 상인을 합치면 1만에 육박하고 있었다.

뿐인가. 하수대와 거래하고 관계를 맺은 사람까지 합치면 1만 3천이 훌쩍 넘을 것이었다. 한 마디로 하얼빈 백성의 1/3이 하수대와 연결되어 있다고 해도 과언이 아니었다. 그런 막강한 세력이 움직이는데 다른 상단이 팔 포개고 있지 않을 것이고, 그 상단과 연결되어 있는 주변국들도 구경만 하지는 않을 것이었다. 그러니 무력을 쓰려면 하얼빈을 뜰 생각을 해야 하고, 하얼빈에 눌러 살려면 무력을 쓰지 말아야 했다. 더군다나 쫄배는 한나라와 연결되어 있다는 정보가 있는 만큼 신중에 신중을 기해야 했다. 쫄배가 무사들을 동원하여 잔인하면서도 극단적인 방법으로 공격한 것도 다 믿는 구석이 있기 때문일 것이었다.

말을 몰고 군영을 향하던 철근은 급히 말고삐를 잡아당겼다. 아무런 결정도 내리지 못한 채, 그 어떤 방안도 없이 왕자를 만날 순 없었다. 왕자가 어떤 결정을 내리던 간에 먼저 철근이 마음을 정해야 했다. 잠정적 결정이나 방향을 설정하지 않고 왕자를 만나는 것은 칼도 없이 전장에 뛰어드는 것이나 다름없었다. 최종결정은 왕자가 내리겠지만 왕자께 주청할 방안이나 차후 예상되는 상황에 대한 정리가 필요했다.

산채 입구에 말을 세운 철근은 생각에 생각을 거듭했다. 상대의 수를 읽어보았고, 수습 수순을 정리했고, 파생될 문제들을 하나하나 짚어보기도 했다. 그러나 너무 늦어지면 오패가 기다리다 못해 행동해버릴 수 있었기에 최대한 빨리 생각을 정리했다. 그리고 생각이 얼마간 정리되자 군영으로 들어가 왕자를 뵈었다.

62

다행스럽게 일을 철근의 의지대로 풀어갈 수 있게 되었다.

먼저 왕자가 전적으로 철근의 의도에 찬성을 해주었다. 보고를 받은 왕자도 깜짝 놀라며 적극적인 대응을 주문했으나 철근이 말렸다. 우선 사자를 보내 상대의 의도를 파악하여 해결점을 모색하는 한편 상대의 전력을 은밀히 염탐하는 게 나을 것이라 주청했다. 사자로 보낼 사람이 마땅치 않으니 철근이 직접 가겠다고 했다. 철근이 사자로 가는 것을 왕자는 반대했으나 철근이 적극 설득하였다. 그리고 결국, 다른 방도가 없었기에 왕자도 마지못해 허락해 주었다.

상대와 합의점을 찾으면 다행이지만 찾지 못하면 무력대응을 하기로 했다. 그러기 위해 당장 하수대에 명령을 내려 이동 준비를 하는 한편 전투태세를 갖추라 했다.

다음으로, 오패도 철근을 믿고 기다려주었다. 말을 달리면서 늦었으면 어쩌나 걱정을 했는데, 오패는 발을 구르면서도 성급한 행동을 자제하여 철근을 기다리고 있었다. 또한 누가 말렸는지 모르지만 그새 벌테도 얼마간 안정을 찾아 있었다.

안도의 한숨을 내쉰 철근이 왕자로부터 재가 받은 계획을 말하자 벌테도 더 이상은 어쩔 수 없는지 조용히 수긍하는 눈치였다. 그리고 철근의 얘기가 끝나자 벌테가 한 마디 던졌다.

"짝귈 데려가슈."

느닷없는 말이었지만 짝귀를 데려간다면 그보다 나은 염탐꾼이 없을 것이기에 철근도 그걸 받아들이며 말했다.

"안 기래도 혼차 가기 무서웠는데 기거 괜찮은 생각이구만."

철근이 농을 섞으며 말하자 짝귀가 바로 대답했다.

"소장이 필요하다믄 같이 가야디요. 수행원 하나 없이 군사만 보내는 섯도 모냥새 빠디고 말입네다."

말해놓고 짝귀가 빙긋 웃었다. 긴장됐던 마음이 다소 풀리는지 들보와 석호까지 웃었다. 그러나 벌테는 아직도 화가 덜 풀렸는지 얼굴을 찌푸린 채 서 있기만 했다.

"여긴 우리가 정리할 테니 군산 뎌뚝 일에만 신경 쓰쇼."

들보가 이 한 마디를 던져놓고 몸을 돌렸다. 사건 현장은 얼마간 정리되어 있었지만 쏟아진 쌀들을 정리하려면 시간이 다소 걸릴 것 같았다. 들보는 그걸 빨리 정리하고 싶은 모양이었다.

철근은 오패가 힘들 것 같아 군사들을 동원하여 정리하려 했지만, 병사들이 봐서 좋은 게 없고 사기나 떨어트린다고 벌테가 막자 오패도 그에 동조하며 철근을 막았다. 하는 수 없이 오패가 하자는 대로 했는데 다섯이서 주변정리를 거의 한 상태였다.

"기러시죠. 여기 걱뎡은 마시고 몸 됴심히 다녀오십시오. 짝귀도 몸 됴심하고."

석호가 철근에게 인사를 한 후 짝귀의 어깨를 쥐어주더니 들보를 따라 갔다. 그러자 꺽지와 벌테도 그 뒤를 따랐다.

"어띠 됐든 몸들 됴심하고……."

벌테가 힐끗 돌아보는가 싶더니 들릴락말락한 소리로 내뱉고는 아무 일도 없었다는 듯이 걸어갔다. 철근은 그런 벌테의 뒤통수에 또 한 줄기 한숨을 내뿜었다.

63

역시 예상대로였다. 철근이 찾아갔는데도 쫄배는 만나주지 않았다. 대화만 거부한 게 아니라 문전박대하면서 당장 돌아가지 않으면 죽이겠다고 위협까지 했다.

전쟁 중에도 대화 창구만은 열어두고 사자에 대한 예의를 지키거늘 쫄배란 놈은 그마저도 모르는 놈이거나 무시하는 놈이란 뜻이었다. 한 마디로 말이 통하지 않을 놈이고 말로 해선 안 될 놈이었다. 하기야 그 어떤 경고나 언질도 없이 무사들을 동원해 사람을 죽이는 놈이라면 말이 통할 리 없었다.

사자로 갔던 철근이 돌아오자 자연스레 작전회의가 열렸고, 회의 석상에서 철근이 경과를 보고했다. 철근은 일체의 말을 생략하고 쫄배가 만나주지 않아 돌아왔다는 말만 전했다. 쫄배네 저택으로 찾아가 당했던 수모를 전해봤자 도움이 될 게 없고, 감정만 자극할 뿐이니 일체 말하지 말라고 짝귀에게도 단단히 주의를 준 상태였다.

"기렇다믄 이데 어떨 수 없디 않습네까?"

왕자가 무겁게 입을 열었으나 대꾸하는 사람은 없었다. 피를 보고 싶은 사람이 어디 있으며 피를 흘리고 싶은 사람은 또 어디 있겠는가. 그렇다고 묵과할 수도 없는 상황이었다.

"소장에게 맡겨듀십시오. 최소 병력으로, 최단기간에 간나새끼들을 처절히 응징하고 오갔습네다."

침묵을 깬 건 역시 벌테였다. 자신이 자초한 일이니 자신이 처리하겠다는 뜻이었다.

"기건 안됩네다. 벌테 장군이래 감정이 격해 있어 작전 수행이 어려울 겁네다. 탸라리 소장이 다녀옴만 못합네다."

벌테의 말에 반대한 사람은 석호였다.

"누가 감정이 격해 있다는 겁네까? 감정 격한 사람이 딕금 이룹게 앉아있갔시오?"

벌테가 흥분된 어조로 받아쳤다. 여태껏 가라앉혀놓은 감정을 석호가 자극한 셈이었다.

석호는 어쩌면 벌테의 감정상태를 확인하기 위해 부러 그랬는지도 몰랐다. 벌테가 자원하는 순간, 벌테의 감정상태를 확인하고 싶었을 테니까. 그래야 작전을 냉정하게 수행할 수 있을지를 판단할 수 있을 것이고. 두목으로 부하들을 거느려본 경험이 많은 그였기에 벌테의 감정상태를 확인하는 일이 선행되어야 한다는 걸 알고 있었을 것이었다. 그런데 벌테는 그런 생각도 못한 채 석호가 던진 미끼를 덥석 물었으니 벌테를 작전에서 제외할 명분이 생긴 것이었다. 그리 되자 철근이 나섰다.

"전하 안전에서 이게 무슨 짓이요?"

철근은 두 사람을 나무라는 말로 말문을 연 후 왕자를 향해 말을 이었다.

"두 장군의 말이 모두 옳다고 사료됩네다. 벌테 장군은 자신에게서 시작된 일이니 매듭도 직접 딪고 싶어하는 게 너무나 당연할 거입네다. 기 마음을 어찌 모르갔습네까? 여 있는 모든 사람이 같은 마음일 겁네다. 또한 석호 장군의 말도 너무나 지당한 말입네다. 병법에, 격노한 장수에겐 천군만마가 무용지물이란 말이 있습네다. 그만큼 전투에 나서는 장수는 냉정함을 유지해야 한다는 말이갔디요. 석호 장군은 바로 기 점을 지적한 겁네다."

철근은 거기서 말을 끊더니 좌우를 둘러보았다. 장군들의 반응을 살피고 싶었다. 장군들 모두 철근의 말이 옳다는 듯 고개를 끄덕이고 있었다. 그에 힘을 얻었는지 철근이 쐐기를 박듯 힘주어 말했다.

"기래서 이번 작전에서 벌테 장군을 제외시키는 게 좋갔는데 전하의 뜻은 어떠신디요?"

철근이 왕자의 의향을 물었다. 그러나 사실적인 결정을 내린 것이나 다름없었다. 왕자는 작전통제권이나 군사지휘권을 철근에게 이미 맡겼으니 말이다. 그런데도 최종결정을 왕자가 하게 했다. 그건 벌테와의 감정 마찰을 최소화하기 위해서였다. 벌테는 철근에게 따지기도 하고 덤비기도 했지만 왕자에게는 전혀 다른 태도를 취하고 있었다. 왕자에 대한 벌테의 충성심은 그 누구도 따를 자가 없었고, 왕자의 말이라면 무조건 복종하는 벌테였기 때문이었다. 그걸 너무나 잘 알고 있는 철근이었기에 왕자에게 결정을 내리게 했다.

"나도 군사의 말이 타당하다고 봅네다. 기러니 벌테 장군도 군사의 명을 내 명이라 생각하고 따르기 바랍네다. 기러고 벌테 장군에게 청이 있습네다. 만약을 대비해 나 옆에 있으면서 나를 호위해듀시구래. 기게 장군께서 반드시 해듀셔야 할 일입네다. 해듀실 수 있갔디요?"

왕자가 벌테를 쳐다보며 간곡하게 부탁을 했다. 그러자 벌테가 벌떡 일어서더니 군례를 올리며 대답했다.

"예, 전하. 목숨 바텨 모시갔습네다."

벌테가 왕자에게 하는 모습을 지켜보던 철근과 석호는 서로 바라보며 빙그레 웃었다. 어려운 산 하나를 무사히 넘었다는 안도의 웃음이었다.

그러나 거기서 끝이 아니었다. 벌테를 겨우 진정시키고 전투계획을 세우려는데 나루에서 병졸 하나가 달려왔다는 것이었다. 급히 들게 하여 사연을 들어보니, 누군지는 모르지만 쌀을 선적해놓은 배에 화공을 했다는 것이었다. 다행히 사상자는 없고, 바로 불을 꺼 큰 피해는 없었지만 급히 알려야 할 것 같아 달려왔다고. 그 말을 듣자 벌테가 벌떡 일어서며 소릴 질렀다.

"이 개간나들을 기냥……."

그러나 벌테는 곧 자리에 앉아야 했다. 벌테가 일어섬과 동시에 왕자가 소릴 질렀기 때문이었다.

"장군! 둄 전에 한 다짐 벌써 잊었습네까?"

그 말에 펄썩 주저앉기는 했지만 벌테는 분을 삭이지 못해 씩씩거렸다. 그 모습은 제 먹이를 빼앗긴 살쾡이가 분을 이기지 못해 애꿎은 나무껍질을 앞발로 마구 긁어대는 모습을 연상시켰다.

그러나 분을 이기지 못하는 사람은 벌테만이 아니었다. 직접 표현하지는 않았지만 회의장에 모인 사람 모두 분을 참지 못해 하는 표정이었다. 특히 좀 해선 감정을 잘 드러내지 않는 석호마저도 부드득 소리가 날 정도로 이를 갈았다. 이제 더 이상 참는 것은 비굴이라고 말하는 것 같았다.

64

쫄배네를 치기 위해 하수대 전원이 동원되다시피 했다. 장군들도 다 동원되었다. 물론 벌테는 약속대로 군영에 남아 왕자를 호위하고 있었고. 망치 또한 왕자 호위를 위해 군영에 남겨두고.

집의 규모나 대문을 호위하는 무사들의 수로 보건대 2백은 넘지 않을 것 같다고 짜귀는 판단했지만 철근의 생각은 달랐다. 2백도 안 되는 인원으로 하수대를 공격할 리 없었다. 쫄배도 하수대에 대한 정보가 있을 것이고, 믿는 구석이 있으니 그런 짓을 벌였을 것이었다. 따라서 적병을 1천으로 잡고 2천의 군사를 동원하여 쫄배네를 치기로 했다. 2천의 군사라면 하수대 전부를 의미했다.

무오년(戊午年. 서기 58년) 6월 열이틀.

석호의 지휘로 하수대는 군영을 떠났다. 첫 출전이었다. 산채군과 모인군은 산채를 같이 쓰기 시작한 이후 강도 높은 훈련을 받았기에 제몫을 해낼 것이었다. 하지만 새로 편성된 수륙대는 훈련을 받은 지 얼마 되지 않았고, 산채·모인군과 합동훈련을 한 적도 없기에 연합작전을 얼마만큼 소화하고 얼마만큼의 전투력을 발휘할지가 관건이라 할 수 있었다.

선봉은 석호가 맡기로 했다. 진이나 대형을 갖춰 싸우는 전투가 아니라 은밀하고 신속한 침투로 적을 무력화시켜야 하니 과거 침투 및 약탈 경험이 있는 모인군을 선봉으로 세운 것이었다.

우군은 돌격부대로 들보가 맡기로 했는데 산채군과 새로 편성된 수륙대원이 골고루 섞여 있었고, 좌군은 짜귀가 맡아 지휘하기로 했는데 수륙대원들이 주를 이루고 있었다.

전체적인 지휘는 중군을 맡고 있는 철근이 하기로 했는데 수륙대원들로 구성되어 있어 명령체계가 원활하게 작동할지가 관건이었다.

후군은 궁수부대로 활의 달인 꺽지가 모인군과 수륙대원의 연합부대를 이끌고 있었다. 이들은 본대가 진입한 후 밖으로 도망쳐 나오는 적들을 후방에서 활로 공격하기로 되어 있었다.

군영을 떠난 하수대는 모두 단독무장을 한 채 도보로 이동했다. 거리가 별시 않았기 때문이기도 했지만, 한 곳에 집중되어 있는 적과 전투를 벌이는데 중무장을 할 필요도 기병을 활용할 일도 없을 것 같았기 때문이었다. 그러나 만약을 대비해 후군은 말을 끌고 가고 있었다. 적들이 기마전을 펼치면 그에 대응하기 위해서였다.

깃발이나 고각은 없었다. 일정 기간 동안 준비된 출전이 아니라 사흘 전에 전격적으로 결정된 출전이었기에 준비가 덜 되어 있었고, 하얼빈 백성들이 동요할 것을 저어한 왕자가 군기며 고각 사용을 금했기 때문이었다. 한마디로 출전하는 게 아니라 훈련을 떠나거나 숙영지를 옮기기 위해 이동하는 것처럼, 그렇게 폭풍의 강 속으로 걸어갔다.

전장에 피어나는 혼魂꽃

65

군사들을 이끌고 산을 내려가고 있긴 했지만 철근은 불안했다.

군사로 중군을 이끌고 가고는 있지만 자신은 실전경험이 없는 샌님에 불과했다. 무술을 연마하고 병법을 읽긴 했지만 실전경험이 없는 자신이 과연 병사들을 제대로 지휘할 수 있을까 걱정스러웠다.

군사란 모름지기 풍부한 실전경험을 바탕으로 상황 상황에 맞게 군사들을 움직일 줄 알아야 하고, 군사들의 장기를 정확히 파악해 그에 알맞은 임무를 부여함으로써 전력을 극대화시킬 수 있어야 하고, 적의 장단점이나 의도를 명확히 파악해 그에 합당한 전략을 구사할 수 있어야 하고, 적장의 성격이나 지휘능력을 정확히 파악하여 그걸 이용·역이용할 수 있어야 했다.

그러나 철근에게는 아무 것도 없었다. 실전경험은 전무했고, 새로 편입된 군사들이 많아 그들을 제대로 알지도 못했고, 적정이나 적의 상황에 대해서도 알지 못하고 있었다. 특히 적장에 대해서는 아무 것도 아니는 게 없었다. 장사꾼에다 협잡꾼에 불과한 쫄배가 직접 군사를 지휘하지는 않을 테고, 쫄배가 부리는 사람이 나설 테니, 적장에 대해서는 무지인 셈이었다.

군사들 또한 오합지졸까지는 아니었지만 다듬어진 정예군도 아니었다. 산채군과 모인군이야 정상적인 군사훈련을 받아 다듬어진 면이 있었다. 그러나 그들은 2백도 채 되지 않았다. 그들만으로 작전을 수행할 수는 없었다. 새로 편성된 수륙대를 주축으로 작전을 구사하고 전투를 해야 할 입장인데, 수륙대는 아직 담금질도 제대로 되지 않은 상태였다. 그런 그들을 데리고 전투를 한다는 건 날을 세우지 않은 칼로 음식을 장만하는 것이나 다를 바 없었다. 산채군과 모인군을 한 부대로 편성하지 않고 각 부대에 나누어 배치한 것도 그 때문이었다. 믿을 수 있는 건 산채군과 모인군뿐이었기에, 그들을 활용할 방안을 찾다 어쩔 수 없이 내린 고육지책이었다.

불안감을 가중시키는 또 다른 이유는 바로 부대를 지휘하는 장수들의 자질과 심리 상태 때문이었다. 정상적인 군사 훈련을 받은 적이 없고 실전경험 또한 전무한 장수들이 아닌가. 석호 정도가 실전경험을 가지고 있다고 할 수 있었지만 그 또한 정상적인 군사운용 경험은 없고 주먹구구식으로 부하들을 거느리고 도적질을 했던 산적 두목일 뿐이었다. 그런 장수들을 믿고 전투를 할 수 있을지가 의문이었다. 그나마 믿을 만한 사람은 벌테와 망치였는데 그들을 데리고 갈 수는 없었다. 쫄배네를 치는 일보다 왕자를 보호하는 게 우선이었으니 그 둘은 군영에 남겨두고 올 수밖에 없었다.

장수들의 심리상태도 정상은 아니었다. 겉으로 드러내지는 않았지만 그들도 벌테만큼이나 분노하고 있었고, 쫄배를 처단하지 않고는 결코 살아 돌아오지 않겠다는 생각을 가지고 있는 게 분명해 보였다. 그런 그들이기에 전체적인 조망보다는 쫄배 처단을 제일 목표로 삼아 덤빌 가능성이 높았다. 물론 적장 처단 의지는 전투를 승리로 이끄는 원동력이 되기도 한다. 그러나 지나친 목표 지향은 목표 달성에 매달리게 하여 전투 전체의 맥을 끊어놓을 수도 있었다. 출전에 앞서 그 점을 몇 번이나 강조하기는 했지만 실제 상황에서 그 말이 얼마나 먹힐지 염려스러웠다.

이런 상황이고 보니 철근은 불안할 수밖에 없었다. 확실하게 믿을 수 있는 그 무엇이 있어야 하는데 그게 없었기 때문이었다. 그런데도 군사들의 사기는 넘쳐흐르고 있었다. 첫 출전이라 흥분되고 의욕이 앞서는 것 같았다. 그러나 철근의 눈에는 그게 하룻강아지 범 무서운 줄 모르고 껑충대며 제 집을 뛰어나가는 것으로만 보였다.

66

쫄배와 그 일당이 머물고 있다는 성채를 방불케 하는 거진각巨陣閣이 보이기 시작하자 석호는 군사들을 멈췄다.

이동 중 군사적 충돌은 없었고, 아직까지 이상 징후도 포착되지 않았지만 쫄배도 수호대가 몰려온다는 사실은 알고 있을 터였다. 하얼빈 백성들이 놀랄까봐 마을 중심부를 우회하긴 했지만 쫄배도 그 나름대로 첩자며 정보원들을 부리고 있을 테니까 하수대가 몰려온다는 사실을 모를 리 없었다.

군사를 멈춘 석호는 지휘관들을 불러 다시 한 번 공격 계획과 주의사항을 시달했다. 그리고 부대별로 은밀하게 거진각으로 접근하게 했다.

유격대답게 은밀하고도 신속하게 거진각을 향해 접근하는 모습이 보였다. 이십여 명이 담벼락에 몸을 숨긴 채 모든 준비를 마쳤다 싶자 석호는 군사에게 전령을 띄웠다. 좌우군과 중군, 그리고 후군이 자리를 잡은 후에 공격명령을 내릴 참이었다.

잠시 후, 전령이 돌아와 모든 준비가 끝났음을 알렸다. 이제 효시를 쏘아 올려 공격명령을 내리면 전투가 시작될 것이었다.

석호는 심호흡을 했다. 저택을 공격하여 재물을 약탈한 게 한두 번이 아니었고, 그때마다 무력충돌이 있었다. 그런 면에서는 백전노장이라 할만 했다. 그러나 군사들을 이끌고 전투를 하는 건 처음이고 다른 부대와 연합작전이라 긴장이 아니 될 수 없었다. 심호흡을 마친 석호는 옆에서 활을 들고 대기 중인 전령을 향해 명령을 내렸다.

"효실 쏘아올리라."

전령이 활을 들고 공중으로 효시를 쏘아 올렸다. 그와 동시에 담벼락에 대기 중이던 병사들이 일제히 담을 넘었다. 그 순간을 놓치지 않고 석호는 군사들에게 명령을 내렸다.

"딕금이다. 돌격하라!"

명령과 동시에 석호는 망치가 공을 들여 만든, 왕자로부터 수여받은 보검을 들고 달렸다. 유격대가 담을 넘어 문을 열어젖히면 일제히 달려들어 적군을 베기로 되어 있었다. 여자와 어린아이 그리고 노인을 제외한 모든 사람은 적병으로 간주하여 모두 베기로 되어 있었다. 쫄배란 놈이 약은꾀를 잘 쓰니 복장에 신경 쓰지 말고

집안에 있는 모든 사람을 베라는 게 군사의 명이었다.

석호가 군사들을 이끌고 달려가고 있자니 거진각 대문이 열리더니 유격대가 뛰어나와 손을 흔들었다. 그 사이 유격대의 갑옷은 빨갛게 물들어 있었다. 몇몇은 칼에 맞았는지 몸을 제대로 가누지 못하는 병사들도 있었다.

열어젖힌 문 안으로 뛰어든 석호는 자신의 눈을 의심하지 않을 수 없었다. 밖에서 보는 것과는 달리 그 규모가 엄청났고, 건물이 하도 많아 어디가 어딘지 구분할 수 없을 정도였다. 궁전이 있다면 바로 이런 모습이 아닐까 싶었다. 부잣집을 여러 군데 털어도 봤고, 공격도 해봤지만 이런 집은 처음이었다. 그래서 사람들이 '거진각'이란 말 대신 '거진궁'이란 말을 쓰고 있었나 보았다.

"한눈 팔디 말고 정신들 똑바로 타려 공격하라!"

석호만큼이나 어리둥절해 있는 군사들을 향해 석호가 소리를 질렀다. 그건 어쩌면 자신에게 지르는 고함인지도 몰랐다.

67

선봉대가 대문 안으로 뛰어들자 이에 질세라 좌우군도 돌격했다.

고함소리, 쇠 부딪치는 소리, 비명소리…….

상대도 만만치 않은지 치열한 전투가 전개되는 듯했다.

철근은 중군을 이끌고 대문 앞에 포진해 있었다. 전병력이 뛰어들었다가 배후에서 공격을 받으면 협공당할 수 있었기에 대문 앞에서 대기 중이었다. 대문으로 뛰쳐나오는 적군을 섬멸하기 위해 만반의 준비를 하고 있었다. 꺽지가 이끄는 후군 또한 대문에서 좀 떨어진 곳에서 활을 든 채 대문을 뚫어져라 쳐다보고 있었다.

요란한 전투 소리가 한 동안 지속되더니 조용해졌다. 적을 제압한 모양이었다. 철근은 안도하며 한숨을 내쉬었다. 자신이 괜한 걱정을 했던 게 아닐까 하는 생각이 들자 너무 과민했던 자신이 부끄럽기까지 했다.

그런데……

전투 소리가 멈춘 지 한 식경이 지나도록 대문 밖으로 나오는 사람이 없었다. 도망 나온 적군은 고사하고 상황을 알리기 위해 아군이라도 나올 법한데 한 사람도 나오지 않았다.

“뭔가 이상하디 않습네까?”

꺽지도 이상한지 기다리다 못해 철근에게 다가와 물었다.

“길쎄……. 소리도 확연히 듉었고…… 들어간 사람은 감감무소식이고…… 안뚝 깊숙이 들어갔나?”

철근은 이상하다 싶으면서도 어떤 결론도 내릴 수가 없었다. 적에 대해서 아는 게 없었다. 막연히 추정할 수 있을 뿐.

“안뚝이라믄? 아무리 안이 깊다 해도 1천에 가까운 병력이 들어갔는데……. 아무래도 소장이 들어가 봐야갔습네다.”

꺽지가 움직이려는 찰나, 철근의 머리를 스치는 것이 있었다. 그것은 화하족이 즐겨 쓴다는 봉쇄격퇴작전이었다. 많지 않은 인원일 경우, 적병을 한 곳으로 유인한 후 출입구를 봉쇄해 사방에서 화살로 적을 섬멸하는 방법이었다. 함정과 매복을 동시에 사용하는 방법으로, 주로 넓은 궁에서 사용한다고 했다. 만약 거진각 안에 넓은 공간이 있다면 가능한 일이었다.

그러고 보니 석연치 않은 점이 또 있었다. 철근이 사자로 왔을 때 사주 경계가 삼엄했었다. 궁에 버금갈 정도였다. 사자가 온다는 전갈에 그랬을 수도 있지만 만약 평상시에도 그런 경계를 유지한다면 엄청난 군사를 거느리고 있다는 뜻이었다. 그런데 오늘은 경계가 느슨했었다. 유격대가 쉽게 담을 넘은 것이나 대문을 연 것도 너무 쉬웠다. 그때 눈치 채야 했었다. 뭔가 석연치 않다는 것을. 철저한 방비 없이 선제공격을 했을 리 없는데, 경계가 너무 소홀하다는 점을. 유인책을 쓰고 있을지도 모른다는 생각을.

"아니됨메. 아무래도 봉쇄작전에 걸린 것 같아. 적을 너무 쉽게 봤어. 군사를 물려야갔어."

"예? 기럼…… 안으로 들어간 사람들은요?"

"내부에 첩자가 있었던 게야. 여가 문제가 아니라 딕금 전하가 위험해. 어서 군사를 물리게."

다급해진 철근은 군사를 물리려 했다. 유인책에 걸려든 게 확실해 보였다. 수륙대 중에 첩자가 있었고, 그 첩자를 이용해 유인책을 쓴 것이었다. 그렇다면 전장은 여기가 아니라 왕자가 있는 산채란 뜻이었다.

그러나……

철근은 군사를 물릴 수가 없었다. 군사를 물리라는 명령에 중군 휘하의 장수 하나가 소리쳤다.

"기건 안 될 말이디. 딕금 가긴 어딜 간다는 게야?"

소리를 지르며 장수가 앞으로 나서자 병사 수십이 그와 함께 칼의 방향을 바꿔 철근과 꺽지를 포위했다. 얼굴이 익지 않은 게 새로 편입된 수륙대의 장수인 것 같았다.

"네놈이 첩자였네? 네놈이었어?"

철근이 소리를 지르자 장수가 대답했다.

"흥! 이뎨야 눈을 떴구만 기래. 어니 나 혼차뿐인 듈 아네? 안으로 들어간 병사의 반은 우리 펜이고, 딕금뜸 기똑 펜은 몰살을 당했을 기야. 기러니 날래 항복하라. 안 기러믄 듁음이 있을 뿐이다."

아군 장수인 줄 알았던 이가 적의 첩자임을 안 병사들이 동요하는 듯싶더니 하나둘 무기를 버리고 도망치기 시작했다. 첩자 편도 아니고 그렇다고 왕자를 위해 목숨을 바칠 의지도 없는, 단순히 목숨을 부지하기 위해 하수대에 들어온 어중치기 병사들인 것 같았다. 패배가 뻔히 보이는, 누구한테 죽임을 당할지 모르는 지금은 도망치는 길만이 살길이라고 판단한 것 같았다.

"어딜 도망티갔다는 거네? 도망티는 자는 즉각 목을 베갔다."

꺽지가 있는 화를 돋우어 올리며 소리를 질렀지만 도망자들을 막을 수는 없었다. 가까이 있는 중군보다 멀리 있는 후군에서 도망병들이 속출했다. 그에 따라 잠시 사이에 후군은 거의 와해되어 버렸다.

"뎌, 뎌런 비겁한 놈들을 기냥……."

꺽지가 이를 갈았다. 당장이라도 달려가 도망병들의 목을 벨 것처럼 몸을 돌리려는 순간, 철근이 막았다.

"장군, 냉정해야 합네다. 딕금은 열 벗어나는 게 급선뭅네다. 전하를 디켜야디요."

철근이 말에 첩자가 콧방귀를 뀌며 주절거렸다.

"흥, 딕금 어딜 도망가갔다는 거네? 너들은 끝당이야, 끝당."

칼을 앞으로 내밀면서 위협은 했으나 감히 덤벼들지는 않았다.

그도 함부로 덤볐다간 단칼에 목이 떨어질 것임을, 철근과 꺽지의 무예를 모를 리 없었기 때문이었다. 그러는 그의 행동을 보고 있자니 그의 의도를 알 것 같았다. 그는 지금 시간을 벌고 있었다. 왕자를 공격할 시간을 벌고 있거나 거진각 안에서 구원군이 나오기를 기다리고 있는 게 분명해 보였다.

철근이 그런 생각을 하는 바로 그 순간이었다. 꺽지가 철근의 마음을 읽기라도 한 듯 소리를 질렀다.

"개소리 말라. 어디서 시간 끌어볼 수작이네?"

그러더니 놈들을 향해 칼을 휘둘렀다. 꺽지의 칼에 병사 한 놈의 목이 나뒹굴자 놈들이 주춤주춤 물러서기 시작했다. 그 여세를 몰아 꺽지가 덤벼들며 다시 칼을 찌르는가 싶자 두 번째 병사가 배를 움켜쥐며 펄썩 주저앉았다.

"듁고 싶으믄 덤비라. 다 듁여듀갔어."

그렇게 첩자 일당에게 으름장을 놓은 후 뒤를 돌아보더니 철근을 향해 떨리는 목소리로 말했다.

"군사는 날래 안 가고 뭘 하고 있는 게요? 날래 가서 전하, 내 아우, 마음으로 낳은 내 아울 디켜드려야디요. 내 아우만 무사하믄 내 인생은 헛되디 않을 거요. 기러니 연 걱뎡 말고 날래 가시라요."

그 말에 철근은 퍼뜩 정신이 들었다. 여기서 우물거릴 시간이 없었다. 그러는 사이에 왕자에게 무슨 일이 있을지 모르는 상황이지 않은가.

철근은 칼을 쥔 손에 힘을 주었다. 그리고 꺽지와 함께 길을 열려는 바로 그 순간이었다. 와아! 소리와 함께 적병들이 문밖으로 몰려나오기 시작했다. 안으로 들어간 하수대원들은 하나도 보이지 않고 피를 뒤집어쓴 적병들만 보였다. 그들은 하나같이 한나라 갑옷을 입고 있었다. 한나라 병사들이 확실했다. 그 모습을 본 철근은 있는 힘을 다해 칼을 휘두르며 길을 열기 시작했다. 이제 상황은 너무나 분명해졌다. 쫄배는 고구려인도 부여인도 아닌 한나라인이거나 한나라를 등에 업은 놈임이 분명했다. 한나라의 사주를 받았거나 한나라와 결탁한 놈. 그런 놈에게 왕자를 빼앗길 수는 없었다.

68

적병이 1천쯤 될 것이란 군사의 예상은 보기 좋게 빗나갔다. 빗나가도 한참 빗나갔다.

쫄배네 집 안으로 진입해보니 군사는 많지 않았다. 1천은 고사하고 1백도 되지 않을 것 같았다. 하수대를 보자마자 도망치기에 급급해 제대로 대항하는 자도 없었다. 쫄배라는 자는 장사치라더니 호위호식하며 궁전 같은 집에 사는 졸부, 돈만 알았지 세상 무서운 줄 모르는 놈임이 분명했다. 그런 놈이라면 1천이 아니라 1만의 군사를 거느리고 있다 해도 무서울 게 없었다.

좌우군까지 합세해 집안을 이 잡듯 뒤졌으나 여자들과 노인들뿐 군사로 부릴 만한 남정네는 없었다. 밀물 듯 들이닥친 하수대를 보자 모두 도망쳤는지 남자 씨도 보이지 않았다. 하다 보니 적병과 싸우기보다 여자와 재물을 탐내는 병사들을 단속하느라 정신이 없을 정도였다.

"딴 데 정신 팔디 말라. 여자와 재물은 전투가 끝난 후에 골고루

나눠둘 거이니 적병부터 처치하라."

석호는 자신이 산적 두목이 아니라 이제 하수대의 장군임을 분명히 하기 위해 누구보다 엄정하게 군사들을 다뤘다. 그래야 왕자에게 떳떳하고 부하들에게 당당할 수 있을 것 같았다. 탈피하지 않고 매미가 되는 굼벵이는 없지 않은가. 이제 굼벵이가 아닌 매미로 푸른 하늘을 날고 싶었다.

선봉에 서서 거진각을 뒤지며 안으로 들어가는데 갑자기 으스스한 기분이 든 것은 집안에서 가장 큰 건물을 지날 때였다. 벽돌로 담을 쌓아 통로를 냈고, 그 통로 위 좌우에 집들이 앉아있는 모습은 일찍이 본 적이 없는 모습이었기 때문이었다. 집안에 집, 통로 위에 집이 앉아 있는 형국이었다.

"이거이 화하족 집 구조 같은데……. 쫄배래 하회족인가? 밖의 모습과는 완전 딴판이네."

짝귀도 이상하다는 듯 석호 옆으로 오면서 중얼거렸다. 그러는 중에도 병사들은 좌우군 할 것 없이, 거침없이 통로를 지나 안으로 달려가고 있었다.

"뭐? 하회족?"

석호가 깜짝 놀라며 묻자 짝귀가 어물거렸다.

"나도 달은 모르디만…… 우리야 이릏게 집을 딧딘 않디요."

"아는 대로 말해보라. 기럼 이런 통로래 왜 있는 거네?"

"기거야……. 적이 못 들어오게 할래고 기러는 거갔디요. 집 모양이 이런데 통로를 막아버리믄 어뜩게 들어가갔소? 들어갔다 해도 빠뎌나오디 못하갔디요."

"뭐? 못 나와?"

석호가 다시 놀라며 소리를 지르자 그때는 짝귀도 뭔가 집히는 게 있는지 석호와 거의 동시에 소리를 질렀다.

"함정이다!"

둘이 동시에 지르는 소리를 들었는지, 병사들이 다 들어갔다고 판단했는지, 스르륵 통로 좌우에서 문이 튀어나오며 닫히기 시작했다.

"나오라! 날래 나오라!"

석호가 소리를 질렀으나 늦어도 한참 늦은 후였다. 병사들 대부분이 통로 안으로 들어간 상태였고, 석호와 짝귀 주변엔 전령 둘뿐이었다.

"날래 도망티라! 함정이야!"

석호가 소리를 지르며 뒤로 돌아서려는데 통로 위에서 스르륵 살수들이 모습을 드러냈다. 모두 활시위를 당긴 채 명령을 기다리고 있었다.

석호는 있는 힘을 다해 왔던 길을 뛰었다. 짝귀와 병사들을 돌볼 틈이 없었다. 통로 위에서 화살이 날아온다면 단번에 고슴도치가 될 것이었다. 1천으로 예상한 군사의 판단은 빗나간 게 분명했다. 1천이 아니라 그보다 훨씬 많은 병사들이 함정을 파놓고 함정 안으로 들어오기만을 기다리고 있었던 것이었다. 병사 몇 명을 희생 제물로 삼아 하수대를 유인한 것이었다.

석호는 있는 힘을 다해 도망쳤다. 숨이 목구멍까지 차오른 걸로 보아 몇 백보는 뛴 것 같았다. 아니, 십리쯤은 도망친 것 같았다. 그러나 석호의 발은 무거웠다. 아직도 가장 큰 건물을 벗어나지 못한 상태였다.

그리고 잠시 후.

사방에서 화살 나는 소리가 났다. 석호는 건물 옆에 몸을 찰싹 붙여 화살을 피했다. 그런 후에 살펴보니 짝귀와 전령들이 모두 무사히 석호 옆에 숨어있었다.

정신을 차린 석호는 상황을 살폈다. 화살 날아가는 소리는 석호네 쪽에서 나는 소리가 아니라 통로 안으로 들어간 병사들을 향해 나는 화살 울림소리였다. 벌써 수천 발이 날았을 테니 함성소리가 들리든 신음소리가 들림직도 한데 화살 나는 소리 외에는 어떤 소리도 나지 않았다. 안팎이 완전히 차단된 별도의 공간인 모양이었다.

"난 여서 상황을 살필 테니 장군은 빨리 빠뎌나가 이 상황을 군사께 알리기요."

석호가 숨을 몰아쉬며 짝귀에게 말했으나 짝귀는 아무 대답도 하지 않았다.

"왜 대답이 없소? 전할 보호해야 할 거 아니요. 여가 이 정도면 전하도 위험할 거요. 우리야 여서 듁더라도 전하만은 살려야 하디 않갔소. 기러니 날래 이 사실을 군사께 알려 전할 구해야디요."

그 말에 짝귀의 눈이 반짝였다. 강렬한 눈빛이었는지 눈물이었는지는 모르지만 짝귀는 마음의 결정을 내린 듯했다.

"알갔소. 우리 아우만은 살려야디요. 기게 우리가 듁는 순간까디 해야 할 일이니낀. 기럼."

짝귀가 인섭 왕자를 아우라 칭하는 순간, 석호의 가슴은 다시금 쿵 내려앉았다. 그날의 충격과 감격이 다시 떠올랐기 때문이었다.

작년 7월 그믐께, 천신만고 끝에 하얼빈에 도착하여 모인산에 군영을 정한 왕자와 신하들은 한 자리에서 잠을 자게 됐단다. 그 자리에서 왕자는 신하들에게 이제부턴 형제처럼 지내자고 했단다. 신하들은 아연실색하며 불가하다고 했지만 왕자는 끝내 고집을 꺾지 않고 형으로 불렀었다고. 그리고 바로 그날, 벌꺽보를 비롯하여 짝귀·망지는 한 가슴으로 인섭 왕사란 동생을 낳있다고.

그 말을 듣는 순간, 석호는 소름이 돋는 정도가 아니라 온몸의 털이란 털은 다 서는 것 같았다. 왕자 신분으로 어떻게 그런 생각을 했는지 이해할 수 없었다. 더 놀라운 것은 그날 한 가슴으로 인섭 왕자를 막내 동생을 낳았다는 말이었다. 장난삼아 지나가는 말로 하는 게 아니라 진지하게 얘기하자 석호가 놀랄 수밖에 없었다. 그러나 놀람은 잠시, 석호도 왕자를 가슴으로 낳지 않을 수 없었다. 왕자가 벌꺽보와 짝귀·망치의 동생이라면 당연히 자신에게도 동생이기 때문이었다. 벌테의 말을 듣는 순간 돋아났던 소름과 곤두섰던 털은 바로 왕자를 낳기 위한 산통이었음이 분명했다.

그날 이후 석호도 인섭 왕자를 막내 동생으로 가슴에 품고 있었는데 오늘, 죽음을 눈앞에 두고, 짝귀가 다시 들춰내자 석호의 가슴이 콱 막히며 심장이 딱 멈추는 것 같았다. 하여 석호는 흐려지는 정신을 붙잡으며 짝귀를 바라보았다.

벽에 붙였던 몸을 떼어내는가 싶더니 짝귀가 뛰기 시작했다. 그러나 짝귀는 몇 발자국을 가지 못했다. 화살이 새까맣게 날아와 짝귀의 몸에 박혔고, 짝귀는 곧 고슴도치가 되어 버렸다.

"저…… 전하, 우리 아울…… 부탁……."

그러나 짝귀는 말을 다 맺지 못했다. 그 후에도 화살은 쉴 새 없이 짝귀의 몸에 박혔고 드디어 짝귀의 모습은 보이지 않고 화살 무덤 하나가 마당에 덩그러니 놓여 있었다.

"자, 장군! 짝귀 장군!"

석호가 소리를 질렀으나 짝귀는 미동도 하지 않았다. 화살 무덤 옆으로 시뻘건 피만 흐르고 있었다.

"이, 이런……. 이런 개같은……."

석호는 말을 할 수가 없었다. 이제 여길 빠져나가는 게 불가능해 보였다. 모두 짝귀처럼 화살 무덤이 될 것이었다. 그러자 하나의 결단이 섰다.

"내가 먼뎌 나서서 화살을 받을 테니 너들은 어떻게든 여길 빠뎌 나가 이 사실을 군사께 알리라. 이게 내가 내리는 마디막 명령이다, 알갔네? 우리 아우래 어뜷게든 살려야 하디 않갔네? 어떤 왕자가 산적 두목을 장군으로 삼고, 어떤 왕자가 우리 같이 미천한 사람들을 형이라 부르갔네? 기 말을 듣는 순간 난 이미 결심했다. 왕잘 위해 목숨을 바티갔다고. 끝까디 곁에서 모시디 못해 죄스럽디만 기래도 내 인생은 헛되디 않았어. 이뎨 듁을디라도 웃으며 듁을 수 있을 거 같다. 기러니 내 마디막 명령을 꼭 수행해달라."

말을 마친 석호는 전령들의 대답도 듣지 않고 뛰어나갔다. 그러나 몇 발자국 가지 못했다. 우박을 맞은 듯 온몸이 화끈거리며 곧 쓰러졌다. 쓰러진 눈으로 전령들을 바라보니 전령들이 뛰어가는 모습이 보였다. 그러나 그들도 멀리 가지는 못했다. 그들도 곧 석호처럼 쓰러지고 말았다.

석호는 있는 힘을 다해 전령들에게 기어가려고 몸을 움직였으나 몸이 말을 듣지 않았다. 마음처럼 몸이 움직이지 않았다. 몸을 움직이려 하자 온몸에서 열이 확 오르며 정신마저 아득했다.

"전하, 소장을 용서하디 마십시오. 전할 끝까디 디키디 못한 이 못난 형을 절대 용서하디 마십시오."

석호는 분명 그렇게 왕자를 향해 소리를 질렀다. 아니, 소리를 질렀다고 생각했다. 그러나 자신의 목소리는 석호의 귀에도 들리지 않았다. 생각뿐 목소리가 나오지 않았던 것이었다.

69

배반자들의 포위망을 뚫고 도망치긴 했으나 끝이 아니라 시작이었다.

철근이 산채에 도착하니 여기저기 시신들과 부상자들이 즐비했고 싸움은 한창이었다. 적군들은 닥치는 대로 베고 찌르고 찍고 쏘아대고 있었고 그에 따라 아군은 점점 줄고 있었다. 망치가 군사들을 지휘하면서 적군들이 왕자 처소 접근을 막고 있었으나 이제 곧 왕자의 처소까지 적군들이 밀어닥치려 하고 있었다. 벌테는 어디 갔는지 보이지 않았다.

철근은 생각할 겨를도 없이 칼을 휘두르며 길을 열었다. 그리고 마침내 망치 곁으로 다가가 망치에게 다급히 물었다.

"전하는? 전하는 어디 계시는가?"

"벌테 장군이래 안에서 모시고 있을 겁네다."

"이 정도라믄 전하를 피신시켰어야디 뭘 했던 겁네까?"

"전하께서 말을 들으셔야디요. 군사래 오디 않으믄 듁어도 떠나디 않갔다고 버티는 통에…… 너무 답답하여 소장이 뛰어나온 겁네다. 기러니 여긴 걱뎡 마시고 날래 안으로 들어가 보시라요."

"알갔습네다. 둑금만 더 버텨듀시라요."

철근은 망치를 남겨두고 왕자 처소로 뛰어들었다.

"전하!"

철근이 왕자를 부르며 뛰어드니 왕자는 갑옷을 입은 채 벌테와 함께 문을 향해 칼을 겨누고 있었다. 그리고 안으로 뛰어든 사람이 철근임을 알자 소리를 질렀다.

"군사가 돌아왔구만, 돌아왔어."

왕자는 잃었던 부모를 다시 만난 것처럼 기뻐했다.

"전하, 무사하셨기만요."

철근이 달려가 무릎을 꿇었다. 그러자 왕자가 달려오더니 몸을 낮춰 철근의 손을 꼭 잡았다.

"전하, 상황이 위급합네다. 날래 열 떠야 할 것 같습네다."

철근이 왕자의 손을 잡은 채 일어서며 말했다.

"알갔시오. 군사래 왔으니 이뎨 가야디요."

왕자의 말에 곁에 섰던 벌테가 코를 씰룩거렸다. 참 해도 너무 한다는 뜻인 듯했다.

"장군! 전할 모시고 날래 떠납세다. 시간이 없시오."

그 말에 벌테가 옆문을 열어보더니 말했다.

"이뚝이래 안직 안전한 것 같습네다. 이뚝으로 전할 모시고 나가시라요. 처소 뒤에 말이 있을 겁네다. 소장은 망치 장군을 데리고 뒤따르갔습네다. 날래요."

말을 마친 벌테는 들고 있던 칼을 내려놓고 바닥에 놓여있던 주머니를 들더니 어깨에 메었다. 망치가 만들어준 표창과 쇠구슬인 모양이었다. 그리고 조심히 앞문을 열어보는가 싶더니 재빨리 빠져나갔다. 그걸 본 철근이 왕자의 손을 잡아당기며 말했다.

"전하, 날래 가시디요."

왕자는 순순히 따라주었다. 왕자라고 다급한 상황을 모를 리 없었나.

철근은 옆문을 열어 상황을 살핀 후 밖으로 나섰다. 다행히 아직 적군들은 이쪽 움직임을 모르는 것 같았다.

안전을 확인한 철근은 왕자를 문밖으로 모셨다. 그리고 벌테가 일러준 대로 처소 뒤쪽으로 가보니 말이 여러 마리 메어져 있었다. 철근은 그 중 두 마리의 고삐를 풀어 왕자를 태운 후 자신도 말 위에 올랐다.

"딕금부터 온힘을 다해 달려야 합네다. 절대 소신과 떨어지믄 안 됩네다. 아시갔습네까?"

"알갔시오. 절대 뒤디디 않을 테니 걱뎡 마시라요."

왕자가 안정을 찾은 듯 인상을 풀며 대답했다. 그러자 철근은 있는 힘을 다해 말고삐를 내흔들며 말의 옆구리를 발등으로 찍었다. 말이 화들짝 놀라며 달리기 시작했다.

산을 내려가 들판으로 접어들었지만 철근은 목소리와 발등으로 말을 더 재촉했다. 뒤를 돌아볼 새도 없이 앞만 보며 달렸다.

그렇게 얼마를 달렸을까? 뒤쫓아 오는 말발굽소리가 들리지 않았다. 이상했다. 자신들이 무사히 탈출한 걸 알면 망치와 벌테를 비롯하여 병사들도 뒤따를 텐데 아무도 뒤따라오지 않는 것 같았다.

철근은 뒤를 돌아보았다. 역시 아무도 따라오지 않고 있었다. 그러나 속도를 줄일 수는 없었다. 지금은 들판 가운데여서 산 위에서 보면 바로 눈에 띌 것이고, 적의 눈에 포착되면 위험할 것이기에 철근은 속도를 줄이지 않고 달렸다. 지금은 동료들의 안전보다 왕자의 안전을 먼저 생각해야 할 때였다. 동료들도 왕자를 보호하기 위해 목숨을 걸고 싸움을 하고 있지 않은가.

들판을 벗어나 숲으로 접어들자 철근은 고삐를 잡아당기며 속도를 줄였다. 그리고 숲속으로 말을 몰아 적의 눈에 띄지 않을 만한 곳에 멈추며 말했다.

"아무도 안 따라오는 게 아무래도 이상합네다. 여서 잠시만 기다려 보시디요."

철근은 불안하고 불길한 마음을 감추며 차분한 어조로 말했다. 자신의 마음을 왕자에게 그대로 내보일 수는 없었다. 안 그래도 불안과 공포에 떨었을 왕자에게 더 이상 자극을 주는 일은 삼가야 할 것 같았다. 그런 철근의 마음을 왕자가 읽은 것일까? 걱정스러운 어조로 철근에게 물었다.

"여서 이럴 게 아니라 군사가 가봐야 하디 않갔시오?"

철근은 깜짝 놀라 왕자의 얼굴을 쳐다보았다.

"나야 여기, 안전한 곳에 있디 않습네까?. 기렇디만 벌테와 망치 두 장군이래 안 오는 걸 보믄 뭔 일이 있는 것 같은데…… 가봐야 하디 않갔냔 말이우다."

"당치도 않으십네다. 전할 놔두고 어딜 간단 말입네까? 기 사실을 벌테가 알면 소신을 그냥 놔두갔습네까? 당장 표창을 날리든 쇠구슬로 머리를 뚫든 할 겁네다. 기러니 두 사람을 믿고 기다려보시디요. 기 사람들이 어떤 사람들입네까? 기건 전하도 잘 알디 않습네까?"

철근은 속마음을 감춘 채, 마음에도 없는 말로 왕자를 안심시켰다. 그러지 않으면 왕자가 직접 가보겠다고 나설 것만 같아 불안했기 때문이었다.

70

왕자가 피신하는 것을 본 벌테와 망치는 있는 힘을 다해 적들을 처치해나갔다. 몇 남지 않은 호위대 역시 죽을힘을 다해 싸워주었다.

상대도 무예가 보통이 아닌 게 정규 훈련을 받은 군사들임이 분명했다. 검술이며 창술이 조선족 무예가 아니라 화하족 무예인 것 같았다. 말은 분명 조선말을 하고 있었지만 무예만큼은 화하족에게서 배운 게 확실해 보였다. 만약 망치가 비검술秘劍術을 연마하지 않았다면, 정통 검술과 창술로는 감당하기 어려울 정도였다.

망치와 호위대가 있는 힘을 다해 적들을 막고 있자니 등 뒤에서 벌테가 나오는 듯싶더니 망치에게 덤벼들던 적병 둘이 나가떨어졌다.

"덤비라! 머리통에 바람구멍을 내듀갔다!"

벌테는 피를 흘리며 쓰러져 있는 적병을 바라보며 소리를 질렀다. 그러자 다시 한 놈이 덤벼들려 하자 다시 벌테가 손을 움직이는가 싶더니 상대가 눈을 움켜쥐며 쓰러졌다. 벌테의 쇠구슬이 적병의 눈을 꿰뚫어버린 것이었다. 그러자 적병들이 주춤했다. 움직이는 순간 번번이 당하는 모습을 보고 겁에 질린 것이었다.

망치는 놀라지 않을 수 없었다. 벌테의 팔매질은 자신의 비검술보다도 더 강력한 무기임을 처음 알았기 때문이었다. 특히 거리를 둔 상태에서, 창이나 검으로 상대를 공격할 수 없는 거리에서는 그 무엇보다 강력한 무기였다. 칼이나 창의 움직임보다 빠르면서도 먼

거리에 있는 적을 쓰러트릴 수 있다는 점은 활보다도 더 유용한 무기인 것 같았다. 활을 쏘기 위해서는 많은 준비단계가 필요하지만 팔매질은 주머니에 있는 쇠구슬이나 표창을 오른손에 쥐고 던지기만 하면 되는 것이었다. 바쁠 때는 왼손에 미리 쇠구슬을 쥐고 있다가 오른손에 쥐고 날림으로써 적들이 움직임이려는 순간에 제압하는 것이었다.

처음 벌테가 쇠구슬과 표창을 만들어 달라고 했을 때 망치는 벌테를 어이없는 눈으로 바라봤었다. 어린애 장난감 같은 걸로 어떻게 적과 싸우겠다는 건지 이해할 수 없었기 때문이었다. 하여 대충 만들어 줬더니 벌테가 화를 내며 다시 만들어 달라고 했다. 크기에서 무게까지 자신의 주문대로 만들어 달라고. 여러 번의 수정과 보완을 거쳐 쇠구슬과 표창을 만들어줬더니 그날로 멧비둘기와 꿩을 묶어다 가져다주었다.

"뭐네?"

"무기 만들어둔 선물이유."

벌테가 대장간 앞에 던져두고 간 새는 열 마리가 훨씬 더 되어 보였다. 어디서 났나 싶어 새들을 뒤적이던 망치는 깜짝 놀라고 말았다. 새들 몸통에 자신이 만들어준 쇠구슬이 박혀 있는 걸 발견했기 때문이었다. 새들을 뒤적여보니 대부분 날개 죽지 밑에 쇠구슬이 박혀 있거나 상처가 나 있었다. 앉아있는 새를 맞춘 게 아니라 날아가는 새를 맞춘 게 틀림없었다.

날아가는 새를 잡으려면 자신이 만들어준 쇠구슬을 다 썼으려니 싶어 쇠구슬을 만들어 달라고 조를 것 같아 미리 쇠구슬을 만들어 뒀으나 쇠구슬을 가지러 오기는커녕 가끔씩 잡은 새들을 놓고 가기만 했다. 새를 잡기 위해 많은 쇠구슬을 던지는 게 아니라 쇠구슬 한방에 새 한 마리를 잡는 듯했다. 그러더니 쫄배네와 전투가 있기 며칠 선, 그러니까 쫄배네 부하들이 벌테에게 시비를 붙넌 날 벌네가 찾아와 쇠구슬과 표창을 대량 주문했다.

"기렇게 많이 만들어 뭣할래고?"

"다 쓸 데가 있으니 날래 됸 만들어듀슈. 보답은 섭섭티 않게 할 테니낀."

그래놓고 화가 난 걸음으로 돌아가더니 오늘을 위해 미리 준비해 둔 것 같았다. 그러니까 벌테는 그때 이미 쫄배네와 일전을 벌일 작정이었던 것이었다. 그러니 망치가 놀랠 수밖에.

적이 주춤거리자 벌테가 낮게 속삭이듯 말했다.

"딕금이 기회니 길을 열어 도망티자우요. 뎌똑은 전하래 피해 있으니낀 우린 반대똑으로. 어떻습네까? 우리가 전할 구할 수 있는 길은 기것뿐인 것 같디 않습네다. 군사 혼차 돌아온 걸로 봐서 공격에 실패한 것 같은데…… 우리가 적들을 유인해야 전하가 안전하디 않갔시오?"

벌테의 말에 망치는 잠시 생각했다. 왕자를 따라가 왕자를 보호할 것이냐, 왕자의 안전을 위해 적을 유인할 것이냐를 선택해야 했다. 인생은 연속되는 선택에 의해 직조되는 옷감이라지만 지금의 선택은 자신의 사활뿐만 아니라 왕자의 사활이 걸린 문제였기에 신중해야 했다. 그러나 오래 끌 수는 없었기에 망치는 곧 결정을 내렸다. 자신은 죽더라도 왕자를 살릴 수 있는 길은 벌테의 말을 따르는 길밖에 없어 보였다.

"아우 말이 맞아. 우리 형들이 왕자, 아니 막내아울 살려야디. 기게 형들이 할 일이디. 기게 우릴 형으로 낳아둔 동생에 대한 보답이디. 기렇고 말고. 아암, 기렇고 말고."

망치는 칼을 잡은 손에 힘을 주었다. 그리고 주위에 서있는 호위대와 적들을 향해 고함을 질렀다.

"댜, 이뎨 돌격이다! 적들을 모두 베어버리댜!"

망치는 벌테를 돌아보며 웃었다. 벌테도 흡족한지 망치를 향해 진한 웃음을 되돌려주었다. 죽음을 각오한 사람은 그 어느 때보다 진한 웃음을 흘리는 것인지 모른다는 생각을 하며 망치는 칼을 들고 달리기 시작했다. 벌테 또한 적들을 향해 팔매질을 시작했다.

71

결국 아무도 오지 않았다.

벌테와 망치는 고사하고 적병들도 나타나지 않았다. 시간상으로 보아 누가 나타나도 진즉에 나타났어야 했다.

들판 건너 산을 바라보던 철근은 이제 결단을 내려야 했다. 아무도 나타나지 않는다는 건 결국 벌테와 망치가 적병들을 끌고 반대쪽으로 넘어갔다는 뜻이었다. 그리고 반대쪽으로 넘어갔다면 살아남기 어려울 것이었다. 하수대는 전사했거나 뿔뿔이 흩어져 이제 그들을 도울 사람이 없었다. 그쪽엔 적들이 아가리를 벌리고 있어 결국 두 사람을 집어삼켜 버릴 것이었다.

"전하, 이뎨 열 떠야 할 것 같습네다."

철근이 조심스레 왕자의 의중을 떠보았다.

"어디로? 이뎨 어디로 간단 말입네까?"

왕자도 이미 짐작하고 있는지, 포기했는지, 두 장군을 기다려야 하지 않섔냐는 고십을 세우신 않았나.

"기건 소신도……. 기렇디만 이뎨 애초 갈래던 곳으로 가야 하디 않갔습네까?"

"기게 어딥네까?"

"남똑이디요."

"남똑이라니요? 기게 어디냔 말입네다."

"애초 갈래던 곳은 더 남똑, 고구려도 한나라도 부여도 아닌 곳이 었습네다."

"기러니낀 그게 어디냔 말입네다."

"기건…… 가믄서 알래드리갔습네다. 딕금은 말씀드려도 알 수 없을 겁네다."

"기 말은? 군사도……."

그러더니 말을 멈추었다. 더 이상 캐묻는 것은 철근을 아프게 할 뿐 아무 도움도 되지 않는다는 걸 깨달은 모양이었다.

여기 숲속으로 몸을 피한 후 철근이 들판을 살핀 게 몇 번이고, 소피를 보고 오겠다며 자리를 뜬 게 벌써 몇 번인가. 왕자도 이제 철근이 왜 그러는지 짐작할 것이었다. 말보다 눈빛과 표정으로 사람의 마음을 파악하는데 익숙한 왕자가 아닌가. 말은 거짓을 전하기도 하지만 눈빛과 표정은 거짓을 전하지 못하니까. 말을 듣기보다 눈빛과 표정으로 사람의 마음을 파악하는 법을 어려서부터 터득하는 게 궁에 있는 사람들의 속성이니까. 사람의 말을 믿었다간 언제든 위험해질 수 있음을 몸으로 터득하는 사람들이 바로 왕궁의 사람들이니까.

“알갔습네다. 군사의 뜻대로 하시디요.”

왕자가 뜸을 들인 후 대답을 하더니 자리에서 일어섰다.

“어딜?”

“가야디요. 마음 변하기 전에 가야디 안 기러믄 여서 떠나디 못할 것 같아 기럽네다.”

“알갔습네다. 소신이 모시갔습네다.”

철근은 얼른 말을 챙겼다. 왕자의 말마따나 마음 변하기 전에 이곳을 떠야 했다. 그게 살 수 있는 유일한 방법이었다. 그러니 이곳을 안전하게 빠져나가는 일에만 집중하고 싶었다.

<3권 끝. 4권에서 계속>

| 지은이 소개 |

이성준李成俊
제주 조천朝天 출생
제주대학교·동 대학원 졸업
단국대학교 대학원 졸업(문학박사)
남녕고등학교·성남 효성고등학교 국어교사
제주대학교·단국대학교 강사

2000년 시집 『억새의 노래』 발간
2006년 시집 『못난 아비의 노래』 발간
2010년 시집 『나를 위한 연가』 발간
2013년 시집 『발길 머무는 곳 그곳이 세상이고 하늘이거니』 발간
2012년 창작본풀이 『설문대할마님, 어떵 옵데가?』 발간
2012년 소설집 『달의 시간을 찾아서』 발간
2015년 장편소설 『탐라, 노을 속에 지다 1·2』 발간
2018년 장편소설 『해녀, 어머니의 또 다른 이름 1·2』 발간
2021년 대하소설 『탐라의 여명 1·2』 순차적 발간
2022년 대하소설 『탐라의 여명 3·4』 동시 발간

탐라의 여명 3

초판 인쇄 2022년 8월 5일
초판 발행 2022년 8월 13일

지 은 이 | 이성준
펴 낸 이 | 하운근
펴 낸 곳 | 學古房

주 소 | 경기도 고양시 덕양구 통일로 140 삼송테크노밸리 A동 B224
전 화 | (02)353-9908 편집부(02)356-9903
팩 스 | (02)6959-8234
홈페이지 | http://hakgobang.co.kr/
전자우편 | hakgobang@naver.com, hakgobang@chol.com
등록번호 | 제311-1994-000001호

ISBN 979-11-6586-469-9 04810
979-11-6586-128-5 (세트)

값 : 24,000원